HEYNE
HARD
CORE

## Das Buch

Der Ich-Erzähler ist ein Topmanager bei einem französischen Konzern in Moskau. Das Unternehmen ist eine wilde Mischung aus westlichem Design und sowjetischer Hierarchie. Seine einzige Aufgabe ist es, den Druck, den er von oben bekommt, nach unten weiterzugeben. Der Sinnlosigkeit seiner Existenz versucht er mit Clubbing, Drogen, Alkohol und Sex zu entkommen. Die Abende ähneln sich alle: die Dresscodes, das dumme Gerede über angesagte Handys, Autos und Reiseziele, die »anständigen« Mädchen, die letztendlich viel teurer kommen – und die unvermeidlichen Glasflächen auf den schicken Klos, wo man eine schnelle Line zieht. Angeekelt schaut sich unser Held nach Alternativen um und landet bei einem Grüppchen von linken Intellektuellen, die gerne bei billigem Bier sitzen und über geistige Fragen, Putin und Russland diskutieren – und letztlich doch nur an dem Geld interessiert sind, das sie nicht haben.

Sergej Minajew hält dem modernen Moskau mit *Seelenkalt* einen Spiegel vor – unbarmherzig, zynisch, hoffnungslos. Der Roman ist eine gnadenlose Diagnose des heutigen Russlands, das in einem Ozean von Geld schwimmt und die Menschen in böse Karikaturen ihrer selbst verwandelt.

## Der Autor

Sergej Minajew studierte Geschichte und Archivwesen, bevor er als Weinimporteur zum Millionär wurde. Außerdem betreibt er einen Buchverlag, in dem u. a. die Werke von Frédéric Beigbeder und Christian Kracht erscheinen, und moderiert eine eigene TV-Show. Mit *Seelenkalt* gelang ihm in seiner Heimat auf Anhieb ein Millionenseller, der Dan Brown von Platz 1 der Bestsellerliste verdrängte und heftig diskutiert wurde. Sergej Minajew lebt in Moskau.

SERGEJ ★ MINAJEW

# SEELEN KALT

ROMAN

Aus dem Russischen
von Olga Kouvchinnikova
und Ingolf Hoppmann

WILHELM HEYNE VERLAG
MÜNCHEN

Die Originalausgabe DUCHLESS
erschien 2007 bei Ast, Moskau

FSC
Mix
Produktgruppe aus vorbildlich bewirtschafteten Wäldern und anderen kontrollierten Herkünften
Zert.-Nr. SGS-COC-1940
www.fsc.org
© 1996 Forest Stewardship Council

Verlagsgruppe Random House FSC-DEU-0100
Das für dieses Buch verwendete
FSC-zertifizierte Papier *Super Snowbright*
liefert Hellefoss AS, Hokksund, Norwegen.

Vollständige deutsche Ausgabe 02/2010

Printed in Germany 2010
Redaktion: Stefan Raulf
Umschlagillustration: © shutterstock/TheSupe87
Umschlaggestaltung: Hauptmann und Kompanie Werbeagentur,
München – Zürich
Satz: C. Schaber Datentechnik, Wels
Druck und Bindung: GGP Media GmbH, Pößneck

ISBN: 978-3-453-67571-1

www.heyne-hardcore.de

IN MEMORY OF OUR SWEET DREAMS

Gewidmet den zwischen 1970 und 1976 Geborenen, dieser so vielversprechenden und chancenreichen Generation, die so knallig ins Leben gestartet sind und es so grandios verschwendet haben. Unsere Träume von einer glücklichen Zukunft, in der alles anders sein sollte – mögen sie ruhen in Frieden. R.I.P.

ACHTUNG, BABY!

Jede Ähnlichkeit mit realen Personen, Tatsachen und Phänomen ist zufällig. Alle Ereignisse und Personen, alle Widerwärtigkeit und Grauenhaftigkeit der beschriebenen Gesellschaft wurden vom Autor erfunden. Denn die Wirklichkeit ist noch widerwärtiger und grauenhafter.

## Erster Teil

# Get rich or die trying

# Das Restaurant

Alles beginnt in Moskau. Ich sitze hier mit Timur, einem guten Bekannten. Genauer gesagt ist er einer von der Sorte guter Bekannter, die man aus purer Gewohnheit gerne »meine Freunde« nennt. Aber natürlich sind es keine Freunde, sondern einfach bloß Leute, die man anruft, wenn man wieder nicht weiß, wie man den Abend rumkriegen soll, und jemanden braucht, mit dem man durch die Kneipen zieht, um ein paar Scheine unters Volk zu bringen.

Wir sitzen im Café Vogue. Wie jeder in der Moskauer Szene weiß, zeichnet sich das Vogue vor allem durch seine miserable Küche und sein unverschämtes Personal aus. Und man findet nie einen Parkplatz, dafür aber ein permanentes Gedränge und Geschiebe am Tresen. Trotz der ganzen Schweinereien, die über dieses Restaurant verbreitet werden, ist es nach wie vor eines der populärsten Lokale in Moskau. Der Aufenthalt in diesem Laden muss den Leuten irgendeinen speziellen masochistischen Kick bringen, anders ist es nicht zu erklären, dass sie freiwillig all diese Widerwärtigkeiten über sich ergehen lassen. Es ist jedenfalls Fakt, dass dir in der Moskauer Szene ständig irgendwelche Schnullis begegnen, die sich vielleicht als Miguel oder Andy vorstellen und dir wild fuchtelnd vorjammern, wie mies man sie im Vogue behandelt hat. Aber spätestens wenn so ein Typ mit wichtigem Gesicht erklärt, man habe ihm, nachdem er versuchte, dem Kellner Manieren beizubringen, seine Pinienkerndorade vergiftet, dann weißt du erstens, dass dieser Vollidiot nicht Miguel oder Andy heißt, sondern Mischa oder Andrej, und zweitens, dass er sich diese Schauergeschichten entweder schlicht ausgedacht oder aus irgendeinem albernen Trendmagazin geklaut hat, genau wie seinen bescheuerten Namen. Und noch etwas verstehst du, und eine überwältigende Ehrfurcht ergreift dich – dieselbe Ehrfurcht, die die Indianer beim Anblick der Schiffe der Konquistadoren empfanden, die kamen, um ihr Gold zu klauen. Du verstehst, wie groß der Gastronom Arkadij Nowikow wirklich ist, der für genau diese Leute ein ganzes Imperium von Lokalen aufgebaut hat.

Wir sitzen also im Vogue, beide schon ziemlich blau. Eben habe ich Timur von meiner Idee erzählt, eine verdreckte, muffige Bierbude aufzumachen, mit gepanschtem Bier, beinhartem Trockenfisch und all den widerwärtigen Sowjetgerüchen nach verschüttetem Alk und Erbrochenem. Eine Art Reanimierung der berüchtigten Freizeitzentren für Sonderschüler und Proleten aus den übelsten Moskauer Randbezirken, wie es sie Mitte der Achtzigerjahre gab. Die Idee ist: Wenn Arkadij Nowikow die Sache aufzieht, werden alle diese lackierten Pisser Wochen im Voraus Tische reservieren lassen, um für die Dissonanz zwischen dem eigenen Maybach und der fetten Bedienung, die in ihrer schmierigen Kittelschürze hinterm Tresen steht und ihnen schimmelige Würstchen vorsetzt, eine Menge Kohle hinzublättern.

Und der Witz daran ist: Diese schimmeligen Würstchen werden sie tausend Mal mehr euphorisieren als ihre eigenen superteuren Luxuskarossen. Sie werden sie fressen, in den höchsten Tönen davon schwärmen und sie ihren Freunden empfehlen. Und die Gastronomiekritiker werden sich um die Wette ausschleimen über das »neue Restaurant von Arkadij Nowikow mit dieser hochinteressanten, originellen Herangehensweise an die Zubereitung von Speisen«. Nachdem wir uns auf diesen Erfolg geeinigt haben, tanken wir noch ein paar Whiskey, und anschließend falle ich in meinen traditionellen Zustand der Leere. Dieses Gefühl, wenn der Abend zu Ende ist, wenn einen wieder diese entsetzliche Langeweile packt und man nur noch den einen Wunsch hat: dass der andere endlich die Klappe hält.

Wie immer in diesen Momenten überkommt dein Gegenüber gerade jetzt das dringende Bedürfnis, dir etwas total Wichtiges mitzuteilen. Timur beugt sich so dicht an mein Ohr, dass ich den intensiven Geruch nach Alkohol, Pasta mit Tomatensoße und Zigarettenrauch genießen darf, der seinem offenen Mund entströmt – scharf gewürzt mit einer üblen Note Karies. Ich versuche, ein wenig Abstand zu nehmen, aber dieser besoffene Blödmann rückt noch näher, und dann macht er mir – mit einem verschwörerischen Flüstern, das man draußen auf der Straße hören kann – das Angebot, in sein neuestes Geschäftsprojekt einzusteigen, das darin besteht, Fische »atlantischer Provenienz« im Moskauer Umland zu züchten. Als mir klar wird, dass ich ihn nicht mehr stoppen kann, tue ich so, als sei ich einfach schweinemäßig interessiert an seiner Idee und erkläre großartig, dass ich »natürlich« und »auf jeden Fall« so schnell wie möglich ein Fischzuchtoligarch werden will, vor allem mit so einem smarten Partner. Die Einlage von dreihunderttausend Dollar werde ich selbstverständlich jederzeit mit links beschaffen, genauso wie er, versteht sich. Ich höre mir dieses ganze sinnlose Gefasel an, und damit mir der Suff nicht vollkommen das Licht ausknipst, betrachte ich währenddessen die Nutten um uns herum.

Im Vogue gibt es, wie in jedem angesagten Restaurant, etliche Prostituierte, die auf anständiges Moskauer Mädchen machen, und noch mehr anständige Moskauer Mädchen, die, aus mir unbegreiflichen Gründen, auf Prostituierte machen. Wodurch sich die Ersteren von Letzteren unterscheiden, kann ich beim besten Willen nicht sagen.

Mein schweifender Blick bleibt an einem bemerkenswerten Pärchen hängen. Der Typ, ziemlich dick, so um die fünfzig, mit kahlem Schädel und kleinen Schweinsäuglein, hängt wie ein schlaffer Sack an seinem Tisch. Sein Anzug ist sauteuer, was nicht verhindert, dass er an ihm beschissen aussieht. In der einen Wurstfingerhand steckt ein Glas Chateau Margaux (die Flasche steht deutlich sichtbar auf dem Tisch, damit auch wirklich jeder mitkriegt, dass unser Sportsfreund die Tausender nur so wegsüffelt), mit der anderen betatscht er ein kleines aufgetakeltes Luder, grade mal halb so alt wie er, so eine Hyperblondierte in einem Prada-Gucchi-Sonstwas plus Louis-Vuitton-Tasche und meterlangen Fingernägeln. Er tätschelt abwechselnd mal ihre Knie, mal kneift er sie in den Hintern. Dabei lacht sie so hysterisch, dass man es im ganzen Restaurant hören kann, und sie legt jedes Mal den Kopf so weit in den Nacken, dass ihr fast die Sonnenbrille aus den toupierten Haaren fällt.

Das ist noch so ein Schwachsinn, den ich nie begreifen werde: diese ewigen Sonnenbrillen! Keine von den Weibern, die nicht ständig so ein Ding in den Haaren stecken hat. Dabei benutzen sie sie bloß als affiges modisches Accessoire, wahrscheinlich so wie die reichen Französinnen ihre Brilliantdiademe. Ich vermute, die Ursachen dafür liegen tief in der sowjetischen Vergangenheit, als es bei uns überhaupt noch keine Sonnenbrillen gab. Wenn man doch mal eine auf dem Schwarzmarkt erbeutet hatte, dann wurde die überallhin mitgeschleppt, notfalls auch in die Sauna.

Der alte Sack knabbert seiner Schnecke immer noch am Ohr, wahrscheinlich erzählt er ihr einen ebenso blöden wie schlüpfrigen Witz aus den alten Lagerbeständen der Komsomolzen, und sie sitzt mit vollkommen ausdruckslosem Gesicht da und krault ihm den Specknacken. Während er die Rechnung ordert, kommt mir der Gedanke, dass der Gute in der nächsten halben Stunde wahrscheinlich ein ernstes Problem haben wird. So angestrengt wie der seine Tussi befummelt und dabei genau aufpasst, welchen Eindruck er auf sie und seine Umgebung macht, zieht er hier eine ziemlich armselige Show ab. Es gibt diese bizarre Kategorie von alternden Typen mit dickem Portemonnaie, die alles dafür tun, um sich selbst, ihren Geschäftspartnern und ihren Freunden zu beweisen, dass sie noch was in der Hose haben. Dabei kann man sich an zwei Fingern ausrechnen, wie diese Geschichte weitergeht: Nachdem der Bursche der ganzen Welt ausgiebig seine intakte Libido vorgeführt hat, schleppt er sein Mäuschen ins Hotel ab, und spätestens wenn sie dann auf dem Zimmer sind und er den Champagner bestellt hat, packt ihn die nackte Panik. Weil er nämlich weiß, dass er zu gar nichts mehr imstande ist, außer ihr seinen Schwanz hinzuhalten, damit sie ihm einen bläst. Vermutlich hat er sein Ding zum letzten Mal vor zehn Jahren hochgekriegt, als er sich auf der Datscha seiner Freunde im Vollrausch über seine Frau hergemacht hat. Und der Witz dabei ist, dass diese Nutte, die da bei ihm ist, ganz genau Bescheid weiß. Sie hat nämlich pro Woche acht von diesen alternden Don Juans. Man fragt sich wirklich, warum er diesen ganzen Zirkus überhaupt veranstaltet, anstatt sich ein nettes hübsches Mädchen zu suchen, mit dem er sich vernünftig arrangiert und ein paar Mal in der Woche gepflegt ausgeht. Aber nein, er macht sich vor allen zum Idioten, verpfeffert sein Geld und hat nichts davon.

Während ich über all das nachdenke, schaukelt mein Kumpel Timur vor und zurück wie ein Wackelbuddha, verstreut überall Zigarettenasche und scheffelt in seiner Fantasie eine Million nach der anderen. Mit schwerer Zunge faselt er irgendwelchen Blödsinn, wie wir dieses Geld immer weiter anlegen, Villen an fernen Meeresküsten kaufen und den Moskauer Immobilienmarkt aufrollen. Ich klatsche ihm meine Pfote auf die Schulter, bestätige ihm, dass das Leben als Oligarch eine feine Sache ist und drehe mich um, die Rechnung bestellen. Unser erotisches Traumpaar ist inzwischen aufgestanden. Mein Blick begegnet dem des alten Sacks, und ich sehe in seinen Augen die Angst eines Vogels, der ins Netz gegangen ist. Aus heiterem Himmel packt mich ein hysterischer Lachanfall. Ich mache zwar noch einen schwachen Versuch, meinen Mund mit der Hand zu bedecken, aber der Typ hat sofort verstanden, warum ich so lachen muss, und er versteht auch, dass ich weiß, dass er verstanden hat. Besoffen wie ich bin, finde ich das dermaßen komisch, dass es mich vor Lachen fast zerreißt. Der Typ schnappt seine Braut, und die beiden verlassen fluchtartig das Lokal. Ein herber Schlag. Armer Glatzkopf. Ich gehe aufs Klo.

Mein Kopf dreht sich, vor meinen Augen verschwimmt alles, ich sehe eine lange Reihe von Kloschüsseln vor mir. Kurz: Es geht mir beschissen. Und weil mir der aufrechte Gang auf einmal schwerfällt, hocke ich mich auf die Schüssel und stecke mir eine Zigarette ins Gesicht. Wie ein dicker, widerlicher Kloß steigt mir die Übelkeit von unten die Speiseröhre hoch, ich stehe rasch auf, lehne mich ans Waschbecken und schaufle mir kaltes Wasser ins Gesicht. Die Tür geht auf, und Timur kommt rein. Mit den Worten »Ich hab schon bezahlt, warte mal 'ne Minute« reißt er eine der Kabinentüren auf und kotzt direkt aus dem Stand. Ich verspüre nicht die geringste Neigung, auf diesen kotzenden Oligarchen in spe zu warten und verlasse das Etablissement. Meine Uhr zeigt halb eins.

Draußen ist es frostig. Ich stelle den Kragen meines Jacketts hoch, zünde mir eine weitere Zigarette an und glotze stumpf in die Nacht. Versuche, mir in meiner vernebelten Birne irgendwie klarzumachen, wo ich jetzt ein Taxi herkriege.

Hinter mir ruft jemand meinen Namen. Widerwillig drehe ich mich um: irgendeine komische Tussi. Ich fokussiere meine Sehorgane und identifiziere sie als meine ehemalige Kommilitonin Oxana Grigorjewa. Sieh mal an! Oxana war eine der schärfsten Bräute in unserem Studienjahr, wir hatten sogar ein paar Monate lang eine Art von Affäre. Sie hatte ständig irgendwelche unsinnigen Ideen, die ihre Mutter, eine ehemalige Parteifunktionärin, ihr in den Kopf setzte.

Das waren völlig versponnene Vorstellungen, wie sie später mal leben wollte. Kurzfassung: Dolce vita von morgens bis abends, permanent im Privatjet zwischen Paris und Mailand hin- und herdüsen und die übrige Zeit mit stinkreichen Prinzen in weißen Stretchlimousinen durch die Gegend kutschieren. Dazu natürlich alles, was die Produktionen aus Holly- oder Bollywood so hergeben. Später heiratete sie, wie man sich erzählte, nicht besonders vorteilhaft. Und sogar jetzt, mit alkgetrübtem Hirn, begreife ich, dass sie inzwischen in der letzten Staffel der Real-Life-Soap »Verlorene Illusionen« angekommen ist, einem Ableger der Produktion »Das war dein Leben, Baby«. Mir will partout nichts einfallen, worüber ich mich mit ihr unterhalten könnte, also blubbere ich irgendwas wie »Hallo, wie geht's, wo willst du hin« und aktiviere dabei ohne es zu wollen den Zünder für die Bombe »einsame betrunkene Frau«.

Ehe ich kapiere, was los ist, hat sie mich schon in ein Auto verfrachtet, und wir fahren zu ihr. Kaum sitzen wir, fängt sie an, mich detailliert darüber zu informieren, was inzwischen aus unseren alten Kommilitonen geworden ist. Wer es zu etwas gebracht hat und wer nicht, wer über Nacht Millionen gescheffelt und dann genauso schnell wieder durchs Klo geschickt hat, wem alles die Frau durchgebrannt ist und wer Lenka mit drei Bälgern sitzengelassen hat. Als wir endlich in ihrer Wohnung sind, ist sie immer noch nicht fertig. Während Oxana erzählt, rutscht sie immer näher, streicht mir übers Haar und zupft an ihrem Spaghettiträger. Irgendwie kommt mir diese Anmache billig vor, wie eine fade Show, weil ihr Abend schiefgelaufen ist und sie niemanden abschleppen konnte. Mein Kopf ist wieder ein bisschen klarer als vorhin, und ich sehe zu, dieses Defizit mit dem Krimsekt, den sie aus ihrem Kühlschrank geangelt hat, wieder auszugleichen. Die Erkenntnis, für sie nur eine Art Ersatzbefriedigung darzustellen, finde ich nicht besonders prickelnd. Ich nicke gelegentlich, qualme eine nach der anderen und suche nach einem Vorwand, um möglichst schnell das Weite suchen zu können. Unterdessen geht die Erzählung über das Leben unserer gesammelten Kommilitonen in den Endspurt. Durch die Bank weg Loser, Alkies, Junkies! Dass sie nicht schon lange ausnahmslos verreckt sind – unbegreiflich! Selbstverständlich fristen sie ein jämmerliches Dasein, im Gegensatz zu Oxanas natürlich wunderschönem erfülltem Leben!

Sie trinkt jetzt dieses grauenhafte Gesöff direkt aus der Flasche, immer wieder quillt ihr Schaum aus dem Mund, sie verschluckt sich, hustet und gackert ordinär, wie eigentlich alle besoffenen Weiber. Sie redet immer verworrener, verhaspelt sich, die brennende Zigarette landet erst auf ihrem Bein, dann auf meinem Ärmel, und ich überlege, was wohl schneller gehen wird: dass sie mein Jackett abfackelt oder dass der Alkohol ihr Gehirn endgültig lahmlegt.

Aber es kommt noch dicker. Sie verschwindet für eine gute Viertelstunde im Bad. Als sie zurückkehrt, trägt sie einen Bademantel, den sie prompt nach ein paar Schritten fallen lässt. Darunter ist sie splitterfasernackt. Sie schaltet die Stereoanlage ein, und wir werden von der schlimmsten Musik beschallt, die ich mir vorstellen kann. Irgendein süßliches Zeug von »Enigma«, ein Stück mit dem Titel »Sadness«, oder »Madness«, so genau kenne ich mich da nicht aus. Oxana lässt sich neben mir aufs Sofa fallen, stößt sich dabei den Musikantenknochen, ihr Gesicht verzieht sich für einen Moment zu einer weinerlichen Grimasse. Während ich einen Lachanfall unterdrücke, macht sie mir die Hose auf. Ich bin voll bis zur Halskrause, und eigentlich ist es mir scheißegal, dass ich keinen hochkriege, zumal ich sowieso keine Lust habe, mit ihr zu vögeln. Es folgt eine ziemlich chaotische Rangelei, als sie erfolglos versucht, mir einen zu blasen, wobei sie komische blubbernde Geräusche von sich gibt. Währenddessen beginne ich nachzudenken. Über die Banalität der ganzen Situation; über dieses arme, besoffene, unglückliche Geschöpf, das sich ununterbrochen abmüht, leidenschaftliche Geräusche zu erzeugen, und das irgendwann einmal davon geträumt hat, eine Prinzessin zu werden und doch nur als billige kleine Hure endete; über meine eigene Schlaffheit und über den morgigen Tag und über noch irgendwelchen Blödsinn in der Art. Langsam sinke ich in den Schlaf. Mein letzter Gedanke ist, dass Oxana den Kampf gegen die Zellulitis offenbar schon seit langem aufgegeben hat.

Im Traum erscheint mir Timur. Er steht in hüfthohen Anglerstiefeln an Bord eines Fischkutters, der bis oben hin mit zappelnden Fischleibern gefüllt ist. Dann träume ich noch von dem Dicken aus dem Vogue, der mir dumme Fratzen schneidet. Ich grinse im Schlaf, weil mir plötzlich auffällt, dass seine und meine Situation an diesem Abend ziemlich identisch sind. Ich zeige ihm den Mittelfinger, dann drifte ich in den Tiefschlaf weg ...

# Das Büro

Am nächsten Morgen gehe ich ins Büro.

Ich muss vorausschicken, dass meine Firma die Moskauer Filiale einer großen französischen Gesellschaft ist, die mit Konserven handelt, vorzugsweise Mais und Erbsen. Ins Leben gerufen wurde diese Niederlassung vor etwa zehn Jahren von einem ziemlich schrägen Vogel. Dieser Typ hatte ein ausschweifendes Leben geführt, immer ein paar Schuhnummern zu groß für seine Füße. Wie so viele Anfang der Neunzigerjahre glaubte er, das Leben sei eine Art Endlosparty, frei nach dem Motto: Wenn du heute zweitausend Dollar versäufst, landen morgen auf wundersame Weise fünftausend in deiner Tasche. Die Zahl der Einfaltspinsel, die er mit seinen Geschäftchen aufs Kreuz legen konnte, schrumpfte aber ziemlich schnell auf null zusammen und mit ihnen der Profit, den sie ihm eingebracht hatten. Dafür wuchsen im Gegenzug die Summen ins Astronomische, die er am Spieltisch, bei Nutten oder in den diversen Nachtklubs verplemperte. Irgendwann musste er einen Kredit aufnehmen, um die schlimmsten Löcher in seinem Budget zu stopfen. Dies tat er, versteht sich, mit der Absicht, die Bank zu prellen. Es ist wohl überflüssig zu erwähnen, dass diese Bank – wie fast alle zu jenen Zeiten – von der Mafia beherrscht wurde. Folgerichtig standen an einem wunderschönen, womöglich sogar sonnigen Tag ein paar kräftige Jungs vor der Tür unseres Helden, allesamt bester Laune. Und im Verlauf einer kurzen, relativ einseitigen Unterhaltung, die an den zentralen Punkten des Gespräches durch ein paar kräftige Ohrfeigen unterstützt wurde, hatten sie ihm folgende Alternative klargemacht: Entweder das Geld landete wieder in der Bank – oder er selbst im Leichenschauhaus. Nachdem er kurz überschlagen hatte, dass seine Chancen unterzutauchen verschwindend gering waren, begann unser Freund ernsthaft darüber nachzudenken, wo sich die erforderliche Summe möglichst schnell und möglichst unkompliziert auftreiben ließe. Da kam ihm der Zufall zu Hilfe. Sein Vater, der vor langer Zeit Handelsattaché der UdSSR in Frankreich gewesen war, verfügte noch immer über einige nützliche Kontakte bei den großen französischen Konzernen. Einer davon, eine Konservenfabrik, wollte ihre Geschäftsaktivitäten nach Russland ausweiten und suchte dafür nach einem geeigneten Partner. Unser Freund beschrieb ihnen in den leuchtendsten Farben, was für sagenhafte Perspektiven ihnen auf diesem riesigen Markt offenstünden – vorausgesetzt, sie hätten einen vertrauenswürdigen russischen Partner. Er erhielt den Zuschlag. Er mietete angemessene Büroräume, stellte ein paar Aktenschränke mit leeren Ordnern hinein, setzte eine Sekretärin dazu und organisierte eine Lagerhalle, die groß genug für die ersten zwei Warenlieferungen war. Deren Wert entsprach in etwa der Summe, mit der er in der Kreide stand – zuzüglich einiger kleiner Prozente, versteht sich.

Als die Ware eintraf, musste sie umgesetzt werden, damit die Berge in Metall gepresster genmanipulierter Erbsen und sonstiger Gemüse sich in Geldscheine verwandelten. Der

Verkauf der ersten Partie passierte so schnell und erfolgreich, dass der Typ und seine Mafiosi beschlossen, dieses Huhn, das goldene Eier legte, noch nicht zu schlachten, sondern erst noch ein bisschen daran zu verdienen. Vor allem beschlossen sie, von dem Geld, das die bescheuerten Franzmänner für Werbung locker machten, einen hübschen Teil in die eigene Tasche zu leiten. Dann würde man weitersehen. Aber auch dieses russische Märchen fand irgendwann sein Ende. Und das Ende ist bei russischen Märchen, wie man weiß, nicht immer glücklich. Ein paar frisierte Bilanzen und wenig überzeugende Werbekostenabrechnungen später – »Es kann doch wohl nicht sein, dass die Orte, an denen die 150 Plakatwände aufgestellt wurden, einander dermaßen ähnlich sehen! Genau genommen sieht es so aus, als hätte man dieselben fünf Werbetafeln einfach aus unterschiedlichen Perspektiven fotografiert!« – kamen die Franzosen nach Moskau, um sich selbst ein Bild von der Lage zu machen. Hier fanden sie im Handumdrehen Zugang zu den maßgeblichen Behörden, denen sie unmissverständlich klarmachten, dass sie bereits Hunderttausende von Dollars in die russische Wirtschaft investiert hätten, aus denen ohne weiteres auch Millionen werden könnten, wenn da nicht ein paar, sagen wir mal, nicht hundertprozentig korrekte Leute säßen, die das für beide Länder so vorteilhafte Geschäft ausbremsten. Die maßgeblichen Behörden zeigten vollstes Verständnis für die Lage der Franzosen, und, getrieben ausschließlich von dem hehren Ziel der Verbesserung der russisch-französischen Handelsbeziehungen, hatten sie unseren Freund und seine sauberen Spießgesellen in Null-Komma-Nichts von den Futtertrögen entfernt.

So entstand die Geschäftsstelle, in der ich jetzt als kaufmännischer Direktor tätig bin.

Im Laufe der Zeit ist aus dem kleinen Büro ein riesiges Monstrum geworden, mit einer schwerfälligen Organisation, ein paar hundert Angestellten und einem alkoholabhängigen Generaldirektor (für den russischen Geschäftszweig), der außer einem fürchterlichen Mundgeruch noch die nicht weniger unangenehme Angewohnheit hat, wöchentliche Sitzungen für »Neunzehnnullzwei« anzusetzen.

Die Geschäfte laufen ziemlich gut, der Generaldirektor bewegt sich gemächlich auf die Rente zu, und die Franzosen, die ab und an zur Kontrolle kommen, verbringen für gewöhnlich eine angenehme Zeit im »Night-Flight-Club« mit hübschen russischen Prostituierten. Der Status der einfachen Angestellten ist in etwa mit dem von Akkordarbeitern in der indonesischen Turnschuhmanufaktur vergleichbar, während das Topmanagement – dessen Mitglied zu sein ich die Ehre habe – eine Diktatur der betrieblichen Sklaverei errichtet hat, in deren Schutz man sich fette Sondergratifikationen und märchenhafte Reisespesen zuschanzt sowie obendrein nach Kräften die Firmenkasse plündert.

Unser Büro befindet sich in einem der vornehmsten Geschäftszentren der Stadt, den »Riverside Towers«. Dieser Name sollte vermutlich, nach der Idee ihrer Erbauer, bei der arbeitenden Bevölkerung die Assoziation eines modernen Barockschlosses an den Ufern eines gesegneten Flusses hervorrufen. Bei mir persönlich entstanden allerdings vom ersten Tag an nur Assoziationen mit gruseligen gotischen Burgen oder dem Hort des Bösen aus Fantasy-Romanen. An dunklen Wintermorgen leuchten die Ziegeltürme mit den wachsbleichen Augenhöhlen der Fenster wie eine zum Leben erwachte Illustration aus den Büchern Tolkiens.

Erst recht, wenn man morgens um neun auf der Anhöhe vor dem Eingang zu dem Gelände steht und sieht, wie Ströme von Menschen und Autos auf die Türme zuwälzen. Die Leute bewegen sich mit schnellen Schritten, um pünktlich zur Arbeit zu kommen. Etliche von ihnen brabbeln dabei ununterbrochen in ihre Mobiltelefone, als wollten sie auf diese Weise ihre verschlafenen Gehirne mit der morgendlichen Hektik der Stadt synchronisieren. Bisweilen malt meine Fantasie diesen immer ein wenig gebeugten Gestalten einen dicken Packen auf den Rücken und verwandelt sie so in Leibeigene, die Tag für Tag ihren Herren Abgaben zu bringen haben, sei es in Gestalt ihrer eigenen Gesundheit, ihrer Gefühle oder ihrer Leidenschaften. Das Schlimmste und zugleich Dümmste daran ist, dass sie es aus freiem Willen tun, als bedauerten sie, dass die Leibeigenschaft offiziell abgeschafft wurde.

So gegen zehn Uhr rollen dann allmählich die repräsentativen Karossen aus der Produktion westdeutscher Firmen auf den Parkplatz. Darin sitzen die BOSSE. Sie steigen aus und schreiten gelassenen Schrittes zum Eingang, wobei sie einzelne niedere Angestellte, die sich verspätet haben oder draußen auf der Straße noch schnell eine Zigarette rauchen, mit gezielten Blitzen aus ihren Augen zu Asche verbrennen. Ein neuer Tag in Riverside Mordor hat begonnen.

Apropos, das Rauchen ist in den Büros, in den Fluren und Treppenhäusern sowie in der Nähe der Eingänge natürlich strengstens verboten. Denn erstens arbeiten rauchende Angestellte weniger (ob sich dabei auch ihre Arbeitsproduktivität verringert, ist bislang ungeklärt), zweitens ist das Rauchen Ursache zahlreicher Krankheiten (und infolgedessen zahlreicher bezahlter Fehltage) wie chronische Bronchitis, Lungenkrebs und so weiter und so fort. Außerdem kommt es vor, dass so ein Raucher unvermittelt stirbt und bei seiner Beerdigung dann mit hässlich grüner Gesichtsfarbe im Sarg liegt – im Unterschied zu seinem plötzlich an den Folgen schwerster Überarbeitung verstorbenen Nichtraucherkollegen, dessen Wangen als Leiche frisch und rosig sind –, womit er gegen Paragraf 234 der Betriebsordnung verstößt, der »das Erscheinungsbild der Mitarbeiter bei betrieblichen Veranstaltungen oder Ereignissen oder sonstigen öffentlichen Anlässen, bei denen sie unmittelbar mit dem Unternehmen assoziiert werden«, regelt.

Bei uns Topmanagern hingegen übt man diesbezüglich Nachsicht. Sie dürfen rauchen so viel sie wollen, solange sie es in ihren eigenen Büroräumen tun. Damit gibt das Unternehmen wohl zu verstehen, dass es ihm ziemlich schnuppe ist, woran seine Manager verrecken und welche Gesichtsfarbe sie dabei haben. So ist das Leben. Die meiste Zeit rackerst du dich ab, um deinen Platz an der Sonne zu kriegen, und wenn du dein Ziel erreicht hast, ist die Luft raus, noch ehe du die ersten Strahlen genießen kannst.

Wie eine gut gedrillte Bulldoge habe ich um neun Uhr morgens meine Sekretärin angerufen, damit sie überall verbreiten kann, dass ich noch einen unheimlich wichtigen Außentermin habe. Dann fahre ich nach Hause, ziehe mich um, gönne meinen Augen ein paar Tropfen »Visine« und mache mich auf den Weg zur Arbeit. Zehn vor elf komme ich bei den Towers an.

Ich fahre in den siebten Stock, trete aus dem Fahrstuhl, öffne die Tür zu meinem Büro – und schon verströme ich ein Fluidum ewiger Werte: Pünktlichkeit, Einsatzbereitschaft, Verantwortungsgefühl des leitenden Angestellten, bedingungslose Aufopferungsbereitschaft für die Interessen des Konzerns.

Am Eingang gibt es einen Empfangstresen mit sage und schreibe drei Sekretärinnen. Ich sage »Hallo«, alle drei heben synchron die Köpfchen von ihrer Taschenbuchlektüre und antworten im Chor »Guten Morgen«. Ihre Gesichter sind von den Computerbildschirmen fast vollständig verdeckt, wer immer dort hinter dem Empfangstresen sitzt, ist nur durch die Ritzen zwischen den Bildschirmen hindurch erkennbar. Auf diese Art entsteht die Illusion eines gut getarnten MG-Nestes, in dem sich die Sekretärinnen verschanzt haben. Die übrigen Mitarbeiter belagern diese hypermoderne Festung Woche für Woche ergebnislos, in der verzweifelten Hoffnung, irgendeine kleine Information zu bekommen, die sie dringend benötigen, oder einen Dienstwagen bestellen zu lassen oder mit einem Topmanager verbunden zu werden. Fügt man zu diesem Bild noch die massiven Stahlbetonstirnen der Sekretärinnen hinzu, ihr Schnellfeuergequatsche und die Salven übelster Grobheiten, die sie wie Mörsergranaten auf die niederen Angestellten abschießen, wird aus der Illusion knallharte Wirklichkeit. Oh ja, viele findet man nicht, die bereit sind, sich wie jener heldenhafte Matrosow im Zweiten Weltkrieg als Kanonenfutter vor die Schießscharten dieser Festung zu werfen, um das ganze Büro vor der Impertinenz, Arbeitsscheu und radikalen Unfähigkeit der Sekretärinnen zu bewahren.

Natürlich fragt man sich, ob es nicht das Einfachste wäre, sie rauszuschmeißen und sich ein paar neue zu suchen, die höflicher, liebenswürdiger und fähiger sind. Aber das geht nicht so ohne weiteres! Eines der ersten Dinge, die sie spitzgekriegt haben, ist, dass sie nur im richtigen Moment schwanger werden müssen – sobald sie nämlich das Unwetter der Kündigung aufziehen spüren. Zweitens beherrschen sie alle Tricks, wie sie auf den freigewordenen Stellen ihre eigenen Freundinnen unterbringen, die natürlich genau solche dickschädeligen Ziegen sind wie sie selber. Und auf diese Weise reift bei der Geschäftsführung schließlich die Überzeugung heran, dass der Begriff »Sekretärin« keine Berufsbezeichnung ist, sondern eine spezielle menschliche Gattung, die von Kind an auf Begriffsstutzigkeit, Arbeitsscheu und Flegelhaftigkeit abgerichtet wird. Das ist der Zustand in unserem Sekretariat seit Jahren.

Ich gehe also an ihnen vorbei zu meinem Zimmer, und in diesem Moment ruft mir eine der Ziegen von ihrem Platz aus etwas nach.

»Warten Sie mal, hier wurde ein Umschlag für Sie hinterlegt.«

»Ah ja? Von wem ist er?«, frage ich.

»Ich hab's aufgeschrieben.« Notgedrungenerweise steht sie jetzt doch auf und beginnt in den Papieren auf ihrem Tisch herumzuwühlen, hat aber sofort vergessen, wonach sie eigentlich sucht. Sie erstarrt in Ratlosigkeit.

»Wenn Sie es gefunden haben, bringen Sie es mir rein, okay?«, seufze ich resigniert.

Ich für mein Teil bin sicher, dass unsere Sekretärinnen eigentlich Androiden sind, die mit elektrischem Strom funktionieren. In die Bürostühle sind Kontakte eingelötet, über die die Sekretärinnen mit Energie versorgt werden. Sobald sie aufstehen, wird der Kontakt unterbrochen, und es kommt zu Störungen in ihrem Informationssystem. Im schlimmsten Fall wird ihre gesamte Festplatte gelöscht, und sie sind für einen ganzen Monat außer Betrieb gesetzt. Ohne direkte Stromzufuhr können sie nur die Strecke zur Toilette oder zum Büro des Generaldirektors bewältigen. Wenn sie zur Mittagspause gehen oder nach Hause fahren, aktivieren sie den Betriebsmodus »Draußen«. In diesem Modus können sie ausschließlich solche Informationen empfangen und verarbeiten, die in den erwähnten Taschenbüchern enthalten sind.

Als ich in mein Zimmer trete, klickt meine Sekretärin schnell den Internet-Explorer weg. Du blöde Ziege! Als wüsste ich nicht, dass du den ganzen Tag in deinem Flirt-Chat hockst, immer auf der Suche nach der großen Liebe, oder wenigstens nach dem nächsten Fick. Irgendwann habe ich mal ihren Chatnamen herausgefunden und sie dann einen halben Tag lang nach Strich und Faden hochgenommen. Am Schluss hab ich ihr dann per E-Mail ein paar Fotos von irgendeinem Muskeltypen geschickt, die ich mir aus dem Internet heruntergeladen hatte und ein Rendezvous im Internetcafé »Max« auf der Nowokusnezkaja ausgemacht. Wie habe ich diese fünf Minuten genossen, als sie errötend und stotternd bat, eine halbe Stunde früher gehen zu dürfen! Ja, ich hatte ganz gut was zu lachen, damals.

Meine Sekretärin unterscheidet sich kaum von ihren Kolleginnen am Empfang. Sie heißt Katja, ist fünfundzwanzig

Jahre alt und eine ziemlich dumme Gans. Ihre Lieblingsbeschäftigungen sind: stundenlang Mittagspause machen und mit ihren Bürofreundinnen tratschen. Bei allem, was sie tut, fragt sie erst fünfmal nach, aber immerhin ist sie gewissenhaft. Besonders hübsch ist sie nicht, aber das halte ich in diesem Fall eher für einen Vorteil, wenn man bedenkt, was so eine Affäre mit der eigenen Sekretärin für Probleme mit sich bringen kann. Katjas Ansichten über die diversen Probleme der Gegenwart zeichnen sich durch eine unterirdische Dummheit und provinzielle Borniertheit anderen Meinungen gegenüber aus. Verschiedene Male hat sie mich mit ihren Aussagen zu den Themen gesellschaftlicher Moral, der Institution der Ehe und der Beziehung zwischen den Geschlechtern schlicht vom Hocker gehauen. So kam es, dass wir im zweiten Jahr unserer Zusammenarbeit die Konversation gänzlich einstellten (von Arbeitserfordernissen abgesehen), um zu verhindern, dass entweder ich irgendwann durchdrehe oder sie sich zu Tode schämt. Ich habe mich an sie gewöhnt, so wie man sich an eine klemmende Schublade gewöhnen kann oder an einen wackligen Kleiderständer in der Büroecke.

Ich begrüße sie (ich kann in verkatertem Zustand extrem höflich sein, dermaßen höflich, dass ich imstande bin, ein und dieselbe Person mehrmals am Tage zu grüßen), bitte um Kaffee und lasse mich in meinen Bürostuhl fallen. Mein Schreibtisch ist wie immer überhäuft mit Papieren, die die Kontinuität des Arbeitsprozesses und meiner Rund-um-die-Uhr-Tätigkeit symbolisieren. Man muss allerdings zugestehen, dass einige dieser Papiere schon wenigstens ein halbes Jahr alt sind. Der Haufen besetzt den rechten Rand meines ziemlich geräumigen Schreibtisches. Weiterhin befinden sich darauf ein Flachbildschirm, eine Funkmaus und eine Fotografie. Letztere stammt vom jüngsten Jahrestreffen meiner alten Fußballmannschaft bei »Spartak«, in der ich zwischen 1984 und 88 gespielt habe. Außerdem gibt es drei Stöße mit CDs, Sampler von diversen In-Clubs in Moskau, Petersburg und dem restlichen Europa, gesammelte Audiobeweise meiner »Night Fever«-Erlebnisse: von Zeppelin bis Costes. Was sich in den Schreibtischschubladen befindet, kann ich Ihnen leider nicht sagen, weil ich, seitdem ich sie gefüllt habe, nie wieder reingeguckt habe.

Hinter meinem Rücken befindet sich ein riesiges Fenster mit Blick auf die Uferstraße der Jausa. Vor diesem Fenster sitze ich oft stundenlang, starre nach draußen und sinniere über das Dasein an sich. So auch jetzt. Bei einer Tasse Kaffee schaue ich den Autos zu, die unten auf der Straße vorbeifahren. Nun denn, amigos, ich denke, es ist Zeit, mich mal vorzustellen ...

Ich bin neunundzwanzig Jahre alt. Vier davon habe ich zwischen den Wänden dieses Etablissements verbracht. Mein Dienst für die Firma als kaufmännischer Direktor bringt neben der eigenen Sekretärin einen eigenen Dienstwagen, ein gewichtiges Jahreseinkommen und noch gewichtigere Jahresboni mit sich. Mein Aufgabenbereich ist der »Verkauf und die Vertriebsentwicklung der Gesellschaft«. So jedenfalls steht es in meinem Vertrag. Tatsächlich aber verplempere ich den größten Teil meiner Arbeitszeit damit, meinen Untergebenen Vorträge darüber zu halten, dass sie ihren persönlichen Arbeitseinsatz steigern müssen (ich benutze immer dieselben Phrasen und tausche nur die Markennamen und die Jahreszahl nach Bedarf aus), und wälze meine eigentliche Arbeit auf andere ab.

Wissen Sie, was ein kaufmännischer Direktor de facto ist? Er ist eine moderne Art hochbezahlter Prostituierter, die permanent zwischen den Interessen der Unternehmensleitung, mit ihren um ein Vielfaches überzogenen Verkaufsplänen, und den Interessen ihrer Untergebenen herumlaviert, die diese Pläne nicht in die Wirklichkeit umsetzen möchten. Wie es einer anständigen Prostituierten zukommt, wirst du mehrmals am Tag durchgefickt, und deine Aufgabe besteht im Wesentlichen darin, deinen Freier (Boss) möglichst schnell zum Orgasmus zu bringen (wenn es geht unter Vermeidung härterer Gangarten wie SM oder Analsex).

Die Bandbreite meiner Dienstleistungen ist branchenüblich groß. Sie reicht von »klassisch« (siehe oben) über diverse Rollenspiele (je nach Wunsch des Vorgesetzten: Partner in derselben Fußballmannschaft, Angelfreund, Karaokefan, Literaturliebhaber, gemeinsames Aufsetzen von Businessplänen am Wochenende) sowie alle Arten von Oralsex bis zum speziellen Service für verheiratete Pärchen (wenn die Eigentümer der Holding, die Big Daddys, mit ihren Ehefrauen aus Paris anreisen, in der Regel zweimal im Jahr).

Die besondere Kunst eines kaufmännischen Direktors besteht darin, freihändig auf der scharfen Schneide des betrieblichen Rasiermessers zu balancieren, dort, wo die Oberen nicht mehr denken wollen und die Unteren per definitionem nicht können.

Den einen sagst du, dass du als kaufmännischer Direktor vor allem und immerzu die wirtschaftlichen Interessen der Firma im Sinn hast, im Unterschied zu deinen Untergebenen, die nur an ihr Gehalt denken. Den anderen versicherst du, dass du ja selber aus dem Verkauf kommst, also eigentlich einer von ihnen bist, einer, der weiß, wie man Ergebnisse erzielt und wie mühsam die Arbeit da draußen im Feld in Wirklichkeit ist.

So lebe ich seit vier Jahren. Und alles läuft nach Plan. Nur die Gesichter deiner Untergebenen wechseln so schnell wie die Bilder in einem Kaleidoskop. Bei der Hälfte von ihnen hast du die Namen vergessen, bei der anderen Hälfte hast du sie nie gewusst. Manchmal erreicht deine Abstumpfung ein solches Ausmaß, dass du deine eigene Visitenkarte aus der Tasche holen musst, um nachzusehen, wie dein Laden eigentlich heißt.

Nachdem ich die Post durchgesehen habe, nachdem ich also die Briefe unserer Kunden und Geschäftspartner an meine Untergebenen weitergereicht habe, gehe ich hinüber in den Raum, in dem die Verkaufsmanager sitzen. Summa summarum sind das die einzigen Menschen in der Firma, die bei mir keinen Brechreiz hervorrufen, wenn ich mit ihnen rede. Die gerechteste Bezahlung, die sich irgendein kapitalistischer Unternehmer jemals ausgedacht hat, ist die prozentuale Provision auf real getätigte Verkäufe, sie ist der beste Indikator für deine Erfolge in der Kunst des Verkaufens. Das kann man nicht mit irgendwelchen mystischen Zauberworten wie Market Research und Field Reports verwischen und verdrehen. Das ist die nackte Wahrheit. Aus diesem Grund sind die Verkäufer die wichtigsten Personen in jedem Handelsunternehmen. Und das Mieseste, was ihre Chefs ihnen antun können, ist, ihnen die Arbeitszeit zu stehlen, zu verplempern und zu vergeuden für blödsinnige

Planungssitzungen, Meetings und Morgenbesprechungen. Der Kampf gegen diese Konferenzitis ist eigentlich das Einzige, dem ich mich wirklich ernsthaft widme. Möglicherweise habe ich ja den Start meiner eigenen Karriere noch lebhaft genug in Erinnerung, die ein einziger Leidensweg unter bornierten Arschlöchern von Vorgesetzten war, die aus den untersten Schichten der sowjetischen Ministerien kamen, nicht den blassesten Dunst von den Mechanismen eines sich rasend schnell verändernden Marktes hatten und einfach immer weiter nach dem System »Lohn, Leistungsprämie, dreizehntes Monatsgehalt« weiterwurstelten. Seitdem versuche ich, diese holzschädelige Bürokratie auszurotten. Wäre ich nicht so faul und unbegabt, hätte ich mit Sicherheit längst eine »Ode an den Handelsvertreter« komponiert und sämtliche Chefs gezwungen, sie auswendig zu lernen, damit sie niemals vergessen, wessen Brot sie essen und wessen Cognac sie trinken.

Im Vertriebsbüro führt einer der Abteilungsleiter gerade eines dieser Gespräche mit einem seiner Untergebenen. Anders gesagt, er betreibt Marktforschung auf dem Wege der Lektüre von Verkaufsberichten. Von der Prüfung der Marktsituation mittels eigener Feldforschung ist natürlich keine Rede. Das lässt sich ziemlich häufig beobachten: Sobald einer den weichen Sessel eines Abteilungsleiters ergattert hat, verwandelt sich sein Kopf in einen Hintern.

»In den Tagesberichten gibt es extra eine Spalte MARKTNEUHEITEN. KONKURRENZ! Seit zwei Monaten lässt du diese Spalte regelmäßig leer. Was soll das?«, wendet er sich an seinen Untergebenen, der von all den dummen Fragen sichtlich ermattet ist.

»Es gibt nun mal keine neuen Produkte auf dem Markt, die mit unseren konkurrieren, was soll ich also reinschreiben?«

»Also, äh ... egal, schreib halt irgendwas rein. Ist da eine Spalte oder nicht? Also muss man sie auch ausfüllen.«

Ich erinnere mich an den Fall, als ein ziemlich begabter Verkäufer, dem diese hirnlosen Fragen irgendwann bis zur Halskrause standen, in ebendiese Spalte einen langen Bericht über Erbsen in dreieckigen Dosen schrieb, die plötzlich in den Regalen aufgetaucht wären, mit Etiketten, die unsere Etiketten kopierten. Als sein Vorgesetzter mir diesen Bericht präsentierte – mit einem Gesicht, als stünde uns der Konkurs unmittelbar bevor – und mir irgendein wirres Zeug von regelwidrigen Praktiken unserer Konkurrenten erzählte, schickte ich kurzerhand sämtliche Abteilungsleiter auf die Suche nach einem Beispiel dieser Wunderware. Wie Sie wohl längst ahnen werden, kamen sie unverrichteter Dinge wieder zurück. Mit hängenden Ohren standen sie vor mir und brummelten irgendwelchen Blödsinn:

»Das war eine aggressive Promotion-Attacke der Konkurrenz, die offenbar keinen Erfolg hatte. Jedenfalls ist ein Produkt dieser Art nirgends mehr zu finden.«

Noch Monate danach tauschte ich belustigte Blicke mit jenem Verkäufer aus, der den Bericht geschrieben hatte, und wir lachten uns beide über unseren Streich ins Fäustchen.

Als der Abteilungsleiter sieht, dass ich den Raum betreten habe, wird sein Gesichtsausdruck noch ernster, und dann lässt er folgende Tirade ab:

»Also schön, Alexander. Ich habe deinen Bericht bekommen, deine Zahlen für diesen Monat sind gut, nur, was du über deine Kundenbesuche schreibst, ist ein wenig undeutlich. Der Gesamteindruck von deiner Arbeit kommt bei mir nicht klar an, verstehst du? So, du kannst jetzt gehen.«

Als der Verkäufer draußen ist, setze ich mich auf seinen Platz und sage: »Hör mal, Pascha, wozu gehst du diesem armen Menschen eigentlich ständig mit immer demselben Schwachsinn auf die Eier? Hat er seine Quote gebracht oder nicht?«

»Doch, die Quote ist in Ordnung.«

»Und die Zahlen fürs Quartal, stimmen die auch? Gibt es eine Steigerung?«

»Klar, gibt es. Aber ohne Berichte geht es nun mal nicht. Es geht schließlich auch um Betriebsdisziplin.«

»Und du meinst, er wird mehr verkaufen, wenn du ihm das Hirn damit zukleisterst? Wenn dich wirklich interessiert, was er mit seinen Kunden plaudert, kannst du ihn ja mal zu seinen Terminen begleiten. Sag mir doch mal, wie oft warst du in dieser Woche auf Tour?«

»Ich, äh ...« Auf Paschas Stirn bilden sich tiefe Falten. »Ich hatte hier im Büro zu tun. Außerdem erforderte die Situation kein Outsorcing von meiner Seite.«

»Was bitte hat die Situation nicht erfordert?«, frage ich mit einer Grimasse, als hätte ich einen Frosch verschluckt.

»Outsourcing.«

»Kannst du das auch auf Russisch sagen?«

»Es gibt nun mal eine Reihe allgemein gebräuchlicher Ausdrücke im Business, und ich bin der Auffassung, dass ...«

»Du solltest dich glücklich schätzen, dass er dich nicht *outsourct*, wie du dich ausdrückst. Du hast doch bestimmt längst vergessen, wie man mit Kunden verhandelt, oder?«

»Absolut nicht! Aber die Berichte müssen analysiert werden, und auf der Basis dieser Analysen müssen dann die erforderlichen Pläne erstellt werden, und deshalb verlange ich von meinen Leuten ...«

»Und wer soll die Berichte deiner Meinung nach analysieren? Wer soll auf der Basis dieser Berichte Pläne erstellen?«

»Na ja, die Unternehmensleitung eben.« Er hebt die Hand und deutet nach oben, dorthin, wo seiner Meinung nach der Olymp des Topmanagments liegt.

»Pascha, jetzt merk dir doch mal, dass kein Mensch diese Berichte braucht, weder du noch ich. Du solltest deinem Team lieber vernünftige Aufgaben geben statt ihnen die Hirne zu ficken. Ich mache meine Verkaufspläne doch nicht in Abhängigkeit davon, wie viele Gespräche ein Verkäufer mit Tante Klara aus dem Supermarkt geführt hat. Hast du das verstanden?«

»Mhmm.«

»Na also, wunderbar.« Ich bin inzwischen ziemlich erschöpft von diesem sinnlosen Blabla und stehe auf, um zu gehen. »Ach, übrigens, fast hätte ich's vergessen. Ich erwarte dich Freitag bei mir zum Meeting, sagen wir, so gegen elf. Und bring mir den Bericht über deine eigenen Kundenbesuche mit, und deinen Terminplan für die kommende Woche auch, okay, Pascha? Dann werden wir beide ein bisschen zusammen analysieren. Du kannst auch meine Sekretärin outsourcen, wenn du willst. Sie ist ziemlich fix an der Computertastatur.«

Zurück in meinem Büro öffne ich die Datei mit den Zahlen über die täglichen Auslieferungen, um mir ein Bild von der Abteilung dieses Outsourcers Mischa zu machen.

Wir reden alle über Globalisierung, über transnationale Unternehmen, die den Planeten verschlingen und ihn in eine gigantische Fabrik mit unmenschlichen Arbeitsbedingungen und Hungerlöhnen verwandeln. Vollen Ernstes erklären wir, dass all die McDonald's, Coca-Colas und Microsofts uns zwingen, dies und jenes zu tun.

Stuss! Kapieren Sie nicht, dass das alles Stuss ist, nichts als Blödsinn? Hier muss schon lange niemand mehr gezwungen werden. Alle bewegen sich mit Siebenmeilenstiefeln auf die sogenannte Gesellschaft ohne Grenzen zu. Überlegen Sie doch mal, warum die im Grunde ziemlich intelligenten jungen Menschen unter meiner Fuchtel, die eine gute russische Bildung genossen haben, danach streben, dümmer auszusehen, als sie tatsächlich sind. Wenn ich Bildung sage, dann meine ich das im klassischen Sinn des Wortes, also eine breite, vielfältige Bildung. Sie mag nicht immer sehr tiefgründig sein, aber sie eröffnet demjenigen, der sie genossen hat, ein breites Spektrum für seine individuellen Begabungen und Möglichkeiten. Eine Bildung, die systematisches Denken höher stellt als systematischen Konsum. Aber wer von denen legt darauf überhaupt noch Wert?

Anstatt die Basis, die man ihm bereitgestellt hat, zu benutzen, versucht jeder von ihnen, sich der Engstirnigkeit der Amerikaner anzupassen. Die gleichen Gesten, das gleiche Lächeln, die gleichen Umgangsformen und die gleiche bescheuerte Manier, nur noch in Werbeslogans zu sprechen. Warum machen sich intelligente Menschen Tag für Tag zu Idioten, noch dazu mit solchem Eifer?

Ich hasse diese Typen nicht deswegen, weil sie kleine popelige Untergebene sind, sondern weil sie davon träumen, kleine popelige Untergebene zu sein. Und wehe, Sie versuchen, ihnen diesen Traum zu nehmen!

Die Tür geht auf, und Sascha betritt mein Büro, der Stellvertreter unseres Hausmeisters Petrowitsch. Sascha ist, genau wie Petrowitsch, ein ehemaliger Soldat. Vor etwa einem Monat habe ich Petrowitsch gebeten, in meinem Büro einen neuen Schredder aufzustellen und mir außerdem eine Schwarz-Weiß-Fotografie aufzuhängen. Ein ziemlich cooles Foto übrigens, das ein Paar super geformte Frauenbeine auf einem Roulettetisch zeigt.

Einen ganzen Monat lang haben diese beiden Spezis nichts getan als in der Nase zu bohren und darauf gehofft, dass ich meinen Auftrag zurückziehe oder einfach vergesse. Jede Woche habe ich meine Sekretärin bei ihnen anrufen lassen. Und jetzt, auf einmal, geschieht das Wunder: Auf seinen ausgestreckten Armen, so feierlich, als trage er die Zarenkrone vor sich her, bringt Sascha tatsächlich den sagenumwobenen Schredder herein. Sein Gesicht zeigt den Ausdruck eines Mannes, der todesverachtend seine verdammte Soldatenpflicht erfüllt.

»Warum hat das denn bloß so lange gedauert, Sascha? Ist er vielleicht auf seinen eigenen Pfoten den weiten Weg aus dem Geschäft bis zu uns gelaufen?«

»Hä? Wer ist auf seinen Pfoten gelaufen?«

»Der Schredder.«

»So siehst du aus! Die Dinger sind höllisch schwer zu kriegen. Was wir alles angestellt haben, um da ranzukommen ...«

Es folgt ein umständlicher Vortrag darüber, dass es im Moskau des Jahres 2004 so gut wie unmöglich ist, einen funktionsfähigen Schredder aufzutreiben. Als Nächstes kommt wahrscheinlich eine rührselige Geschichte von den Strapazen und Entbehrungen, die Sascha und Petrowitsch auf der abenteuerlichen Jagd nach dem Schredder durchlitten haben. Ich nicke, während Sascha sich möglichst unauffällig in Richtung Tür schiebt.

»He, warte!«, rufe ich ihm nach. »Und was ist mit dem Foto? Ich hab das Ding extra selber gerahmt!«

Saschas Gesicht versteinert. Er spürt ganz deutlich, dass er heute bereits mehr gearbeitet hat, als er verkraften kann.

»Das könnte ich doch morgen ...«, unternimmt er einen zaghaften Versuch zu entwischen. »Ich muss noch dringend in der Buchhaltung ...«

»Sascha! Jetzt mach aber mal einen Punkt! Das dauert fünf Minuten!«

Sascha kommt zu meinem Tisch, hebt den Telefonhörer ab und wählt die interne Nummer von Petrowitsch. Gibt einen Lagebericht. Erhält die Genehmigung. Legt den Hörer auf und erklärt in offiziellem Ton:

»Die Sache geht klar, wir hängen es auf! Welchen Abstand von der Fußleiste wünschen Sie?«

Ich erstarre. Gute Frage. Was würden Sie auf so eine Frage antworten? Nach Augenmaß? Das hatte ich eigentlich vor, aber ich befürchtete, als Gegenfrage zu hören: Wie viele Zentimeter sind das?

Deshalb sage ich ohne mit der Wimper zu zucken: »Einen Meter zweiundneunzig.«

»Ah ja, alles klar. Ich hol dann mal den Zollstock«, sagt Sascha und verschwindet.

Mit Gottes Gnade kommt er in einem Monat wieder vorbei.

Fast alle Hausmeister waren früher mal Lagerverwalter bei allen möglichen militärischen Versorgungseinheiten. An ihren späteren Arbeitsstellen in den Büros, das heißt in ihrer Terminologie »unter Zivilisten«, machen sie einfach genau so weiter wie vorher bei der Armee. Zum Beispiel lassen sie die Firmenwagen nicht zum Waschen bringen, wenn sie schmutzig sind, sondern dann, wenn sie nach irgendeinem ominösen Reinigungsplan an der Reihe sind: x-mal während der Wintermonate und y-mal im Herbst und im Frühling. Im Sommer sieht der Reinigungsplan offenbar grundsätzlich keine Autowäsche vor – in Anbetracht der Trockenheit. Irgendwie auch wieder verständlich. Die Zugmaschinen beim Militär werden sowieso nur einmal im Jahr gewaschen, wenn der Generalstab zum Appell kommt.

Büroklammern, Stifte, Heftklammern und Radiergummis werden nicht nach Bedarf ausgegeben, sondern einmal im Jahr, ebenfalls strikt nach Versorgungsbefehl.

Wenn du zu einem Hausmeister gehst und nach einem neuen Locher fragst, wirst du zur Antwort bekommen:

»Was? Wo ist denn Ihr alter Locher geblieben?«

»Keine Ahnung, irgendjemand hat ihn sich vielleicht ausgeliehen, was weiß ich, er ist jedenfalls weg.«

»Das gibt's doch wohl nicht! Wissen Sie überhaupt, was Sie da gemacht haben?!«

Dann folgt ein halbstündiger Vortrag, in dem einem unmissverständlich klargemacht wird, dass der Verlust eines Bürolochers ein genauso schwerwiegendes Vergehen ist wie beispielsweise der Verlust der Regimentsfahne. Und wegen dieses nichtswürdigen Verbrechens hätte man dich zu anderen Zeiten vors Kriegsgericht gebracht und ohne viel Federlesens an die Wand gestellt. Und wenn du dir dann diesen ganzen Blödsinn angehört hast, immer in der stillen Hoffnung, anschließend vielleicht doch noch das gewünschte Zeug ausgehändigt zu bekommen, stellt sich heraus, dass es angeblich nicht angeliefert wurde. Mir bricht in solchen Fällen regelmäßig der kalte Schweiß aus:

»Was soll das heißen, verdammte Scheiße, nicht angeliefert? Wer hat sie nicht angeliefert? Das Weltkomitee zur Lieferung von Lochern? Superlocherman? Oder vielleicht du selber, du verdammter fauler Sack? Anstatt deine Arbeit zu machen, hockst du hier den lieben langen Tag auf deinem breiten Arsch und nummerierst die Büroklammern! Wenn es nach dir ginge, würdest du sämtlichen Angestellten Inventarnummern auf den Rücken pinseln.«

Wahrscheinlich sind sie allesamt Mitglieder einer Geheimorganisation namens Großrussische Vereinigung der Hausmeister und Bürodienstleister, GVHUBD, deren Ziel lautet: *Infiltration aller großen Geschäftsunternehmen mit Angehörigen der Vereinigung. Besetzung aller strategischen Schaltstellen zwecks totaler Zersetzung und vollständiger Lahmlegung der Versorgungswege der betreffenden Betriebe. Allumfassende Herrschaft von Bürokratie und Stumpfsinn, flächendeckende Ausbreitung von Selbstbereicherung durch Diebstahl von Firmeneigentum und Sabotageakten, Wiedereinsetzung der vermoderten Sowjetmentalität sowie die systematische Störung produktiver Arbeitsprozesse.* Irgendwann ist es dann so weit. Sämtliche Industriebetriebe werden sich in GROSSE LAGER verwandelt haben: Lebensmittel, alkoholische Getränke, Bürobedarf, Autos, je nach dem ehemaligen Profil der Unternehmen, die von den Mitgliedern der GVHUBD zerstört wurden. Nach und nach verwandelt sich ganz Russland in ein Königreich der Stabsfeldwebel. Von Murmansk bis Wladiwostok werden per Telegraf und Telefon (das Internet haben sie natürlich abgeschafft, weil es zu modern und vor allem zu schnell ist) idiotische Befehle und Zuteilungsschlüssel hin- und hergeschickt, die von niemand befolgt werden, weil sowieso jeder weiß, dass sie irgendwann wieder außer Kraft gesetzt werden.

Ich stelle mir lebhaft vor, wie sie am Telefon verhandeln:

»Grüß dich, Petrowitsch!« (Alle Lagerverwalter heißen natürlich Petrowitsch.)

»Grüß dich, Petrowitsch. Was ist los?«

»Hier bei uns in Leningrad erfriert das Volk, wie zu Zeiten der Blockade. Könnte uns dein LAGER vielleicht drei Züge Holz schicken? Sonst müssen wir diesen Winter ein Drittel der Besatzung (das heißt: der Einwohner) als Verluste einkalkulieren.«

»Wie stellst du dir das vor? Dafür brauche ich einen schriftlichen Versorgungsbefehl aus der Zentrale, von Petrowitsch.«

»Aber Petrowitsch ist vor zwei Monaten gestorben, ein Nachfolger noch nicht eingesetzt. Woher soll ich jetzt einen Versorgungsbefehl kriegen?«

»Hör mal, Petrowitsch, das darfst du mich nicht fragen! Ohne Versorgungsbefehl geht's nun mal nicht. Schick mir einen Versorgungsbefehl, dann kannst du meinetwegen die ganze Taiga abholzen. Ohne geht gar nichts. Das ist gegen die Vorschrift.«

»Dann müssen wir halt warten, bis der Nachfolger da ist. Vorschrift ist Vorschrift. Und sonst, wie geht's dir? Deinen Kindern? Der Frau?«

»Alles im grünen Bereich. Alle gesund und munter. Pass auf dich auf! Vor allem, wenn es so kalt ist. Hast du genug warme Unterhosen?«

»Da fehlt's ja gerade. Aber unser Stab hat Quartier in so einem ehemaligen Museum bezogen, Eremitage heißt das Ding, vielleicht kennst du's ja sogar, das liegt an einem riesigen Platz.«

»Ach, ich weiß, mit dieser komischen Säule in der Mitte, stimmt's?«

»Jawoll, richtig! Jedenfalls, hier hocken wir jetzt, und Gott sei Dank haben wir genug Zeug zum Verheizen. Bilderrahmen und haufenweise olle Möbel, davon gibt es hier so viel wie Läuse auf dem Kopp von meiner Oma. Das reicht bis zum Frühling. Bis dahin hat sich das bestimmt geklärt in der Zentrale.«

»Na, dann mach's mal gut, Petrowitsch. Wenn was ist, ruf mich an.«

»Jawoll, mach's auch gut.«

Diese Petrowitsche zernagen und zerfressen methodisch und zielstrebig wie Borkenkäfer die Bäume unserer Wirtschaft. Und was die Katastrophe komplett macht, ist die Tatsache, dass man sie sogar noch ihren eigenen Nachwuchs heranziehen lässt, Gestalten wie diesen Sascha oder Wolodja, die bei uns gerade als Office-Manager arbeiten. Und wenn sie dann irgendwann stark genug geworden sind, müssen wir damit rechnen, dass wir eines schönen Tages zur Arbeit kommen und auf der Stelle zu fünfundzwanzig Jahren Arbeitslager verurteilt werden, von einem sogenannten »Dreier-Standgericht« (Hausmeister, Lagerverwalter und Office-Manager), wegen des Verlustes von zwei Kugelschreibern und eines Textmarkers.

Ein Anruf auf der internen Leitung unterbricht meine Gedanken. SEINE Sekretärin verkündet mit der versteinerten Stimme einer Sphinx:

»Alexej Andrejewitsch bittet Sie, einen Moment zu ihm zu kommen.« Dabei haucht sie den Namen mit fast töchterlicher Zärtlichkeit in die Sprechmuschel.

Ich ziehe mein Jackett an, richte meine Krawatte, greife Stift und Notizbuch – für den Fall, dass er mir urplötzlich die ultimative Methode zur Herstellung des Steines der Weisen mitteilen sollte oder die Lösung für das Fermi-Paradoxon. Ich begebe mich jedenfalls zu IHM.

Alexej Andrejewitsch Kondratow geht es offensichtlich noch mieser als mir. Ein übler Kater und fehlender Schlaf stehen ihm ins Gesicht geschrieben, mit allen Farben der medizinischen Palette gemalt. Er hat verblüffende Ähnlichkeit mit einem Regenbogen. In der kurzen Zeit, die ich mich in seinem Büro aufhalte, changiert seine Gesichtsfarbe zwischen Blasslila und Blaugrau.

Ich grüße ihn und erkundige mich nach seinen Wünschen. Statt einer Antwort deutet er mit einem Nicken in die linke Ecke seines Büros. Dort hockt wie ein Huhn auf der Stange der stellvertretende Finanzdirektor der Filiale auf seinem Stuhl, ein widerlicher, spindeldürrer Franzose namens Alan Garrideau. Ich habe Kondratow immer wieder zu verstehen gegeben, dass wir den ganzen Ärger, die ständigen Überprüfungen und den sonstigen Scheiß, der sich von Paris aus regelmäßig über unsere Köpfe ergießt, nur diesem sauberen Monsieur Garrideau zu verdanken haben. Aber allem Anschein nach hat er sich so gründlich in das Vertrauen der Generaldirektion eingeschleimt, dass man diese

Zecke jetzt nicht mehr so einfach ausräuchern kann. Garrideau und ich führen seit drei Jahren einen nicht erklärten Krieg. Wir fügen einander alle möglichen kleinen Gemeinheiten zu und vergeuden unsere Zeit mit albernen Intrigen und Ränken, statt einfach vernünftig unsere Arbeit zu machen. Begonnen hat dieser Krieg in dem Augenblick, als ich ziemlich deutlich gegen seinen Plan Front bezogen habe, das Budget unserer Vertriebsabteilung zu kürzen und die gesamte Werbung einer französischen Agentur zu übergeben, deren Direktor – welch ein Zufall – ein Busenfreund oder Milchbruder von Garrideau ist. Ich kann mir lebhaft vorstellen, was für wunderbare Projekte sie sich da mit unserem Budget zusammengemauschelt hätten. Seitdem flammt der Krieg zwischen uns mal mehr, mal weniger virulent auf, weil dieser Scheißkerl die Hoffnung nicht aufgibt, mir doch noch eins auszuwischen, aus Rache für damals.

»Hier, sieh dir mal an, was sich unsere Marketingabteilung Großartiges ausgedacht hat«, sagt Kondratow, und Garrideau hält mir den neuen Plakatentwurf für unsere Maiskonservenwerbung hin. Der Entwurf zeigt einen durch und durch kernigen Macho, der offenbar im Begriff ist, sein unrasiertes Gesicht in einen großen Berg von Mais zu versenken, der vor ihm auf einer gläsernen Tischplatte aufgehäuft ist. Neben dem Berg liegen Münzen und Geldscheine verstreut, und über dem Ganzen prangt der Slogan:

»Unser Zuckermais Tanduelle ist PURES GOLD«

»Na und?«, frage ich. »Es ging um ein geeignetes Motiv für die Promotion in der Region. Gezeigt werden sollte ein Produkt für echte Männer oder so was in der Art. Es gab diesbezüglich detaillierte Instruktionen, und daran haben sich unsere Jungs gehalten. Wo ist also das Problem?«

»Alan hat da eine etwas andere Meinung«, entgegnet Kondratow, und sofort beginnt Garrideau aus seiner Ecke zu kläffen: »Allerdings. Ich meine nämlich, dass diese Image ist eine ziemliche Provokation.«

»Aha? Und was ist daran so wahnsinnig provokant?«, blaffe ich zurück. Ich merke, dass ich allmählich sauer werde. Aus den Augenwinkeln sehe ich, dass Kondratow am liebsten unter seinen Schreibtisch rutschen würde, damit er bloß nicht dabei zusehen muss, wie die beiden Betriebshofhunde aufeinander losgehen und sich zerfetzen.

»Diese Image sieht ganz aus wie eine Image aus dem Gangsterfilm ›Scar Faced‹ mit Al Pacino, vouz comprenez?« – Und weiter geht's in einem wilden Gemisch aus Russisch, Englisch und Französisch – »Dieser Körnerhaufen looks like a ... a drug, you see? Aber unsere Consumer, sie sind keine Gangster. So diese Plakat damages unsere Brand, weil es ruft eine schlechte Feeling hervor bei die Consumer. Okay? So wir haben da eine Problem, die wir müssen lösen. Das ist, was ich wollte sagen.«

Ich fasse es nicht. Selbst so ein maroder Charakter wie ich wäre nie darauf gekommen, ein Häuflein Mais mit einem Berg Koks zu verwechseln. Dabei hat diese Flasche Garrideau doch nicht einmal den Mumm, das Wort Kokain auch nur laut auszusprechen. Obwohl ich sicher bin, dass er mit seinen französischen Freunden, wahrscheinlich ausnahmslos irgendwelche Nobelköche und Reklameheinis, sich allen möglichen Dreck reinzieht. Kondratow wendet sich verlegen ab, während Garrideau selbst eine betont betrübte Miene zur Schau stellt, und im Raum breitet sich, wie ein Drehbuchautor es vielleicht formuliert hätte, eine zähe Atmosphäre des Bedauerns aus. Beiden ist es *sehr, sehr* unangenehm, dass ich so einen Müll habe durchgehen lassen, und beiden fällt es *sehr, sehr* schwer, in diesem respektablen Büro über dieses *unangenehme Problem* zu reden. Wir sorgen uns doch alle um nichts anderes, als dass wir vor den Augen unserer Kunden keusch und rein dastehen, und wir wollen doch auf gar keinen Fall irgendjemanden irgendwie provozieren, denn schließlich und endlich geht es bei unserem Geschäft ja im weitesten Sinne um die Volksgesundheit (Konservierungsmittel, Genmanipulation usw.). Und beide, Garrideau und Kondratow, erfüllen ja nur ihre Bürgerpflicht im Kampf gegen das Laster, wie es sich für jeden anständigen Menschen gehört. Dem tut es keinen Abbruch, dass Kondratow, der im Übrigen ein lupenreiner Alkoholiker ist, heute Abend in den Puff gehen wird, wie es sich für einen anständigen Ehemann und Vater von zwei Kindern auch gehört. Und Garrideau trifft sich mit seinen Kollegen vom französischen Club, allesamt *hochanständige* Zeitgenossen, mit weltmännischem Lächeln auf den sensiblen Lippen, männlichem Händedruck und einer Chipkarte für den diskreten SM-Salon in der Brieftasche.

Aber darüber spricht man natürlich nicht. Man kann die Stadt Moskau mit einer einzigen riesigen Firma vergleichen, in der der Zugang zu den Pornosites gesperrt ist. Trotzdem holen sich alle Angestellten in der Mittagspause in freundschaftlicher Übereinkunft mit dem System-Administrator des Büros einen runter. Die Welt wird längst nicht mehr vom Kapital regiert, die wahren Könige der Erde heißen Heuchelei und Bigotterie. Alle koksen, was das Zeug hält, laufen durch die Gegend wie Hirnamputierte und wackeln mit den leeren Köpfen. Aber in den Tageszeitungen, in den Magazinen, im Fernsehen wird dieses Thema peinlichst gemieden, es wird tabuisiert, es existiert einfach nicht, wie ausradiert mit einem gigantischen Löschstift. Deshalb kann eine Werbeidee noch so originell sein. Wenn darin Wörter vorkommen, die wie Slangausdrücke aus dem Wortschatz eines Drogendealers klingen, wird sie schlichtweg gecancelt.

»Was soll das denn für ein Slogan sein? *Ein Trip ins Paradies?* Ist euch überhaupt klar, dass diese Formulierung total zweideutig ist? Dass sie bei vielen Bürgern unerwünschte Assoziationen hervorrufen könnte?«

Mann, du Schwachkopf, wenn hier einer Probleme hat, dann du! Du bist es, der ständig und überall die immer gleichen Symbole und Anspielungen herausdeutelt und sich diebisch freut, wenn er mal wieder fündig geworden ist. Wenn du könntest, würdest du die gesamte Waschmittelwerbung verbieten, weil Wörter wie »weiß«, »Schnee« und Ähnliche darin vorkommen. Genau das ist dein Problem, hörst du, du Idiot? Möchtest du darüber reden? Nein, natürlich nicht ...

Darüber will Garrideau nicht reden. Alles an ihm gibt mir zu verstehen, dass wir nach *diesem Vorfall* gar nichts mehr miteinander zu bereden haben. Er ist geradezu berauscht von seinem Triumph in unserem Duell.

»Seit wann interessiert sich denn die Finanzleitung für unsere Marketingabteilung? Oder ist die Marketingabteilung nicht mehr dem Kaufmännischen Direktor unterstellt? Gehört sie neuerdings in den persönlichen Verantwortungsbereich des stellvertretenden Finanzdirektors?«, frage ich.

»Insofern wir arbeiten als eine Team, ich denke, alles, was gehört zu die Geschäfte von die Gesellschaft, ist in the responsibility von eine jeder von unsere Mitarbeiter. Wir ziehen alle an dieselbe Strang. So, das man nennt team spirit, right? Ich habe mir lange Zeit befasst mit multinational business in Europe and America, and believe me, es gibt Prinzips und rules, welche kommen jetzt auch nach Russland. Und die Image von unsere brands and die Image von unser Company ist der Basis für gesamte Geschäftserfolg. So, ich finde das *sehr, sehr* seltsam, dass Sie anscheinend dieses noch immer nicht verstanden haben, bei diese Stellung, welche Sie einkleiden. Very strange, that, really strange! Als ich habe gearbeitet in Amerika – Monsieur Alexej weiß, was ich will sagen –, wir haben absolviert einen speziellen Brand-training ...«

Damit schaltet Garrideau auf das Programm »Ausländischer Profi bringt russischen Faulpelzen bei, wie man arbeitet« ...

Anfang der Neunzigerjahre wurden in jedem großen Unternehmen, das etwas auf sich hielt, die Schlüsselpositionen mit sogenannten »Expats« besetzt, sprich: ausländischen Arbeitskräften; ein Phänomen, das sich damals wenigstens zum Teil durch den Mangel an eigenen qualifizierten Kadern legitimieren ließ. Heute allerdings gibt es nicht einen vernünftigen Grund mehr für diese Praxis. Ich rede jetzt nicht von jenen hochqualifizierten ausländischen Managern, die man für horrende Gehälter bei »BONY« oder »British Petroleum« oder wie sie alle heißen eingekauft hat, damit sie die einheimischen Betriebe auf international konkurrenzfähiges Niveau bringen. Der Einsatz solcher Profis ist in der Regel vollauf gerechtfertigt.

Das Wort »Expat« ist für mich das Markenzeichen eines ganz besonderen Sozialgefüges, bestehend aus allerlei ausländischen Hotelmanagern und Restaurantleitern, Beratern für Sortimentsmanagement, Marketingspezialisten, Angehörigen der Kreativbranche sowie Führungspersonal von Verkaufs- respektive Vertriebsabteilungen. Die meisten von ihnen sind international agierende Hochstapler oder ganz gewöhnliche Loser, die es Anfang bis Mitte der Neunzigerjahre hierher verschlagen hat, mit dem Ziel, in diesem praktisch noch wilden und unerschlossenen Land das ganz große Geld zu machen, indem sie den Eingeborenen Glasperlen für pures Gold andrehten.

Auf diese Art und Weise avancierten also in einer relativ kurzen Periode Leute, die der Konkurrenz im eigenen Land nicht gewachsen waren, bei uns zur Crème de la Crème der Wirtschaft. Man bot ihnen fantastische Gehälter, stellte ihnen Wohnungen und Autos zur Verfügung, zahlte ihre Restaurantrechnungen und finanzierte kostspielige Orgien in den lokalen Bordellen. So präsentierten sie sich mit ihrer kompletten Entourage den Russen, unter denen sie lebten, als die geborenen Erfolgsmenschen und erzeugten damit den Mythos, ein Ausländer sei grundsätzlich teurer und besser als ein einheimischer Mitarbeiter.

Dabei lagen die sagenhaften Erfolgsgeschichten dieser großartigen Führungskräfte meistens in dichtem Nebel. Wenn sich russische Geschäftsleute über ihre ausländischen Topmanager unterhielten, klang das etwa folgendermaßen:

»Was, du kennst meinen Jim nicht? Er ist vor drei Jahren nach Russland gekommen und hat hier ein sehr erfolgreiches Unternehmen aufgebaut. Danach ist er gleich bei mir eingestiegen.«

Oder:

»Na ja, Mark war in den führenden französischen Werbeagenturen beschäftigt, er hat unglaubliche Arbeitserfahrung.«

Was das für ein »erfolgreiches Unternehmen« war, und wie die »führenden Agenturen« hießen, wurde nicht erwähnt. Es ist allgemein bekannt, dass die gute russische Tradition, Ausländer in seine Dienste zu nehmen, auf Peter den Großen zurückgeht. Die weniger gute russische Tradition, ausländische Hochstapler anzustellen, entstand indes vermutlich in der Zeit des Napoleonischen Krieges von 1812. Damals wurden französische Kriegsgefangene von russischen Adligen als Musik-, Sprach-, Tanz- oder Anstandslehrer beschäftigt. Man dachte sich halt, was so ein Franzose ist, der muss ja wohl Ahnung vom Tanzen und Musizieren haben, und von gutem Benehmen sowieso. In Paris sind doch alle so, oder nicht? Und die armen Kriegsgefangenen entdeckten bei sich ziemlich schnell genau die Qualitäten, die man brauchte, um eine gute Stellung zu bekommen. Damit ließ es sich nicht schlecht leben, sie hatten ein ordentliches Gehalt und besaßen sogar ein gewisses Ansehen, vor allem unter den Adligen in der Provinz.

Im Russland der Nach-Sowjet-Zeit lief es genauso. Der Ärger begann mit großangelegten Unterschlagungen, dann folgte das Gejammer über mangelnde berufliche Kompetenz. Beides zusammen führte manches Unternehmen an den Rand des Ruins. Aber inzwischen waren schon heimische Kader nachgewachsen, und nach und nach besetzten sogar die Niederlassungen der westlichen Monsterkonzerne ihr Topmanagement mit russischen Mitarbeitern.

Fest steht jedenfalls, dass einige der zähesten Vertreter jener oben beschriebenen Spezies sich noch immer im Land aufhalten. Und sie lassen sich jetzt auch nicht mehr ohne weiteres vertreiben. Durch Pleiten und Misserfolge abgehärtet wie durch Fegefeuer und Sintflut, sind sie selbst zu halben Russen geworden und klammern sich mit Zähnen und Krallen an ihre Posten. Ihre frühere Überheblichkeit ist so gut wie verschwunden, und mit ihr die hemmungslose Verschwendung von Betriebskapital. Nur dann und wann drängt sich die alte schulmeisterliche Art an die Oberfläche, der gewohnte herablassende Ton á la »Ich als Ausländer verstehe ja wohl einiges mehr vom Business als Sie«.

Und hier sitzt jetzt dieser Alan mit der bierernsten, verkniffenen Miene eines »echten Profis« und redet gequirlte Scheiße darüber, was man ihm angeblich alles bei seinem »speziellen Brand-Training« beigebracht hat. Dabei bin ich mir so gut wie sicher, dass er sich das meiste davon einfach aus irgendwelchen Wirtschaftszeitschriften zusammengelesen hat. Er quatscht und quatscht über Moral, den Wert der Familie und eine Gesellschaft ohne Laster; das sei die einzig richtige Einstellung, wenn es um Werbung für die Produkte unseres Konzerns gehe, und im Übrigen für Werbung überhaupt. Es sei, doziert er, ein Zeichen von mangelndem Geschäftsethos, wenn jemand die armen Verbraucher dermaßen provoziert, umso mehr, wenn dabei Drogen im Spiel sind.

Ich nehme an, er findet es unglaublich cool, sich über die Frage der Lasterhaftigkeit unserer Marketingabteilung und meine unglückselige Verwickelung darin auszulassen. Aber wir sind hier nicht in seinem heißgeliebten Amerika, sondern in Russland, und bei uns denkt ein Abteilungsleiter gar nicht daran, sich in Sack und Asche zu kleiden und vor Gram die Haare auszureißen, nur weil er so eine entsetzliche Provokation nicht bemerkt hat. Der Trick bei solchen Auseinandersetzungen mit diesen Möchtegern-Spezialisten ist, sie mit ihren eigenen Waffen zu schlagen und dabei so frech wie möglich vorzugehen.

»Sagen Sie, Alexej Andrejewitsch, wem ist diese fatale Zweideutigkeit in dem Werbeplakat denn eigentlich als Erstem aufgefallen? Ich meine die Assoziation mit Kokain? Ihnen?«

»Mir? Nein, nein, Alan ist mit dem Entwurf zu mir gekommen und hat mich darauf aufmerksam gemacht, sonst wäre das so durchgegangen«, antwortet Kondratow.

»Ach so, Alan ... Ja, dann ... Hmm.« Ich mache eine lange Pause. »Alan, wissen Sie zufällig, wie die Einschätzung unserer Zielgruppe in Bezug auf dieses Plakat ist? Unsere Marketingabteilung hat ungefähr zweihundert Personen in der Region befragt. Und wissen Sie, welche Assoziationen unser Bild bei ihnen hervorgerufen hat?«

»Nein, ich wusste nicht, dass es hat gegeben eine Zielgruppenuntersuchung. Und was dabei ist herausgekommen?«

»Das werde ich Ihnen sagen, meine Herren. Die Verbraucher in der Region assoziieren die dargestellte Person mit einem Mann, der beim Glücksspiel oder beim Pferderennen gewonnen hat, und der auf einmal begreift, dass es etwas gibt, das mehr wert ist als Geld. Verstehen Sie, Alan? Höhere Werte! Und keiner der Befragten stellte irgendeine Verbindung mit Kokain her. Niemand außer Ihnen, wohlgemerkt! Aber für mich ist Ihre Meinung natürlich außerordentlich wichtig, und ich will Ihnen zugestehen, dass möglicherweise ein paar hundert Verbraucher negative Assoziationen haben könnten, so wie Sie. Deshalb werde ich den Entwurf überarbeiten lassen.«

»Es ist sehr interessant, was sagen die Verbraucher, aber könnte ich vielleicht sehen die Berichte?«, fragt Garrideau etwas pikiert.

»Ich bringe sie Ihnen morgen früh vorbei. Parchomenko ist heute nicht im Büro, er hat das gesamte Material. Aber alles, was ich gesehen habe, spricht gegen ihre Drogenversion.«

Kondratow seufzt, erleichtert, dass dieses Gespräch endlich durchgestanden ist, und sagt:

»Sehen Sie, Alan, ich habe Ihnen doch gesagt, das wir alles im Griff haben. Ich war sicher, dass die Marketingabteilung mit unserem Kaufmännischen Direktor Hand in Hand arbeitet, und dass die erforderlichen Marktanalysen durchgeführt wurden. Aber mir fällt da gerade etwas ein. Wir könnten doch eine Frau nehmen! So ein richtiges sexy Rasseweib, ich meine, das würde dem Plakat so ein gewisses, äh ...« Er schnippt mit den Fingern, um das gewünschte Wort zu suchen.

»Sie meinen, das würde ihm einen gewissen Sex-Appeal geben? Wir arbeiten gerade an einem Alternativentwurf in dieser Richtung, Alexej Andrejewitsch. Und was halten Sie davon, wenn wir auch ein bisschen Natur um diese Frau herum drapieren? Ein Stück Strand vielleicht, eine Meeresbucht?«

»Ja! Genau! Genau das wollte ich sagen. Ein Stück Strand fände ich *sehr* passend!«

»Und Sie, Alan?«, frage ich. »Wie steht es bei Ihnen mit dem Thema Sex? Schadet das nicht dem Image unserer Waren? Was halten Sie überhaupt von attraktiven Frauen, so ganz im Allgemeinen? In der Werbung, meine ich natürlich.«

»Oh, *sehr, sehr viel.* Ja, ich bin vollkommen einverstanden. Ich wollte nur noch einmal fragen wegen die Zielgruppe.«

»Verehrte Kollegen«, unterbricht Kondratow. »Könnten Sie dieses Gespräch nicht woanders fortsetzen? Ich habe ein wichtiges Telefonat zu führen.« Er schiebt uns eilig zur Tür. Ich sehe ihn von der Seite an und bemerke, wie er mir zunickt.

Garrideau verzieht sich in sein Büro, ohne weitere Fragen zu stellen. Selbst sein Rücken strahlt blanken Hass gegen mich aus. Tja, ein Sultan hat eben mehrere Frauen, und er schätzt diejenige am höchsten, die ihm am meisten um den Bart geht.

Unterm Strich baut sich das gesamte sogenannte Business auf dem System des Reihumschwanzlutschens auf. Du lutschst deinem Boss den Schwanz. Deine Untergebenen, die Abteilungsleiter, tun dasselbe bei dir. Denen wiederum blasen die einzelnen Verkäufer einen. Dein Boss lutscht den Generaldirektor in Paris, der Generaldirektor die Aktionäre, und die, zu guter Letzt – vermittelt durch allerlei Wohltätigkeitsstiftungen, durch das Fernsehen mit irgendwelchen

Sendungen über gesundes Essen und so weiter – befriedigen die Verbraucher (zu denen wiederum die Verkäufer gehören). Auf diese Art und Weise entsteht gewissermaßen ein geschlossener Kreis einer transnationalen Schwanzlutscherei, und niemand weiß, wer dabei eigentlich den größten Spaß hat. Alle den gleichen oder grundsätzlich gar keiner?

Leise vor mich hin singend (»The Winner Takes it All«) gehe ich in mein Büro, nehme meinen Autoschlüssel und fahre mit dem Fahrstuhl in die Tiefgarage, um mich zum Mittagessen in die »Galerie« zu begeben.

Unterwegs rufe ich Parchomenko an, den Leiter unserer Marketingabteilung:

»Parchomenko, grüß dich. Na, spannst du ein bisschen aus?«

»Klar. Und du?«

»Ich wollte dir nur Folgendes sagen: Du bist ein dummes Stück Scheiße, Alexej, weißt du das?« Ich höre ein Ächzen im Hörer. »Dieser Entwurf für die Maiswerbung, ist das dein Werk?«

»Klaro, wieso? Was ist damit?«

»Findest du das Ding in Ordnung so?«

»Na ja, für die Provinz geht das doch durch. So ein Al Pacino für Arme, der seine dumme Fresse in einen Haufen Koks steckt. Ist doch super, oder? Ich find's jedenfalls urkomisch. Ich denke mal, das könnte funktionieren.«

»Ja, wirklich sehr komisch! Und vor allem ziemlich abgekupfert. Konntest du dir nicht was Eigenes einfallen lassen? Wieso hast du mir eigentlich den Entwurf nicht gezeigt?«

»Ich bin noch nicht dazu gekommen. Er war doch erst Freitag fertig, da warst du schon nicht mehr im Büro. Montag und Dienstag hatte ich dann frei. Was ist überhaupt los? Wenn es dir nicht passt, machen wir eben was anderes.«

»Die Kacke ist am Dampfen, das ist los. Ich habe gerade dein kleines Ärschlein vor dem Chef und unserem liebreizenden Freund Garrideau gerettet.«

»Ach du Scheiße. Was will dieser Franzmann denn schon wieder?«

»Gar nichts will er. Bloß hat ihn dein Mais unbegreiflicherweise an einen Haufen Koks denken lassen. Was du ja offenbar auch beabsichtigt hast. Du bist ein echter Witzbold, der Charlie Chaplin der Werbung, mindestens. Dabei hat der liebe kleine Franzmann unserem Chef auch noch haarklein erzählt, aus welchem verfickten Film du deine verfickte Idee geklaut hast und wonach dein verfickter Mais aussieht! Mich wundert eigentlich bloß, dass du die Körner nicht weiß angepinselt hast. Vielleicht hättest du ja auch noch eine EC-Karte danebenlegen können oder so was. Hm? Was hältst du davon?«

»Ach du heiliges ... War es sehr schlimm?«

»Du kannst dich bei mir bedanken, ich hab die Sache bereinigt.«

»Du hast was bei mir gut, Boss!«

»Wart's ab! Du hast genau eine Nacht, um eine glaubwürdige Zielgruppenanalyse zusammenzupinseln. Besorg dir ein paar vernünftige Formulare. Du kannst meinen alten Freund Vadim anrufen, der hilft dir. Und jetzt pass gut auf: Die Zielgruppe hat nämlich Folgendes verkündet ...« Ich erzähle ihm haarklein, was ich mir vorhin aus den Fingern gesaugt habe.

»Aber das ist doch völliger Stuss, oder?«, japst Alexej.

»Stuss ist, wenn Gangster Reklame für Zuckermais machen. Das hier ist eine Chance, deinen Arsch zu retten. Wenn du das für Stuss hältst ...«

»Alles klar! Alles klar! Ist schon erledigt! Und was machen wir mit dem Entwurf?«

»Nimm ein paar hübsche Mäuschen, eine nette Landschaft mit einem bisschen Sandstrand und pack deinen Mais dazu. Und lass dir einen guten Slogan einfallen.«

»Verstehe. Wie üblich. Lippen wie Fahrradschläuche, ein paar pralle Möpse, knackige Ärsche, und das Ganze im Bikini, richtig?«

»Richtig! Der Chef hat's schon durchgewunken. Aber bitte keine Transvestiten, sei so nett, ja?«

»Willst du mich beleidigen? Na gut, entschuldige, wir waren einfach im Stress, wir haben die allererste Idee genommen und dann das Plakat draus gebastelt.«

»Du stehst ständig unter Stress, egal, was du machst. Also los, Alexej, mach hin! Ich verlass mich auf dich. Kopien der Zielgruppenberichte und den Plakatentwurf per E-Mail an mich. Okay?«

»Jawoll, Genosse Kommandant! Die Sache ist so gut wie erledigt!«

»Ja, ja, bei dir ist immer alles schon so gut wie erledigt. Also tschau, du verlauster Al Capone!«

Ich schalte ab. Mich überwältigt ein Gefühl erfüllter Pflicht, das nach und nach in die Müdigkeit nach getaner Arbeit übergeht und schließlich in dem Bewusstsein mündet, dass ich seit Tagen eigentlich nichts Vernünftiges gemacht habe. Doch schließlich wird das alles förmlich weggespült von einem bärenmäßigen Hunger und der Lust, mal wieder richtig Party zu machen. Ich komme bei der Galerie an.

# Der Promoter

Schnall dich fester an,
Ich drehe das Tempo hoch,
Dein Freund wird uns nicht zusammen sehen.
Wir legen uns jeder auf eine andere
Seite der weißen Linie.

Mummy Troll, »Geschwindigkeit«

Der Föderale Dienst der Russischen Föderation für die Kontrolle des Drogenhandels untersteht der Verfassung der Russischen Föderation, den föderativen Verfassungen, den föderativen Gesetzen, den Verordnungen und Dekreten des Präsidenten der Russischen Föderation, den Beschlüssen und Dekreten der Regierung der Russischen Föderation, den internationalen Verträgen der Russischen Föderation sowie folgender Verordnung:

www.fskn.gov.ru/fskn/about/law/post_pr_fr.htm?id=10292528@cmsArticle

Obwohl heute ein ganz normaler Arbeitstag ist, ist es in der Galerie rappelvoll. Das Lokal ist zurzeit eine Art Mekka für die Moskauer Müßiggängerszene. Ein dichter Pulk von Gästen belagert die Bar, desgleichen die Garderobe und die

Toiletten. Ich gehe in den ersten Saal und sehe mich nach bekannten Gesichtern um, denn es scheint mir heute ziemlich unrealistisch, einen eigenen Tisch zu ergattern.

An einem Ecktisch sitzen drei Mädchen und drei Männer. Von den Mädchen kenne ich zwei nur allzu gut, die Typen habe ich schon mal irgendwo gesehen. Außerdem stehen noch ein paar andere Leute um den Tisch herum, deren Rücken mir absolut nichts sagen. Ich schlängele mich so durch den Saal, dass ich ihnen auffallen muss, winke grüßend, als die Mädchen mich bemerken, und schlendere zu ihnen an den Tisch. Mit den Mädchen tausche ich Küsschen, den Männern schüttele ich die Hand und versuche mich genauso wie sie daran zu erinnern, wo wir uns begegnet sein könnten. Eines der Mädchen, Natascha, die ich bei der Abschlussparty im Club ZIMA auf der Toilette kennengelernt habe, macht mich mit allen bekannt. Ich lächle, die Typen lächeln auch, wir lächeln alle und sehen dabei aus wie die reinsten Vollidioten. Aber weil das hier so üblich ist, bringt das niemanden in Verlegenheit. Man war gerade dabei, die letzte Urlaubsreise von Ilona und ihrem Boyfriend auszuwerten, die eben aus Ibiza zurückgekommen sind. Die beiden sind so braungebrannt, dass sie sich kaum von der schokoladenfarbenen Einrichtung der »Galerie« unterscheiden. Ilonas Finger stecken voller Goldringe, die sie in Kombination mit ihren tiefbraunen Händen wie eine nubische Sklavin aussehen lassen. Aber Ilona weiß nicht, dass es ein Land namens Nubien je gegeben hat. Dafür hat ihr Boyfriend Farid Interessen in der Erdölbranche, und ihre beiden Freundinnen sind neidisch auf sie, weil er die ganze Zeit kein Wort sagt, immer charmant lächelt und die gesamte

Rechnung mit seiner goldenen Kreditkarte zahlt. Ilona fühlt sich als Königin des Abends und redet unentwegt mit tiefer, ein wenig heiserer Stimme irgendwelchen Unsinn. Sogar ihre Stimme wirkt braungebrannt.

Die Leute am Nachbartisch blättern in dem Luxus-Lifestyle-Magazin *Robb Report* und unterhalten sich lautstark über die neuesten Jachtmodelle und Uhren. Ein Typ, der ein Gesicht hat wie ein tschetschenischer Prinz, erzählt gerade, wie er vor kurzem mit ein paar Freunden in einer Gulfstream nach Milano geflogen ist, dass ihnen unterwegs der Champagner ausging, sie in ein Luftloch gerieten, dass sie es aber trotz all dieser wahnsinnigen Abenteuer es doch noch rechtzeitig zur Präsentation der neuen Prada-Kollektion geschafft haben. »Das war so super!« Die Freundin des Prinzen, eine ziemlich imposante Blondine, nippt an ihrem Daiquiri wie in einem Werbespot und verschlingt ihn mit den Augen. Er sonnt sich in ihrer Bewunderung und lässt sie in dem Glauben, er habe ernste Absichten. Sie sind auch wirklich ein wunderschönes Paar – bloß heiraten wird er sie natürlich nie. Aber was spielt das schon für eine Rolle?

Immer wieder kommen Leute an unseren Tisch, um uns zu begrüßen. Alle stellen stereotyp immer dieselben beiden Fragen: »Wie war's im Urlaub?« oder »Wohin fahrt ihr in den Urlaub?«

Niemand hört wirklich zu, was darauf geantwortet wird, jeder erzählt sofort von seinen eigenen Urlaubsplänen. Zwanzig Minuten stehe ich dort an dem Tisch und lasse mich über alle wichtigen Themen und die heißesten Klatschgeschichten der Stadt auf den aktuellsten Stand bringen. Man diskutiert die neueste Kollektion von Galliano; man erklärt, was man davon hält, dass die Bar des Plaza Athénée in Paris mittlerweile vollständig von russischen Hostessen okkupiert ist; man einigt sich darauf, dass das Restaurant Nobu auch nicht mehr das ist, was es mal war, und dass es in London zurzeit entschieden zu kalt ist. Alle missbilligen die allgemeine Medienhysterie bezüglich des Fußballclubs Chelsea und beschließen einmütig, Prada sei doch schon ein wenig »demodé«. Dann werden die mehr oder weniger prominenten Personen der Hauptstadt durchgekaut. Wir freuen uns für Anja, dass sie Fedja endlich ins Bett gekriegt hat, lachen darüber, dass Ksjuschas Hochzeit zum x-ten Mal verschoben wurde und halten Anton für einen fiesen Kerl, weil er Tanja sitzengelassen hat – so ein patentes Mädel! (Irgendwer wirft allerdings dazwischen, Tanja sei eine Nutte.) Zwischendurch versucht jemand aus den hinteren Reihen, das Thema der drohenden Bankenkrise in Russland anzusprechen, wird aber augenblicklich mit der schlichten, aber wirksamen Bemerkung »Vergiss es!« zum Schweigen gebracht. Keiner hat Lust, sich von solchen uncoolen Themen die Laune verderben zu lassen. No fun.

Ich sehe Natascha an und checke meine Chancen für den heutigen Abend ab. Sie schüttelt den Kopf und deutet mit den Augen auf den Freund von Farid. Aber das betrübt mich nicht weiter, ich forme mit den Lippen das Wort »toll!«. Sie antwortet mir auf die gleiche Art: »Allein …« und macht ein Zeichen in Richtung der dritten Freundin, einem sehr jungen Mädchen mit mittelblonden Haaren und großen blauen Augen (respektive Kontaktlinsen). Ich lege als Zeichen des Dankes zwei Finger an den Mund und nicke.

Das allgemeine Stimmengewirr fließt in meinen Ohren zu einem einzigen gleichförmigen Rauschen zusammen, ungefähr so, wie wenn man sich eine Muschel ans Ohr hält. Wie ein Funker in einem Unterseeboot versuche ich aus diesem diffusen weißen Rauschen, aus dieser Informationsleere, den Sinn der Gespräche herauszufiltern, die überall im Saal geführt werden. Aber außer einer wahllosen Aneinanderreihung von Markennamen, Restaurants, Frauen- und Männernamen kommt nichts bei mir an. Es gelingt mir nicht einmal, die emotionale Grundstimmung herauszufiltern. Auch die Gesichter zeigen keinerlei Gefühle, weder Freude noch Trauer, weder Begeisterung noch Enttäuschung. Nicht die geringste Spur von Leben ist darin zu erkennen. Wenn man betrunken genug ist, meint man, jemand habe mit roter Farbe Münder auf Wachsköpfe gemalt, die sich bewegen wie Trickfilmfiguren, ruckartig und künstlich, oft nicht einmal synchron mit der Stimme. Aber die Hälfte dieser Trickfilmfiguren ist mir ja persönlich bekannt, es sind dieselben, die ich gestern im Vogue getroffen habe, dieselben, die mir morgen im Veranda begegnen werden. Niemand hier hat den geringsten Spaß an seinen Mitmenschen, es ist einfach nicht angesagt, sich seine Gefühle ansehen zu lassen. Ich denke, wenn wir auch nur für eine einzige Sekunde unseren Gefühlen die Macht über uns gäben, sähen wir um uns herum nur noch von Neid und Missvergnügen verzerrte Visagen, ungefähr so, als würden alle Anwesenden auf Kommando in knallgelbe Zitronen beißen. Ein Biss in puren gelben Neid.

Zwei Mädchen gehen vorbei, mit starren, ausdruckslosen Gesichtern. Sie sehen niemanden direkt an, registrieren aber haargenau, wer allein da ist und wer nicht und gucken sich ihre Opfer für diesen Abend aus. Ich bin sicher, sie haben irgendwo ein drittes Auge, entweder im Hinterkopf oder in der Stirn, mit dem sie das Schlachtfeld systematisch scannen – natürlich ein Infrarotauge, damit sie auch das Portemonnaie des anvisierten Opfers durchleuchten können.

Das ganze Restaurant ist in ständiger Bewegung, unentwegt wechseln die Gäste zwischen den Tischen hin und her, bestellen, wo sie gerade sind, und ziehen weiter. Der Kellner versucht, in dem Gewimmel seine Kunden ausfindig zu machen, aber niemand weiß, wo die abgeblieben sind, schließlich nimmt man ihm die Getränke ab, und zu guter Letzt weiß kein Mensch mehr, wer was bestellt hat und wer das alles zahlen soll. Aber egal, was spielt das schon für eine Rolle? Ich beginne mich zu langweilen und stelle mich dicht hinter das Mädchen, auf das Natascha mich hingewiesen hat. Ich lege die Hand auf ihre Schulter und sage:

»Hallo!«

Sie streicht sich eine kleine Haarsträhne aus der Stirn und lächelt. Ich beginne ein Gespräch:

»Möchtest du etwas trinken?«

»Eigentlich ja nicht mehr. Vielleicht ein ganz klein wenig Champagner.«

»Okay.«

Sie sagt, sie heiße Lena, und dann beginnt sie mich auszufragen, in welchen Lokalen ich verkehre, wo ich meinen Urlaub verbringe und was ein anständiges Mädchen sonst alles so wissen muss, bevor sie eine ganze Nacht mit einem unbekannten Gentleman verbringen kann.

»Hast du einen Job?«, frage ich zwischendurch.

»Ich studiere. Nebenbei jobbe ich manchmal ein bisschen als Model. Und du?«

»Ich bin auch ein Modell. Ein Panzer T-34. Aus der Modellbauserie ›Klebst du mich heut Nacht zusammen?‹ Kennst du die?«, sage ich und küsse sie auf den Hals.

Sie weicht ganz leicht aus und schießt etwas ab wie: »Du bist wohl ein Witzbold, was?«

»Entschuldige, ich wollte dich nicht verletzen.«

»Ach nein, ich bin nur ein wenig schüchtern, bei fremden Männern!«, antwortet sie und sieht mich lockend an.

Ich versuche mich schnell zu erinnern, was die Jungs von MTV in solchen Fällen zu sagen pflegen, und gebe zurück, sie sehe gar nicht aus wie ein Mädchen, die auf schnelle Bekanntschaften aus sei, und ich hätte mich normalerweise ganz bestimmt nicht getraut und so weiter, aber ich fände sie eben einfach super, und ob sie nicht noch ein wenig Champagner trinken möchte. Sie macht eine bewundernde Bemerkung über meine Uhr, ich streiche ich ihr über das Haar, und sie erzählt mir von ihrer Freundin, die sich ein Bein gebrochen hat, »beim Skifahren, irgendwo in den Alpen«. Im Hintergrund läuft, wie mir scheint, schon seit einer Ewigkeit die CD »La Suite« von Costes, und zwar immer ein und dasselbe Stück: »Doris Days«. Und die Leute um uns herum bewegen sich wie auf dem Laufsteg, mit aufreizenden Posen wie in einem Mode-Magazin. Allmählich verfestigt sich in mir der Eindruck, dass wir alle zusammen Protagonisten aus einem Videoclip bei Fashion-TV sind.

Und schon kreuzt tatsächlich ein waschechter Held dieses Fashion-TV auf, die pure Verkörperung der Club-Kultur, hundert Prozent »Night Fever«, einer der fünf Großen der Moskauer Club-Promoter-Szene: Mischa, genannt »VooDoo«. Dieser Mischa, erzählt man sich, hat zwei Jahre lang in New York gelebt und ist eben gerade von dort zurückgekehrt, den Kopf voller irrer Ideen und mit dem Plan, den besten Club der Stadt aufzumachen. Erst letzten Sonntag meinte irgendjemand aus meiner Clique, Mischa habe sogar schon mit dem Ausbau angefangen. Vor etwa fünf Jahren, ganz am Anfang meiner Szenelaufbahn, bin ich öfter mal mit Mischa zusammen unterwegs gewesen, wir kannten uns von der Uni her. Mischa wurde später allerdings exmatrikuliert, eine direkte Folge seines intensiven Clublebens, das auf seine Studienergebnisse durchschlug.

Wir sind also im Grunde alte Bekannte, und ich freue mich wirklich, ihm mal wieder über den Weg zu laufen.

»He, grüß dich, alter Knabe!«, brüllt Mischa mir quer durch den Saal zu. »Lebst du auch noch? Reife Leistung, das ist gar nicht so einfach heutzutage!«

»Allerdings«, lache ich. »Aber du scheinst ja auch noch recht lebendig, oder ist das bloß dein Hologramm, was ich da sehe, und du selbst hängst in Wirklichkeit in London rum?«

»Ach, weißt du, ich bin gerade dabei, London um mich herum aufzubauen, Brüderchen.«

Wir umarmen uns. Mischa lädt mich und Lena, meine Freundin für diesen Abend, ein, uns zu ihm und seiner Entourage zu setzen. Wir folgen ihm in den zweiten Saal, wo sich an zwei zusammengeschobenen Tischen ungefähr ein Dutzend Personen niedergelassen hat: die Avantgarde der progressiven Moskauer Berufsjugend. Unter ihnen ein paar kahlköpfige, seriöse Daddys, ein stadtbekannter Dealer mit dem Spitznamen »Der Schnurrbart« und ein Typ namens Sascha, den Mischa als seinen Partner vorstellt. Außerdem drückt sich ein weiteres Dutzend Leute in dem Bemühen um den Tisch herum, dem einen oder anderen aus der prominenten Gesellschaft die Hand zu schütteln, um seinen Bekannten zu zeigen, dass sie zur Crème de la Crème unserer Gesellschaft gehören. Auf den Tischen stehen Sushi und Champagner, man raucht Zigarren, trinkt Cognac, und allen stehen Erfolg und Unabhängigkeit ins Gesicht geschrieben.

Dieser Sascha erzählt einen Witz über einen Junkie aus der Szene, der seinen Kumpel fragt:

»Ist heute Freitag?«

»Nein, Dienstag.«

»Aha! Dann war gestern Freitag, stimmt's?«

»Nein, Alter, gestern war Montag.«

»Ach, verstehe. Also ist morgen Freitag?«

»Morgen ist Mittwoch.«

»Ej, hör mal, Alter, heißt das jetzt, wir haben diese Woche überhaupt keinen Freitag mehr?«

Großes Gelächter. Jemand sagt: »Der meint uns.« Und die Unterhaltung plätschert weiter vor sich hin, über immer dieselben Themen. Vereinfacht gesagt, wird jede dieser Konversationen im Kern mit drei sich ständig wiederholenden Phrasen bestritten: VOLL OUT, VERGISS ES und SPIELT DAS EINE ROLLE? Ein Außenseiter könnte den Eindruck haben, alle diese Leute hätten sich nur deshalb hier versammelt, um sich stundenlang mit diesen drei Sätzen zu traktieren. Was sonst noch gesagt wird, bildet nur das Bühnenbild dafür. Und auch ich quatsche denselben Mist, streue dann und wann kleine banale Bemerkungen ein:

»Ich hab gehört, das First soll demnächst renoviert werden ...«

»Ach ja? Wird es dann noch mieser?«

»Keine Ahnung, angeblich soll es super werden!«

»Gorobij will ein WINTER-2 aufmachen.«

»Soviel ich weiß, soll es Herbst heißen.«

»Ach, wie originell!«

»Voll out!«

»Vergiss es!«

»Man kann echt bald nirgendwo mehr hingehen.«

»Garri will das XIII neu eröffnen. Super, was?«

»Dieser Witz ist mindestens drei Jahre alt, mein Süßer.«

»Also ungefähr so alt wie deine Klamotten, Schätzchen.«

»Vergiss es.«

»Weiß einer, wohin das ZEPPELIN umzieht?«

»Auf den Flughafen, hahaha!«

»Und wann macht Organesow sein MILLIARDÄR auf?«

»In seinem nächsten Leben, Alter!«

»Das Cabaret ist wahrscheinlich genauso öde, oder?«

»Wahrscheinlich. Aber was spielt das für eine Rolle?«

»Also, ins Fabrique würde ich nie im Leben gehen. Das ist ja der reinste Kindergarten.«

»Dafür kann man da super Studentinnen aufreißen.«

»Gibt's hier etwa nicht genug davon?«

»Macht Mercury im Herbst was Neues?«

»Einen Haute-Couture-Friedhof mit maßgeschneiderten Särgen. Lieferfrist ein halbes Jahr.«

»Das soll wohl ein Witz sein? Und wo sollen die Leichen so lange gelagert werden?«

»Man kann den Zeitpunkt seines Todes vorher mit ihnen absprechen, so können sie immer pünktlich liefern. Schätze, du solltest dich beeilen.«

»Du bist ein Idiot, Schnucki. Deine Witze sind voll out.«

»Ich mache keine Witze.«

»Vergiss es.«

»Ich hab gehört, das First, das Poison und das Bad wollen im September zusammen ein Flugzeug chartern und zum Weekend in die Türkei jetten, stimmt das?«

»Keine Ahnung. Und wenn, fliege ich sowieso nicht mit, da sind doch nur Junkies dabei.«

»Aha, und was bist du, hahaha?«

»Blöde Gans! Ich bin seit zwei Wochen clean.«

»Was machen wir eigentlich Silvester?«

»Immer langsam, meine Liebe, wir haben jetzt gerade mal Juni.«

»Spielt das eine Rolle?«

»Ist im Januar wieder Courchevel angesagt?«

»Oh Mann, das steht mir allmählich bis hier! Aber es gibt ja sonst nichts, was bleibt einem anderes übrig?«

»Auf jeden Fall trifft man da wieder mal ALLE. Wie öde!«

»Du kannst ja nach Jachroma tippeln. Da kann man auch Skifahren.«

»Mann, hör auf, das ist doch voll out!«

Ich betrachte die Serviette, die vor mir auf dem Tisch liegt und klinke mich allmählich aus. Mein neues Mädchen ist so vereinnahmt von diesem geistlosen Gespräch, dass sie meine Existenz völlig vergessen hat.

»Tja, wir werden wohl langsam alt, was, Bruder?« Mischa legt mir die Hand auf die Schulter.

»Natürlich, das ist ein irreversibler Prozess«, entgegne ich und sehe ihm in die Augen.

»Langweilst du dich hier?«

»Nicht mehr als sonst auch. Entschuldige, deine Freunde sind ganz reizend, aber ich glaube, ich sollte langsam verschwinden. Die Kleine da nehme ich mit, falls sie sich noch an mich erinnert.«

»Ach, so einen charismatischen Typen wie dich vergisst man doch nicht so einfach«, lacht Mischa. »Aber erzähl mir lieber mal, wie's dir jetzt so geht. Wir haben uns ja seit mindestens hundert Jahren nicht gesehen.« Er dreht den anderen Leuten den Rücken zu, als wollte er damit demonstrieren, dass er sich ganz auf unser Gespräch konzentriert.

Ich erzähle ihm von meiner Arbeit, von meinen Frauen, von Drogen und Clubs. Wir erinnern uns an gemeinsame Freunde, klären ab, wer von ihnen noch lebt und wer noch nicht ausgewandert ist, reden über die Frauen, die wir gekannt haben, ob sie jetzt wohl glücklich sind oder nicht. Dann erzählt Mischa von seiner Zeit in New York und in Westeuropa. Er hat einen Haufen ziemlich abgefahrener Geschichten auf Lager. Von wilden Partys in Milano und Berlin, wüsten Drogenexzessen in Paris, hemmungslosem Luxusleben in Saint-Tropez und Courchevel; von Londoner DJs, der Schwulenszene in San Francisco, von Schicki-Micki-Frauen in Miami und russischen Neureichen in Marbella, von Schweizer Privatkliniken für reiche Szenetypen und von thailändischen Transvestiten.

Mischa gehört zu jener Kategorie von Menschen, die dich mit ihrem Charme innerhalb von Sekunden um den Finger wickeln. Er ist so unkompliziert und umgänglich, hat eine so wunderbar geringschätzige Art gegenüber Geld, und er kennt einfach alle und jeden, und jeder kennt ihn. Dabei hat er wirklich Format. Die Art, wie er redet, seine Mimik und Gestik zieht jeden in seinen Bann. Wenn man ihm zuhört, bekommt man sofort gute Laune, egal, wie schlecht man vorher drauf war. Mit einem Wort, Mischa ist ein Mensch, mit dem jeder gern befreundet sein möchte, je näher, desto besser. Die ideale Mischung zwischen einem weltgewandten, unbekümmerten Dandy und einem denkenden Menschen. Es kommt mir so vor, als wäre er überhaupt nie weggewesen, so gut ist er über alles, was in der Stadt los ist, auf dem Laufenden. Trotzdem sieht man sofort, dass er längere Zeit in Europa verbracht hat, er ist einfach anders als die meisten hier.

Ich klage ihm mein Leid über die ewige Langeweile, die Leblosigkeit der Menschen, mit denen man zu tun hat, ihre Heuchelei und Banalität, erzähle ihm, wie müde und ausgehöhlt ich mich von diesen flüchtigen Beziehungen und Eintagsfreundschaften fühle.

»Weißt du«, sagt er und umfasst mit einer weiten Geste den ganzen Saal. »Alle diese Leute hier nehme ich überhaupt nicht als Menschen wahr. Ich bin schon so lange in diesem Geschäft unterwegs, ich habe so viele Partys und Shows und Clubs organisiert, dass ich eines längst begriffen habe: Die Dummheit dieser Leute, ihr absurder Drang danach, ihr Leben zu verschwenden, das ist mein Profit.«

»Was meinst du damit?«

»Dass es keinen Sinn hat, diese Idioten zu hassen, man muss an ihnen verdienen. Gib ihnen eine möglichst abgefahrene Idee, präsentiere ihnen den übelsten Kitsch, den du finden kannst und lass sie richtig saftig dafür zahlen. Verarsche sie nach Strich und Faden. Biete ihnen billigste, banalste, beschissenste Unterhaltung! Dann tragen sie dir ihr ganzes Geld hinterher und lecken dir noch den Hintern vor Dankbarkeit.«

»Ist das die Philosophie deines neuen Clubs?«

»Im Wesentlichen.«

»Apropos, wann machst du auf?«

»Tja, eigentlich nächste Woche. Wir haben da allerdings noch ein kleines Problemchen, Sascha und ich. Kennst du Sascha eigentlich? Er hat fünf Jahre in Europa gelebt, hauptsächlich in London. Da haben wir uns auch kennengelernt.«

»Und was ist das für ein Problem?«

»Ach Gott, Kinkerlitzchen! Wie immer. Wir haben inzwischen so an die fünfhunderttausend Dollar reingebuttert, italienische Möbel, Licht- und Tontechnik vom Feinsten. Der Designer war auch nicht billig. Aber dann ist unser dritter Partner in letzter Minute abgesprungen. Er ist Banker, verstehst du, und die Investmentbranche bereitet sich ja im Moment mal wieder auf die nächste Krise vor. Deshalb will er das Geld nicht aus den Fingern geben. Jetzt fehlen uns noch so um die hundertfünfzigtausend. Wir haben die Sache ziemlich großangelegt, das soll ein richtig edler Schuppen werden. Die beiden Opas, die da mit uns am Tisch sitzen, sind zwei dicke Geldsäcke, die sind scharf darauf, bei uns einen Zwanzig-Prozent-Anteil abzugreifen. Das Problem ist nur, dass ich nicht besonders scharf darauf bin, mit solchen Typen Geschäfte zu machen. Total uncoole Zeitgenossen.«

»Aber es wäre doch voll out, wenn ihr wegen der paar fehlenden Kopeken alles den Bach runtergehen ließet. Gibt es sonst keine Interessenten?«

»Ach, im Grunde wimmelt die Stadt von Leuten, die ihre Kohle irgendwo unterbringen wollen. Aber du weißt ja, ich habe schon immer am liebsten mit Leuten zusammengearbeitet, die mir auch liegen. Ich kann einfach nicht auf diese Plattköpfe, die außer Kohle nichts zu bieten haben. Die machen aus jedem Laden einen Puff. Wie sieht's bei dir eigentlich aus?«

»In welcher Hinsicht?«

»Hast du nicht Lust, bei uns einzusteigen? Weißt du noch, vor zehn Jahren wollten wir zusammen eine richtig gute Bar aufmachen, wie im Westen.«

»Klar weiß ich das noch. Aber ich bin doch völlig ahnungslos in dieser Branche. Sich zu besaufen ist eine Sache, aber andere zum Saufen zu bringen, ist etwas ganz anderes.«

»Ach komm, keine falsche Bescheidenheit. Du bist immerhin so eine Art Chef in einem Laden, der zehnmal so viel Umsatz macht wie der größte Club. Und in der Szene kennt dich auch jeder. Das Problem ist also nicht die Branche, das Problem ist die persönliche Bereitschaft.«

»Na gut, Mischa, wenn du das wirklich ernst meinst, lasse ich mir die Sache mal durch den Kopf gehen. So ad hoc kann ich das natürlich nicht entscheiden. Hundertfünfzigtausend bringe ich allein auch nicht auf. Ich müsste einen Freund von mir fragen.«

»Mach dir bloß keinen Stress, Bruder. Das war ja nur so eine Idee. Überleg dir das ganz in Ruhe. Wenn du Lust hast, ruf mich einfach an. Hör mal, was hältst du davon, wenn wir noch woandershin gehen?«

»An mir soll's nicht liegen.«

»Ausgezeichnet. Dann werde ich jetzt mal die Rechnung deckeln und dann sausen wir los. Den gemütlichen Teil des Abends einläuten.« Mischa lächelt charmant. »He, Alter, ich freue mich wirklich, dich zu sehen, das glaubst du gar nicht.«

Wir machen uns auf den Weg zum Ausgang. Als wir durch den ersten Raum gehen, verfolgen die dort sitzenden Gäste unsere Gruppe neugierig mit den Augen. Einige deuten auf Mischa und tuscheln mit ihren Nachbarn. Scheiße, es ist natürlich total idiotisch, aber man fühlt sich trotzdem ziemlich gut dabei, wenn man so im Zentrum der Aufmerksamkeit steht. Lena, der natürlich nicht entgangen ist, WIE gut ich Mischa kenne, weicht mir keinen Schritt von der Seite. Als wir auf die Straße treten, hängt sie sich an meinen Bizeps und raunt mir lasziv ins Ohr:

»Wo fahren wir jetzt hin?«

»Ins Wunderland«, antworte ich. »Schnall dich gut an, wir fliegen gleich los.«

Während der Fahrt schwelge ich in den süßesten Träumen von meiner Zukunft als Partner in einem neuen Szeneclub. Nicht nur, dass man auf diese Weise richtig Geld machen kann (und nebenbei sein Image in der Szene aufpoliert), dieses Projekt bietet mir auch die Möglichkeit, mich zum ersten Mal mit einer Sache zu beschäftigen, die ich nicht zum Kotzen finde, die mir sogar richtig Spaß bringt.

Und noch ein kleiner, nicht ganz unbedeutender Punkt: Ich würde damit über die Gedanken und Portemonnaies all dieser Hohlköpfe und Nullnummern herrschen, die mir das Leben so vermiesen. Ich fühle mich sauwohl, ich bin dermaßen glücklich und zufrieden mit mir selber, dass ich mir mit meiner Zigarette beinahe die Hose abfackle. Die Glut sengt mir die Finger an und holt mich unsanft auf den Boden der Tatsachen zurück. Ich fluche und schmeiße die Kippe aus dem Fenster.

»Alles in Ordnung, Bruder?«, fragt Mischa lächelnd vom Vordersitz.

»Alles okay.« Ich mache mit den Fingern das Victory-Zeichen und fühle mich wie Yassir Arafat.

»Wir sind gleich da. Ihr werdet sehen, das ist ein ziemlich netter Laden. Habt ihr ein bisschen Zeit?«

»Klar, so viel du willst ...«

Das Lokal, eine Mischung aus Club, Kneipe und Restaurant, befindet sich in irgendeiner der kleinen Gassen, die vom Twerskoj-Boulevard abzweigt. Wir halten dort Einzug wie echte Filmstars. Einer hat eine angebrochene Champagnerflasche in der Hand, der Nächste qualmt eine dicke Zigarre, der dritte hält links und rechts ein Mädchen im Arm. Und alle quatschen wir dabei möglichst laut in unsere Handys, lachen aus vollem Hals und zeigen auch sonst auf jede erdenklich Art und Weise, dass wir ausschließlich mit uns selbst beschäftigt sind. Wobei das ganze Spektakel natürlich nur aus dem einzigen Grunde abgezogen wird, möglichst viel Aufmerksamkeit zu erregen. Lena fragt mich mit vor Freude überschnappender Stimme:

»Wo sind wir denn hier?«

»Keine Ahnung. Was spielt das für eine Rolle?«

In diesem Moment presst sie sich noch enger an mich, was mich auf den Gedanken bringt, dass das genau die Antwort war, die sie hören wollte.

Mischa dirigiert uns in die Lounge, wo wir zwei Tische in Beschlag nehmen und sofort anfangen, alle um uns herum zu begrüßen. Die Klientel ist hier eine etwas andere als in der Galerie, jünger und frischer. Die Typen haben gut trainierte Oberarme, die Frauen gut trainierte Bäuche. Man ist überhaupt sehr sportlich, sonnengebräunt, schreiend modisch und hypererotisch. Lauter junge Götter mit perfekten, vor Gesundheit strotzenden Körpern, aber extrem lasterhaften Gesichtern und ungesund glänzenden Augen. Alle unterhalten sich mit gedämpfter Stimme, lächeln einander verlockend an und fassen sich in regelmäßigen Abständen mit der Hand ins Gesicht, als wollten sie prüfen, ob noch alles richtig sitzt.

Die Gespräche hier drehen sich ausschließlich um zwei völlig konträre Themen: Drogen und gesundes Leben.

»Dreißig Trips haben wir bei Wanja genommen, wie üblich ... Sie macht gerade diese komische Diät, strikte Trennkost ... Weißt du, halb Koks, halb Age ... Ein neuer Court mit Fitnessbar ... Der Junge verkauft nur absolut reinen Stoff ... Die Trainerin ist total sexy ... Eine geile Schnecke, diese Dealerin aus Litauen ... Wir sind zwei Kilometer geschwommen ... Der Trip hielt echt zwei Stunden vor ... Ein Supertyp, der lässt kein Gerät aus ... Ja, ja, er hängt seit einem halben Jahr an der Nadel ... Ich komme gerade aus der Sporthalle ... Ich bin noch ziemlich down ... Zwei Kilo in der Woche abgenommen ... Seine Norm liegt bei zwei Gramm am Tag ... Ich sterbe, wenn ich heute nicht in den Fitnessraum komme ... Ich verrecke, wenn ich nicht ganz schnell was auftreibe ... Von LSD lass lieber die Finger ... Teste doch mal meinen Spa ... Der hat sich bald die Nasenscheidewand weggeblasen ... Der hat ein perfektes Sixpack ... Körbchengröße B? ... Sein erster Trip? Fettverbrennung! ... Speedball! ... Morgen ins Solarium? ... Jetzt aufs Klo?«

So leben sie. Morgens zum Trainer, abends zum Dealer. Ich glaube, sie beschäftigen sich nur deshalb am Morgen so eifrig mit ihrer Gesundheit, damit sie sie abends wieder ruinieren können.

Immer wieder verschwinden einige Gäste pärchenweise in Richtung Toiletten. Kommen zurück. Die nächsten verschwinden und immer so weiter.

Mein Nachbar erzählt mir, wie toll er es findet, abends zum Messegelände im Presnenski-Bezirk rauszufahren, was da für ein großartiger Park sei und so eine fantastische Luft. Man nimmt sich ein paar CDs mit, weil in den Toiletten die praktischen Glasregale fehlen – und am Abend leuchten dann überall die Flämmchen der Feuerzeuge, als wenn es von Glühwürmchen nur so wimmelt.

Als Antwort auf diese romantische Beschreibung entwickle ich lautstark meine Vorstellung vom folgenden Morgen. Wenn nämlich all diese wunderbaren menschlichen Glühwürmchen mit ihren leuchtenden Augen bei Tagesanbruch das Weite gesucht haben, kommen die Kinder zum Spielen in den Park und finden überall weggeworfene CDs. Vermutlich denken sie, dass in diesem Park so eine Art Ole Lukoje hausen muss, der sie jeden Morgen mit den Neuigkeiten aus der aktuellen Clubmusikkultur beschenkt, oder dass jede Nacht ausgerechnet in diesem Bezirk ein verzauberter Schnee aus CDs niederrieselt. Und natürlich spielen die Glühwürmchen im Leben dieser Kinder eine sehr wichtige Rolle, doziere ich weiter. Erstens, weil sie prima Musik-CDs verstreuen statt gebrauchte Kondome oder Einwegspritzen, und zweitens, weil sie die Kinder an gute Musik heranführen, womit sie zur Popularisierung der einheimischen DJ-Kultur beitragen. Also können eigentlich alle zufrieden sein. Allerdings habe ich den leisen Verdacht, dass hinter all diesen Wundern bloß ein paar besonders schlaue Promoter stehen, die sich einen neuen Weg ausgedacht haben, die Produkte ihrer Künstler unters Volk zu bringen.

Als ich mit meinem Vortrag zu Ende bin, herrscht erst einmal Stille, dann kichern alle los. Damit bin ich zum Medienhelden des Abends ernannt. Alle lächeln mir zu und wollen mit mir trinken. Aber dieser Zustand hält ganze zehn Minuten an, genau so lange, bis ein anderer Witzbold die nächste superkomische Geschichte zum Besten gibt.

Auf dem Höhepunkt meiner Popularität kommt Mischa zurück an unseren Tisch und übergibt einem Kollegen, der besonders lange und konzentriert über meinen Witz gekichert hat, einen Umschlag. Der Kollege seinerseits fordert mich mit einem Zwinkern auf, ihm zur Toilette zu folgen. In der Annahme, dass es sich um einen Bekannten Mischas handelt, und weil ich gerade auf einer Welle allgemeiner Positivität und Brüderschaft schwimme, stehe ich auf und gehe mit.

In der Toilette schüttet er einiges von dem Pulver aus dem Umschlag auf die Glaskonsole über dem Waschbecken (diese banale Konsole ist der unentbehrliche Fetisch eines jeden Clubs, der etwas auf sich hält), und ich hacke den Stoff mit meiner Clubkarte fein. Dann ziehe ich mir eine Line in die Nase, schniefe anschließend zünftig ein paarmal die Luft durch die Nüstern, damit sich das Pülverchen gut verteilt und sage nur ein einziges Wort:

»Hölle!«

Das Koks ist tatsächlich von ausgezeichneter Qualität.

Anschließend reiche ich den zusammengerollten Geldschein an meinen Schnupfkumpanen weiter. Im selben Moment fliegt die Toilettentür krachend auf, und zwei Typen stürmen herein, die ich wegen ihrer schäbigen Kluft zunächst für typische Diskobesucher aus dem Goljanowo-Viertel halte, die sich hierher verirrt haben. Aber lange kann ich darüber nicht nachdenken, denn der eine, ein stämmiger Dickwanst, gibt mir ohne lange zu fackeln direkt eins auf die Nase. Die ersten Gedanken, die mir mein vernebeltes Gehirn als Kommentar zu diesem blödsinnigen Vorgang liefert, lauten ungefähr so: Wieso haben die Türsteher solche Arschlöcher in den Club gelassen, und wieso erlauben sie denen auch noch, mit VIP-Gästen eine Schlägerei anzufangen? Was sind das überhaupt für Kolchosedeppen? Halten die das hier für eine Dorf-Disko? Verwechseln die mich mit dem Typen, der ihre Freundinnen zum Tanzen aufgefordert hat, oder weshalb der Stress?

Die rustikalen Kerle geben sich schnell zu erkennen. Der zweite Typ, der intelligente, leicht kaukasische Gesichtszüge hat, wedelt mit einem Ausweis vor meinen glasigen Augen herum und brüllt dazu:

»Föderaler Dienst für die Kontrolle des Drogenhandels! Keine Bewegung! Steh still, verdammte Scheiße! Ruhe, habe ich gesagt!«

Der Erste rammt mir im Takt dazu die Faust in die Rippen und brummt mir irgendwelche Drohungen ins Ohr, so was wie »Sei schön brav, sonst machen wir dich platt, du Arsch!« Als sie mir die Arme auf den Rücken drehen, erscheint ein dritter Mann in der Toilette, noch kleinwüchsiger als der erste, hebt den Umschlag auf, der bei der Rangelei auf den Fußboden gefallen ist, und stopft ihn mir in die Jackentasche. Jetzt dämmert mir endlich, dass es sich bei dieser Veranstaltung keineswegs um ein spaßiges Event nach Art des Hauses handelt. Nein, diese Typen haben ernsthaft vor, mein teuflisches Vergnügen in einen paradiesischen Fünfjahresurlaub zu verwandeln.

Eigentlich ist das ja auch nur logisch, denn wenn dies hier die Hölle ist, dann muss es darin wohl auch Teufel geben – natürlich hundertprozentig moderne Teufel ohne Hörner und Hufe, dafür aber mit Ausweispappe und Handschellen.

Die Teufel schleppen mich aus der Toilette und schieben mich durch die ganze Kneipe zum Ausgang. Groteskerweise denke ich dabei, dass wir vermutlich aussehen wie eine Troika besoffener Tunten, die so ineinander verkeilt sind, dass zwei von ihnen den dritten vor überschäumender Leidenschaft beinahe ersticken. Fehlt eigentlich nur noch, dass der Dritte irgendetwas Nettes tut, was unser intimes Verhältnis illustrieren könnte, also mir am Ohrläppchen lutscht oder ein bisschen den Hintern befummelt. Ich weiß nicht, warum, aber irgendwie finde ich das alles irrsinnig komisch. In einem abgelegenen Winkel meines Gehirns begreife ich zwar, dass ich in eine ziemlich fiese Geschichte geraten bin, aber mein Bewusstsein weigert sich noch, die Sache wirklich ernst zu nehmen.

»Gehen wir ein bisschen tanzen?«, frage ich.

»Warte ab, du wirst uns gleich was Hübsches vortanzen, du kleiner Scheißer«, zischt mich der Dritte (der kleinste) von hinten an. »Du peilst anscheinend überhaupt nichts, was? Dann pass mal auf, was wir jetzt für ein Tänzchen mit dir aufführen.«

»He, sag mal, bist du nicht noch ein bisschen zu klein, um in Clubs rumzuziehen? Ich dachte, hier kommt man erst ab achtzehn rein.«

»Die kleine Ratte ist ja richtig witzig«, krächzt er mir ins Ohr und verpasst mir dabei einen kurzen Schlag in die Niere. »Wenn du deine scheiß Klappe nicht hältst, mach ich dir einen Knick in deine Rotznase.« Ich habe das befremdliche Gefühl, dass er beim Sprechen an mir hochspringt.

»Hört mal, Kollegen, sagt dem Typen, er soll aufhören, mich zu schlagen. Außerdem hat er Mundgeruch. Die Genfer Konvention verbietet den Einsatz von Kampfgas gegen Gefangene. Und falls ihr's nicht wisst: Russland hat diese Konvention ebenfalls unterzeichnet.«

Der kleine Giftzwerg verzerrt sein Gesicht vor Wut. Er sieht aus, als sei er wirklich total heiß darauf, mich fertigzumachen.

»Bleib ruhig, Pascha, bleib ganz ruhig«, sagt der mit dem kaukasischen Gesicht. »Mach keinen Blödsinn, ja? Du handelst dir nur überflüssigen Ärger ein.« Das wiederum galt mir.

Der russische Bulle hat natürlich vollkommen Recht. Erstens sollte man sowieso keine Drogen nehmen. In einer Stadt wie Moskau sind eh schon alle durchgeknallt. Wer da den

Fehler begeht, seinen Bewusstseinszustand künstlich höher zu tunen, riskiert die schlimmsten Kollateralschäden. Sollten Sie jedoch diesen Rat nicht beherzigen und dennoch gelegentlich stimulierende Substanzen zu sich nehmen, und tun Sie dies darüber hinaus an öffentlichen Plätzen, zum Beispiel mit dem Ziel, sich auf diese Art in den glamourösen Teil des urbanen Gemeinwesen einzugliedern, sollten Sie darauf vorbereitet sein, früher oder später mit der staatlichen Exekutive zu kollidieren. Sollte dieser Fall einmal eintreten, ist es ratsam, peinlichst darauf zu achten, sich den Vertretern der Staatsmacht gegenüber keinesfalls rüpelhaft zu benehmen. Diese Leute haben schließlich einen stressigen Job, so banal das klingen mag. Jedes Mal nämlich, wenn sie einen zugedröhnten Szenetypen aus einer Toilette oder aus einem Auto herausfischen, durchleben sie eine krasse kognitive Dissonanz, die sich aus der Tatsache ergibt, dass der Naseninhalt des Delinquenten, in reinem Geldwert gerechnet, einem erheblichen prozentualen Anteil ihres offiziellen Gehaltes entspricht. Schon ein einziger Besuch in einem der Lokale, die Sie täglich frequentieren, ist für einen solchen Staatsdiener – sofern er nicht zu den ranghöheren Vertretern dieser Gattung gehört – ein extrem kostspieliges Unternehmen. Und so kommt es dann, dass diese Personen, wenn sie Ihnen Auge in Auge gegenüberstehen, den heftigen Wunsch in sich verspüren, Sie, also ihren ausgewiesenen Klassenfeind, empfindlich abzustrafen, und zwar am liebsten gleich an Ort und Stelle. Und da provozieren Sie sie auch noch mit Ihren vorlauten Bemerkungen. Je mehr Sie die Situation verschärfen, desto schlimmer – sprich: teuer – wird es für Sie. Das ist eine Tatsache, der Sie sich in jedem

Augenblick Ihres Daseins bewusst sein sollten: Egal, was Sie tun, Sie können dafür zur Verantwortung gezogen werden. Das gilt vor allem dann, wenn man Sie mit einem zusammengerollten Geldschein in der Nase antrifft. Jeder macht nun einmal seinen Job, Kumpel ...

Die drei Typen schleifen mich nach draußen auf die Straße, und hier büßt unsere Beziehung ihr homosexuelles Flair restlos ein. Sie drehen mir die Arme schmerzhaft auf den Rücken, während der dritte mir mein Handy aus der Tasche zieht.

»Und was ist mit meinem Telefonjoker? Ich meine zum Beispiel einen Anruf bei meinem Rechtsanwalt?«, frage ich.

»Wir sind hier doch nicht in Amerika. Außerdem muss ich erst mal nachsehen, ob du kein Heroin in deinem Handy versteckt hast.«

»Logisch. Da ist auch mein Spritzbesteck drin«, sage ich, aber es klingt schon nicht mehr lustig.

Der Typ schiebt mir irgendwas in die Jackentasche, aber ich merke, dass es nicht mein Telefon ist. Plötzlich geht in meinem Kopf eine Lampe an.

»Sag Mischa Bescheid, dass ich in der Scheiße stecke!«, kann ich gerade noch dem Türsteher des Clubs zurufen, dann legen sie mir Handschellen an, schleppen mich zu einem Lada, der in der Nähe parkt und schubsen mich auf den Rücksitz. Dort hat es sich schon ein weiterer Bulle bequem gemacht.

»Was denn, habt ihr einen Dealer geschnappt?«, fragt er zuckersüß.

»Hmhm. In seiner rechten Jackentasche steckt das Zeug«, gibt einer meiner Begleiter zurück.

Da meine Hände hinter dem Rücken gefesselt sind, kann ich nicht einmal nachsehen, was sie mir alles in die Tasche geschoben haben. Jetzt steigt noch ein Typ mit finsterem Gesicht zu mir ein, und auf den Vordersitzen lassen sich zwei Gemeindezeugen nieder. Jedenfalls stellen sie sich als solche vor:

»Guten Tag. Wir sind die, äh, also die Gemeindezeugen, wollte ich sagen.«

Der Typ, der rechts von mir sitzt, beginnt mit dem Verhör, fragt vorschriftsmäßig, ob ich irgendwelche »Gegenstände besitze, deren Einfuhr oder Besitz nach geltendem Gesetz verboten ist« und so weiter.

Nicht weniger vorschriftsmäßig gebe ich zu Protokoll, nichts dergleichen zu besitzen, »außer den Gegenständen, die mir Ihre Mitarbeiter in die Tasche geschoben haben«.

»Sie meinen also, unsere Kollegen hätten nichts Besseres zu tun, als Drogen mit sich herumzutragen und sie wahllos irgendwelchen Leuten in die Tasche zu stecken?«, präzisiert er.

»Sicher nicht wahllos allen und jedem, dafür reicht die Produktion nicht aus.«

»Wie wär's, wenn wir langsam mal damit aufhören, Unsinn zu reden und stattdessen lieber mit der Wahrheit herausrücken? Wo haben wir das Zeug her, wem verkaufen wir es, und seit wann?«

Mir ist schon klar, dass ich mit diesem albernen Frage-und-Antwort-Spielchen psychologisch eingelullt werden soll. Der eine Bulle macht auf Kumpel, so in der Art: Lass uns den langen beschwerlichen Weg von der Schuld zur Sühne gemeinsam gehen und so weiter. Ich frage mich bloß, ob wir das Strafmaß am Schluss dann auch durch zwei teilen? Diese Vorgehensweise ist mir an sich keineswegs neu, sie ist dieselbe wie beim Verkaufstraining. Manchmal funktioniert es sogar. Gleichzeitig beginnt sein Kumpel von der anderen Seite her Druck zu machen.

»Guck doch mal, der fängt gleich an zu kotzen, so zugedröhnt ist der. Pass auf, Bursche, dass du uns nicht das Auto vollreiherst!«

»Mit der Nase ist er fix, aber sonst ist nicht viel mit ihm los.«

»Oooch, das ist aber ein dickes Päckchen da in deiner Tasche! Junge, das wird richtig teuer, ist dir das überhaupt klar?«

Das heißt, es läuft alles nach Plan. Der gute Bulle muss Mitleid mit dem bösen Jungen haben und gute Fragen stellen, während der böse Bulle einfach bloß Stunk macht. Und am Ende, logisch, bleibt dem bösen Jungen, gebeugt von der Last des staatlichen Rechts, gar nichts anderes übrig, als dem guten Bullen alles zu erzählen.

Dann legt sich in meinem Kopf ein Schalter um. Auf der einen Seite habe ich die deutliche Empfindung, dieser Szene von außen zuzuschauen, wie in einem Film. Auf der anderen Seite ist mein Verstand auf einmal glasklar, und ich kann die Fragen, die mir gestellt werden, ganz präzise beantworten.

Vollkommen unbeteiligt sehe ich dabei zu, wie sie aus meinen Taschen Geld, Schlüssel, Ausweispapiere, den Umschlag mit dem Koks und eine weitere Plastiktüte mit irgendetwas Weißem darin hervorholen, beantworte dabei alle Fragen nüchtern und sachlich, ganz wie ein gewiefter

Junkie (Ich bin aufs Klo gegangen, da lag das Zeug auf der Konsole, was in meiner Tasche ist, weiß ich nicht, das hat mir jemand reingetan), kann auch auf die Kopeke genau sagen, wie viel Geld sich in meiner Tasche befindet. Und das alles, obwohl ich so eine Situation bisher noch nie erlebt habe.

Es vergeht eine weitere Viertelstunde, in der meine Arme immer gefühlloser werden. Endlich sage ich:

»Hört mal, Kollegen, können wir nicht langsam mit dem Quatsch aufhören? Ihr habt den Falschen erwischt. Ich bin kein Dealer, nur ein erfahrener User.«

»Seit wann sind wir denn Kollegen?«

»Okay, Mädels, geschenkt, aber können wir diesen Zirkus nicht trotzdem allmählich mal zum Ende bringen?«

Als Antwort empfange ich einen schmerzhaften Schlag in die Rippen, begleitet von dem Satz:

»Wir fahren jetzt mit dir aufs Revier und nehmen eine kleine Probe. Dann werden wir ja sehen, was los ist. In die Tasche gesteckt, dass ich nicht lache.«

Unterm Strich ist meine Situation also mehr als beschissen. Ich bin, wie man so schön sagt, voll in die Scheiße getreten.

In diesem Moment öffnet sich die Hintertür des Autos, und es erscheint, wie ein deus ex machina, Mischas Gesicht. Er sagt etwas zu dem rechts von mir sitzenden Bullen, der steigt aus, und nach einigen Minuten lässt er mich ebenfalls aussteigen. In aller Seelenruhe, wie ein Garderobier, schließt er mir die Handschellen auf, gibt mir Ausweis, Portemonnaie und Schlüssel zurück und sagt:

»Tschüs.«

Wie ein Schlafwandler stehe ich neben dem Auto, bis Mischa mich unter dem Arm nimmt und wegführt. Wir gehen zurück in den Club, setzen uns an einen Tisch, er gießt mir einen Whiskey ein und sagt:

»Alles in Ordnung, Alter, sie haben dich bloß mit jemandem verwechselt. So was kommt vor, entspann dich.«

»Wie viel schulde ich dir?«, frage ich.

»Vergiss es, alles okay. Es ist doch ganz normal, dass man einander hilft, wenn man kann.«

»Wo kamen die überhaupt her? Das war doch keine reguläre Razzia, wenn ich das richtig verstanden habe.«

»Komm, Alter, vergessen wir das. Es ist vorbei. Hauptsache, die Probleme sind bereinigt.«

»Ich verstehe das nicht. Und wo ist eigentlich der andere Typ hin? Der mit mir im Klo war? Der war auf einmal verschwunden. Wo ist der?«

»Hör schon auf, bitte!«, flüstert er mir ins Ohr und legt mir dabei den Arm um die Schultern. »Es gibt haufenweise Arschlöcher auf der Welt. Wir werden das irgendwann rauskriegen und uns revanchieren. Zerbrich dir jetzt nicht den Kopf. Die Sache ist erledigt, und fertig, ja?«

»Mischa, hör doch mal zu! Das ist doch kein Zufall, dass der auf einmal wie vom Erdboden verschwunden ist!«

»Alter, das ist alles Vergangenheit, das war alles gestern. Klaro? ES IST VORBEI! Morgen ist ein neuer Tag, ein neues Leben. Habe ich dir eigentlich schon mal die Geschichte von diesem Mädchen in Los Angeles erzählt, auf die ich so wahnsinnig heiß war, und wie ich mit zu ihr nach Hause gefahren bin und dann vor lauter Begeisterung dermaßen viel gesoffen habe, dass ich einfach auf dem Klo eingepennt bin?

Mann, als ich am anderen Morgen aufwachte, dachte ich, alles ist aus, das Leben ist zu Ende. Hab ich dir das schon erzählt oder nicht?«

Und ich begreife, dass er genau das Richtige macht. Er erzählt mir die dümmste Geschichte aus seinem Leben, um mich aus der Erstarrung herauszuholen, er dreht die Uhr gewissermaßen bis zu dem Zeitpunkt zurück, wo das alles noch nicht passiert war. Aber ich stehe noch immer unter Schock. Und ich fühle mich beschissen, weil ich so ein desolates Bild abgebe und vor allem, weil es ausgerechnet Mischa ist, der mich so sieht. Diese Situation ist von vorn bis hinten beschissen. Ich könnte hundert Mal hintereinander »danke« sagen, und er würde hundert Mal darauf antworten »Nichts zu danken«. Stattdessen sitzt er da und tröstet mich, und mir wird davon nur noch beschissener. Am Schluss versucht er, meine Lage mit seinem derzeitigen Problem zu vergleichen.

»Glaub mir, ich habe genau drei Tage, um das Geld für den Ausbau aufzutreiben. Das ist meine einzige Chance, koste es, was es wolle. Nur, verstehst du, heute Abend ist das noch ein Problem, aber morgen ist es schon keins mehr. Weil ich nicht zeigen kann, dass ich Probleme habe, sonst wäre es gleich aus mit mir. Und ich bin sicher, dass die Sache am Ende gut ausgehen wird. Irgendjemand wird mir helfen. Einfach, weil gute Freunde einander helfen müssen. Und dann ist das Leben wieder in Ordnung.«

Ich höre ihm zu, immer noch nicht wieder ganz bei mir, lasse meinen Blick durch den Raum schweifen und versuche, in den Gesichtern der Menschen, die um mich herum sitzen, so etwas wie Anteilnahme oder wenigstens Interesse zu lesen. Aber da ist nichts. Sie scheinen meine Existenz überhaupt nicht zur Kenntnis zu nehmen.

Da sagt einer dieser schönen und sportlichen Jungs, der ein rotes Baseballcap trägt, zu mir:

»He, Alter, haben sie dir den Stoff abgenommen, oder konntest du noch was in Sicherheit bringen?«

Ich schüttle den Kopf.

»Ach, schade. Na ja, vergessen wir's«, resümiert er und klopft mir auf die Schulter.

Ich bin gerade im Begriff, dem Typen eins in die Fresse zu geben, da wendet Mischa sich mir erneut zu, legt mir die Hand auf die Schulter und sagt laut, damit alle es hören:

»Glaub mir, es gibt Leute, denen nicht alles scheißegal ist. Die sind die Basis, auf der sich alles aufbaut. Es kommt nur darauf an, diesen Leuten auch über den Weg zu laufen.«

Später begleitet er mich zum Taxi. Wir verabschieden uns lange und herzlich. Als der Wagen losfährt, drehe ich mich noch einmal um und sehe, wie Mischa den Daumen in die Höhe streckt, als wolle er mir sagen: Alles wird gut.

Während der Fahrt nach Hause sitze ich einfach nur da und zerfließe fast vor Rührseligkeit. Die Welt ist doch noch nicht völlig verdorben, denke ich, es gibt immer noch Menschen, die bereit sind, dir zu helfen, ohne dafür eine Gegenleistung zu erwarten. Ich bin sogar ein wenig neidisch auf Mischa, den weder Status noch Geld noch Ehrgeiz verändert oder korrumpiert haben. Gleichzeitig beneide ich mich selbst. Ein von der ganzen Welt enttäuschter Mensch trifft durch einen glücklichen Zufall auf einen anderen, einen, der eben gerade aus der New Yorker oder der Londoner Szene angerauscht ist, um in Moskau einen Club zu eröffnen. Dabei scheint mir diese Begegnung vollkommen logisch. Oh nein, ich fange jetzt nicht an zu spinnen, ich weiß, dass Mischa nicht der Messias ist, auf den ich so lange gewartet habe. Ich fange nur an zu glauben, dass viele Dinge doch noch immer ihren Wert behalten haben, dass alles viel einfacher, vielleicht sogar ehrlicher ist, als ich immer angenommen habe.

Seltsam, dass der einzige Mensch, der sich vielleicht in diesem Moskauer Lügengespinst zurechtfindet, aus London kommt. Ich fühle voller Dankbarkeit, dass ich endlich einen Menschen getroffen habe, auf den ich mich verlassen kann, und ich möchte mich ihm gegenüber erkenntlich zeigen, obwohl er ganz sicher nichts dergleichen von mir erwartet.

Ich komme zu Hause an, steige aus dem Wagen und wähle die Nummer meines Freundes Vadim. Dann schaue ich auf die Uhr und bemerke, dass es besser ist, ihm eine SMS zu schicken: »Vadim, ich komme morgen früh um 10.00 zu dir ins Büro. Eine Hundertrubelsache!«

Eine Hundertrubelsache ist unsere spezielle Parole für besonders wichtige Angelegenheiten. Ich drücke auf Senden und beeile mich, in meine Wohnung zu kommen. Ich möchte ganz schnell wieder aufwachen.

# Perfect Day

Im selben Augenblick, in dem sich die Glastüren des Geschäftszentrums vor meinen Augen auseinanderschieben, bemerke ich, wie sich von der gegenüberliegenden Wand zwei Fotografen lösen und ihre Kameras in Stellung bringen.

Der erste Gedanke, der mir wie eine wild gewordene Wespe durchs Ohr in den Kopf schießt, ist: »Was denn, schon berühmt? So schnell?« Aber ein kurzer Blick nach links belehrt mich eines Besseren. Auf dem Empfangstresen liegen zwei äußerst knapp bekleidete Mädchen ausgestreckt. Die sind das Ziel der Kameraobjektive. Wahrscheinlich läuft hier gerade eine Fotosession für die Artikelserie »Deine neue Sekretärin« in einem der zahllosen Männermagazine. Mein Antlitz hingegen ist den Paparazzi bislang noch nicht bekannt. »Ist wohl auch besser so«, überlege ich, während ich in den Fahrstuhl steige. »Auf jeden Fall ruhiger.«

Oben gehe ich als Erstes zum Tresen des Wachdienstes. Während mir der Passierschein ausgestellt wird, gönne ich mir den Blick aus dem 19. Stock des Büroturmes »City 2000« auf die Moskwa. Ich trete ganz nahe ans Fenster und drücke meine Stirn ans Glas. Die Stadt liegt mir zu Füßen, und ich genieße es, über die Symbolik dieses Augenblicks nachzudenken. Ich stehe da und schaue zu, wie die

Sonne ganz allmählich die Stadt Moskau mit ihren Strahlen überflutet. Irgendwann spricht mich einer der Wachleute an:

»Ist alles in Ordnung mit Ihnen?«

»Ja, ja, alles prima. Ich hab nur ein wenig nachgedacht.«

Ich nehme den Passierschein in Empfang und begebe mich zu Vadims Büro. Vor der Tür bleibe ich einen Augenblick stehen und betrachte meine Schuhspitzen. Schließlich muss ich über beide Ohren grinsen und trete ein.

»Nimmst du einen Whiskey?«, fragt Vadim statt einer Begrüßung.

»Bist du verrückt? Es ist gerade elf Uhr. Oder fangen wir jetzt schon am frühen Morgen an, uns zu besaufen?«

»Alter, irgendwo auf der Erde ist es jetzt Nacht, in New York zum Beispiel.«

Vadim kommt hinter dem Tisch hervor, drückt mir die Hand, wir umarmen uns und treten ans Fenster.

»Ein wunderschöner Tag heute.«

»Einfach ein großartiger Tag heute«, antworte ich und stimme mich auf seine Wellenlänge ein.

Vadim kenne ich seit gut sieben Jahren. Wir haben uns auf der Geburtstagsfeier einer gemeinsamen Bekannten getroffen. Wer von uns beiden ihr damals gerade den Hof machte, habe ich längst vergessen, aber das interessiert uns heute auch nicht mehr. Wir haben uns vom ersten Moment an großartig verstanden und uns gleich nach allen Regeln der Kunst volllaufen lassen. Wir stellten viele gemeinsame Interessen auf den Feldern Literatur, Film, Sport und Musik fest. Wir diskutierten über Politik, besuchten Kunstausstellungen und Rockkonzerte, klapperten zusammen die Diskotheken ab oder hockten einfach faul in irgendwelchen Parks und tranken. Wir fuhren sogar ziemlich oft zusammen in den Urlaub. Mir graust es heute noch, wenn ich daran denke, dass wir uns manchmal sogar gegenseitig anpumpten. Später heiratete er, und wir sahen uns seltener. Aber wir verloren einander nie aus den Augen, telefonierten regelmäßig miteinander und schickten Grüße zu den Geburtstagen, zu Weihnachten usw. Obwohl jedoch jeder weiß, dass wir dicke Freunde sind und vieles miteinander gemein haben, muss ich zugeben, dass von unseren gemeinsamen Interessen im Laufe der Jahre nur Mädchen, Feten und bestenfalls dieselben Dealer übrig geblieben sind. Mehr nicht. Was andererseits in der heutigen Zeit gar keine schlechte Bilanz für eine siebenjährige Freundschaft ist. Und so spielen wir weiterhin vergnüglich beste Freunde, weil keiner von uns im Grunde echte Freunde hat.

Vadim ist Marketingdirektor in einem großen internationalen Tabakkonzern. Zu seinen Aufgaben gehört die Positionierung der Produktlabels seines Unternehmens im Bereich der Vergnügungsindustrie, was zu seinem Lebensstil natürlich passt wie die Faust aufs Auge. Visuelle Positionierung in den Clubs, Restaurants und Casinos, Sponsoring von Partys und mondänen Veranstaltungen, ein traumhaftes Budget, zehn Angestellte unter sich, was könnte besser sein, um jung zu sterben?

»Vadim«, beginne ich, »du hast mir doch am Sonntag erzählt, dass Mischa Selenow einen neuen Club aufmachen will, erinnerst du dich?«

»Klar, davon spricht doch ganz Moskau. Nächste Woche soll Eröffnung sein.«

»Ich habe Mischa gestern Abend getroffen. Er hat mir erzählt, dass der Laden so gut wie fertig ist.«

»Aha. Und? Sollen wir als Türsteher bei ihm anfangen?«

»Eher unwahrscheinlich, er hat nämlich nicht genug Kohle, uns zu bezahlen. Ein Geldgeber ist abgesprungen. Wie gesagt, der Laden ist fast fertig, das Inventar schon geliefert und so weiter, aber jetzt fehlen ihnen hundertfünfzigtausend für die letzten Feinarbeiten. Es geht um einen Geschäftsanteil von zwanzig Prozent.«

»Und was hat das mit uns zu tun?«

»Mischa hat mir gestern Abend, so quasi nebenbei, ein Angebot gemacht. Der Club soll etwa acht Monate lang laufen, in der Zeit wollen sie richtig Kohle einfahren. Dann machen sie den Laden zu und woanders einen neuen auf. Es ist alles schon perfekt, sämtliche Genehmigungen liegen vor, kurz, sie stehen ziemlich unter Zeitdruck, und ich denke, das wäre eine super Gelegenheit, bei ihnen einzusteigen.«

Vadim geht zurück an seinen Schreibtisch. An der Art, wie er seinen Kugelschreiber in den Händen dreht, erkenne ich, dass ihn dieselben Gefühle von Ehrgeiz und Eitelkeit bewegen wie mich.

»Tja, spannende Idee. Was Mischa macht, läuft auf jeden Fall, so oder so. Und was hältst du selber von der Sache?«

»Ich kann fünfzigtausend flüssigmachen, und noch mal so viel leihen. Aber ich würde mich gerne mit jemandem zusammentun, auf den ich mich verlassen kann. Wie sieht's aus, bist du interessiert?«

»Ich weiß nicht so richtig. Einerseits klingt es sehr verlockend, andererseits muss man sich so etwas sehr gut überlegen.«

»Vadim, da gibt es nichts zu überlegen. Entweder ja oder nein. Ich denke, das ist eine sehr reelle Sache. Was glaubst du, wie viele Menschen ihr Leben lang auf so eine Chance warten? Und wir brauchen nur zuzugreifen, und dann, in einem halben Jahr«, meine Stimme senkt sich zu einem lasziven Flüstern, »sind wir reich und berühmt. Kapierst du das, du alter Esel?«

»Du meinst, wie Ian Schrager und Steve Rubell, die das legendäre Studio 54 in New York gemacht haben?«

»Noch heißer, Alter. Diese beiden Jungs kennt in Moskau keine Sau, nur die paar Nasen, die die Szene-Magazine aus dem Westen im Original lesen. Und wer tut das schon?«

»Ich hab aber keine Lust, an Aids zu sterben«, lacht Vadim. »Kann man einen Club aufmachen, ohne irgendwann an Aids zu sterben?«

»Alter, Rubell war eine Tunte, vergiss das nicht! Und du bist keine Tunte, oder sehe ich das falsch? Hast du vielleicht heimlich ein paar heiße Jungs an der Hand? Na los, gib's zu, hast du deinen neuen Azubi entjungfert?«

»Mann, leck mich doch! Aber hör mal, die Sache ist tatsächlich interessant. Sogar sehr interessant. Wie wollen sie das Geld eigentlich haben? Cash?«

»Das habe ich noch nicht geklärt. Erstmal müssen wir uns die Räume ansehen und alle Formalitäten besprechen.«

»Wann musst du ihm Bescheid geben?«

»Ich habe versprochen, ihn bis ein Uhr anzurufen.«

»Das heißt, ich habe knapp anderthalb Stunden, um mich zu entscheiden?«

»Ach komm, Alter, du hast dich doch schon entschieden, du willst es nur noch nicht wahrhaben. Pass auf, wir machen es so: Ich geh jetzt aufs Klo, und wenn ich wieder rauskomme, fallen wir uns in die Arme, und du quatscht irgendwas wie: Partner, du kannst dir gar nicht vorstellen, wie klasse ich das finde.«

»Hahaha! Und dann knutsche ich dich heiß und innig, was?«

»Du gibst mir einen Kuss auf die Nase. Die Nase, die ich in den Wind halte. Du kapierst es immer noch nicht, aber ich habe dir die beste Nachricht des Jahres gebracht.«

Ich verschwinde aufs Klo und stelle mich ans Pissbecken. Plötzlich muss ich daran denken, dass jeden Moment die Tür aufgehen könnte, irgendein Mitarbeiter der Firma käme herein und starrte meinen Rücken an, so wie man es nun mal tut, wenn man auf der Toilette seiner Firma einen Unbekannten antrifft. Dann würde er sich neben mich stellen und mir ins Gesicht blicken. Bei diesem Gedanken wird mir mulmig, ich gehe in eine Kabine und schließe die Tür hinter mir zu. Im Inneren der Kabine fühle ich mich aber noch mulmiger, weil mir sofort die Ereignisse des gestrigen Abends vor Augen stehen. Mir wird kotzübel. Ich reiße die Tür auf, setze mich auf die Kloschüssel und stecke mir eine Zigarette an. Wie es aussieht, habe ich mir gestern eine neue Phobie eingefangen. Eine Art Toilettenparanoia. Ich rauche und überlege mir, dass es vielleicht keine schlechte Idee wäre, mal einen Psychiater aufzusuchen, oder ein paar Antidepressiva einzuwerfen, oder ins Fitnessstudio zu gehen, oder Vegetarier zu werden! Grübelnd betrachte ich die Klopapierrolle, die rechts neben mir an der Wand hängt, dann schaue ich nach links und entdecke ein kleines Plastikregal genau in Augenhöhe. Schlagartig habe ich gute Laune. Ich begreife, dass ich nur deshalb nervös bin, weil ich nach dem gestrigen Vorfall noch immer unter Stress stehe und außerdem wirklich Schiss habe, Vadim könnte absagen. Ich werfe die Zigarette ins Klo und gehe zurück ins Büro.

Vadim sitzt an seinem Schreibtisch und telefoniert. Als ich den Raum betrete, legt er gerade den Hörer auf.

»Du hast sogar in deiner Bürotoilette ein kleines Regal«, sage ich lachend.

»Was soll man machen? Man passt sich halt dem allgemeinen Trend an. Wir sind doch Marktologen, oder etwa nicht?«

»Soll das heißen, ihr zieht euch da tatsächlich Schnee in die Nase? Habt ihr ein Rad ab?«

»Das kommt gelegentlich vor. Aber jetzt mal ernst. Es gibt einen Wachmann, der während der Arbeitszeit an einem Monitor sitzt und diese Klos überwacht. Einer meiner Mitarbeiter hat ihn mal im Café Poison getroffen, zugeknallt bis unter die Schädeldecke. Sie sind dann zusammen noch irgendwohin weitergezogen und haben Ecstasy eingeworfen. Und jetzt macht dieser Kollege sich manchmal den Spaß, auf dem Klo eine Line reinzuziehen, quasi direkt unter den Augen dieses Wachmanns. So als kleine nette Verarschung, hahaha. Danach erzählt er mir jedes Mal, wie er beim Sniffen Zeichen in die Überwachungskamera macht, so in der Art ›Was ist, soll ich dir was übrig lassen‹. Und dann lacht er sich schlapp. Jeder versucht halt auf seine Art, ein wenig Abwechslung in den Arbeitsalltag zu bringen. Du kennst den Typen übrigens, es ist Maxim, der bei uns die Entwürfe macht. Ziemlich talentierter Junge.«

»Ich sehe schon, bei euch gibt es jede Menge Talente. Sogar die Wachleute machen Promotion. Na gut, ich gehe dann mal. Wenn du es dir überlegt hast, ruf mich an.«

Vadim steht wieder auf, geht zum Fenster, vom Fenster zur Tür, dann wieder zurück zum Schreibtisch, schiebt seinen Sessel hervor und stellt ihn vor mich hin. Dann lässt er sich umständlich darin nieder und fragt:

»Hör mal, Partner in spe, wie viel kannst du dir effektiv ausleihen?«

»Wie ich sagte, fünfzig, mehr nicht. Was ist los, kannst du gerade kein Geld flüssigmachen?«

»Nein, nein, ich habe nur überlegt, ich fände es spitze, wenn du dir fünfundzwanzig zusätzlich ausleihen könntest. Dann gingen wir halbe-halbe, das wäre doch optimal.«

»Na gut, so machen wir's. Aber erst mal müssen wir die Räume ansehen und die ganzen Papiere überprüfen. Wann kannst du?« »Wie wär's mit heute Abend, so gegen sieben? Ich denke, es kommt vor allem auf die Formalitäten an. Der Club selbst wird sowieso ein Hit, oder nicht? Deshalb steigen wir ja ein.«

»Okay. Vadim, ich rufe Mischa an und verabrede mich mit ihm um sieben Uhr. Jetzt muss ich zur Arbeit.«

»Gehst du wieder in dein KZ?«

»Ja. Arbeit macht frei!«

»Du bist sowieso viel zu frei, oder etwa nicht?« Vadim hält den Finger unter die Nase.

»Jeder nach seiner Façon.« Ich steche mir eine imaginäre Nadel in den Unterarm.

»Ach, scher dich zum Teufel! Hau bloß ab, du Witzbold.«

Im Fahrstuhl steht eine umwerfende Braut neben mir. Sie trägt einen eng anliegenden Hosenanzug und darunter eine weiße Bluse, die ein klein wenig weiter geöffnet ist, als die Business-Etikette es gestattet, so weit, dass sie zu einem freizügigen Blick auf einen knallroten BH einlädt.

Sie hat lange helle Haare, volle, leicht aufgeworfene Lippen und freche blaue Augen. So blau, dass es eigentlich nur Kontaktlinsen sein können. Sie spricht in ihr Handy und trommelt mit den langen manikürten Fingernägeln der freien Hand an ihre Hüfte. Mit einem Wort: wahnsinnig sexy. Sexy bis zur Unanständigkeit, so sexy, dass ich die ganze Zeit nur daran denken kann, den Fahrstuhl anzuhalten und über sie herzufallen. Ihr das Jackett vom Leib zu reißen und mich an ihrer Brust festzusaugen. Außerdem suggeriere ich mir, dass sie gegen eine solche Entwicklung der Dinge gar nichts einzuwenden hätte.

Rechts von mir steht ein Typ, der in gewisser Weise noch interessanter ist. Ein ziemlich großer Mann in Jeans, absurd großen Bergschuhen und einer sackartigen Jacke. Er trägt eine tief in die Augen gezogene schwarze Basecap und eine unförmige Tasche über der Schulter. Er hat ein breitknochiges, etwas kindliches Gesicht, einen schwarzen Bart und trägt eine Brille mit unwahrscheinlich dicken Gläsern. Dem Aussehen nach würde ich ihn auf etwa vierzig Jahre schätzen. Die Kleidung, in Kombination mit der Kappe und dem Bart, geben ihm Ähnlichkeit mit einem Wichtel. In Wirklichkeit ist er bestimmt ein ehemaliger wissenschaftlicher Angestellter mit einer langen Liste von Publikationen, der Jahre seines Lebens der Lösung einer hochinteressanten wissenschaftlichen Frage gewidmet hat, aber durch eine

Laune des Schicksals als Bürobote in dieser Firma gelandet ist. Jetzt steht er da und gafft die Blonde mit weit aufgerissenen Augen an, die hinter den dicken Gläsern riesenhaft wirken. Er lässt seinen Blick über ihren Körper wandern, errötet, und man kann gar nicht übersehen, wie scharf er auf sie ist. Plötzlich leuchten seine Augen auf, er strafft seine Schultern, öffnet den Mund, und einen Moment lang sieht es so aus, als wollte er gleich seine natürliche Schüchternheit über den Haufen werfen und sie ansprechen. Seine Hände lösen sich vom Körper wie bei einem Pinguin, der über einen Schneehaufen hüpfen will. Aber im nächsten Moment ist der Glanz in seinen Augen schon wieder erloschen, die Schultern erschlaffen, und der Kopf sinkt auf die Brust, als habe er auf einen Schlag die Unerfüllbarkeit seiner Sehnsüchte erkannt. Vielleicht ist ihm ja auch die Fabel vom Fuchs und den Trauben eingefallen. Dann kommt der Fahrstuhl im Erdgeschoss an, wir verlassen das Gebäude, die Blonde und der Kurier schlagen unterschiedliche Richtungen ein. Er bleibt einen Augenblick stehen, um ihr noch einen letzten Blick nachzusenden, dann zieht er wieder die Schultern zurück und geht mit forschem Schritt von dannen.

Ich steige in mein Auto und bleibe lange regungslos sitzen. Das, was ich gerade erlebt habe, ist für mich das perfekte Sinnbild für die menschliche Existenz. Es gibt in jedem Leben viele solcher Momente, in denen man genau so wie dieser Bürobote plötzlich Feuer fängt und von dem brennenden Verlangen beseelt wird, etwas ganz Besonderes zu tun; seinen Rubikon zu überschreiten und so weiter. Man könnte sich einen anderen Job suchen, eine neue Freundin zulegen oder in ein anderes Land gehen und ganz neu anfangen. Mit einem Wort, etwas verändern.

Mit diesem Gedanken lebt man ein paar Tage oder Monate. Aber dann schiebt er sich mehr und mehr in den Hintergrund. Und man begreift, dass es sinnlos ist, sich abzustrampeln, dass sich sowieso nie etwas ändern wird. Man klebt an seinem alten Leben fest, verfängt sich in dem Netz verstaubter Lebensweisheiten à la »Schuster bleib bei deinem Leisten«, die dem Menschen von Geburt an die Flügel stutzen. Vor allem können wir immer die Umwelt für unsere Untätigkeit verantwortlich machen, unsere autoritäre Erziehung und die alten Prinzipien, die uns unsere Eltern von klein auf eingebleut haben: Bloß nichts Unüberlegtes tun. Aber vielleicht ist es ja auch besser so. Ein Leben ohne größere Erschütterungen oder Gesundheitsrisiken, ruhig und bedächtig, weil ohnehin alles vorherbestimmt ist. Und so entstehen dann diese Heerscharen von Büroboten, die sich selber auf ein Ziel zu schleppen, das sie »Schicksal« nennen, in der Hoffnung, vom Adressaten ein kleines Trinkgeld zu empfangen. Nur ist das Schicksal nicht besonders freigiebig mit Trinkgeld. Im besten Fall reicht es für ein paar neue Schuhe, wenn man die alten bei der ganzen Herumrennerei abgewetzt hat. Passivität und Willenlosigkeit sind die beiden großen Geißeln der mittelrussischen Tiefebene.

Und doch: Es gibt Menschen, die diesem beengten Leben entkommen, die sich plötzlich ihre Blondine im Fahrstuhl schnappen. Haben die einfach bloß Schwein gehabt?

Ich gebe es zu: Diese beschissenen Klugscheißereien haben nur den Zweck, mir selber in den Arsch zu treten, endlich den entscheidenden Schritt zu tun. Den Beschluss, irgendetwas zu tun, habe ich immerhin schon gefasst. Es fragt sich nur, ob ich mich in die richtige Richtung bewege.

Ich ziehe mein Handy aus der Tasche und wähle Mischas Nummer. Nach ein paar Rufzeichen nimmt er ab.

»Hallo, Mischa.«

»Grüß dich, Alter! Wie sieht's aus?«

»Alles paletti. Danke noch mal wegen gestern.«

»Ach, hör schon auf. Wie oft soll ich mir das noch anhören? Vergiss es endlich.«

»Sag mal, Mischa, wir haben doch gestern über deinen neuen Club gesprochen.«

»Und, hast du darüber nachgedacht?«

»Ja, ich würde mir gern mal die Räume angucken, mit einem Freund von mir. Wenn mir miteinander auskommen, können wir gleich alles klarmachen.«

»Und was ist das für ein Freund?«

»Vadim. Er arbeitet in der Tabakbranche. Wahrscheinlich kennst du ihn sogar.«

»Smirnow?«

»Ja.«

»Klar kenn ich den, gut sogar. Der ist in Ordnung. Wann wollt ihr kommen?«

»Wie wär's so gegen sieben?«

»Das passt.«

Ich schreibe mir die Adresse auf, verabschiede mich und rufe anschließend Vadim an, um unsere Verabredung zu bestätigen. Dann telefoniere ich mit meinem Büro, lasse mir die Neuigkeiten durchgeben und erfinde einmal mehr irgendwelche geheimnisvollen Außentermine. Verspreche, um sechs Uhr vorbeizukommen. Verspüre nicht den geringsten

Wunsch, zur Arbeit zu gehen. Dafür habe ich riesige Lust, etwas zu trinken, aufs Land zu fahren und über irgendetwas Hochgeistiges zu quatschen. Ich stecke mir eine Zigarette an und beschließe, Jula anzurufen, eine Bekannte von mir, die seit über einem Jahr meine Gesprächspartnerin für solche Fälle ist, gleichzeitig meine Psychotherapeutin und Gegenstand der Verehrung aus sicherer Distanz, wenn man das so sagen kann. Eigentlich ist sie die einzige Frau, die ich kenne, mit der ich es mir nicht durch penetrante Anmache verderben möchte. Obwohl ich ansonsten nichts dagegen hätte. Manchmal, vor allem, wenn ich einiges getankt habe, denke ich, es wäre doch allmählich Zeit, diese Beziehung von der Ebene platonischer Anhimmelung auf die Ebene körperlicher Nähe zu verlagern, aber jedes Mal kommt irgendetwas dazwischen. Bestimmt leben wir schon so lange in diesem Zustand der Unberührbarkeit, weil die Vorsehung beschlossen hat, es müsse in meinem Leben etwas geben, das sich grundsätzlich von meinen üblichen Gelegenheits- und Bettbeziehungen unterscheidet. Oder es ist ganz einfach noch nicht dieser wunderschöne Augustabend gekommen, an dem die Emotionen über das Geistige obsiegen und mich in einem Strudel der Leidenschaft hinwegreißen. Auf diesen Abend warte ich sehnsüchtig, auf der anderen Seite habe ich auch riesigen Schiss davor. Denn ich weiß nicht, ob ich diesem ganz besonderen Abend gewachsen sein werde.

Wir verabreden uns in einer halben Stunde an den Patriarchenteichen, und ich klettere wieder in mein Auto, immer noch vorzüglich gelaunt. Ich fahre den Kutusowskij-Prospekt entlang, biege unter der Brücke ab und folge der Uferstraße, passiere das Rathaus und schwenke hinter dem amerikanischen Konsulat auf den Sadowaja-Ring ein. Hier herrscht kaum Verkehr, es war ein weiser Entschluss, nicht die großen Boulevards zu benutzen. In Richtung Majakowskaja fahre ich durch die Nebenstraßen. Ich habe große Lust, ein wenig spazieren zu gehen, um meine aufgewühlten Nerven zu beruhigen und meine Gedanken zu ordnen. Wo doch heute so ein wunderbarer Tag ist.

Und schon habe ich den Wagen geparkt und schlendere die Spiridonewskij-Gasse entlang, vorbei am Marco Polo Presnja Hotel. Am Café Donna Clara biege ich nach links ab und komme auf die Malaja Bronnaja. Wenige Minuten später bin ich an den Patriarchenteichen.

Wie viele Moskauer verbindet mich eine ganz besondere Beziehung mit diesem Ort. Als junger Student saß ich mit meinen Freundinnen-Kommilitoninnen auf den Bänken am Wasser, quatschte über Musik, über die Liebe, über unsere grandiose (vielleicht ja gemeinsame!) Zukunft und über das globale Problem der nahenden Prüfungen, die für uns zu jenen Zeiten das einzige und das schrecklichste aller denkbaren Probleme waren.

Im Winter fuhren wir Schlittschuh, im Frühling knutschten wir in den schmalen Gassen in der Umgebung der Teiche herum, tranken Wein. Dieser Ort wird für mich auf ewig das Siegel eines unbeschwerten Daseins tragen. Hier herrscht immer Frühling, und alle Menschen sind für immer achtzehn Jahre alt, sogar der Greis dort mit der Zeitung, der mit seinen fünfundsiebzig noch ganz jung aussieht. Na ja, so, wie wir damals waren, werden wir nie mehr sein …

An den Patriarchenteichen spürt man das geheime Zentrum der Stadt. Obwohl der Rote Platz allgemein als der Mittelpunkt Moskaus gilt, habe ich das noch niemals so empfunden. Vielleicht liegt es daran, dass man auf dem Roten Platz, mit seinen vielen Hotels, Kaufhäusern, all den Touristen, Straßenverkäufern und sogenannten Hauptstadtgästen, am wenigsten vom eigentlichen Moskau erkennen kann; oder daran, dass er zu überfrachtet ist von der Präsenz des Staates.

Die Patriarchenteiche sind etwas ganz anderes. Vor allem, wenn man sich ihnen vom Gartenring aus nähert. Nach dem Lärm und Gedränge der überfüllten Hauptverkehrsadern, wo man den Puls der Megapolis am stärksten spürt, gerät man plötzlich in eine Enklave der Ruhe. Zu jeder Jahreszeit herrscht hier eine besondere Stimmung. Wenn man die vielen Menschen sieht, die seelenruhig um die Teiche spazieren gehen oder friedlich auf den Bänken sitzen, versteht man, dass hier die Zeit viel, viel langsamer vergeht. Im Winter scheint hier sogar der Schnee viel ruhiger zu fallen, geheimnisvoll glänzt er im Licht der Laternen und lässt den Tag sanft in den Abend, den Abend in die Nacht hinübergleiten. Das Viertel um die Patriarchenteiche scheint von unsichtbaren Wänden umgeben, die von der Spiridonowka-Straße, der Spiridonewskij-Gasse, der Malaja-Bronnaja-Straße und der Jermolajewskij-Gasse gebildet werden. Starke hohe Wände, die die Gemeinheit und Hässlichkeit der übrigen Stadt nicht hereinlassen. Dieses Viertel ist eine Festung, die der Schutzengel der Stadt Moskau ersonnen hat; damit die Moskauer sich hinter ihren Mauern verbergen können; damit sie sich nicht wie Hunde fühlen, die einem Knochen hinterherhecheln, sondern in den Zustand der Menschlichkeit zurückzukehren. Das gilt gerade heute, da die Stadt sich so radikal wandelt, da sie ihre altväterliche Gediegenheit, ihre Originalität und ihre eigentümliche Sprache für immer verliert.

Ich könnte mir gut vorstellen, dass auch Herr Bulgakow einst hinter den Mauern dieser Festung Schutz suchte, wenn er auf seinen Wanderungen durch Moskau all den Bosojs und Lichodejews oder den Mitgliedern von Massolit begegnet war und sich bis oben hin mit deren Energie vollgesaugt hatte, die aus Neid, Bestechlichkeit, Karrierismus und Heuchelei bestand. Hier braute er sich sein Gegengift, je zur Hälfte aus Morphium und seinem eigenen Talent. Es ist kein Zufall, dass er gerade an den Patriarchenteichen Voland erscheinen ließ, den dunklen Fürsten, der jedem gibt, was er verdient.

Alles das geht mir durch den Kopf, während ich am Wasser herumspaziere und auf den Wellen meiner eigenen Zufriedenheit schwimme. Fürwahr, heute ist ein wunderbarer Tag.

Mein Handy klingelt, und ich höre Julas Stimme, die mir ihre Ankunft mitteilt.

»Wo bist du?«, frage ich.

»Ich komme von links.«

Ich drehe mich um und sehe sie die Malaja Bronnaja entlanggehen. Sie lächelt, und die Sonne, die hinter ihrem Rücken leuchtet, gibt ihrem kastanienbraunen Haar eine besonders warme und weiche Nuance.

»Hallo«, sagt sie. »Du hast so etwas Märchenhaftes an dir, du siehst aus, als wärst du jünger geworden. Fast wie ein kleiner Junge, weißt du das?«

Ich sehe sie an, grinse dumm, und mir scheint fast, als wäre jener Tag vor etwas mehr als einem Jahr zurückgekehrt, an dem wir uns kennenlernten. Mir ist, als hörte ich wieder ihre Stimme hinter mir:

»Entschuldigung!«

»Ja?« Ich drehe mich um.

»Können Sie mir sagen, wie man zur Dreiteichengasse kommt?«

»Sie müssen sich ein Stück weiter rechts halten. Aber eigentlich ist es sinnlos, mit dem Auto dorthin zu fahren, um diese Zeit findet man in der Gegend keinen Parkplatz. Wo genau wollen Sie denn hin? Vielleicht weiß ich ja eine Abkürzung.«

»Vielen Dank. Sie sind hier nicht zufällig der örtliche Stadtführer? Erklären Sie jedem, der Sie anspricht, so genau den kürzesten Weg?«

»Jedem, der mich anspricht? Nein, ganz bestimmt nicht.« – O Gott, meine Liebe, wenn mich in der letzten Zeit jemand auf der Straße angesprochen hat, dann höchstens, um eine Zigarette zu schnorren! Gnädige Frau, ist Ihnen überhaupt die besondere Verantwortung, die besondere Bedeutung dieses Augenblickes für meine nichtswürdige Person bewusst? –

So haben wir uns kennengelernt. Jetzt erinnere ich mich daran und frage:

»Sag mal, Jula, musst du heute wieder ganz dringend zur Dreiteichengasse?«

»Nö. Heute muss ich nur spazieren gehen, quasseln und faulenzen.«

»Sehr gut. Tun wir das doch einfach. Weißt du, ich fühle mich heute tatsächlich wie ein achtzehnjähriger Junge.«

»Das ist doch schön. Ich habe dich schon seit langem nicht mehr so gesehen. Gibt es irgendwelche angenehmen Neuigkeiten?«

»Das kann man wohl sagen! Ich spüre geradezu, dass der heutige Tag alle meine Depressionen, üblen Launen und den ganzen anderen Quatsch einfach hinwegfegen wird. Ich fädele nämlich gerade ein neues Projekt ein, etwas vollkommen anderes, als ich bisher gemacht habe. Deshalb bin ich in absoluter Hochstimmung. Ich glaube, ich brauche wirklich mal was Neues.«

Wir spazieren um den Teich herum, rauchen, geben unsere Kommentare ab über die unkonventionelle Jugend und die knutschenden Pärchen. Ich erzähle ihr von meinem Desaster am gestrigen Abend und von dem ganzen Stress, den ich mit den Bullen hatte, von dem geplanten Club-Projekt und von der allgemeinen Stagnation des Moskauer Nightlife-Business. Würze das Ganze mit ein paar Anekdoten aus dem internationalen Clubleben. Ich erzähle ihr auch, wie wichtig mir dieses Projekt ist, und dass ich fest daran glaube, dass ab jetzt alles besser werden wird, und wie sehr mir dieses ganze tagtägliche Gerangel und Gezerre, dieses alberne Herumgemache mit irgendwelchen Szenetussis oder Szenebekanntschaften zum Hals raushängt. Dass ich mich in die Zeit zurückwünsche, als ich hier als achtzehnjähriger Student spazieren ging, dass ich wie damals die Liebe spüren möchte, die uns so fehlt, und das Bedürfnis zu lieben, das Bedürfnis, sich ganz und gar hinzugeben. Sie hört mir zu, und ihre Augen verändern im Verlauf meiner Erzählung die Farbe, von traurig-grün zu funkelndem Smaragdgrün. Schließlich streichelt sie mir über den Kopf und sagt:

»Ich finde das großartig. Du brauchst schon seit langem eine Veränderung. Weißt du, manchmal denke ich, du solltest einfach ein bisschen ruhiger leben und mit diesen ganzen Dummheiten aufhören. Schau dich doch mal um, dann wirst du sehen, dass es um dich herum so viel Liebe gibt. Du willst sie nur nicht wahrnehmen. Manchmal habe ich richtig Angst um dich. Denn eigentlich bist du vollkommen in Ordnung, du hast dich nur zu sehr in deinem Zynismus eingegraben. Sei so, wie du bist, dann wird alles gut. Glaub einfach daran, dass alles gut wird.«

»Das möchte ich ja gern, Jula, wirklich. Ich bin es so leid, gegen diese ewige Langeweile anzukämpfen, diese sinnlose Herumhängerei. Ich muss daran glauben. Ich hoffe, dass irgendwann der Moment kommt ...«

»Dieser Moment wird kommen, du dummer Junge, ganz bestimmt wird er kommen. Wenn du wieder achtzehn Jahre alt bist. Du darfst dich nicht mehr von all dem Negativen um dich herum aufsaugen lassen.«

Ein Fußball saust an uns vorbei, gekickt von einem übermütigen Nachwuchs-Ronaldo, kullert die Böschung hinunter, springt über eine Bodenwelle und platscht ins Wasser. Der unglückliche Schütze erscheint, kratzt sich verstört am Kopf und sagt: »Scheibenkleister«. Wir sehen einander an, ich grinsend, er verlegen. Einem plötzlichen Impuls folgend, beschließe ich, den verlorenen Ball wiederzuholen.

Ich klettere also die Böschung hinunter, der Junge hinter mir her. Der Ball schwimmt ziemlich weit vom Ufer entfernt auf der Wasseroberfläche, so dass man ihn mit der Hand nicht erreichen kann. Schon beginne ich, meine edelmütige Anwandlung zu bereuen, da sehe ich einen abgebrochenen Ast im Gras liegen. Ich schnappe ihn mir und angle damit nach dem flüchtigen Ball, versuche, ihn mit der äußersten Spitze des Astes vorsichtig in Richtung Ufer zu treiben. Ganz langsam um sich selber kreisend bewegt sich der Ball auf uns zu und schickt dabei kleine konzentrische Wellen aus. Fast kann ich ihn mit der ausgestreckten Hand greifen, da wende ich für einen winzigen Moment den Blick zur Seite und schaue ins Wasser.

Ich sehe unser Spiegelbild, meins und das des Jungen hinter mir. Der Ball schickt die nächste Welle über die Wasseroberfläche, und in dem Moment, als sie unser Spiegelbild erreicht, entsteht ein interessanter visueller Effekt. Das Bild wird von der Kräuselung verzerrt, und plötzlich verwandelt sich der Mann im Businessanzug in den Jungen im Sportdress. Und so geschieht es mehrere Male, es sieht aus wie die Wackelbilder auf den Postkarten meiner Kindheit. Ich drehe mich um und sehe den Jungen an, der das Schauspiel ebenfalls bemerkt hat und übers ganze Gesicht grinst. Dann lasse ich meinen Blick weiterwandern zu Jula, die zu uns heruntergekommen ist und mit einem sehr warmen Blick auf das Wasser schaut, voller Zärtlichkeit und Wehmut. Ich fühle mich auf einmal ganz seltsam, und meine Kehle schnürt sich zusammen. Der Junge nimmt seinen Ball, sagt »Danke« und geht weg. Wir klettern die Böschung hinauf. Wir spazieren weiter durch die Allee. Keiner von uns beiden berührt das Thema der Wackelbilder, so als hatten wir Angst, irgendetwas zu zerstören. Nach einer Weile, ohne es selbst zu merken, nehme ich ihre Hand.

Wir bleiben unter den Bäumen stehen, sie lehnt sich an mich und sagt leise: »Ich fühle mich gerade so wohl. Mir geht es hier richtig gut mit dir ...«

Ich würde ihr gern sagen, dass es mir überhaupt noch niemals so gut ging wie jetzt, und dass ich am liebsten stundenlang mit ihr um die Patriarchenteiche trödeln würde, dass ich mir wünsche, sie jeden Morgen anzurufen, oder besser noch, jeden Morgen mit ihr aufzuwachen. Aber mein Mund ist auf einmal ganz trocken, und ich sage stattdessen bloß: »Heute ist einfach ein wunderbarer Tag.«

Dann schlendern wir durch die Straßen des Viertels, und sie erzählt mir irgendwelche belanglosen Geschichten, von einer Freundin, die zwei Hunde hat, wie sie sich als kleines Mädchen einmal im Gorkipark verirrt hat, von alten sowjetischen Filmen und allen möglichen anderen Unsinn, und ich höre ihr zu und fühle mich dabei im Inneren ganz warm und ruhig. Ich sehe sie an, lächele, mache ab und zu eine Bemerkung und würde am liebsten den ganzen Tag mit ihr zusammen bleiben. Aber dann ruft Vadim an, und ich verstehe, dass es Zeit ist, aufzubrechen. Wir verabschieden uns, und ich schaue ihr nach, bis sie hinter einer Hausecke verschwindet, ich bemerke, dass sie wunderbare lange Beine hat, dass sie ein wenig größer ist als ich und dass ich mich jetzt schon wieder nach ihr sehne.

Die ganze Welt scheint auf einmal eine wohlige Wärme auszustrahlen, der Asphalt, die Wände und Dächer der Häuser, die Fußgänger und die Hunde, die an mir vorbeilaufen. Und alle Menschen lächeln einander an. Als ich schon fast bei meinem Auto bin, öffnet sich plötzlich der Himmel über

Moskau, und ein warmer Regen strömt herab. Ich lege den Kopf in den Nacken, schaue in den Himmel und fange mit dem Mund die Regentropfen ein, bis mir das Wasser in Strömen über Gesicht und Hände rinnt. Dann zünde ich mir eine Zigarette an, wobei ich die Flamme mit der gekrümmten Handfläche gegen den Regen schütze, wie es die harten Jungs in den Filmen über die Nachkriegszeit tun. Erst als der Regen mein Jackett fast völlig durchnässt hat, steige ich ins Auto und wähle ihre Nummer.

»Jula, es regnet! Bist du schon bei deinem Auto?«

»Hmhm.«

Ich lasse das Fenster herunter und strecke den Arm mit dem Telefon nach draußen.

»Hörst du, wie die Tropfen prasseln?«

»Hmhm.«

»Jula, wir hören dieselben Regentropfen, ist das nicht prima?«

»Und wie prima! Ich wollte dich nämlich auch gerade anrufen und mit dir über den Regen plaudern. Ganz schön dämlich, was?«

»Überhaupt nicht. Das ist klasse. Das war ein wunderschöner Spaziergang. Irrsinnig schön!«

»Mir geht es so gut ...«

»Heute ist einfach ein ganz besonderer, ein wunderschöner Tag. Aber jetzt muss ich los. Ich ruf dich an.«

»Tschüs. Und sei ein bisschen vorsichtiger, ja?«

»Bin ich! Ganz bestimmt!«

In der Mjasnizkaja-Straße, vor dem Eingang zum Club, treffe ich Vadim.

Wir steigen zusammen die Stufen hinunter und gelangen in die Räume des Lokals. An den Wänden sind Fußbodendielen aufgestapelt, überall liegt Baumaterial herum, dazwischen in Plastikfolie verpackte Sitzmöbel. An der hinteren Wand des ersten Raumes steht ein Tisch in einem pseudobarocken Stil, daneben ein Ledersessel mit hoher Lehne. In dem Sessel sitzt, die Füße auf den Tisch gelegt, Sascha, Mischas Partner, und schaut in ein Notebook. Mischa liegt neben ihm auf einem Sofa ohne Plastiküberzug und blättert in einem Magazin. Neben dem Sofa türmt sich ein ganzer Stapel von Hochglanzmagazinen unterschiedlichster Art, Blätter wie GQ, Vogue und so weiter. An der einzigen funktionierenden Steckdose hängt eine große Kaffeemaschine. Nicht etwa ein Faxgerät oder ein Telefon, sondern ausgerechnet eine Kaffeemaschine.

»Hallo«, sage ich. »Da sind wir.«

»Hi! Nehmt ihr Kaffee?«, entgegnet Sascha und schaut halb in unsere Richtung. Weil er dabei mit vollem Mund Kekse kaut, klingt der Satz ungefähr wie »Fi, fehmfihrfaffee?«. Man fühlt sich sofort wie zu Hause.

Das Gebäck befindet sich auf dem Tisch in einer Schüssel aus hellblauem Glas, daneben stehen ein paar Tassen aus demselben Material. Die Schüssel wirkt inmitten des ganzen Tohuwabohu ziemlich extravagant. Sascha bemerkt meinen Blick und sagt entschuldigend:

»Ich esse einfach nicht gerne aus Scheiße.« Er zuckt mit den Schultern.

»Unser Sascha ist ein Ästhet, da beißt die Maus keinen Faden ab. Sag mal, du Ästhet, funktioniert eigentlich dein W-LAN?« Mischa steht auf, um uns zu begrüßen. »Haut euch aufs Sofa, oder soll ich euch lieber ein paar Sessel auspacken? Die Teile sind gerade aus Italien angekommen.«

»Nein, Mischa, danke«, sagt Vadim und setzt sich auf das Sofa.

»Gibt es hier tatsächlich W-LAN?«, frage ich.

»Klaro. Wir wollen tagsüber ein Kaffeehaus und eine Art Businesslounge betreiben. In der Gegend gibt es massenweise Büros. Tja, wir sind gerüstet für das einundzwanzigste Jahrhundert«, antwortet Sascha.

»Okay, Kinder, jetzt nehmen wir erst mal einen kleinen Kaffee, dann zeige ich euch die Entwürfe, und anschließend könnt ihr euch hier mal umsehen. Entschuldige, Vadim, dir kann ich bloß schwarzen Kaffee anbieten, ich habe keinen Süßstoff«, sagt Mischa und verzieht das Gesicht. »Unser Hausmeister hängt die ganze Zeit im Internet rum statt sich um den Betrieb zu kümmern.« Er deutet mit dem Kinn auf Sascha.

Sascha zeigt ihm den Mittelfinger und tippt weiter auf der Computertastatur herum.

»Woher weißt du, dass ich Süßstoff nehme?«, fragt Vadim überrascht.

»Ich erinnere mich daran, Alter. Hier oben geht nichts verloren.« Er tippt sich an die Stirn.

Wir stehen um das Notebook herum und nippen an unseren Kaffeetassen. Die Entwürfe sind genial. Alles in weißem Leder und glänzendem Metall, ein Cockpit als Platz für den DJ, zwei Plattformen für Gogo-Girls, die direkt an der Decke aufgehängt sind. Der VIP-Raum ist mit schokoladenfarbenem Leder ausgekleidet. »Das Design für den VIP-Raum haben wir von den Swiss-Air-Büros abgekupfert«, gesteht uns Mischa vertraulich.

»Es gibt drei Räume. Sie sind in Economy, Business und First Class eingeteilt, wie bei einem Charterflugzeug. Das Personal trägt Flugbegleiteruniformen. Im VIP- und Businessbereich soll es auch Wägelchen mit Spirituosen geben, die gleichen, wie sie an Bord von Flugzeugen verwendet werden. Hinter dem VIP-Raum befindet sich noch ein Séparée für ganz spezielle Gäste. Der Bartresen hat die Form einer Tragfläche, wie sich quasi von selbst versteht. Die Nutzfläche beträgt insgesamt 600 Quadratmeter. Einmal pro Woche soll ein DJ aus dem Westen eingeflogen werden. In der Economy läuft wie gesagt tagsüber ein Café, am Wochenende ist ›Volksdisko‹. Angebot und Preise liegen hier im mittleren Niveau, in der Business und der First Class natürlich über den Wolken. Versteht sich auch von selbst, oder? Die Lage des Clubs ist gut, Parkmöglichkeiten sind reichlich da. Ich denke, die volle Bude ist garantiert«, resümiert Sascha.

»Und heißen wird der Club dann Concorde, versteht sich quasi von selbst, oder?«, kichert Vadim.

»Heißen wird der Club Jet Lounge. Der Name steht fest, den ändern wir nicht, auch nicht für den allergrößten Investor«, entgegnet Sascha mit dem gleichen bösen Kichern.

Dann besichtigen wir die Räumlichkeiten, und Mischa erklärt mit Verve, wo sich die Garderobe, die Toiletten, die Küche und so weiter befinden sollen. Dabei tippt er ständig auf dem Plan herum, auf dem weder Vadim noch ich irgendetwas erkennen können. Während ich im ersten Raum zurückbleibe und versuche, die Anzahl der Sitzplätze zu überschlagen, gehen Vadim und Mischa weiter. Als ich im dritten Raum wieder zu ihnen aufschließe, sehe ich, wie Mischa Vadim eine offenbar sehr witzige Geschichte erzählt.

Gerade stellt er mit den Händen eine schwangere Frau dar, Vadim lacht laut auf und klopft Mischa auf die Schulter. An seinem Gesicht erkenne ich, dass auch er Mischas Charme längst verfallen ist. Sie plaudern und scherzen wie alte Freunde, und ich spüre sogar einen kleinen Stich der Eifersucht. Immerhin war ich es, der ihn mit Mischa bekanntgemacht hat. Aber im Grunde finde ich es wirklich super, dass sich alle von der ersten Minute an so gut verstanden haben. Es liegt so etwas wie Teamgeist in der Luft, glaube ich.

Sascha kommt von hinten und fragt:

»Es gibt hier ja auch noch einen Keller. Was haltet ihr davon, wenn wir da drin einen Edel-Puff für Oligarchen einrichten?« Mit gezierten Bewegungen holt er seine knallgrüne Gucci-Brille aus der Tasche, putzt sie mit einem weichen Läppchen und setzt sie auf.

»Geile Idee«, gebe ich zurück und recke den Daumen in die Höhe.

Wir gehen alle zurück in den ersten Raum.

»Wie wollt ihr das Geld haben? Bar?«, fragt Vadim.

»Bar, unbar, ganz egal«, antwortet Mischa.

»Und der Papierkram?«

»Den Gesellschaftsvertrag können wir in zwei, drei Tagen fertig haben«, meint Sascha.

»Also, Partner, was sagst du?«, wendet sich Vadim an mich. »Wie gefällt dir das?«

Das ist zwar eine rein rhetorische Frage, aber ich weiß, dass sie in diesem Moment unbedingt gestellt werden muss. Obwohl jeder von uns beiden seine Entscheidung schon längst gefällt hat, müssen wir das Spiel spielen, das der Augenblick erfordert.

»Und dir?«, frage ich.

»Wir können's ja mal versuchen«, sagt Vadim und zündet sich scheinbar lässig eine Zigarette an.

»Also gut, dann steigen wir ein«, sage ich genauso betont lässig und durchwühle meine Taschen, um mir ebenfalls eine anzustecken.

Sascha und Mischa sehen uns an, wie gutmütige Eltern ihre unartigen Kinder ansehen, und mir ist der gekünstelte Dialog, den Vadim und ich mit idiotisch seriösen Gesichtern abziehen, auf einmal peinlich.

Mischa zieht eine Hermes-Reisetasche unter einem Sofa hervor und fingert eine Flasche Champagner Marke Dom Ruinart samt einer Schachtel mit sechs Riedel-Gläsern heraus.

»Wie wär's mit einem Gläschen auf den freudigen Anlass?«, sagt er. »Unsere Lieferanten in spe haben uns passenderweise eine Probe samt Gläsern geschickt.«

Wie von Geisterhand tauchen später noch drei weitere Flaschen derselben Marke auf, wir sitzen volle zwei Stunden zusammen, trinken, plaudern und reißen Witze, und dabei lernen Vadim und ich auch Sascha ein wenig näher kennen. Bei all seiner äußerlichen Melancholie erweist er sich als ein Typ mit wunderbarem Humor und einem großen Rucksack voller schräger Stories. Ein Toast folgt dem nächsten, bis wir einander in den Armen liegen und uns wie die Geisteskranken gegenseitig Containerladungen Erfolg, Glück und Spaß wünschen. Und alle fühlen wir uns, als wären wir schon immer die dicksten Freunde gewesen. Schließlich, am Ende dieses wunderbaren Tages, glaube ich, zum ersten Mal im Leben richtig glücklich zu sein.

Dann brechen wir auf. Vadim setzt sich noch auf ein paar Zigarettenlängen zu mir ins Auto. Während wir rauchen, druckst er ein wenig herum. Endlich sagt er: »Hör mal, Alter, ich würde da gerne mal was mit dir besprechen ... also, verstehst du ... um es kurz zu machen, ich dachte, ich könnte vielleicht noch fünfzigtausend drauflegen.«

»Bist du ein verkappter Millionär, oder was?«

»Nein, nein, ich dachte bloß, sie wollten die Kohle in Cash, verstehst du, und so viel hab ich nicht flüssig. Ich mache dir einen Vorschlag. Ich bringe hundert, und fünfundzwanzig davon gehen auf deinen Anteil, quasi als Leihgabe von mir. Du wolltest dir doch sowieso was pumpen, oder?«

»Vadim, du bist der letzte Mensch in dieser Stadt, von dem ich mir Geld leihen wollte. Nein, pass auf, wir machen es so: Ich bringe meine fünfzig ein und nehme den kleinsten Anteil. Das ist das Einfachste. Einverstanden?«

»Das wäre aber nicht fifty-fifty!«

»Vadim, ich sehe doch, wie heiß du auf diesen Deal bist. Glaub mir, für mich geht es bei diesem Projekt nicht in erster Linie um Geld, sondern um die Möglichkeit, mit guten Freunden zusammenzuarbeiten.«

Vadim steckt sich eine Zigarette an, schaut aus dem Fenster, schweigt. Nach einer Weile sieht er mich an und sagt ernst:

»Alter, du kannst dir gar nicht vorstellen, wie wichtig dieses Projekt für mich ist. Ich habe vor, in meinem Laden aufzuhören, der Job hängt mir zum Hals raus. Das hier ist eine echte Chance für mich. Verstehst du? Die Chance, ein anderes Leben anzufangen, mit anderen Leuten zu arbeiten. Ich bin heute den ganzen Tag wie angestochen herumgelaufen.«

»Na gut, so weit bin ich noch nicht, voll und ganz ins Club-Geschäft einzusteigen. Lass es uns so machen, wie ich vorgeschlagen habe. Du bringst hundert, ich fünfzig. Und jetzt Feierabend, ich habe morgen eine Konferenz, ich muss in die Federn.«

»Bist du auch nicht sauer auf mich?«, fragt Vadim mit traurigen Augen.

»Glaub mir, für mich gibt es absolut keinen Grund, auf dich sauer zu sein«, sage ich und lege meine Hand auf seine.

»Ich danke dir.« Vadim umarmt mich, küsst mich auf die Wange und öffnet die Wagentür. »Sicher?«

»Ich bin mir immer sicher. Also, mach's gut, Alter, ich rufe dich an.«

Vadim steigt aus, und ich mache mich auf zur Lubjanka. Es stimmt, ich bin tatsächlich nicht die Spur sauer. Im Gegenteil, ich bin ehrlich froh, dass wenigstens einer von uns beiden sich aus der alltäglichen Tretmühle befreien kann. Ich spüre die gute Laune wie Öl durch meinen Körper fließen. Fürwahr, heute ist wirklich ein guter Tag, in jeder Hinsicht.

# Die Konferenz

Zehn Uhr morgens am nächsten Tag. In der Konferenz geht es um die Ergebnisse des vergangenen Geschäftsjahres. Wie in vielen internationalen Firmen ist das Geschäftsjahr in unserer Firma nicht identisch mit dem Kalenderjahr, sondern beginnt und endet im Juli. Es gibt zwar kaum eine vernünftige Erklärung für diesen Brauch, aber es ist halt so üblich.

In unseren Räumen wimmelt es von den leitenden Angestellten der Provinzfilialen. Sie schlendern durch die Büros, besichtigen unsere kostbare Einrichtung, nippen diskret an ihren Kaffeetassen und nicken dann und wann bekannten Gesichtern zu. In der Halle und vor dem Empfangstresen drängen sie sich zusammen und trauen sich nicht weiterzugehen, wie Schulkinder vor der Prüfung. Schickt man sie fort, weil sie den Betrieb stören, verdrücken sie sich in die Büros der Verkäufer. Wer in der Moskauer Niederlassung Bekannte hat, hält sich in deren Büros auf.

Irgendwann beginnt eine hektische Telefoniererei, um alle im Konferenzsaal zusammenzutreiben, ein wildes Suchen nach vermissten Personen setzt ein, und dazwischen tönen die Rufe der Sekretärinnen: »Haben Sie Ihre Kaffeetasse schon zurückgegeben?«

Endlich haben sich alle im Konferenzraum eingefunden, die Leiter der unterschiedlichen Abteilungen, die Direktoren der Filialen samt ihren Stellvertretern, kurz, unser ganzes sogenanntes Topmanagement. Wenn man in die Gesichter sieht, scheint sich jeder hier zu wünschen, er wäre unsichtbar. Damit man zwar hören kann, was geredet wird, selber aber allem Ärger aus dem Weg gehen kann.

Neker betritt den Raum. Er sieht ein wenig mitgenommen aus im Vergleich zum letzten Jahr, aber für seine fünfundfünfzig Jahre hat er sich nicht schlecht gehalten. Er trägt eine schreiend gelbe Krawatte mit kleinen bunten Tierchen darauf und scheußliche braune Loafer, gibt sich auch in der Haltung betont jugendlich. Ein typischer, nicht mehr ganz junger französischer Lebemann. Er setzt sich auf seinen Platz, begrüßt die Anwesenden und lässt dabei seinen Blick schwermütig über die Reihen schweifen. In seinem Gesicht lese ich klar und deutlich: *O Gott, warum fallen all den anderen Glückspilzen, die auf die Rente zugehen, solche wunderbaren Regionen wie Martinique oder meinetwegen Südfrankreich zu, oder schlimmstenfalls Skandinavien? Warum nur schickt man mich in meinem Alter noch zu diesen Wilden nach Ost-Europa? Die werden doch niemals lernen, was es heißt, richtig zu arbeiten. Nur wie man sich durchmogelt, das haben sie gelernt!* Wie er uns in diesem Moment hasst! Als wären wir schuld daran, dass er selber einen schlechten Job gemacht hat, nämlich mit seiner Zunge, als es darum ging, die Hintern seiner Aktionäre blankzulecken. Andernfalls säße er nämlich heute nicht in diesem ungemütlichen nasskalten Moskau, sondern in Mailand oder Madrid. Sein »Guten Tag, Kollegen« klingt wie »Seid verflucht, ihr Barbaren!« Aber das macht überhaupt nichts, ich verzeihe ihm das mit Leichtigkeit, denn nach diesem ganzen verlogenen

Gequatsche erwartet uns die Verkündung der Siegespreise beim großen Pferderennen!

Es beginnt damit, dass Neker mit Märtyrergesicht (sein Name sei geheiligt, sein Reich komme, sein Profit vermehre sich in Ewigkeit, Amen) die leidvolle Mär von den nicht erfüllten Verkaufsplänen ablässt.

»Mit Bedauern müssen wir feststellen, dass trotz der Erhöhung des Budgets *(ganze 2,5 Prozent waren das, wie verschwenderisch!)* unser russischer Konzernteil den Verkaufsplan nicht erfüllt hat. Dies hat sich äußerst negativ auf unser internationales Ranking ausgewirkt *(klar, dein Jahresbonus ist ein wenig kleiner ausgefallen, und deine hysterische Frau kann deshalb weniger Kohle für ihre Wellnes-Trips verpulvern).* Obwohl der Markt wächst, sind unsere Ergebnisse in Russland deutlich hinter den Erwartungen zurückgeblieben, was einigermaßen erstaunlich ist *(was zum Teufel erwartest du von einem Betrieb, in dem außer den Kopiergeräten nichts funktioniert, und selbst die nicht einmal störungsfrei?).*«

Unsere heldenhaften Mitarbeiter, all diese multifunktionalen Hohlköpfe, hocken da und schreiben eifrig in ihre Notizbücher. Fragt sich bloß, was sie da schreiben? *Wir sind Idioten, Loser, Nichtstuer, wir haben den Plan nicht erfüllt, weil wir unfähig und dämlich sind?* Ich linse dem Logistikdirektor heimlich über die Schulter. Aha, so ungefähr habe ich mir das gedacht:

Spachtelmasse – 5 Liter;
Putz – 3 Säcke;
Farbe – 8 Liter;
Moskitonetz – 5 Meter.

Offensichtlich das neue Logistikkonzept. Wie verschiebt man am besten möglichst viele Scheinchen über die Route BUDGET DER FIRMA – BAUMARKT – WOCHENENDHAUS? Mit Volldampf in den privaten Wohlstand.

Der Vortrag geht allen Anwesenden dermaßen am Arsch vorbei, dass man sich längst ein neues Prozedere zur Auswertung des Geschäftsjahrs hätte ausdenken können, aber wir setzen diese Praxis der kollektiven Beichte, des kollektiven Haare- und Budgetausreißens aus dem Kopf des Mutterkonzerns munter fort.

Nekers monotone Rede in seinem beschissenen Englisch macht mich allmählich schläfrig. Nach den Gesichtern meiner Kollegen zu urteilen, auf denen jetzt eine Mixtur aus aufrichtiger Reue und dem vorwärtsstrebenden Gefühl junger Pioniere leuchtet (morgen alles viel besser machen), muss Nekers Philippika allmählich ihrem Ende entgegengehen. Ich habe mir schon lange abgewöhnt, diesem alljährlichen Sermon zuzuhören, und orientiere mich stattdessen an den Gesichtern meiner Kollegen über den Verlauf der Rede. Sobald, zum Beispiel, der Direktor der Petersburger Filiale seinen Kopf in die Hand stützt und auf seiner Stirn vier tiefe Querfalten erscheinen, nähert sich die Jahreskonferenz ihrem interessantesten Tagesordnungspunkt, für den wir diese ganze bizarre Selbstgeißelung überhaupt über uns ergehen lassen.

Denn in diesem Moment kommt man zur Verkündung der Jahresboni für die einzelnen Abteilungen. Neker verliest die Liste. Wenn er den Namen der Abteilung oder der Filiale ausspricht, hebt er den Blick zu der betreffenden Person, die diese Abteilung vertritt und nennt dann mit dem angemessenen Pathos in der Stimme die Summe. Dabei erinnert er mich an Georgi Shshonow, der in dem Kriegsfilm »Heißer Schnee« einen General spielt, als der er mit einem kümmerlichen Häufchen von Soldaten Auge in Auge den Panzern Mansteins gegenübersteht. Er schreitet die Reihen seiner Mannen ein letztes Mal ab, verteilt Orden aus einem kleinen Körbchen und spricht: »Das ist alles, was ich für euch tun kann.« Wenn man Neker sieht und sich die zerstörten Panzer und Kanonen und die Leichen der Gefallenen dazu vorstellt, hat man also eine perfekte Version von »Heißer Schnee 2«.

Waffen und Panzer kann unsere Firma nicht bieten, aber gefallene Krieger mehr als genug. Die Zahl derer, die wir verrecken ließen, gnadenlos auf die Straße gesetzt haben im Namen sakrosankter Verkaufspläne und Bilanzen, ist Legion. Wie viele Sekretärinnen und Verkaufsmanager wurden im Verlaufe jenes Erbsen-Mais-Krieges mir nichts, dir nichts rausgeschmissen, ohne ihnen auch nur ihre verbliebenen Urlaubstage zu erstatten. Von den Merchandisern, Lagerarbeitern und Fahrern gar nicht zu sprechen, diese armseligen Infanteristen zählen sowieso nicht. Die werden einfach abgeschrieben wie schadhafte Ware oder Werbemuster.

Ich bin schweigender Zeuge dieses Holocausts, soweit er sich in Moskau ereignet, und, das lässt sich nicht verschweigen, auch Mittäter. Aber während man sich hier bemüht, sich halbwegs im Rahmen des Arbeitsrechts zu bewegen, regiert in der Provinz oft die blanke Willkür. Dort gerieren sich die Direktoren wie die Wojwoden zur Zeit Iwan des Schrecklichen. Ihre Posten sind lebenslange Pfründe, und in den Betrieben herrscht der reinste Feudalismus.

Das Schlimmste an all dem ist, dass Boni immer für die kompletten Abteilungen gezahlt werden, je nach Anzahl der Mitarbeiter zum Anfang des Jahres. Sie können sicher sein, dass die Angestellten, die im Laufe des Jahres entlassen werden, nicht eine Kopeke davon zu sehen bekommen. Was ihnen von Rechts wegen zustünde, reißen sich diese Geier von Vorgesetzten unter den Nagel. Und da sitzen sie dann in der Jahreskonferenz und knipsen vor lauter Vorfreude mit den Firmenkulis, weil sie sich jetzt schon ausrechnen, wie viel sie sich auf Kosten dieser »Toten Seelen« in die Tasche stecken können. Und dabei haben sie ja zusätzlich noch ihre persönlichen Jahresboni!

Allerdings sollte auch das nicht vergessen werden: Über die persönlichen Boni verliert man hier kein Wort, sonst ginge es bei diesen Konferenzen zu wie bei der Schlacht am kalten Büffet. Mit dem allergrößten Vergnügen würden sie sich gegenseitig den Garaus machen. Sie würden die Hände ihrer Gegner auf die Tischplatte tackern und sich mit ihren Aktenkoffern gegenseitig die Köpfe einschlagen. Ich stelle mir vor, wie dieses dicke Weib da drüben, die Direktorin unserer Filiale in Samara, die mich ununterbrochen mit E-Mails nervt, in denen sie über die Marketing-Abteilung herzieht und mehr Geld für ihr Promotion-Budget verlangt, ihrer Kollegin aus Nowosibirsk genüsslich den Hals mit ihren Achtzentimeter-Fingernägeln aufschlitzt.

Wenn sie wüssten, welches Stück ich mir von der Torte zu ergattern gedenke, träfe einige von ihnen der Schlag. Dieses schnuckelige Mädchen da hinten zum Beispiel (Sie heißt Natascha und ist Vertriebsdirektorin in Rostow), würde auf der Stelle einen epileptischen Anfall bekommen. Ich kenne sie ganz gut, weil ich sie zwei Mal im Jahr, bei meiner regulären Visite in Rostow, in unserer dortigen Dienstwohnung vögele. Sie ist pathologisch geldgeil und versucht, mir jede Minute, die wir zusammen sind, irgendwas aus dem Kreuz zu leiern. Außerdem geistert in ihrem Hirn der absurde Gedanke herum, ich würde sie irgendwann nach Moskau mitschleppen. Oh ja, ganz bestimmt, nichts lieber als das!

Ich drehe mich zu ihr um und zwinkere ihr freundlich zu.

Inzwischen geht dieses alljährliche Rührstück dem Ende zu. Schon gratuliert man den zentralen Regionen, wendet sich dem Department Nord-West zu, schon lehnt sich der Direktor der Petersburger Filiale mit unzufriedenem Gesicht in seinem Stuhl zurück. Nun kommt aber noch der wichtigste Teil – Moskau. Während Neker mit einem Blick wie ein Dolch meine Quote verkündet, versuche ich, der Umwelt eine dankbare und zufriedene Fresse zu präsentieren. Schade eigentlich, dass ich immer noch nicht gelernt habe, auf Knopfdruck zu heulen, so was wäre in solchen Momenten höchst hilfreich.

Aber nach den Ereignissen dieser Woche bin ich so neben der Spur, dass ich wohl ohnehin aussehe wie eine Leiche. Grateful Dead.

Während meine Zahlen bekanntgegeben werden, starren mich die anderen feindselig an. Sie würden mich am liebsten in winzige Fetzen reißen, weil sie ja wissen, was für ein Tohuwabohu bei mir in Moskau herrscht. Trotzdem kassiere ich Boni, und was für welche! Ich lehne mich entspannt zurück und lasse meinen Blick lässig durch den Raum schweifen. Darin ist eine klare Message zu lesen: Verreckt meinetwegen, ihr armen Schweine, ihr werdet nie sein, was ich bin: jung und erfolgreich. Ihr hockt in euren Provinznestern, träumt davon, einmal nach Moskau zu gehen, und verschimmelt dabei langsam, aber sicher.

Ein riesiger Kugelblitz scheint durch den Raum zu fahren, der aus konzentriertem Hass besteht. Ich vermute, die gesammelte negative Energie könnte ein komplettes Kraftwerk ersetzen. Tja, wenn wir sonst nichts können – hassen können wir. Ich erwarte jeden Moment eine kolossale Explosion, die die Decke zum Einsturz bringt und uns missratene Kreaturen unter sich begräbt. Aber die Wirklichkeit ist anders. Nur in Actionfilmen sterben die Bösen im Kugelhagel der Guten. Im realen Leben sind die Bösen die überlebensfähigste Spezies überhaupt.

Dann ist Pause. Alle strömen in die Halle, man plaudert und lacht, macht einander scheinheilige Komplimente, klopft mit verlogenem Grinsen auf Schultern und versucht nebenher, einen Platz an der Kaffeemaschine zu ergattern. Es bilden sich Grüppchen, teils regional, teils nach Geschlecht sortiert. Die männlichen Konferenzteilnehmer lachen brüllend über zwanzig Jahre alte Witze und diskutieren die Pläne für den Abend. Jemand schlägt zum hundertsten Mal vor, zusammen irgendeinen Club aufzusuchen, ein paar teure Prostituierte zu mieten und den Rest der Nacht im Baltschug zu verbringen. Alle nicken brav im Takt mit den Köpfchen, obwohl jeder weiß, dass sie für solche Aktionen viel zu geizig sind. Dreihundert Scheine für eine Hure hinzublättern wäre für diese Deppen geradezu tollkühn. Das Äußerste, was sie bringen, ist, sich ein paar Mädchen aus den benachbarten Niedriglohnländern zu mieten, die ihre diplomatische Mission auf der Leningrader Chaussee erfüllen. Und die ganze Sache endet dann irgendwann im Hotel Olimpiez oder Hotel Sojus oder einer beliebigen anderen Absteige in dieser Preislage, wo sie sich mit billigem Wodka die Kante geben. Ich verziehe mich angewidert in mein Büro.

Als ich mich gerade in meinen Bürostuhl fallen lasse, um mir eine Zigarette anzustecken, geht die Tür auf und jene Nataschа aus Rostow kommt herein.

»Störe ich?«, fragt sie und sieht mich mit Schlafzimmerblick an.

»Aber nicht doch. Welcome«, sage ich und mache auf gastfreundlich.

»Man darf bei euch nirgendwo rauchen, deshalb dachte ich, ich schau mal bei dir rein. Bei dir darf man ja.«

»Das stimmt. Demnächst wird man auch die Trinkwasserbehälter aus der Halle entfernen.«

»Was? Warum denn?«

»Die ständigen Reparaturen der Sanitäranlagen sind zu teuer geworden. Verstehst du, weil unsere Mitarbeiter eimerweise Wasser trinken, anstatt zu arbeiten. Und wer viel trinkt, muss viel ... Na, du weißt schon ...«

»Was denn, im Ernst? Wie lebt ihr hier bloß?«

»Tja, so ist das, Natascha«, sage ich und schaue mit verträumtem Blick aus dem Fenster. »Ich warne dich: Ziehe niemals nach Moskau um! Du bist so nett, so rein und schlicht, so etwas gibt es heutzutage eigentlich nur noch bei den Frauen in Turgenjews Romanen. Du darfst einfach nicht nach Moskau. Diese Stadt zerstört dein keusches Wesen.«

»Du machst jetzt Witze, oder? Ohne deinen ewigen Sarkasmus kannst du gar nicht mehr. Ohne deine verdrehten Sätze und Demütigungen geht bei dir nichts mehr, stimmt's?«

»Ach, weißt du, für mich ist es einfach zu spät, noch irgendwas zu ändern. Ich bin wie der Kapitän auf einem sinkenden Schiff. Mein Schiff kann ich nicht mehr retten, aber ich versuche, wenigstens die Besatzung und die Passagiere in Sicherheit zu bringen.«

»Aha ...«, sie klingt beleidigt. »Sag mal, wir wollen nachher mit ein paar Leuten zum Bowling. Wowa aus Petersburg, Ljoschka aus Krasnodar und ein paar von euren Mädchen, so um die fünfzehn Personen, kommst du mit?«

»Wohin wollt ihr denn?«

»Wahrscheinlich in die Apfelsine. Kennst du das?«

»Ja, klar. Geile Location. Und wann?«

»So gegen neun.«

»Super, klar komm ich mit. Ich kreuze dann so um halb zehn auf.«

»Meinst du das ernst?«, fragt sie, steht auf und berührt meinen Arm: »Komm auf jeden Fall, ich warte auf dich.«

*Klar meine ich das ernst, Natascha. Selbstverständlich habe ich große Lust, an euren Vergnügungen für echte Intellektuelle teilzunehmen. Ich ziehe mir ein feines Sakko an, kremple mir die Ärmel hoch und schiebe fleißig Kugeln. Dann lassen wir uns volllaufen wie die Wildschweine und rauschen ab zur nächsten Karaokebar, wo wir im Chor beschissene Volkslieder trällern. Und wenn alle blau genug sind, ziehen die Typen los, ein paar syphilitische Huren anzuheuern, wir beide hingegen fahren zu mir nach Hause. Und ich hab für alle Zeiten den Ruf eines Provinztussenaufreißers weg. Habe ich mir schon immer sehnlichst gewünscht.* Das denk ich mir und geleite sie lächelnd zur Tür. Ich brauche unbedingt eine anständige Line. Aber bestimmt nicht die Bowlingline, honey.

Ich bin überhaupt ein Gegner von Betriebsversammlungen und -feiern. Angeblich sollen sie »dazu beitragen, den Teamgeist zu formen und das gegenseitige Verständnis zu fördern«. In Wirklichkeit formen und fördern sie einen Scheißdreck. Was soll denn da für ein Teamgeist herrschen zwischen einem Lagerarbeiter, der schlappe 500 Euro im Monat verdient, und einem blasierten Snob wie mir, der das Gleiche an einem Tag einsackt? Soll der Bürobote Verständnis dafür haben, dass ich an einem Tag seinen kompletten Monatslohn durch die Nase ziehe? Das ist doch dumme Scheiße! Wer faselt denn in einem Kollektiv von Schwindlern, Idioten und unfähigen Nichtstuern mit Größenwahnkomplex überhaupt von Teamgeist? Wenn es darum geht, wie man sich am besten aus den Futtertrögen bedient, ist doch die Mannschaftsaufstellung längst klar. An dem Punkt herrscht absolutes gegenseitiges Verständnis.

Ich persönlich liege bei diesen kollektiven Verbändelungen regelmäßig quer. Jetzt glauben Sie bloß nicht, dass ich mir ernsthafte Sorgen um meinen guten Ruf mache. Der ist sowieso hin. Ich kann nur diese allgemeine Heuchelei und Bigotterie nicht ertragen. Ich verstehe durchaus, dass meine Angestellten mich nicht ausstehen können, aber ich möchte mir das nicht von ihnen ins Gesicht sagen lassen, schon gar nicht im Vollrausch auf irgendeiner Betriebsfeier. Wussten Sie, dass die meisten fristlosen Kündigungen an genau den Tagen ausgesprochen werden, die auf solche Firmenfestivitäten folgen?

Davon abgesehen ist mir dieser Mummenschanz grundsätzlich zuwider, mit albernen Pfänderspielen, Sackhüpfen, allgemeiner Verbrüderung und sonstigem Eiapopeia. Von wegen: Heute sind wir alle gleich. Es gibt immer noch Trottel, die bei solchen Anlässen ihre Bosse jovial auf die Schulter klopfen, oder vorwitzige Chauffeure, die ihre in Würde gereifte Chefin in den Hintern kneifen. Es versteht sich von selbst, dass da am nächsten Tag ein bitteres Erwachen folgt.

Der zweite Teil der Konferenz beginnt. Er widmet sich den Berichten über die internationalen Erfolge des Konzerns und den Prognosen für die Entwicklung des russischen Marktes. Die Verkaufspläne werden traditionell während der Jahreskonferenz nicht verkündet, sondern per Post nachgereicht. So blöde ist Neker nicht, diese Zahlen, die um dreißig Prozent zu hoch angesetzt sind, den Anwesenden ins Gesicht zu sagen. Die Filialleiter würden ihn auf der Stelle in der Luft zerreißen. Kurz, dieser Teil der Veranstaltung verspricht noch langweiliger zu werden.

Neker bietet den Konferenzteilnehmern Erfrischungen an, Tee, Kaffee oder Wasser. Er ist großzügig, der alte Halunke. Er weiß, die Boni sind verteilt, die Verkaufspläne werden später verschickt, wenn er längst abgereist ist, und er will die Stimmung ein wenig auflockern.

Eine Sekretärin erscheint mit einem Tablett voller gefüllter Kaffeetassen. Die der Tür am nächsten Sitzenden greifen nach den Tassen und wollen sie Neker anbieten. Neker dankt und gibt zu verstehen, dass er Tee bestellt hat. Sofort zischen alle die Sekretärin an: »Haben Sie nicht gehört, was Mister Neker bestellt hat?« und verkünden daraufhin einander übertönend, sie wollten ebenfalls Tee und keinen Kaffee.

Die Sekretärin zieht beleidigt ab, die Konferenzteilnehmer nicken betrübt mit den Köpfen und beklagen die Unfähigkeit des niederen Personals. Das ist das Wichtigste in unserem Business: Man muss zum rechten Zeitpunkt einen Prügelknaben finden. Am besten, man wählt für diese Rolle einen Nebendarsteller, so wie diese subalterne Angestellte, die weiter keine Bedeutung hat, und erklärt zum Beispiel frech, dass man nur deshalb keine Erfolge aufzuweisen hat, weil die alle Unterlagen immer in so winziger Schrift ausdruckt, dass man sie nicht lesen kann.

Die Sekretärin kommt zurück und stellt mit verwirrtem Gesicht ein Glas Wasser vor Neker ab. Neker läuft tiefrot an, er sieht aus, als wollte er das Wasser dem armen Dummchen über den Kopf gießen. Das Gezeter der Konferenzteilnehmer steigert sich zu einem wilden Tumult, in den nächsten Sekunden müsste sich eigentlich die Erde auftun und das bedauernswerte Wesen ins konzerneigene Fegefeuer reißen.

Im letzten Moment gelingt es ihr aber doch noch, eine Tasse Tee vor Neker zu platzieren. Er macht ein Gesicht wie ein gutmütiger Familienvater und murmelt irgendwas wie »Wir haben einen schweren Tag hinter uns, alle sind erschöpft, da wollen wir mal nicht so streng zu unseren Kollegen sein«. Der Direktor unserer Filiale nickt gutmütig, woraus ich schließe, dass er die Sekretärin noch heute zum Teufel jagen wird.

Neker setzt inzwischen seinen Vortrag fort. Mithilfe eines Diagramms erläutert er monoton die Geschäftsentwicklung des vergangenen Jahres und die Prognosen für das bevorstehende. Dann wiederholt er das Ganze für sämtliche Länder, in dem die Firma Niederlassungen hat. Langsam, aber sicher döse ich ein.

Bei dem Satz »Unsere Filialen in Südostasien haben ausgezeichnete Resultate erzielt ...« hebe ich die Hand, um anzumelden, dass ich mal aufs Klo muss. Hier rumzusitzen und sich vorzustellen, wie die Arbeitssklaven der führenden Produktmarken der Welt die Verkaufsstatistik unseres Konzerns nach oben treiben, indem sie genmodifizierten Konservenmais hinunterschlingen, geht über meine Kräfte. Als auf mein Zeichen niemand reagiert, schleiche ich mich einfach aus dem Raum. Auf dem Weg zu meinem Büro begegnet mir jene Sekretärin, die das Tee-Desaster veranstaltet hat.

»Oh! Ist schon Schluss?«, fragt sie und klimpert mit den Augenwimpern wie eine Plastikpuppe. »Gibt es irgendwelche Veränderungen?«

»Hmhm. Dringende Sparmaßnahmen bei den Lohnkosten. Das gesamte Sekretariat wird durch Roboter ersetzt«, knalle ich ihr hin.

»Oj ... O Gott! Und was wird aus uns?«

»Lass dir einfach einen Mikrochip in den Kopf einnähen. Ich hab ein paar Bekannte, die machen es dir billiger.«

Schon an der Tür zu meinem Büro drehe ich mich noch mal um. Diese dumme Gans steht immer noch da wie angewurzelt. Wahrscheinlich überlegt sie, wo man so einen Chip wohl am kleidsamsten anbringt, am Hinterkopf oder an der Stirn. Ich zünde mir eine Zigarette an, checke meine Post und surfe ein bisschen im Internet. So vergehen zehn Minuten. Keine Anrufe auf der internen Leitung. Hat denn immer noch niemand bemerkt, dass ich abgehauen bin? Was sind das bloß für Zombies?

Schließlich schnappe ich mir meinen Autoschlüssel und mache mich auf den Weg zum Fahrstuhl. Im Auto kommt mir der Gedanke, dass mein Witz von der Ersetzung der Sekretärinnen durch Roboter eigentlich überhaupt nicht lustig ist.

Ich arbeite schon lange unter Robotern.

Zu Hause angekommen, nehme ich erst mal eine Dusche. Dann höre ich meinen AB ab, lege mich mit einer Tasse Tee aufs Sofa und denke, dass ich doch mal wieder ausschlafen müsste. Andererseits ist es zu Hause extrem langweilig. Ich nehme mein Handy und rufe systematisch alle meine Bekannten an, um herauszufinden, was heute Abend noch los ist. Das Ergebnis dieser interaktiven Umfrage ist, dass die eine Hälfte meiner Bekannten zu einer Performance anlässlich der Eröffnung eines neuen Club-Restaurants mit dem Namen Basement geht, während die andere Hälfte die Eröffnungsparty einer neuen Boutique auf dem Kutusowskij-Prospekt beehrt. Da ich zu beiden Veranstaltungen eingeladen bin, überlege ich lange, welche die interessantere ist. Schließlich entscheide ich mich für die Restaurantperformance. Da wird es wenigstens was zu futtern geben.

Während ich mich in Schale werfe, beantworte ich die SMS einer Bekannten von mir; trinke im Stehen Kaffee; zappe mich gedankenlos durch die Fernsehprogramme. Im Hintergrund dudelt »Ready to Go!«. Republica.

Der Abend könnte gut werden.

# Die Szene

Ich finde mich also in dem bewussten Etablissement ein. Obwohl es noch nicht einmal neun Uhr ist, also eigentlich noch zu früh für den großen Ansturm, ist schon reichlich Publikum aufgelaufen. Ich schiebe mich in das Gedränge, drücke hier einem Typen die Hand, küsse da eine Frau auf die Wange und steuere dabei auf den Tresen zu. Ich bestelle mir zwei Whiskey, leere den ersten auf ex und mache mich mit dem zweiten in der Hand auf den Weg, um zu sehen, was sonst noch so los ist.

Vom zentralen Saal aus gelangt man in mehrere kleinere Räume. In zweien davon sind Bars eingerichtet, in drei weiteren Lounges oder VIP-Areas, wie es die stark zur Hypertrophie neigenden Moskauer Promoter nach guter russischer Art nennen. Dort gibt es niedrige Sofas, tiefe Sessel und kleine Tischchen. Die Very Important Persons, die sich dort in den Polstern lümmeln, sind natürlich irgendwelche guten Bekannten der Inhaber, zuzüglich ein paar dekorativer Frauen, die Freunde der Club-Promoter oder auch einfach Gäste, die koksen oder Sex haben wollen. Das ist sehr bequem angesichts der ständig besetzten Toiletten. Im zentralen Saal legt ein DJ auf. Dort tummelt sich die Masse, all diejenigen, die keinen Zugang zu den VIP-Areas haben, das sogenannte Schlachtvieh, also die Gäste, um der Wahrheit die Ehre zu geben, die den meisten Umsatz machen. Das sind Leute, die nicht zur Szene gehören, sich das aber sehnlichst wünschen, damit sie ihren noch braveren Freunden und Bekannten all diese wunderbar wilden Stories aus dem Moskauer Nachtleben erzählen können. Für die bloße Illusion, dazuzugehören, zahlen diese Statisten viel Geld.

Jedes In-Lokal in Moskau arbeitet nach diesem Schema – wenn der Besitzer nicht gerade ein Voll-Kolchosnik ist, der aus dem allerhintersten Scheißloch nach Moskau angereist ist, weil er völlig größenwahnsinnig ein Restaurant aufmachen will. Dort soll sich dann das reiche Moskauer Publikum zuhauf tummeln, und die Küche seiner vermieften Heimatregion genießen.

Damit das klappt, wird erst mal jene Horde namens »Die Szene« ins Lokal getrieben, mit ihren immer gleichen Nachtschwärmern, angesagten DJs und gestylten Homosexuellen. Mit ihnen kommen die Halbweltdamen, auf der Suche nach dem kleinen Glück für eine Nacht. Von all denen hat natürlich nicht einer Geld in der Tasche. Sie trinken vielleicht ein Glas Champagner oder auch fünf Tassen Kaffee, das ist aber schon das Äußerste. Doch sie sind das Protoplasma der unersetzlichen Mundpropaganda, die sich wie Radiowellen durch die Stadt verbreitet und folgende einfache, aber wirksame Message verkündet: »Neuer Laden aufgemacht. Kommt alle.«

Dann erscheinen die Typen mit den dicken Portemonnaies und ihren auf Dauerdiät gesetzten Tussis, die an ein paar Salatblättern knabbern und teuren Wein oder Champagner in sich hineinschütten. Die bringen den größten Umsatz.

Schließlich kommen alle die angelaufen, die die Trendmagazine lesen oder sich im Fernsehen die Lifestyle-Berichte über das High-Society-Leben der Stadt anschauen. Irgendwelche Idioten, die unbedingt in den Dunstkreis der Szene eindringen wollen. Die bringen die zweite Hälfte des Umsatzes ein. Sie zahlen wirklich jeden Preis, damit sie am anderen Tag ihren Freunden berichten können, sie seien »in diesem Dings, na, du weißt schon, in diesem angesagten Restaurant da« zum Essen gewesen und: »Neben uns saß wirklich die Dingsbums, meine Güte, wie die sich benommen hat! Und ein Paar krumme Beine hat die vielleicht!« Womit sie für diese Saison den Status des Oberblödmanns zuerkannt bekommen und von allen normalen Blödmännern bewundert werden.

Selbstverständlich ist der Hype um dieses Lokal nach ein paar Monaten restlos verdampft, dann hat längst der nächste Restaurant-Klon aufgemacht, und alles geht wieder von vorne los, immer nach demselben Muster.

Ich geselle mich zu einer Gruppe von Männern in guten Anzügen. Sie trinken teuren Alkohol, rauchen Zigarren und tun, als unterhielten sie sich über Geschäfte. In Wirklichkeit checken sie bloß ab, wen sie anbaggern können. Ich begrüße einen von ihnen, werde einem anderen vorgestellt und steuere ein paar flaue Bemerkungen zu dem allgemeinen Gespräch über nichts bei.

An der gegenüberliegenden Wand hängt ein großer Spiegel, in dem ich unsere Gruppe beobachten kann. Ich vermute, wenn wir ihm jetzt alle gleichzeitig den Rücken zudrehen würden, hätte ich Schwierigkeiten, mich selbst zwischen den anderen Typen zu erkennen, so sehr ähneln wir uns;

alle in dunklen Nadelstreifenanzügen, alle mit einem Glas in der Hand. Unsere Gesten sind identisch, nicht einmal an der Größe könnte man uns unterscheiden. Vielleicht liegt es ja an dem Whiskey, den ich intus habe, aber ich finde diese Erkenntnis auf einmal ziemlich klasse. Obwohl ich weiß, dass es total krank ist, in einer Welt von Klonen zu leben.

So stehen wir da, dreschen leeres Stroh, quatschen dann und wann in unsere Handys und schielen nach links und rechts, wie irgendwelche Penner auf dem Bahnhofsplatz, die abchecken, wen sie beklauen können. Ein Typ stellt sich zu uns, ungefähr in unserem Alter, verfettet, mit Brille und Schweinchengesicht. Er sagt, er sei Redakteur oder so eine Art Direktor von irgendeinem Magazin (das natürlich keiner kennt), verteilt ungefragt seine (entsetzlich geschmacklosen) Visitenkarten und kaut uns ein Ohr ab, wen er alles kennt und was er gerade für super Projekte am Wickel hat. Nach jedem Halbsatz kommt ein »Das ist der Hammer!« oder »Die werden sich auf den Arsch setzen!« oder irgend so eine Scheiße. Alle stehen mit angeödeten Gesichtern da und denken vermutlich dasselbe: Wer hat diesen Kretin bloß hier reingelassen?

Der Kretin ist inzwischen bei seinem vierten Whiskey, seine Fresse wird röter und röter, und sein widerliches billiges Jackett, so ein Teil, das normalerweise bloß kleine Beamte tragen, rutscht ihm ständig schief. Jetzt steht er vor mir, glubscht mich mit leuchtenden Schweinsäuglein an und speichelt mich voll. Ich stelle fest, dass er einen Narren an mir gefressen hat. Alle paar Minuten dreht er sich kurz weg und quatscht in sein Handy, immer nach demselben Muster:

»Ja! Hallo? Mascha? Ich habe dich doch gebeten, mich nicht anzurufen. Ich bin gerade sehr beschäftigt. Ist der Chef schon weg? Gut, ich muss auflegen.« Zwischendurch erklärt er mir, das Telefon mit der Hand bedeckend: »Das ist meine Sekretärin. Völlig vertrottelt!«

Natürlich ist mir klar, dass der Typ nichts weiter als ein blöder Laberarsch ist, eine totale Null, und dass diese Mascha ganz bestimmt nicht seine eigene Sekretärin ist, sondern die von seinem Boss. Er plustert sich immer mehr auf. Jetzt bietet er mir schon Sonderkennzeichen für mein Auto an, inklusive fast legalem Blaulicht. Also kurz, er geht mir langsam ziemlich auf die Eier, und ich überlege, wie ich ihn möglichst schnell loswerden kann. Mir gehen grundsätzlich Leute auf die Nerven, die sich so hemmungslos anbiedern. Ich unterbreche sein Gesabbel mit der Bemerkung, ich müsse mir dringend was zu trinken holen und lasse ihn einfach stehen, aber dieser kleine Scheißer läuft mir doch tatsächlich hinterher. An der Bar bestelle ich mir einen Whiskey und schaue mich dabei im Raum um. Aber ich sehe nicht ein bekanntes Gesicht, und als mir klar wird, dass ich diesen Esel noch mindestens eine halbe Stunde ertragen muss, lasse ich mir gleich noch zwei Gläser geben. In besoffenem Zustand fällt es mir auf jeden Fall leichter, seinem Geschwätz zuzuhören, außerdem gelingt es mir dann vielleicht, ein paar Grobheiten von mir zu geben, damit er sich verzieht. Wenn ich nüchtern bin, bleibe ich dummerweise immer Gentleman.

Im mittleren Saal startet jetzt die Show eines trendigen, mehr oder weniger durchgeknallten Modeschöpfers. Man sagt hier statt »Show« natürlich »Performance« oder »Installation« oder so was. Ich bin in dieser überkandidelten Terminologie nicht so fit. Ein Podium fährt aus der Wand, irgendein Idiot im Mickymauskostüm klettert drauf und verkündet dem »hochverehrten Publikum« (das inzwischen entweder besoffen oder zugedröhnt ist), es werde nunmehr eine Performance unseres »beliebten Star-Designers Andrej Scharpejew« zu sehen bekommen. Die versammelte Szene wogt und wallt vor das Podium, der Schmierenjournalist und ich lassen uns von dem Strom mitziehen. Mickymausman (oder -woman) klatscht in seine Pfötchen, ruft laut »Andrej« – und zack, wer hätte das gedacht, kommt tatsächlich so eine Modetunte aus den Kulissen gesprungen, ein klapperdürres Männchen mit grüner Brille und kahlem Schädel, schnappt sich das Mikro und fängt sofort an, Scheiße zu labern. »Ich habe wirklich sehr, sehr, sehr lange an dieser Kollektiooooon gearbeitet, fast ein halbes Jaaaahr lang, und ich wünsche mir sehr, sehr, dass ihr aaaalle hier euch als Teil meiner Arbeit fühlt. Ich lieeeeebe euch!« Er zieht die Wörter wie Kaugummi in die Länge, macht zwischendurch ein Schmollmündchen und ist so übertrieben tuntig, dass ich es kaum ertrage.

Die Performance der Schwachköpfe beginnt. Der Titel der Aktion lautet »Brötchenmenschen« oder »Ballet der Brotkrümel« oder so ähnlich, genau habe ich es nicht verstanden. Ich glaube mich zu erinnern, dass so etwas Ähnliches auf der Einladung stand. Fürchterliche Musik mit einem mörderischen Rhythmus setzt ein, an die 15 Personen kommen aus den Kulissen gerannt und springen in den Saal. Sie stecken in künstlichen Weißbrotlaiben mit Löchern für die bemehlten (oder sonstwie beschmierten) Gesichter, in weißen Strumpfhosen und plumpen, riesigen Schuhen. Kreischend hopsen sie vor der Bühne hin und her, reihen sich zu einer Polonaise auf und schieben sich durch die Menge. So geht es an die zwanzig Minuten. Die Weißbrotidioten schlängeln sich durch den Saal und veranstalten einen Höllenlärm, während einige besonders debile Zuschauer sich ihnen anschließen, und die ganze Zeit regnet es Konfetti, Brotkrümel und sonstigen Müll von der Decke herunter.

Das einzig Komische daran ist, dass die Menschenmenge angesichts dieses Schwachsinns dumm grinsend dasteht und begeistert in die Pfoten klatscht wie vierzehnjährige Kinder mit Entwicklungsverzögerung beim Anblick von ein paar bunten Luftballons. Neben mir höre ich ihre Kommentare:

»Super, was? Andrej ist echt genial!«

»Hypergenial! Beim letzten Mal hat er es Klebstoff regnen lassen, das war natürlich besser. Aber das hier ist auch nicht schlecht.«

»Ja, das mit dem Klebstoff war echt stark. Jemand hat mir erklärt, damit wollte er zum Ausdruck bringen, dass die Mode sich schneller bewegt als das menschliche Denken.«

»Versteh ich nicht. Was hat das mit Klebstoff zu tun?«

»Weiß ich ja auch nicht. Er meint wohl damit, dass wir alle am Boden festkleben und uns nicht fortbewegen oder so. Und die Models rannten zwischen uns hin und her und symbolisierten den Lauf der Mode.«

»Also, ob da jemand am Fußboden festklebte, weiß ich nicht, aber der Klebstoff soll eine Masse teure Anzüge versaut haben. Warst du nah dran?«

»Nee, nicht wirklich. Ich war gar nicht da. Lenka hat es mir erzählt, und die hat es in irgendeinem Magazin gelesen.

Aber das muss eine supergeile Aktion gewesen sein, dafür kann man ruhig ein paar Klamotten versauen.«

»Finde ich auch ...«

Ich stehe direkt hinter dem Pärchen, das diesen Dialog produziert und bepisse mich fast vor Lachen. Meine Güte, was für Idioten! Man zeigt euch einen großen Haufen angemalte Scheiße, kippt euch Urin über die Köpfe und nimmt euch für das Ganze auch noch hundert Dollar Eintritt ab. Und ihr steht mit offenem Maul in euren versauten, stinkenden Klamotten da und klatscht euch vor Begeisterung die Hände wund. Hinterher erzählt ihr euren Freunden, wie klasse man euch vollgepisst hat. Wenn der nächste dieser genialen Designer euch von oben bis unten mit Kuhscheiße vollkleistert und euch zweihundert Eier für den Eintritt abknöpft (wegen der höheren Logistikkosten), wird das der Knaller der Saison. Dazu spielt dann die Band Kasta ihren russischen Kraut-und-Rüben-Hip-Hop, und irgendjemand verkündet, dass man nur noch naturbelassene Klamotten trägt – klimaneutral und fair produziert und alles ohne Chemikalien, natürlich. Schweineteuer, aber es lohnt sich!

Sicher ist das bejammernswerte kulturelle Niveau des Auditoriums ein entscheidender Grund für den Erfolg dieser Show. Ich schätze, der Bildungsdurchschnitt der hier Versammelten liegt knapp über dem einer Busfahrkarte. Nahverkehr. Aber wen wundert das? Das Lehrmaterial für die Bereiche Kunst und Kultur an unseren Schulen umfasst ein paar kümmerliche Blättchen. Es ist kurios, aber leider Gottes eine Tatsache: Russische Reiseführer über Paris oder Mailand widmen fünfzig und mehr Seiten den Hotels, Boutiquen und Clubs und geben die ausführlichsten Beschreibungen der aktuellen Modekollektionen. Aber mit den kulturellen Werten dieser Städte befassen sich nur wenige Spalten. Jeder Russe verzeiht es leichten Herzens, wenn er in seinem Reiseführer die Adresse des Museo del Prado nicht findet, aber er wird das Druckwerk gnadenlos in den nächsten Papierkorb pfeffern, wenn die Anschrift der nächsten Prada-Boutique nicht verzeichnet ist. Und deshalb werden unseren Freunden der Performance all diese scheißenden Künstler, urinierenden Poetessen und Klebstoff verspritzenden Modemacher aufs Auge gedrückt. Das Ganze nennt man dann »Russische Kunst«, und weil sie nichts anderes kennen, schlucken sie diesen pathologischen Firlefanz mit Begeisterung.

Jemand klopft mir von hinten auf die Schulter. Ich drehe mich um. Vor mir steht ein guter Bekannter, Sascha. Promotion-Spezialist, unverbesserlicher Frauenaufreißer und Szenegänger. Er hat zwei hübsche Mädchen dabei. Die eine ist sogar ziemlich klasse, mit guter Oberweite und langen, schlanken Beinen. Da ich inzwischen schon ziemlich hinüber bin (im Laufe dieser beschissenen Show habe ich noch zwei Whiskeys nachgefüllt), kann ich sonstige Werte nicht mehr realisieren. Sascha fängt an, mich zuzutexten – »Ich hab die Schnauze voll, mir diese Schwuchtel anzugucken« –, macht mich flüchtig mit seinen Freundinnen bekannt und schleppt mich in eine der VIP-Areas. Wir lassen uns in die Sofas fallen, und ich registriere mit Vergnügen, dass ich den dicken Medienmenschen offenbar endlich losgeworden bin. Ein Kellner bringt uns Sushi und Champagner, ich lege VIP- und Kreditkarte zwischen die Lederdeckel der Rechnungsmappe und bin von der weiteren Gestaltung des Abends sehr angetan.

Wir unterhalten uns über den Schwachsinn der Leute, denen man jeden Mist vorsetzen kann, und die nicht begreifen, dass sie verarscht werden. Ich doziere ein wenig über mein Lieblingsthema der bevorstehenden Weltdiktatur der multinationalen Konzerne, und Sascha erzählt begeistert, er lese gerade das Buch »No Logo« von Naomi Klein. Ich konstatiere zufrieden, dass ich das Buch schon vor einem Jahr gelesen habe, und höre ihm also weiter zu im Gefühl intellektueller Überlegenheit. Eigentlich, meint Sascha, sei doch die Perspektive, in einer Barbie-Welt zu leben, schon ziemlich realistisch, wenn man sich all diese Kreaturen ansehe, die imstande seien, sich wegen einer neuen Krawatte gegenseitig totzuschlagen – wobei ich wohl kaum erwähnen muss, dass ich selber einen supercoolen Anzug von Paul Smith trage, und er zerrissene Designer-Jeans und topmodische Turnschuhe von Dries Van Nooten.

Wir plaudern gemütlich, trinken Champagner, Sascha tätschelt seinen Weibern die Schenkel, knutscht mal die eine, mal die andere, hin und wieder kommt jemand vorbei und schüttelt uns die Hände, und dann ... liegt wie vom Himmel gefallen plötzlich ein zweimal gefalteter Umschlag auf dem Tisch. Sascha gibt mir ein Zeichen mit den Augen. Wir stehen auf und gehen zur Toilette.

Auf halbem Weg packt mich aber plötzlich die Angst. Böse Erinnerungen befallen mich, ich bleibe wie angewurzelt stehen und sage zu ihm:

»Hör mal, Alter, vielleicht gehst du lieber allein, ja? Ich fürchte, ich hab gestern ein bisschen über die Stränge geschlagen, meine Gefäße müssen sich regenerieren, verstehst du? Außerdem hab ich schon reichlich intus. Okay?«

Sascha macht ein verständnisloses Gesicht und zuckt mit den Achseln: »Ganz wie du willst. Du bist ein freier Mann in einem freien Land.«

»Hmhm«, resümiere ich düster.

Kurze Zeit später kommt er wieder aus der Kabine, spritzt sich kaltes Wasser ins Gesicht, trocknet sich sorgfältig ab, und wir gehen zurück zu unseren Plätzen. Unterwegs treffen wir ein paar Bekannte, zwei Typen und ein ziemlich dickes Mädchen. Sie trinken irgendein himbeerrotes Zeug aus winzigen Champagnerfläschchen. Wir quatschen mit ihnen, sie fragen uns, ob wir was dabeihaben, Sascha nickt und gibt ihnen den Umschlag.

Die drei verziehen sich aufs Klo, wir bleiben stehen und warten, dass sie uns den Stoff zurückbringen. Ich sage, dass ich es eigentlich total komisch finde, mir vorzustellen, wie sie da zu dritt in der Kabine hocken, vor allem mit diesem Trampeltier. Wir lachen, und ich spüre, dass er langsam abhebt. Auch bei mir schlägt der Whiskey jetzt an, meine Laune steigt, und ich kriege Lust zu vögeln. Sascha meint, ich solle mir eins von seinen Mädchen aussuchen. Ich registriere anerkennend, dass er, obwohl er zurzeit angeblich sehr gut verdient, immer noch derselbe feine Kerl geblieben ist, der er früher war, als wir uns kennenlernten.

Die drei kommen vom Klo zurück, und wir gehen wieder zu unserem Sofa. Die Frauen haben in unserer Abwesenheit die Flasche leergesüffelt und sehen uns mit öligen Augen an. Ich setze mich neben die, die mir gleich besser gefallen hat und fange sofort an, mit ihr zu knutschen. So beschäftigen wir uns eine Weile, sie reibt mich zwischen den Beinen, knöpft mir ganz langsam das Hemd auf und schiebt ihre Hand mit den sehr langen Krallen hinein. Ich zwicke sie vorsichtig in die Brustwarzen und konstatiere zufrieden, dass der Abend ein voller Erfolg ist. Aber ich habe Lust, noch etwas zu trinken, bevor ich mit ihr ins Bett steige. Ich mache mich von ihr los und sehe mich nach dem Kellner um. Sascha ist mit der anderen Lady schon verschwunden.

Der Champagner wird gebracht, wir stoßen an, und das Mädchen beginnt ein Gespräch. Anscheinend ist es ihr jetzt doch ein wenig peinlich, dass ich so völlig ohne Einleitung angefangen habe, sie zu befummeln. Sie greift mir ins Haar und meint, Sascha, den sie aus irgendeinem Grund Fedja nennt, habe vollkommen Recht, sie finde es auch schrecklich, dass ihre Freundinnen so klamottengeil sind, und sie verstehe das überhaupt nicht, wo doch auch noch andere Werte existierten (Sex zum Beispiel, denke ich im Stillen), und überhaupt, Gucci möge sie sowieso nicht, und sie brauche eigentlich auch gar nichts, höchstens noch so eine ganz kleine Uhr, die würde sie sich vielleicht gern kaufen, aber dann wäre wirklich Schluss.

Ich höre ihr zu, nicke, lächle, obwohl ich sie natürlich längst durchschaut habe. Ich bin auch nur ein ganz klein wenig sauer, dass ich mir diesen Blödsinn anhören muss.

Plötzlich lässt sie das Gucci-Thema fallen und kommt mit folgender Geschichte:

»Hör mal, wir gehen doch gleich, oder? Können wir nicht unterwegs bei einer Freundin von mir vorbeifahren? Der schulde ich nämlich Geld, und sie muss es wegen einer ganz dringenden Rechnung unbedingt bis morgen haben. Hast du vielleicht 200 Dollar dabei?«

Diese Masche ist so faul und abgedroschen, dass es mir direkt den Magen umdreht. Klaro, heute Morgen hätte ich dieses alberne Theater noch mitgespielt und ihr die Asche mit einem smarten Spruch dazu rübergeschoben. Aber jetzt finde ich es einfach nur geschmacklos, nach diesem infantilen Sermon über andere Werte praktisch ohne Punkt und Komma auf Kohle überzuleiten. Meine Lust, dieses dumme Huhn abzuschleppen, sinkt mit einem Schlag auf null. Ich merke, dass ich sie mir vom Hals schaffen muss, und zwar fix. Ich nicke ihr lässig zu, erkläre, ich müsse mich schnell noch von Sascha verabschieden, und gehe weg. Als ich mich noch mal umdrehe, kramt sie in ihrer Handtasche. Wahrscheinlich will sie sich zurechtmachen, damit sie richtig sexy aussieht, aber mir ist das inzwischen komplett egal.

Wie ich mir gedacht habe, finde ich Sascha in einer der VIP-Areas, in unmittelbarer Nähe der Bar. Er liegt auf dem Rücken in einem der weichen Sofas, hält eine erloschene Zigarette in der Hand und streichelt mit der anderen einer jungen Frau übers Haar, während sie ihm einen bläst. Ohne zu überlegen, dass ich ihn vielleicht stören könnte, dazu bin ich zu besoffen, lasse ich mich neben ihm in die Polster fallen und warte darauf, dass er fertig wird.

Aus den Augenwinkeln sehe ich das Mädchen an und erkenne auf einmal, dass das verdammt nochmal überhaupt kein Mädchen ist! Mein alter Kumpel Sascha lässt sich von einem Typen den Schwanz lutschen und scheint das auch noch zu genießen! Fuck! Schöne Kumpels habe ich. Jetzt schlägt Sascha die Augen auf, grinst mich an und schickt mir mit zwei Fingern einen lässigen Luftkuss. Das knallt mir doch glatt die Birne weg. Ich springe auf und sehe zu, dass ich aus diesem beschissenen Laden rauskomme.

Draußen auf der Straße stecke ich mir eine Zigarette an und bringe erst mal ein wenig Abstand zwischen mich und dieses verlauste Lokal. Dann beschließe ich, mir ein Taxi zu nehmen. Ich hebe die Hand, und fast in derselben Sekunde hält eines neben mir. Ich denke flüchtig, dass ich sicher wieder so einen Abzocker von Fahrer erwischt habe und mir lieber ein Schwarztaxi nehmen sollte, steige aber trotzdem ein.

Während wir durch die nächtliche Stadt fahren, versinke ich ganz langsam im Alkoholrausch. Ich spüre, wie mein Blick sich trübt und die Lider schwer werden. Ich reiße mich zusammen, schaue aus dem Fenster, rauche. Eigentlich ist ja nichts weiter passiert, überlege ich. Schließlich hab nicht ich ihm den Schwanz gelutscht. Dann merke ich plötzlich, wie sehr ich es liebe, so durch das nächtliche Moskau zu fahren und seine unzähligen Lichter anzuschauen, die Autos und sogar die Prostituierten, die am Straßenrand stehen. Dabei fällt mir wieder dieses dämliche Weibsstück von vorhin ein. Ich spucke angewidert aus dem Fenster und denke daran, wie wahr doch diese alte Regel ist, die besagt, dass ehrliche Moskauer Fräuleins erheblich teurer sind als Nutten. Mir ist übel, und gleichzeitig fühle ich mich wahnsinnig traurig.

Und ohne dass ich richtig begreife, was mit mir geschieht, fange ich an zu heulen. Ich heule tatsächlich wie ein Schlosshund. Die Tränen fließen mir übers Gesicht, ich wische mir mit den Jackenärmeln über die Augen, schluchze und schniefe. Dabei dachte ich immer, ich sei ein hartgesottener Zyniker.

Was für ein Sodom doch diese Stadt ist. Mit ihren käuflichen Frauen, die sich von dir vögeln lassen, nur weil du die richtige Uhr am Handgelenk trägst. Mit Geschäftspartnern, die dich hängen lassen für ein Gramm Koks. Mit falschen Freunden, die dich zwischen zwei Gläsern verkaufen. Mit all der moralischen und physischen Hurerei. Voll mit Menschen, die an Seelentripper leiden. Und immer wieder falle ich darauf herein.

Ich drücke meine fünfte Zigarette aus und wische mir die letzte Träne aus den Augenwinkeln. Da begegnet mein Blick im Rückspiegel dem des Fahrers. Mit zuckersüßer Stimme fragt er mich: »Irgendwas nicht in Ordnung? Kann ich Ihnen helfen?« Ich weiß natürlich, dass er nur pro forma fragt und sage »Alles okay«. Er macht noch eine Weile halbherzig auf Mitgefühl, dann halten wir endlich vor meiner Haustür.

Ich steige aus und gebe ihm 200 Rubel (das ist der normale Tarif vom Zentrum bis zu mir), aber er fängt sofort an zu nörgeln: »Normalerweise kriege ich dreihundert.« Ich lege alle Verachtung, zu der ich in meinem besoffenen Zustand fähig bin, in meinen Blick und werfe ihm noch einen Hunderter hin. Bravo, denke ich, während ich zur Haustür wanke. Applaus für die Abgeschmacktheit und den Zynismus dieser Stadt! Die plumpe Bauernschläue gewisser Leute verblüfft mich immer wieder. Dieser Typ würde einen Schwerverletzten mit Affenzahn ins nächste Krankenhaus transportieren und ihm unterwegs die Pfote tätscheln, aber am Schluss würde er ihm eiskalt den doppelten Fahrpreis abknöpfen.

Ich erreiche meine Etage, stolpere durch meine Wohnungstür, schaffe es gerade noch, die Schuhe auszuziehen und lasse mich, wie ich bin, in mein Bett fallen.

Gute Nacht, Moskau!

# Seelenlos

Am nächsten Morgen liege ich mit dickem Kopf in der Wanne und lasse die Ereignisse des gestrigen Abends noch einmal Revue passieren. Ich habe einen ekligen Hefegeschmack im Mund, wie immer, wenn ich mir solche Sachen geleistet habe. Mehrmals schrubbe ich mich von oben bis unten mit der Bürste ab, als könnte ich mir so den Schmutz von der Seele waschen. Ja, wenn es dafür eine Bürste gäbe! Dann wäre ich jetzt noch so sauber wie vor zwanzig Jahren!

Anschließend liege ich auf dem Sofa, rauche und denke darüber nach, wie Menschen, die mir irgendwann einmal sehr nahestanden, solche Arschlöcher werden konnten. Wer oder was hat sie so verändert? Wie schnell durchläuft man diesen Weg vom ersten Kontakt mit der Szene bis zur vollständigen Selbstverleugnung?

Haben Sie eigentlich schon einmal darüber nachgedacht, warum man die Leute, die man am Abend in den Restaurants, in den Boutiquen und bei den Modeschauen sieht, so gut wie nie während des Tages trifft? Wohin verschwindet diese ganze fröhlich brodelnde Menge, in der einer dem anderen gleicht wie Zigaretten aus derselben Schachtel?

Ich bin zu dem Ergebnis gekommen, dass diese Leute überhaupt nicht existieren. Genau so ist es: Die Hälfte dieser Stadt gibt es gar nicht. Meiner Meinung nach verwandelt sich der Raum innerhalb des Sadowoje-Rings gegen Abend in eine Art Computerspiel, in dem nur noch virtuelle Figuren agieren. Diese Figuren waren irgendwann ganz normale Menschen mit ganz normalen Träumen, normalen Problemen und gewöhnlichen Alltagssorgen. Eines Tages ist ihnen dann aufgefallen, dass es viel einfacher ist, sich in Gestalten aus Hochglanzmagazinen zu verwandeln, in Helden und Heldinnen der Tanzflächen, Feen der Laufstege und Ritter der Messer und Gabeln auf dem Schlachtfeld der Restaurants. Das Ziel: Das ganze Leben zu einer 24-Stunden-Fete machen und selbst zu einem jener glamourösen Nachtmenschen werden, die die Werbung von morgens bis abends präsentiert. Unter dem permanenten Schein der Blitzlichter entwöhnen sich ihre Augen dem Tageslicht, Tonnen von Parfüms und Kosmetika, im Verein mit Drogen und Diäten, trocken ihre Körper aus, und die unzähligen Trendmagazine sowie die Unterhaltungsshows im Fernsehen tun dasselbe mit ihren Gehirnen. Am Ende sind sie jene unsichtbaren Menschen, die nur des Nachts das Haus verlassen können. Denn nur nachts, bei künstlichem Licht, bemerkt man nicht, was sich unter der Oberfläche der Make-ups, der Prada-Kleider, Cavalli-Jeans oder Brioni-Anzüge befindet: vollständige Leere. Und genau das ist der Grund, weshalb man ihnen niemals bei Tageslicht begegnet. Aus Angst, irgendjemand könnte erkennen, dass hinter den dunklen Gläsern ihrer Chanel-Brille keine Augen sind, sondern nur aufgemalte Gesichter, verstecken sie sich in ihren Wohnungen. Der Tag ist die Zeit für Menschen, die Nacht die Zeit der Mumien.

Zuerst gab es nur ein paar wenige, aber mit der Zeit wurden es immer mehr und mehr. Sie brauchten Orte, wo sie sich mit Ihresgleichen treffen konnten, um Menschen in ihren Kreis zu locken und ihre Armeen zu vergrößern. Eines schönen Tages – denken Sie an meine Worte! – wird die Stadt voll von ihnen sein. Wann immer die Mumienkonzentration pro Quadratmeter Nutzfläche in den vorhandenen Restaurants und Clubs ein bestimmtes kritisches Maß überschreitet, schießen überall in der Stadt neue Boutiquen, Schönheitssalons, Clubs, Restaurants und Bars wie Pilze nach einem sauren Regen aus dem Boden.

Solange es immer noch Menschen gibt unter den Besuchern dieser Lokalitäten, benutzen die Mumien ein spezielles Navigationssystem, um ihre Artgenossen zu identifizieren, vergleichbar der Freund-Feind-Erkennung in Kampfflugzeugen. Zu diesem Zweck bedienen sich die Mumien des Mediums der Produktlabel. So müssen sie einen Gesprächspartner nicht mehr, wie das früher üblich war, stundenlang beschnuppern und sich in endlose Dialoge über Kleidung, Autos, Reiseziele und dergleichen verwickeln lassen, um herauszufinden, in welche Welt ihr neuer Bekannter gehört. Nein, heute genügt es, in Sekundenschnelle den Dresscode einer Person zu scannen, um zu wissen, ob er einer von ihnen ist.

Sie dachten immer, die verlockenden Slogans der Modebranche, die Sie jede Saison in den Schaufenstern und den Magazinen vorgesetzt bekommen, spiegeln tatsächlich nur den rasanten Wechsel der Moden wider? Von wegen! Der Dresscode wird in jeder Saison verändert, damit sich keine Fremden in die Welt der Mumien einschleichen können.

Das Kommunikationssystem der Mumien ist aufs Äußerste vereinfacht, damit ihre Gehirnwindungen nicht durch Überlastung beschädigt werden. Deshalb gibt es eine sehr begrenzte Anzahl von Schlüsselsätzen, deren Verwendung jeder Mumie den Sinn eines Gespräches sofort klarmacht.

Treffen sich zum Beispiel zwei Mumien-Mädchen in einem Café. Sagt die eine zur anderen, während sie sich an den Tisch setzt und sie auf die Wange küsst: »Entschuldige, ich hab mich verspätet.« Sie stellt eine Handtasche auf den Tisch. »Hier, aus der Tretjakow!«

Ihre Freundin versteht exakt Folgendes: *Ich war in der Boutique Mercury in der Tretjakow-Passage, habe mir dort ein paar hübsche Handtaschen angeschaut, bin dann auf einen Kaffee in die T.R.E.T.Y.A.K.O.V Lounge, habe anschließend bei Gucci Schuhe anprobiert und musste deshalb natürlich zu spät kommen.*

Nehmen wir als Gegenprobe einmal an, eine der beiden Mumien-Mädchen begegnet einem gewöhnlichen Menschen. Dieser äußert vielleicht den Satz: »Ich will gerade in die Tretjakow, Bilder ansehen.« Da kommt die Mumie natürlich schwer ins Grübeln. Sie zermartert sich ihr armes Hirnchen und wird endlich präzisierende Fragen stellen, zum Beispiel:

»Was für Bilder? Gibt es dort Bilder?«

»Oh ja, ein paar neue Italiener.«

»Was denn, ist der neue Katalog von Prada schon da?«

Dass es eine Tretjakow-Galerie gibt, ist der Mumie natürlich niemals zu Ohren gekommen. Das Wort »Tretjakow« bedeutet für sie »Tretjakow-Boutique-Arkaden« und nichts anderes. Man kann davon ausgehen, dass die Mumien so im Laufe der Jahre ihre Sprachfähigkeit vollständig verlieren und einander nur noch ihre aktuellen Modeartikel oder ihre neuen Liebhaber vorzeigen. Das Lesen haben sie im Übrigen schon lange vorher verlernt. Wie erklären Sie sonst die

Tatsache, dass so viele Hochglanzmagazine fast durchgehend aus Fotos bestehen? Seite für Seite Modeschauen, Sommerveranden und sonstige Herzensangelegenheiten. Manche von ihnen bieten praktisch nichts anderes als durchgehende Fotosessions einer endlosen Party. Die Mumien sitzen da und betrachten die Bilder. Erkennt eine von ihnen sich selbst oder einen ihrer Bekannten auf den Fotos, gibt es eine Riesenaufregung, sie kreischen und quietschen Erkennungssignale wie »Wow! Super! Cool!«. Indem die Mumien in ihren kostspieligen Leichentüchern durch ihre Grüfte ziehen und mit ihren Artgenossen in den immer gleichen Magazinen die immer gleichen Fotonekrologe betrachten, identifizieren sie sich selbst: »Ich bin genau so wie ihr. Wir verstehen, wo wir uns befinden. Das alles wurde nur für uns geschrieben, fotografiert und gebaut. Eine andere Welt existiert nicht.« Auf diese Art und Weise schließt sich der Raum, in dem die Mumien leben. Das große Computerspiel namens »Night People«.

Wenn Sie in dieses Spiel hineingeraten, müssen Sie immer daran denken, dass es nicht Ihre Welt ist. Nicht Ihre Party. Sie sind hier nur ein Spion. Ein Partysan. Und wenn Sie nicht vorhaben, einen Sabotageakt zu begehen, vielleicht mit dem Ziel, wenigstens einen Teil der Mumien in die menschliche Gemeinschaft zurückzuholen, sollten Sie sich nicht zu lange dort aufhalten. Sie riskieren, einer von ihnen zu werden.

Sie finden das aber prima? Was ist denn prima daran, sich als Held eines Computerspiels zu fühlen? Auch wenn es ein 3-D-Spiel ist?

3-D ist hier das einzig gültige Format. Das ganze Dasein der Mumien setzt sich aus drei großen »D« zusammen: Damen, Dollars, Dealer.

Die Dealer sind die Könige in diesem Spiel. Sie beherrschen alles. Man darf diese Dealer übrigens nicht mit gemeinen Drogenhändlern verwechseln. Ihre wesentliche Arbeit besteht vielmehr im Verkauf von Vergnügen mittels Zombifizierung der Szene durch Trendmagazine, Restaurants, Boutiquen, Clubs, Radio und Fernsehen.

Tag für Tag sagen sie den Mumien, dass alles in ihrem Dasein zu dem Zweck eingerichtet ist, möglichst viel Spaß zu haben. Man muss nur dieser Maxime der Dealer folgen, dann ist alles ganz einfach. Man trägt die Klamotten, die angesagt sind, kauft die Trendmagazine, die in die neue Handtasche passen, frequentiert die Restaurants, deren Namen kurz und leicht zu merken sind. Man muss nur genügend Platz im Kopf lassen, damit man die erforderlichen Werbeinformationen speichern kann, die die Dealer Nacht für Nacht im Fashion-TV verkünden. Alle anderen Arten von Information sind Dummheiten, die man aus seinem Hirn entfernen kann. Wenn Sie das schaffen, wird Ihr Leben wie die Speisekarte eines Edelrestaurants sein, aus der Sie nach Belieben wählen können. Die Speisekarte der Vergnügungen, so lang wie ein ganzes Leben – ist das nicht das Paradies auf Erden? Kann man da Nein sagen?

Diese Sorte von Dealern ist schlimmer als eine ganze Armee von Koksverkäufern. Ihre Drogen machen viel schneller abhängig, und es gibt keine Entziehungskur. Schon kürzeste Abstinenz erzeugt bei der Mumie grauenhafte Qualen. Nur solange sie in der Szene ist, wird sie mit Energie versorgt. Der Sinn der Szene besteht in sich selbst. Sie ist der Kompass und zugleich das einzige Koordinatensystem, mit dem du deinen Aufenthaltsort bestimmen kannst.

Jede noch so verheerende Naturkatastrophe, Tsunamis, Monsterflutwellen, Erdbeben, selbst der Zusammenstoß eines gigantischen Kometen mit der Erde wäre für die Mumien gar nichts im Vergleich mit der größten aller Katastrophen: wenn auf einen Schlag alle Restaurants und Schönheitssalons, alle Clubs und Modemagazine vom Erdboden verschwänden. Ihre Welt wäre weg, hätte sich aufgelöst wie der Zucker in ihrem Morgenespresso. Verschwunden all die Einfachheit und Bequemlichkeit des Systems, in dem man nicht denken muss, in dem man dir sagt, wohin du gehen und was du tun musst.

Es ist ja auch wirklich sehr bequem. Die männlichen Mumien fahren jede Nacht in festgelegte Lokale und verlassen sie mit weiblichen Mumien, die sie sich dort ausgesucht haben. Die weiblichen Mumien fahren jede Nacht in festgelegte Lokale und verlassen sie mit männlichen Mumien, von denen sie ausgesucht wurden. Das verbindende Element zwischen beiden ist das Geld.

Das Geld, das der Mumienmann dem Dealer in den Rachen wirft, der ihm ein protziges Auto verkauft, mit dem er dann bei den weiblichen Mumien Eindruck schindet.

Das Geld, das die weibliche Mumie von ihm annimmt, um es einem anderen Dealer in den Rachen zu werfen, der am nächsten Tag im Wellness-Salon ihr Äußeres wieder instand setzt oder ihr eine schicke Handtasche verkauft.

Die absurde Logik dieses Systems besteht darin, dass dieses Geld noch in derselben Nacht von den Dealern wieder zu denselben Männern zurückfließt, die den Dealern nun ihrerseits die Genehmigung zur Eröffnung eines neuen

Auto- oder Wellness-Salons verkaufen, oder zu den Mädchen, für deren Zuneigung sie tageweise zahlen müssen.

Das 3-D-System der Mumien stellt einen geschlossenen Kreislauf aus zirkulierenden Geldströmen dar. Er ähnelt dem Kreislauf des Wassers in der Natur, mit dem Unterschied, dass Letzterer der Erhaltung des Lebens dient, jener der Bekämpfung von Depressionen.

Die Depression wäre somit das vierte »D«, ein »D«, über das man nicht spricht. Man fürchtet dieses »D«, man flieht vor ihm, man verleugnet seine Existenz. Aber die Depression ist hier allgegenwärtig. In der Tasse Kaffee, auf dem Teller mit dem Carpaccio, in dem Mädchen mit dem grauen Gesicht, in der Neonschrift über der Bar, in dem Kellner, der wie geölt durch den Saal flitzt, in dem Mann, der aus der Toilette kommt und sich die Nase reibt. Sie liegt nicht einfach in der Luft, nein – die Luft selbst setzt sich daraus zusammen. Die Depression ist die Basis des Systems.

Die Mumien versuchen, sie zu vertreiben, mit Feten, Kleidung, Sex und Geld. Und dabei gehen sich alle dermaßen auf den Senkel, dass jeder lieber heute als morgen von hier abhauen würde. Aber man kann ja nirgendwohin. Es ist tatsächlich eine Zone, ein Straflager, ein Gulag. Und niemand kennt sein Strafmaß. Niemand hat dich hier eingeliefert, du bist von selber gekommen. Ein Zurück gibt es nicht. Dir bleibt nichts anderes übrig, als geduldig zu warten, bis deine physische Hülle zerfressen ist. Bis es endlich vorbei ist. Und immer wieder quält dich die eine Frage: Wer ist der Herr dieser Zone, wer steuert die Prozesse, kürt die Helden, denen man nacheifern soll?

Manchmal kommst du vielleicht zu dem Schluss, dass du selber dieser Herr bist. Die richtige Antwort auf diese Frage ist aber komplizierter: Jeder hier lebt nämlich in der Gruft, die er sich selber geschaufelt hat, jeder wählt seine eigenen Helden und ist sein eigener Chef. Dabei sind die Grüfte und die Helden für alle Mumien dieselben, denn anders kann es in dieser Welt nicht sein. Die Mumien sind vereint in einer gemeinsamen Religion. Ihr Name ist Seelenlosigkeit.

Wir alle hier sind seelisch verarmt. Bei einer Präsentation der neuen Handtaschenkollektion von Tod's sieht man diese Furien, die mit brennenden Augen hin und her rasen, als wäre ein Feuer ausgebrochen. Sie räumen mit spitzen Ellenbogen die Verkäufer aus dem Weg und fegen alles von den Regalen, was zuvor säuberlich aufgebaut wurde. Später dann, in der Nacht, trifft man sie allesamt in dem neuen angesagten, gerade eröffneten Restaurant wieder. Da hocken all diese kauenden und trinkenden Mannequins und tragen auf ihren Gesichtern den Ausdruck einer erfüllten Mission. Man kann deutlich erkennen, dass der ganze Sinn ihres Lebens nur darin besteht, an einem einzigen Tag ihren gesamten Monatslohn für Essen, Kleidung, Accessoires rauszuschmeißen. Vermutlich sind sie wirklich glücklich nur in diesem kurzen Augenblick, in dem sie ihren Einkauf bezahlen. In diesen wenigen Momenten, wenn sie ihr Geld gegen greifbares Vergnügen tauschen. Und dann überlegen sie, womit sie den nächsten Tag füllen sollen. Sie erinnern mich an die New Yorker Obdachlosen, die man uns zu Zeiten der Sowjetunion im Fernsehen gezeigt hat; die in öffentlichen Suppenküchen, mit dicken Wollmützen auf den Köpfen, an den Händen Handschuhe mit abgeschnittenen Fingern und vor der Brust Pappschilder: HOMELESS. WILL WORK FOR FOOD.

Wenn ich die seelenlosen Gesichter unserer Moskauer Mumien betrachte, möchte ich ihnen auch am liebsten ein Schild vor die Brust hängen: SEELENLOS. ARBEITE FÜR ESSEN (UND KLAMOTTEN) und darunter das Logo von Dolce & Gabbana.

Es ist eine Katastrophe. In kaum hundert Jahren ist die Gesellschaft in unvorstellbarem Maß degeneriert. Während die Menschen in früheren Zeiten danach strebten, etwas aus ihrem Leben zu machen, wollen ihre Nachfahren nur noch in einen bestimmten Club eingelassen werden. Noch am Anfang des vergangenen Jahrhunderts hieß der Held unserer Gesellschaft Pascha Kortschagin – jener Junge, der für die Große Revolution kämpfte. Heute ist daraus Pascha Facecontrol geworden, der junge Mann, der am Eingang eines Nachtclubs steht. Er plustert sich auf, quatscht hanebüchenen Blödsinn und gibt uns Ratschläge, wie wir auf dem schnellsten Wege zu Vollidioten werden können. Er, Pascha Facecontrol, herrscht über die Passwörter, die entscheiden, wer in das Spiel, in die 3-D-Welt der Mumien eingelassen wird und wer nicht.

Ich liege also in meiner Wanne, das Wasser ist inzwischen kalt, und frage mich, wie nahe ich selber dieser Gruft wohl schon gekommen bin. Eigentlich ist mir klar, dass ich längst mit einem Bein drin stehe. Immer mehr meiner Zeit verpulvere ich mit blödsinnigen Partys, Mode-Präsentationen und Open-Air-Veranstaltungen. Die Zahl der Promoter, Gastronomen, Designer und Dealer, die mich per Handschlag begrüßen, steigt beständig. Ich werde immer tiefer hineingezogen. Anfangs dachte ich, dass mir modische Klamotten nun einmal gut stehen. Jetzt glaube ich, dass ich von Anfang an einer von ihnen werden wollte. Wodurch unterscheide ich mich noch von diesem Sumpf? Oder besser: Was zieht mich aus diesem Sumpf heraus? Muss ich für immer in diesem Babylon festsitzen, oder finde ich irgendwann meine Stadt Kitesh?

Ich steige aus der Wanne und wickle mich in ein Handtuch. Meine Zähne klappern, aber nicht so sehr vor Kälte als vor Angst. Irgendwo klingelt mein Handy. Ich finde es in der Innentasche meines Jacketts. Ein Bekannter ist dran, an dessen Gesicht ich mich kaum erinnere. Er sagt:

»Grüß dich, Alter! Was ist, warst du gestern unterwegs? War's gut?«

»Geht so«, antworte ich.

»Was machst du gerade?«

»Ich bin zu Hause.«

»Hast du was? Hahaha?«

Ich hole aus und schmeiße das Telefon an die Wand. Es prallt ab und schlittert mir vor die Füße. Das Display ist erloschen, aber der Lautsprecher funktioniert seltsamerweise noch.

»Hallo? Bist du noch dran?«, fragt der Typ am anderen Ende. »Ich höre dich nicht mehr, du bist irgendwie abgesoffen.«

Ich zerquetsche das, was von dem Telefon noch übrig ist, mit dem Fuß. Jetzt ist er still.

Ich glaube, ich bin tatsächlich abgesoffen.

# Die Literaten

Der Sonntag beginnt bei mir mit Internetsurfen. Ich klappe das Notebook auf, gehe ins Internet und tippe www.litprom.ru ein. Der Bildschirm färbt sich in rotgoldenen Tönen, mit einer Art Mix aus UdSSR, *Proletarier aller Länder* und unerfüllten imperialen Gelüsten. Eben das, was für die nächsten fünfzig Jahre die Grundsteine der russischen Ideologie bleiben werden ...

Jeden Besucher dieser gegenkulturellen Website (wie sie sich selber nennt) empfängt ein Slogan: »Das letzte Bollwerk des Geistes im Internet«. Der Typ, der dieses Internet-Panoptikum erschaffen hat, muss entweder mal ein großer Fan der *russischen nationalen Idee* gewesen sein, oder er will uns einfach bloß verarschen. Das Gros der Besucher dieser Site besteht aus Graphomanen der schlimmsten Sorte, Pseudo-Poeten, die seitenlang ungebremst vor sich hin reimen, Büroangestellten, die die Arbeitszeit totschlagen müssen, aus Junkies, durchgeknallten Nationalisten, Müßiggängern wie mir und anderem Gesindel. Ab und zu findet man auch mal ein paar wirklich interessante Texte – Früchte der zerrütteten Psyche unserer Zeitgenossen, und oft kann man hier an Wortgefechten teilhaben, die eine wahrlich großmeisterliche Beherrschung der Gossensprache demonstrieren. Amüsant sind auch die Berichte über das schwere

Leben der russischen Landbevölkerung, deftig gewürzt mit einer Prise derbem bäuerlichem Humor. Kurz, wenn es diese Internetsite nicht gäbe, müsste man sie schleunigst erfinden.

Dieser Site also statte ich gelegentlich einen Besuch ab, wenn ich mein Hirn ein wenig entspannen will. Es ist ja allgemein bekannt, dass einem das eigene beschissene Leben gleich viel weniger beschissen vorkommt, wenn man sich die Depressionen anderer Leute ansieht, hervorgerufen durch schwerste Alkohol- und Drogenabhängigkeit, desaströse Lebensumstände und totale Perspektivlosigkeit.

Ich lade die Seite und sehe ein Banner mit folgendem Text: »Litprom-Meeting. Leser und Autoren treffen sich heute um 18.00 Uhr in der Bar Der Krug an der Metrostation Kurskaja.« Ich klicke auf das Banner und gelange ins Gästebuch, das die User mit Hunderten von euphorischen Kommentaren überschwemmt haben, in der Vorfreude auf das erwartete Treffen mit ihren Saufkumpanen. Nachdem ich ein paar Seiten gelesen habe, merke ich, dass ich regelrecht neidisch werde. Ich lasse mich von der allgemeinen Stimmung mitreißen und verspüre bald den dringenden Wunsch, mich dieser Meute zuzugesellen. Es dürfte immer noch um einiges besser sein, den Abend mit notorischen Säufern zu verbringen, die sich für Literaten und Rebellen halten, als allein zu Hause zu sitzen und mit seinem Whiskeyglas trübselige Dialoge zu führen.

Ich ziehe also meine zerrissenen Jeans an, krame aus der hintersten Ecke meines Kleiderschranks meinen dunkelblauen Paul & Shark-Pullover hervor und die alten Sneakers aus dem Schuhschrank, die ich mir vor ewiger Zeit bei einem

Landausflug ruinierte habe. Meine Gesamterscheinung wirkt ziemlich neutral. Für jemanden, der zu einer Sauferei mit Randexistenzen geht, aber nicht die Absicht hat, die Party zu bezahlen, ist das genau richtig.

Ich verlasse das Haus, schnappe mir eilig das erstbeste Schwarztaxi und lasse mich auf den Beifahrersitz fallen. Es liegt wohl in der Luft, dass ich mir heute möglichst schnell die Kante geben muss. Der Fahrer des Wolga, ein bärtiger Typ Mitte vierzig, sieht aus wie ein typischer Geologe. Der arme Kerl klammert sich so krampfhaft ans Lenkrad, als hinge sein Leben davon ab. Seine Augen kleben förmlich auf dem Asphalt, nicht ein Mal wendet er den Blick zur Seite, um mich anzusehen, solche Angst hat er, von der Straße abzukommen. Autofahren ist für ihn offensichtlich der reine Stress, aber sicher auch seine Haupteinnahmequelle. Also bleibt ihm keine andere Wahl. Während ich ihn von der Seite betrachte, fällt mir der alte Witz von dem Typ ein, der mit seiner Frau Auto fährt:

»Dusja, ist mein Fenster offen?«, fragt der Mann am Steuer.

»Ja.«

Er dreht blitzschnell den Kopf nach links und spuckt.

Ich kichere. Der Fahrer ist von meinem Kichern so irritiert, dass er seine Angst vergisst und mich ansieht. Seine Augen sind voller Trauer und Furcht.

»Es ist nichts«, beruhige ich ihn. »Ich lache nur über etwas, das gerade im Radio gesagt wurde.«

Es entsteht eine Pause. Die Schultern des Fahrers entspannen sich ein wenig, er starrt wieder auf die Straße. Nach einer Weile sagt er düster:

»Ich habe gar kein Radio.«

Es folgt eine noch längere Pause. Jetzt bin ich unter Druck. Krampfhaft überlege ich, was ich ihm antworten soll. Die Situation ist ziemlich komisch, um nicht zu sagen, idiotisch.

»Na so was, ich dachte, da wäre ein Radio«, versuche ich mich aus der Klemme zu ziehen. »Es kam mir wirklich vor, als hätte ich was gehört. Offenbar eine akustische Halluzination. Wissen Sie, es gibt eine Musiktruppe, die so ähnlich heißt. Kennen Sie die vielleicht? ›Für immer jung, für immer besoffen‹«, trällere ich.

»Nein«, antwortet er erschrocken. Und dann, als wollte er sich entschuldigen, fügt er hinzu: »Ich interessiere mich überhaupt nicht für moderne Musik.«

»Ich eigentlich auch nicht. Entschuldigen Sie.«

Mir fällt plötzlich auf, dass ich mir angewöhnt habe, den Leuten irgendwelchen Unsinn zu erzählen, ohne darüber nachzudenken, was ich da eigentlich rede; meistens, um sie möglichst schnell loszuwerden. Noch weniger überlege ich, welchen Eindruck meine Worte auf meinen jeweiligen Gesprächspartner machen. Aber in eine so knifflige Situation wie diese gerate ich eigentlich selten. Entweder halten mich längst alle für einen ausgemachten Trottel, oder der größte Teil der Menschen, mit denen ich Tag für Tag zu tun habe, sind Vollkretins, denen es sowieso egal ist, was man zu ihnen sagt. Beide Schlussfolgerungen sind ziemlich scheiße und tragen zu meinem Bild von der Wirklichkeit aber auch gar nichts Positives bei.

Der Rest der Fahrt verläuft in tiefem Schweigen. Die Stille ist die schönste Musik, nicht wahr? Ich betrachte die Spitzen meiner Turnschuhe und nicke im Takt zu dem Song in meinem Kopf. Da läuft nämlich gerade »We're all made of stars« von Moby. Aber das weiß der Geologe natürlich nicht. Er starrt durch die Windschutzscheibe nach vorn, ohne ein einziges Mal zu zwinkern, als wäre er eine Eule. Außerdem kratzt er sich vor Aufregung ununterbrochen den Bart und den Hals, mit schroffen, schnellen Bewegungen, wie ein Hund, wenn er sich flöht. Das nervt ein wenig. Aber ich nerve ihn wahrscheinlich auch.

Als er mich abgesetzt hat, braust er mit aufheulendem Motor weiter. Ich bin fast sicher, dass er mich für einen Psychopathen hält. Dafür halte ich ihn für einen hartgesottenen Junkie oder Alkoholiker.

Die Bar Der Krug ist eine ziemlich üble Lokalität, die hauptsächlich von Studenten, kleinen Angestellten und mittelmäßigen Rockmusikern frequentiert wird. Das Bier ist ungenießbar (zumindest sieht es so aus, Gott sei Dank trinke ich kein Bier), der Weinbrand gepanscht und der Wodka billig. Man isst hier vorzugsweise Schawarma mit Pommes frites. Ich möchte behaupten, dass dies inzwischen zum russischen Nationalgericht für diese Art Publikum geworden ist, ähnlich wie Sushi für den wohlhabenden Teil der Bevölkerung. Es geht schnell, macht satt und kostet nicht viel. Für die Betreiber ist Der Krug eine Goldgrube. Der Laden ist immer rappelvoll. Am Tresen steht man in drei Reihen, es gibt nie genug Gläser, und die Kellner kommen mit den Bestellungen nicht hinterher. Es ist also alles, wie es sein soll: Wenn du richtig Geld verdienen willst, mach Geschäfte mit den Armen.

Die verlotterte Internetbande, insgesamt um die zwanzig Nasen, hat sich an zwei zusammengeschobenen Tischen breitgemacht. Es gibt viel Wodka, viel Bier und wenig zu essen. Das ist zwar nicht sehr vernünftig, erklärt sich aber aus dem Fehlen der nötigen Mittel. Ein Pegasus ist eben kein Dukatenscheißer. Dass er bisweilen heftig austreten kann, sieht man indes an den demolierten Gesichtern derer, die schon etwas länger zu dieser literarischen Avantgarde gehören. Ich begrüße die Runde, schüttele ein paar Hände, man schiebt mir einen Stuhl hin, und ich setze mich. Als Erstes bestelle ich mir einen großen Whiskey, dann sehe ich mir an, wer alles so da ist.

Die Mädchen in der Runde, es sind exakt drei an der Zahl, fangen sofort an, mich anzustarren. Ich lächele allen kumpelhaft zu, den Mädchen, wenn es geht, noch ein bisschen kumpelhafter. Eine von ihnen fragt mich, ob ich nächste Woche zu irgendeinem Konzert im Kulturhaus Gorbuschka gehe, und ich antworte, ich wisse es noch nicht, aber wahrscheinlich schon, und dann biete ich ihr Whiskey an. Darüber gerät der Typ neben ihr in Rage, der zwar schon hackebreit ist, aber noch einiges mit ihr vorhat. Auch sein Kumpel, der auf der anderen Seite neben mir sitzt, wird auf einmal unruhig. Die Tatsache, dass ich Whiskey trinke, verschärft die Lage natürlich noch, das allein gilt hier schon als Provokation. Die Tussi ist hässlich wie die Nacht und ziemlich fertig mit der Welt, deshalb bin ich für sie wohl eine Art Märchenprinz. Wenn man zusätzlich in Rechnung stellt, dass die beiden Typen, die sie abschleppen wollen, zwar schwer einen im Kahn haben, aber kaum Kohle in der Tasche, dann bin ich mindestens ein Doppelprinz. Diese kümmerlichen Proleten haben also nicht die geringste Chance. Andererseits, sie selbst auch nicht. Im Großen und Ganzen aber ist meine Laune bestens, ich fühle mich eher amüsiert als gestresst. Nur um die Runde ein wenig aufzulockern, schlage ich allen vor, sich jetzt zügig volllaufen zu lassen – wofür ich stürmischen Beifall ernte.

Die Gesellschaft teilt sich in drei Lager. Am Kopf der Tafel schlafen vier besoffene Literaten, um die sich sechs oder sieben noch nicht ganz volltrunkene Typen scharen; daneben die drei Weiber, die jetzt lautstark über Eduard Limonows Nationalbolschewistische Partei diskutieren, und schließlich sechs weitere Gestalten, die sich um einen jungen, vollschlanken Typen gruppiert haben. Dieser ist Träger eines klugen Gesichtes, einer runden Brille und eines kleinen Bärtchens. Gerade beendet er einen längeren Vortrag, gießt seinen Zuhörern aus einer Karaffe Wodka ein und sieht dann jedem forschend ins Gesicht. Ich nehme an, um die Wirkung seiner Rede zu taxieren.

Auf dem Tisch liegt ein Computerausdruck mit Pamphleten der Nazbol-Partei. Ich lese die fettgedruckte Überschrift: »Das Wort des Führers«. Darunter ein paar Fotos. Einer aus der Gruppe, ein kahlgeschorener, schwarz gekleideter Typ, der eigentlich Iwan heißt, sich aber grundsätzlich Oparysch nennt, liest gerade vor:

»Diejenigen, die mich für den Anführer einer Horde desorientierter minderjähriger Barbaren halten, möchte ich daran erinnern, dass ich ein Angehöriger der russischen Intelligenzija des revolutionären Typs bin, und dass ich mich in einer Reihe mit Radischtschew, Gerzen, Bakunin und Tschernischewski sehe ... Mit einer gewissen Ironie würde ich sagen, dass ich nicht weniger intelligent bin als das Oberhaupt der Intelligenten, Grigori Alexejewitsch Jawlinski. Ja, ich glaube sogar, als Autor von siebenunddreißig Bänden bin ich noch intelligenter als er. Und die Horde, die mir folgt, ist die junge Intelligenzija Russlands. Limonow, das ist das Einzige, was SIE nicht zertrampelt haben. Die Partei wächst, die Jugend rückt auf. Sogar die Presse kann uns nicht mehr ignorieren. Die Aktionen der Nationalbolschewisten haben diesen Sumpf der Journaille aufgerührt und zum Kochen gebracht. Seht her, wie sie sich auf uns stürzen, wie sie sich anbiedern! Denn allmählich wird diesen Aasgeiern klar, dass wir in naher Zukunft dem Volk das Land zurückgeben werden, das ihm gehört. Die Zustände in den Regionen sind ein reiner Alptraum. Dort sind die Willkür der Beamten und die Armut der Bevölkerung längst unerträglich geworden. Russland geht mit der Revolution schwanger. Nicht mehr lange, nur noch ein kleiner, winziger Schritt, und es ist so weit. Diese Interimsregierung wird hinweggefegt wie von einer Schlammlawine«, so rezitiert Oparysch.

Die Wörter »Russland« und »Volk« spricht er mit besonderem Timbre aus. Anscheinend bereitet ihm das Jonglieren mit diesen Ausdrücken physische Lust, fast wie ein Orgasmus. Ich bemerke im Stillen, dass einer meiner Bekannten aus der Szene mit derselben Inbrunst die Wörter »multinational« und »Globalisierung« ausspricht. Wobei klar ist, dass sowohl Oparysch als auch mein Szenebekannter diese Ausdrücke nur verwenden, um ihre Zugehörigkeit zur Führungsschicht des jeweiligen Mikrokosmos zu artikulieren. Als Mittel der persönlichen Identifikation in den Augen ihrer Umgebung, bestimmt aber nicht deshalb, weil sie sich tatsächlich mit den Problemen des Volkes oder mit der Bedeutung der Globalisierung für den Planeten Erde auseinandersetzen.

Die Versammelten schweigen vielsagend. Einmal mehr wundere ich mich darüber, wie sehr unsere selbst gebackenen Revolutions-Ideologen zu geschraubten Formulierungen neigen.

Mir graut bei der Vorstellung, was passieren wird, wenn diese Leute auf irgendeine Art und Weise an die Macht kommen. Sie werden unser Land in eine Kaschemme wie Der Krug verwandeln, unter dem Vorwand, es von den Untaten des »kriminellen Regimes« reinwaschen zu wollen. Aber sie werden es nicht mit Wodka spülen, das ist das Problem. Mit dem größten Vergnügen werden sie uns, das ganze mittlere und höhere Management, am nächsten Baum aufknüpfen oder auf schmutzigen Gefängnishöfen an die Wand stellen. Da die Oligarchen zu diesem Zeitpunkt längst das Weite gesucht haben, muss die berüchtigte Mittelklasse für die Tyrannen herhalten, die ihren Wohlstand auf den Knochen des arbeitenden Volkes errichtet haben und nun endlich vor sein oberstes, heiliges Gericht gestellt werden. Niemand wird sich an die Namen dieser Oligarchen erinnern, die sich den Reichtum unserer Erde, unsere Bodenschätze, angeeignet haben, aber zuhauf werden jene Rächer des Volkes erstehen, die in heiliger Glut darauf brennen, ihre ganz persönliche Rache an den Besitzern besserer Autos, Uhren und Anzüge zu üben. Es ist nun einmal weniger anstrengend, die Leute abzumurksen, denen man irgendwann mal einen Fuffi oder Hunni aus dem Kreuz geleiert hat, als sich mit Millionären herumzuschlagen, die nicht mehr da sind. Irgendwann wird man somit der Moskauer Schickeria ihre

Tod's und Pradas um die Ohren schlagen. Was in Wirklichkeit alles natürlich nur Fantasie ist. Tatsächlich enden alle diese Revolutionen, sobald genug Spendengelder auf dem Privatkonto ihres Anführers eingegangen sind. Und wieder einmal wird man sagen können: Das Geld hat das Böse besiegt.

»Letzte Woche haben die Bullen eine Freundin von mir eingelocht«, mischt sich jetzt eines der beiden anderen Mädchen in das Gespräch. Sie hat ein nettes, intelligentes Gesicht, ist gar nicht schlecht gekleidet und wirkt sehr gepflegt. »Sie wollte mit ein paar Freunden zusammen ein Plakat an die Eingangstür des FSB-Gebäudes kleben. Da stand drauf: ICH BIN FANTOMAS, UND DU BIST SCHEISSE! Die Bullen haben sie sofort geschnappt und aufs Revier geschleppt, acht Stunden später hat man sie wieder laufenlassen. Nadja hat schreckliche Sachen erzählt, wie es da zugeht. Sie wurden zwar nicht geschlagen, aber die haben Methoden wie bei der Gestapo, sagt sie.«

»Und was hat sie erwartet? Dass man ihr einen Orden als Heldin der Russischen Föderation verleiht? Was sollte der Schwachsinn überhaupt?«, entgegne ich. »Sie hätte lieber zu Hause bleiben sollen, mit ihrem Typen eine Runde vögeln oder ins Theater gehen.«

Das Mädchen kommt aus dem Konzept. Bisher ist bei ihr alles nach Plan gelaufen. Sie flirtet nach Herzenslust mit den jungen Revolutionären, die Unterhaltung läuft wie geölt. Und sie weiß in der Regel schon im Voraus, was ihr der Typ antworten wird, dem sie zum Zweck der Eröffnung respektive Fortsetzung der Beziehung ihre Stichworte zuwirft (Ich gehe davon aus, dass die Mädchen bei diesen Politfreaks sowieso nur zum Vögeln gedacht sind). Plötzlich komme ich daher und bringe ihr mit meinen eigentlich ganz logischen Bemerkungen das Strickmuster durcheinander. Verständlich, dass ihre mentale Waage ins Schaukeln gerät. Sie schwankt zwischen dem gesunden Menschenverstand meiner Einwände und dem Wunsch, sich als Revoluzzerin aus gutem Hause auszuweisen.

»Das ist kein Schwachsinn«, setzt Iwan sich für sie ein. »Dieses faschistische Regime muss mit allen verfügbaren Mitteln bekämpft werden. Stetes Wasser höhlt den Stein. Dann wird die kritische Masse wachsen und schließlich alles in den Gulli spülen.«

»Iwan«, frage ich. »Was hast du persönlich eigentlich gegen dieses Regime? Du sitzt hier, quatscht über irgendwelche Revolutionen, erzählst, dass die einfachen Leute keine Chance haben, ein anständiges Leben zu führen. Du bist jung und gesund, du hast noch viele Jahre vor dir, jede Menge Perspektiven und Chancen. Tust du eigentlich irgendetwas, um deinen Arsch aus dieser Outsider-Scheiße rauszuziehen? Du könntest doch, zum Beispiel, ein bisschen arbeiten, dir ein nettes Mädchen suchen, mit ihr ans Meer fahren und solche Sachen. Oder dir wenigstens einen neuen Pullover kaufen, ohne Löcher an den Ellenbogen. Was hast du von diesem ganzen Losergehabe?«

»Losergehabe? Haha!« Er grinst böse. »Für einen Dichter ist das doch eher ein Kompliment. Wenn du mich damit treffen wolltest – das ging daneben. Arbeiten soll ich? Ich kann hier nicht einmal richtig atmen, und du fragst mich, was ich gegen dieses Regime habe. Wenn du und deinesgleichen nicht so kleinbürgerlich und vernagelt wärt, dann würdet ihr verstehen, wohin der Zug fährt. Aber ihr steckt ja bloß den Kopf in den Sand.«

»Ach, Dichter bist du auch noch? Hast du mal was veröffentlicht? Oder schreibst du nur für dich selber? Weigert dieses kriminelle Regime sich etwa, dich zu veröffentlichen?«, spotte ich weiter.

»Wir beide sprechen nicht dieselbe Sprache. Die Aktionen des zivilen Ungehorsams, die wir als Patrioten heute durchführen, zernagen die Grundfesten des Regimes. Morgen schon werden hunderttausende Männer und Frauen in allen russischen Städten auf die Straße gehen. Wir stehen an der Schwelle zum Bürgerkrieg. Wenn es so weit ist, dann geht alles ganz einfach. Jetzt sitzen wir hier am selben Tisch und trinken, morgen stehen wir als Klassenfeinde auf unterschiedlichen Seiten der Barrikaden.«

»Also, Iwan, was die Männer angeht, bin ich einverstanden! Ich bezweifele zwar, dass es Hunderttausende sein werden, aber so um die Hundert werdet ihr schon zusammentreiben, vielleicht sogar Zweihundert! Aber Frauen? Wo wollt ihr so viele Frauen herkriegen?«

Da schiebt sich wieder die Tussi mit dem intelligenten Gesicht dazwischen. Sie reicht mir einige Computerausdrucke von der Internetseite der Nationalbolschewisten, auf denen einige mehr oder weniger attraktive und mehr oder weniger bekleidete Frauen unterschiedlichen Alters zu sehen sind. Die Headline der Blätter lautet: »Unsere Kampfgefährtinnen«.

»Bitte sehr«, sagt sie. »Nimm dir Zeit und genieße. Denke ja nicht, dass Frauen nichts anderes zu tun haben als in Clubs herumzuhängen. Wir sind schon viele. Mehr als du denkst.«

Sie lässt ihren Blick triumphierend durch die Runde wandern, als wäre sie die frisch gekrönte Königin dieser Polit-Party. Die Kumpanen schweigen, in ihren Gesichtern sieht man die Vorfreude auf das Gemetzel, das der kleine Politheld und die neue Klara Zetkin mit ihrem ideologischen Gegner gleich veranstalten werden. Ich betrachte aufmerksam die Fotos, und plötzlich bleibt mein Blick an einem Bild hängen: zwei Mädchen, die sich umarmen und kichernd in die Kamera schauen. Beide tragen Manschetten mit Hammer und Sichel um die Oberarme.

»Na und?« Ich versuche erst gar nicht, mein Lachen zurückzuhalten. »Mit fünfzehn hatte ich auch ein Faible für Uniformen und Nazisymbolik. Außerdem fand ich die SA-Sturmtruppen so schön schwulig! Wenn ich das richtig sehe, ist es den Mädels hier doch völlig egal, was sie spielen und auf was für einer Internetseite sie ihre Aktfotos ablegen. Bei Frauenwunder.ru oder bei eurer Natzbol. Erfüllen sie wenigstens ihre Funktionen?«

»Wie meinst du das?«, fragt sie misstrauisch.

»Na ja, ich meine, als Wichsvorlage für eure Jungs. Du zum Beispiel, Iwan, du würdest doch bestimmt gern mal mit denen ...?«

»Sehr witzig. Findest du deinen Zynismus eigentlich besonders cool?«, unterbricht er mich.

»Nee. Ich frage mich bloß, was passiert, wenn dieses nette Mädchen da – übrigens, bist du das auf dem Foto?« Sie schlägt die Augen nieder und sagt: »Das spielt doch keine Rolle.« »Also, wenn dieses Mädchen sich ernsthaft mit so einem netten Jungen wie dir zusammentut, der permanent zwischen verpasster Selbstverwirklichung, vorgetäuschten literarischen Ambitionen und infantilen Revoluzzerspielen herumeiert, stellt sich doch sofort die Frage nach dem von euch so vielbesungenen Schicksal Russlands. Ich meine, aus der Perspektive des Genpools gesehen. Ich sage nur: Alkoholabhängigkeit, soziale Unsicherheit, Randgruppendasein, die üblichen Probleme des Alltags – eben der ganze Blumenstrauß, der für die jungen Leute von heute so wichtig ist. Die Zukunft unserer Kinder liegt in uns ... oder wie hieß das noch?«

»Man soll andere nicht an sich selber messen«, bemerkt Iwan. »Uns interessieren deine spießigen Probleme nicht – Restaurants, teure Klamotten, Autos. Wenn man die politischen Probleme eines Landes lösen will, darf man nicht an sich selbst denken, man muss sich am großen Ganzen orientieren. Die persönlichen Interessen treten hinter die Interessen der Allgemeinheit zurück. Euer kleinbürgerliches Bedürfnis, sich im Alltag bequem einzurichten, wird durch geistige Werte ersetzt. Die Einheit der Gesellschaft zum Wohle der Gesamtheit, nicht zum Nutzen eines kleinen Häufleins von Arschlöchern, die sich vorübergehend die Macht und die Verfügungsgewalt über die nationalen Ressourcen angeeignet haben. Man darf die Menschen nicht nur als potenzielle Sexualpartner ansehen, verstehst du das oder verstehst du das nicht? Ach was, du wirst nie irgendwas verstehen. Aber das ist allein dein Problem.« Iwan leert mit einer verwegenen Geste sein Glas und lehnt sich triumphierend zurück.

»Doch, doch, ich verstehe dich durchaus. Man soll sich den Menschen gegenüber so verhalten, wie du willst, dass sie sich dir gegenüber verhalten. Also sie mit Drogen vollpumpen, bis sie ihnen zu den Ohren wieder rauskommen, sie mit Kettensägen zerlegen, mit Lötkolben malträtieren, sie chronisch unter Alk setzen und dann von Hunden durchvögeln lassen. Darin besteht doch deine Position der bürgerlichen Einigkeit, oder? Glamour und rasierte Mösen für alle und als Sahnehäubchen Massenerschießungen. Hab ich das richtig verstanden?«

Ich warte die Antwort gar nicht erst ab. Ich verziehe mich lieber aufs Klo und lasse sie in Ruhe den Sieg über den ideologischen Gegner feiern – der, nebenbei bemerkt, gar keine Ideologie hat. Meine Güte! Da hocken sie zusammen und diskutieren dieses blödsinnige Programm von Limonows Nationalbolschewiken. Kinder aus wohlhabenden Familien zusammen mit den Kindern von Proleten. Als seien sie alle Brüder und Schwestern, alle von ein und derselben Idee bewegt, vom Ideal der Gleichberechtigung und der Gerechtigkeit für alle. Aber diese verdammte Illusion der Einigkeit löst sich sehr schnell in Luft auf, sobald die ersten von ihnen die Uni abgeschlossen haben und eine Karriere als Jurist, Ökonom oder Bankangestellter beginnen, während die anderen, wie es ihnen zusteht, als Lastwagenfahrer, Hilfsarbeiter und schlecht bezahlte Systemadministratoren schuften müssen. Dann ist wieder alles, wie es sein soll. Das Leben der ehemaligen Kumpanen verläuft zwar parallel, aber auf unterschiedlichem sozialem Niveau. Jahre später werden die einen sich mit nostalgischem Schmunzeln an den witzigen »Führer der russischen Revolution« erinnern, die anderen werden wehmütig der glücklichen Zeit gedenken, als die Zukunft ihnen so strahlend und verheißungsvoll erschien, als sie noch daran glaubten, dass sie die Welt verändern könnten. Aber das wird erst sehr viel später sein, wenn die Kinder von heute so um die dreißig oder vierzig sind. Vorausgesetzt, sie sind nicht an Drogen oder Alkohol verreckt.

Nur heute, an diesem Abend, möchte keiner über seine Zukunft nachdenken. Alle sind unglaublich besoffen und super gut drauf. Und alle, ich sage es noch einmal, sind die besten Kumpels.

Als ich vom Klo zurückkomme, setze ich mich ans andere Ende des Tisches, zu dem rundlichen Typen, der im Internet unter dem Namen Awdej agiert. Ich überschaue das ideologische Schlachtfeld und stelle fest, dass sich der politische Debattierklub, wie ich mir schon dachte, in eine einzige Knutscherei und Saufseligkeit verwandelt hat. Die Limonow-Ausdrucke liegen unter dem Tisch, zertreten von den Füßen der Revolutionäre. Ein paar von ihnen sind schon weggepennt, für sie ist die Revolution für heute vorbei.

Awdej hat gerade die nächste Rede beendet und starrt mich an.

»Trinkst du einen mit?«, fragt er und steht auf, um sich neben mich zu setzen.

»Klar, Alter, deshalb bin ich ja hier. Wie sieht's denn bei dir so aus mit der Gegenkultur? Wann rufst du das Volk auf die Barrikaden?«

Das Volk rückt derweil respektvoll von uns ab, es versteht, dass die Gespräche des Führers der Internetseite mit gelegentlich vorbeikommenden Yuppies nur extrem ernsthafter Natur sein können.

»Es geht Schritt für Schritt vorwärts. Wir planen, demnächst Offline zu gehen. Jetzt sind wir gerade dabei, einen Sampler mit den besten Underground-Autoren zusammenzustellen. Also alles geht seinen Gang. Solide Sache, ja, ziemlich solide.«

Wenn Awdej spricht, kostet er jedes seiner Worte aus, und sein Gesicht zeigt eine geradezu sakrale Ernsthaftigkeit.

»Na, super. Immer vorwärts, junge Pioniere«, sage ich und gieße uns Wodka nach. »Das ist die Literatur der Zukunft. Ich bin sicher, Awdej, wenn du alles richtig managst, bei deiner Autorität im Netz, dann verdienst du bald mindestens so viel wie Gelman mit seinen Pinselscheißelutschern. Und wie steht's sonst? Ich meine privat? Alles im grünen Bereich?«

»Darüber wollte ich schon lange mal mit dir reden. Du kommst doch viel in diesen Kreisen rum, bei diesen Business-Schnullis. Weißt du nicht irgendeinen Job für mich? Mir hängt dieses IT-Geschäft zum Hals raus, und viel Geld macht man damit auch nicht.«

»Was machst du eigentlich, konkret?«

»Also, meine Firma macht Internetsites. Wir sind ein ziemlich kleines Büro, weißt du, fünf Computer, zwei Angestellte. Die Konkurrenz ist heutzutage kolossal, und die Aufträge werden immer weniger. Apropos, braucht ihr nicht einen Webauftritt in der Firma?«

»Ich glaube nicht, wir haben schon einen.«

»Tja, ich sag's ja, die Aufträge werden rar. Also, um es kurz zu machen, ich will da raus.«

»Und was kannst du noch so, außer IT?«

»Ich kann Artikel schreiben; Copyright, Press-Release. PR-Arbeit ist meine Sache, das liegt mir im Blut.«

»Aber du sagst doch, du arbeitest zu wenig. Einen Tag arbeitest du, drei trinkst du. Wie stellst du dir den Job eines

PR-Managers vor, der zwei Drittel seiner Arbeitszeit blau ist?«

»Ach, was. Wenn man mir mehr Kohle gäbe, würde ich damit aufhören. Aber ohne geht es natürlich auch nicht. Außerdem kann man ja auch zu Hause schreiben, wenn es sein muss. Wozu gibt es das Internet.«

»Na schön, ich frage mal nach. Wenn ich was rauskriege, ruf ich dich an oder schreibe dir.«

Er sieht zwar, dass seine Anfrage keine große Begeisterung bei mir hervorruft, wittert jedoch, dass meine Möglichkeiten noch nicht voll ausgelotet sind. Also setzt er zur zweiten Angriffswelle an.

»Setzen wir uns woanders hin, ich erzähle dir noch ein bisschen vom Geschäft.«

»Einverstanden«, sage ich. Mir ist inzwischen klar geworden, dass der Abend sich seinem Ende entgegenneigt, und es ist immer noch besser, den verbliebenen Rest mit Awdej über sein nächstes fantastisches Projekt zu verquatschen, als mit volltrunkenen Möchtegerndichtern über den Stand der Weltrevolution zu fabulieren.

»Ich hab nämlich eine Spitzenidee, wirklich erste Sahne, sag ich dir. Ich will ein Nachrichtenportal aufmachen, so was wie Lenta.ru oder Dni.ru, weißt du?«

»Ah ja!«

»Genau. Das Internet boomt, es gibt nicht genug Angebote für die User. Meine Idee ist, dass wir diese ganzen Armleuchter hier – er macht eine weite Geste durch den Raum – für uns einspannen. Für ein paar Kopeken schreiben die uns alles. Man muss ihnen bloß suggerieren, dass sie an einem seriösen Projekt mitarbeiten, dann läuft das.« Awdej macht ein bedeutsames Gesicht und rückt seine Brille zurecht. »Man muss ihnen das Gefühl geben, dass sie die Größten sind, dass sie etwas bewegen können ... Na ja, und ein bisschen Asche muss man ihnen auch geben. Dann fressen sie alles.«

Offensichtlich ist Awdejs Meinung über seine Anhänger nicht besonders hoch. Ich frage mich, bis in welche Höhen sich sein eigenes Selbstwertgefühl wohl entwickeln würde, wenn man ihm einen Chefsessel und ein klein wenig mehr Geld anböte.

»Also, das Thema *Content* ist geklärt. Ich schätze, wir werden bis zu dreißigtausend Besucher pro Tag haben, damit kriegen wir die Kunden: Reklame, Banner, Auftragsartikel. Die Internetreklame wächst im Moment wie blöde, wusstest du das?«

»Nein.« Ich schüttele den Kopf und nippe an meinem Kaffee.

»Eben. Sie wächst wie der Schwanz in der Hand, das sage ich dir. Später kann man vielleicht auch was mit Politik machen, über irgendeine Partei schreiben, oder nicht schreiben, je nachdem, wie viel sie einem dafür bezahlen. Ich hab meine Beziehungen in dem Bereich, verstehst du mich? Da ist echt was drin, ich sag's dir. Glaub's einfach. Im Internet darf man sich nicht mit kleinen Fischen abgeben, man muss an die richtigen Leute ran. Ich habe ein paar Projekte aufgezogen, die sind jetzt ganz oben. In der Hinsicht bin ich Profi. Das ist genau der richtige Zeitpunkt, das rieche ich.«

Während er spricht, sieht er mir tief in die Augen, und an den wichtigsten Stellen senkt sich seine Stimme zu einem verschwörerischen Flüstern. Kurz, er setzt sein gesamtes rhetorisches Arsenal ein, mit dem er sonst die Pfeifen, die hier sitzen, um den Finger wickelt. Aber ich hab längst begriffen, dass es zwecklos ist, einem Menschen zu widersprechen, der das Wachstum des Internets mit dem Epitheton »wie ein Schwanz in der Hand« beschreibt. Also lasse ich ihn reden und sage zwischendurch immer mal:

»Interessant, Alter, sehr interessant. Und was soll der Spaß kosten?«

»Ach, Peanuts, nicht der Rede wert. Was braucht man dafür schon? Ein kleines Büro mieten, ein paar Computer anschaffen, ein bisschen Lohn für die Anfangszeit. Ich habe einen Businessplan aufgestellt; wenn du interessiert bist, können wir uns nächste Woche mal zusammensetzen und alles besprechen. Der Profit, der am Jahresende in unserer Tasche landet, wird jedenfalls kolossal sein, das verspreche ich dir.«

»Also komm schon, Alter, wie viel? Vielleicht hab ich die Kohle ja gar nicht.«

»Tja, wie viel? Vielleicht so um die zwanzigtausend.« Awdej sieht mir wieder in die Augen, er prüft meine Reaktion. »Vielleicht geht es auch mit fünfzehn, für den Anfang. Dafür dürften so um die Hundert Mille rausspringen. Genau kann ich es im Moment nicht sagen, aber so in etwa. Geil, was?«

»Ja, super.« Ich gebe mir keine Mühe, meine Gleichgültigkeit gegenüber seinem superprofitablen Geschäftsprojekt zu verbergen, aber weil ich einsehe, dass ich auf Awdejs Erwartungen irgendwie reagieren muss, schlage ich vor: »Awdej, ich denke drüber nach und rufe dich dann an. Trinken wir noch was?«

»Na gut, denk drüber nach«, seufzt er und macht seinerseits auch keinen Versuch, seine Enttäuschung zu verbergen. »Klar trinken wir noch was. Ich geh nur mal kurz aufs Klo. Bestell für mich mit.«

»Vierhundert Gramm, was meinst du? Ich lade dich ein, Alter. Wir haben uns echt lange nicht gesehen …«

»Was denn, du gibst einen aus?« Awdejs Augen leuchten jetzt wie Fackeln an Wotans Tafel. »Na gut, da kann ich wohl nicht Nein sagen. Ich muss morgen zwar arbeiten, aber was soll's? Wir sehen uns schließlich nicht jeden Tag. Hast du noch Zigaretten? Meine sind alle.«

Wir lachen gelöst und beschließen, den Abend im Klima von Eintracht und Harmonie zu beenden. Der Wodka kommt. Wir plaudern noch ein wenig über das Internet, erzählen uns gegenseitig ein paar Zoten aus dem Leben der Gegenkultur, und ganz allmählich lasse ich mich dabei volllaufen. Der nächste halbe Liter ist gerade gekommen, da merke ich plötzlich, dass es mir hier jetzt reicht. Awdej beginnt eben eine Geschichte über einen Kumpel, der im Internet Computer und Bürotechnik verkauft.

»Bei denen hat mal ein Typ als Fahrer gearbeitet, der hieß auch Sascha …«

Sofort verwickle ich mich in Mutmaßungen darüber, wer hier eigentlich Sascha heißt. Durch äußerste Anstrengung der nüchternsten Bereiche meines Gehirns komme ich schließlich zu der Schlussfolgerung, dass dieser Sascha nur mein Gesprächspartner sein kann, denn ich bin ganz bestimmt kein Sascha, das wüsste ich. Es kann natürlich auch sein, dass mein Gesprächspartner auch kein Sascha ist und sich bloß nicht an meinen Namen erinnert, und deshalb denkt er vielleicht, ich wäre Sascha. Das bringt mich endgültig durcheinander. Solche Fragen kann man nicht in besoffenem Zustand beantworten. Also wackele ich bloß mit dem Kopf. Dieser komische Fahrer-Sascha geht mir sowieso am Arsch vorbei.

Auch Awdej hat jetzt ziemliche Schlagseite, er stützt seinen Kopf auf die Hand, aber der Ellenbogen rutscht ständig von der Tischkante ab. Er kippt sein Glas um, gießt wieder nach, kippt es wieder um, schließlich steht er mühsam auf, brummt, er käme gleich wieder und schlingert in Richtung Toiletten davon. Ich nutze die Gelegenheit, rufe den Kellner, schiebe ihm das Geld für die Zeche zu und stehe auf. An der Tür holt mich Oparysch ein.

»Hör mal ... Irgendwas wollte ich noch von dir«, lallt er. Er ist randvoll wie beinahe alle hier nach zweiundzwanzig Uhr, sieht an mir vorbei ins Leere und versucht gequält, seine Wörter zu einem verständlichen Satz zusammenzufügen. »Kannst du nicht mal ein paar Hunis rüberschieben, wir haben nicht mehr genug Kohle für unseren Tisch ... Wir sehen uns ja beim nächsten Mal, oder wir treffen uns im Laufe der Woche, dann geb ich es dir zurück.«

»Sag mal, Iwan, wofür hältst du mich, für Bill Gates vielleicht?«

»Wie meinste das?« Oparysch glotzt mich verständnislos an.

»Ich meine, dass ich keine Lust habe, die Nationalbolschewiken zu unterstützen. Vor grad mal einer Stunde hast du mich noch als deinen Klassenfeind bezeichnet. Oder ist es in Ordnung, vom Klassenfeind Geld zu schnorren?«

»He, hörma, was sollas jetz? Ich hab doch gerade gesagt, du kriegst es zurück.«

»Iwan, entschuldige, ich hab zweihundert Rubel für das Taxi dabei, ansonsten nur noch Dollar. Das ist alles, was dieses kriminelle Regime heute rausgerückt hat.«

»Scheiße …« Oparysch kratzt sich am Kopf. »Na los, dann gib mir Dollars, ich tausch sie schnell um und geb dir den Rest zurück.«

»Nein, Iwan, das geht wirklich nicht. Was ist, wenn du tatsächlich mal ein neuer Che Guevara wirst? Dann erzähle ich allen Leuten, dass wir zusammen gesoffen haben. Das wird super cool. Aber wenn ich erzähle, dass du mich angepumpt hast, und dass du mit meinen Dollars zur Wechselstube gerannt bist, dann ist das überhaupt nicht cool. Man wird mich nicht verstehen. Che Guevara hätte nie Dollars getauscht, um seinen Schnaps zu bezahlen, verstehst du mich?«

»Du bist ein Geizkragen, Scheiße, verdammte!« Oparysch spuckt sich vor die Füße. »Dir ist es schade um die Kohle, oder?«

»Nein, Iwan, das bestimmt nicht. Ich mache mir bloß Sorgen um dein Image. Damit du später in deiner Autobiografie nicht so viel schummeln musst. Ich halte sie gewissermaßen sauber von lästigen Details, die die Reinheit des Führers kompromittieren könnten. Also, mach's gut, Alter.« Ich klopfe ihm auf die Schulter und mache mich auf den Heimweg.

Als ich nach Hause komme, finde ich auf meinem Anrufbeantworter fünf Nachrichten von Wolodja, einem meiner Stellvertreter. Besoffen, wie ich bin, habe ich eigentlich nicht die geringste Lust, ihn jetzt noch zurückzurufen, aber angesichts dieser Anzahl von Anrufen ist mir klar, dass Wolodja ein ernstes Problem hat.

Ich wähle seine Nummer, und nach dem zweiten Tuten knallt mir Wolodjas hektische Stimme ins Ohr.

»Hallo, grüß dich. Wie geht's?«

»Geht so, alles klar, denke ich.«

»Hör mal, gut, dass du zurückrufst. Es geht um die Konferenz. Klasse, wie du am Freitag die Petersburger abserviert hast.«

»Was hab ich?«

»Na, ja, ich meine, wie du die Probleme der Petersburger Filiale dargestellt hast, am Ende der Konferenz.«

»Ich? Ich habe überhaupt nichts dargestellt. Ich habe auf der gesamten Konferenz zweimal Danke gesagt, sonst gar nichts. Du musst da irgendwas verwechseln.«

»He, ist ja schon gut. Du bist wohl versackt, oder was? Dein Hirn ein bisschen in Alkohol mariniert? Jedenfalls, als Neker uns aufgefordert hat, offen unsere Meinung zu sagen, da hast du richtig vom Leder gezogen und den Petersburger Direktor zur Schnecke gemacht. Irrationelle Verwendung der Budgets und so weiter.«

»Wolodja, sag mal ...«

»Hä?«

»Sag mal, mit wem redest du jetzt gerade? Hm?«

»Mit wem ich rede? Na, mit dir, mit wem denn sonst?«

»Und wer bin ich? Welchen Posten habe ich in der Firma?«

»Du bist der Geschäftsführende Direktor, oder?«

»Wowa, falls du noch irgendein Stück Hirn im Schädel hast, setz das doch bitte mal in Gang. Verdammt, ich war am Ende der Konferenz gar nicht mehr da? Ich bin zehn Minuten nach Beginn des zweiten Teils abgehauen, hörst du? Ich hab mich verpisst, bin desertiert, abgezischt, oder wie soll ich es dir am besten klarmachen? Ich hab mich verdünnisiert, capito? Und deshalb habe ich auch weder über Petersburg noch über Wolgograd oder über sonst irgendeine verpisste Scheißstadt irgendein beschissenes Wort gesagt! Ich war gar nicht da!«

Am anderen Ende der Leitung entsteht eine peinliche Pause, ich höre nur Wolodjas angestrengten Atem.

Ich vermute, dass er gerade eine Entscheidung trifft. Offenbar muss er sich sammeln, um gleich etwas sehr, sehr Wichtiges zu sagen.

»Hör mal«, beginnt er nach einer Weile. »Ich will jetzt nicht mit dir streiten. Möglich, dass du abgehauen bist. Möglich, dass es jemand ganz anderes war, der das über Petersburg gesagt hat, ich kann mich nicht so genau erinnern. Aber eins ist sicher: Der Chef hat mich beauftragt, dir mitzuteilen, dass du am Montag nach Petersburg fahren sollst. *Um deine Kritik umzusetzen.* So ungefähr hat er das genannt, ich zitiere ihn quasi.«

Jetzt brauche ich eine Pause. Ehrlich gesagt weiß ich nicht, wie ich darauf reagieren soll. Auf der einen Seite steht fest, dass in dem Laden allesamt Volltrottel sind. Aber es scheint mir nicht zweckmäßig, das morgen dem Generaldirektor ins Gesicht zu sagen.

»Wowa«, beginne ich. »Du bist nicht zufällig gerade besoffen? Ich habe dafür wirklich vollstes Verständnis, es ist schließlich Wochenende, du hast Freunde, man zieht ein bisschen durch die Clubs.«

»Ich bin vollkommen nüchtern, was denkst du denn? Ich habe Familie.«

»Oder hast du vielleicht Drogen genommen? Hm? Komm schon, Wowa, wir haben ein bisschen Schnee geschnüffelt, stimmt's? Du hast zufällig einen Blick in deine Nachttischschublade geworfen, vielleicht wolltest du deine Uhr reinlegen oder so, und plötzlich liegt da ein kleiner Umschlag, ja? Vorher nie gesehen, keine Ahnung, wie er da reingekommen ist! Und da hast du ein bisschen dran geschnuppert, und auf einmal war's klasse Koks, was? Haha, alter Halunke, und weil es dir auf einmal so gut ging, da hast du dir gedacht, jetzt rufst du mal bei mir an. Richtig guter Trip, Wowa, voll drauf, was, Wowinchen? Alles klar, völlig normal, ich verstehe dich vollkommen!«

»Aber ich ... ich habe noch nie gekokst. Außerdem bin ich völlig nüchtern, ich habe noch nicht mal ein Bier getrunken. Ich habe hier eine Familie, meine Frau ist nebenan, verstehst du?«

Da platzt mir der Kragen. Dieser Wowa geht mir doch echt auf die Nerven. Mit dem allergrößten Vergnügen würde ich ihm jetzt eins in die Fresse geben. In seine dumme, dämliche Fresse. Am besten direkt auf seine rote Säufernase!

»Hör mal, du beknackter Spießer! Ich scheiße auf dein Bier und auf deine beschissene Familie. Habt ihr euch den Verstand aus der Birne gearbeitet? Kriegt bei euch eigentlich keiner mehr mit, wer wann was sagt? Ich war praktisch die ganze zweite Hälfte der Konferenz gar nicht anwesend. Ich bin abgehauen, verstehst du, was ich sage?«

»Alles klar, logisch, gar kein Problem. Aber der Chef hat mir aufgetragen, dir mitzuteilen, dass du Montag nach Petersburg fährst. Ich habe sogar schon dein Reisebudget in Empfang genommen. Das Hotel ist gebucht. Wieso machst du überhaupt so einen Stress? Was spielt das für eine Rolle? Dann warst du eben nicht da, na und, was geht mich das an? Willst du nicht nach Petersburg fahren? Sag schon! Keine Lust? Du fährst nicht und haust mich in die Pfanne oder wie? Und ich habe gestern den ganzen Tag überall rumerzählt, dass du deine Kunden immer genau überprüfst und die Arbeit deiner Verkäufer penibel kontrollierst. Was habe ich falsch gemacht, kannst du mir das mal sagen?«

»Alles klar, Wowa, ich habe verstanden. Ich fahre nach Petersburg und fertig, mach dir keine Sorgen. Tschau, mach's gut, Gruß an die Frau!«

Ich lasse mich auf den Fußboden sinken und bedecke mein Gesicht mit den Händen. So sitze ich zwei, fünf, zehn Minuten. Dann packt mich plötzlich ein irrsinniger Lachanfall. Ich falle auf den Rücken und wiehere aus vollem Hals, bis mir die Tränen kommen. Ich packe das Telefon und schmeiße es unter wildem Gelächter gegen den Spiegel. Dann raffe ich mich auf, renne zum Kleiderschrank und fange an, Jacketts, Hemden und Krawatten herauszuzerren. Dabei lache ich immer weiter, bis ich fast ersticke. Ich singe »Der Zug nach Leningrad«. Ich gehe ins Bad und schmeiße von dort aus meinen Rasierapparat, Rasierschaum, Deo, Zahnpasta, Zahnbürste, Eau-de-Cologne und Aftershave auf den Klamottenhaufen. Die Flasche Aftershave knallt allerdings in den Schrank und zerbricht. Es zerreißt mich vor Lachen. Anschließend beginne ich ziellos durchs Zimmer zu rasen. So vergeht eine weitere halbe Stunde. Ich nehme die Fernbedienung für die Musikanlage und drücke auf »On«.

»Wir sehen uns auf jeden Fall wieder, hörst du? Verzeih mir. Dort, wo ich jetzt hingehe, ist Frühling«, singt Delfin.

Montags ist im Büro nicht viel Betrieb. Ich bin seit elf Uhr da, offenbar einer der wenigen, der das Wochenende heil überstanden hat. Vielleicht sollte ich noch anmerken, dass der Arbeitstag eigentlich um zehn Uhr beginnt.

Ich selbst habe allerdings einen fürchterlichen Kater: Kopfschmerzen, blutunterlaufene Augen, trockene Kehle, Sodbrennen, und, nicht zu vergessen, eine üble Alkoholfahne. Ich hätte die Finger von dem Wodka lassen sollen. Mit diesem Getränk verbinde ich seit meiner Studentenzeit nur schlimme Erfahrungen. Eigentlich hatte ich mir nach der Uni geschworen, das Zeug nie mehr anzurühren. Aber auf solchen Outsiderpartys verstoße ich immer wieder gegen diese eiserne Regel.

Ich sitze an meinem Schreibtisch, starre mit trüben Augen auf den Monitor und versuche, mir einen Kaffee einzuflößen. Endlich gelingt es mir, den Computer einzuschalten. Ich gehe sofort zu meinem Nachrichtenportal, lese irgendetwas über den Irak, politische Skandale in der Ukraine und die neueste georgische Initiative, unsere Militärstützpunkte rauszuschmeißen. Dann bleibt mein Blick an einem Banner hängen, das mich darüber informiert, dass »Limonow Zweifel an Putins Regierung hat und von der Möglichkeit eines Bürgerkriegs« spricht. Beim Zusammenklang der Wörter »Limonow« und »Bürgerkrieg« dreht sich mir plötzlich der Magen um. Ich rase aufs Klo und fange an zu reihern, wobei ich mir verständlicherweise keine Gedanken darüber mache, dass mein Gewürge wahrscheinlich in dem leeren Büro wunderbar zu hören ist. Es fühlt sich an, als käme zuerst der Wodka, dann nur noch Galle. Konvulsivische Krämpfe durchzucken meinen Leib, bis mein Magen nichts mehr hat, was er ausbrechen kann. Schließlich würge ich nur noch Luft nach oben. Kurz vor meinem unvermeidlichen Erstickungstod ist Ruhe. Schweißnass lehne ich mich an die Wand und lockere meinen Schlips.

Danach spüle ich mir lange mit kaltem Wasser den Mund. Als das nichts hilft, löse ich Seife in einem Glas auf und benutze diese abscheuliche Lösung zum Gurgeln. Anschließend wasche ich mir das Gesicht, warte noch eine Weile ab und trete endlich in den Korridor hinaus.

Im Büro ist es totenstill. Nichts zu hören von dem üblichen Stimmengemurmel der Kämpfer wider den Einzelhandel, niemand schlendert mit seiner Kaffeetasse in der Hand durch die Gegend, nicht einmal ein Telefon klingelt. Ich setze den Weg zu meinem Büro fort, bleibe stehen, lausche. Tatsächlich, es ist wirklich sehr, sehr still. Seltsam. Ich pumpe Luft in meine Lungen, öffne den Mund und stoße ein langgezogenes Indianergeheul aus: »O-o-o!« Keine Reaktion. Aber dann höre ich plötzlich hektisches Stöckelschuhklappern aus der Richtung der Rezeption, eine Sekretärin kommt um die Ecke gerast und fragt aufgeregt: »Was ist passiert?« Nichts weiter, antworte ich ganz ruhig.

»Haben Sie eben so geschrien?«

»Ich habe nicht geschrien, ich habe meine Energie konzentriert. Hals-Ushu, kennen Sie die Methode nicht?«

»Nein, ich glaube nicht.«

Ich gehe zurück in mein Büro, und natürlich fragt mich auch meine Sekretärin, was das für ein Geschrei auf dem Gang gewesen sei. Ich erkläre ihr, dass nebenan gerade die neuen Mitarbeiter feierlich in den Geheimbund der Verkaufsmanager aufgenommen werden.

»Ist das ein Training oder so was Ähnliches?«

»Genau. So was Ähnliches.«

Sie reicht mir einen Stapel Papiere zur Unterschrift, ich murmele, ich müsse das natürlich alles zuerst einmal gründlich überprüfen und verlasse fluchtartig den Raum. Mein Ziel ist die Logistikabteilung eine Etage tiefer. Ich weiß nämlich, dass sich in diesen Bärenwinkel unserer Firma selten jemand verirrt, und ich weiß weiterhin, dass es dort ein bequemes Sofa gibt, auf dem ich jetzt ein Stündchen zu schlafen gedenke, eingelullt vom leisen Geraschel der Zollerklärungsformulare.

Als ich die Logistikabteilung betrete, sehe ich gerade noch, wie unsere heldenmütigen Logistiker Kolja und Witja eilig eine Flasche unter dem Tisch verschwinden lassen. Offenbar haben sie zu so früher Stunde nicht mit Besuch gerechnet.

»Hallöchen«, begrüßt Witja mich übertrieben leutselig, steht auf und verdeckt wie zufällig den Tisch mit seinem Körper. »Ist irgendwas passiert?«

»Allerdings. Ich habe einen kolossalen Kater, das ist passiert. Sagt mal, Kinder, kann ich bei euch ein Stündchen auf dem Sofa pennen?«

»Ach so«,Witja seufzt erleichtert. »Wir haben gerade mit demselben Problem zu kämpfen. Brauchst du was gegen den Nachdurst?«

»Nein, nein, Jungs, nicht nötig. Vielen Dank, aber ich kann wirklich nicht mehr. Ich lege mich einfach hin, ja?«

»Klar, keine Sache. Wenn du willst, schließen wir die Tür ab. Eigentlich sollten wir heute Ruhe haben. Der Chef ist auf Dienstreise in Rostow. Seinen Franzosen hat er mitgenommen.«

»Wann sind sie denn abgehauen?«, erkundige ich mich.

»Freitag oder so«, sagt Kolja.

»Dann schließ ab, klar. Ich hau mich hin.«

Ich mache mich auf dem uralten, gewichtigen Ledersofa lang und fühle mich wie ein Kommissar der Roten Armee während des Bürgerkrieges, der in seinem Bürozimmer übernachtete. Ich schlafe tief und traumlos, weder das gelegentliche Klingeln des Telefons noch die leisen Stimmen der Logistiker, die sich über irgendwelche »Fuhren« und »Terminals« unterhalten, stören mich. Ich befinde mich im seltenen Zustand des Wohlbehagens.

Eine Stunde später begebe ich mich reichlich zerknittert wieder in mein Büro und finde dort unseren Regionaldirektor vor, Sergej Uwarow. Er sitzt in meinem Besucherstuhl, trinkt Tee, telefoniert mit seinem Handy und spielt »Parallel Lines« auf seinem Palmtop. Er sieht mich mitleidig an und fragt:

»Na, viel geschluckt gestern?«

»Wer liebt, rechnet nicht«, winke ich ab. »Wartest du auf mich?«

»Mhmm. Ich habe eine kleine Hundertrubelsache.«

»Cool. Hast du die hundert Rubel schon meiner Sekretärin gegeben?«

»Noch nicht. Du weißt ja, sich von Geld zu trennen tut weh.«

»Wollen wir hier reden, Sergej, oder lieber woanders?«

»Lass uns in die Kantine gehen, was essen.«

»Gut. Vielleicht kriege ich ja wenigstens einen Schluck Saft runter.«

Wir fahren mit dem Fahrstuhl nach unten. Am Büfett bestelle ich eine Suppe und ein Mineralwasser, dann bitte ich noch um zwei Gläser Tomatensaft.

»Tomatensaft ist schon aus«, sagt die Kassiererin. »Nehmen Sie doch Grapefruitsaft.«

»Hilft der?«

»Bisher hat er immer geholfen«, lacht sie. Tja, wie es aussieht, bin ich nicht der Einzige, der montags durchhängt.

Wir setzen uns an einen Tisch, essen schweigend unsere Suppe und trinken brav unseren Saft. Zum Abschluss nehmen wir beide noch einen Kaffee. Endlich frage ich Uwarow:

»Schieß los, was gibt es? Wieder mal eine Verschwörung? Will Russland neue Länder erobern? Ich meine, budgetmäßig.«

»So was Ähnliches«, nickt er. »Du fliegst heute nach Petersburg, habe ich gehört?«

»Ich fahre mit dem Zug.«

»Kennst du auch den Grund deiner Reise?«

»Nee. Ich wollte die Götter befragen, aber die sind auf Geschäftsreise. Veranstalten wahrscheinlich eine Ragnarök in Rostow. Also sitze ich hier und grübele, mein Kopf ist schon ganz geschwollen«, grinse ich.

»Du bist während der zweiten Hälfte der Konferenz verschwunden«, holt Sergej aus. »Wir haben nebeneinander gesessen, wie du dich vielleicht erinnerst.«

»Hmhm. Ich bin desertiert. Und? Ist mein Abgang von unserem Sicherheitsdienst dokumentiert worden?«

»Nein, deinen Abgang hat kaum einer bemerkt, wie du wohl weißt.«

»Und ob ich das weiß. Dafür habe ich in meiner Abwesenheit die Petersburger Filiale grandios durch den Kakao gezogen, hat mir Wowa berichtet. Ich muss eine wirklich beeindruckende Rede gehalten haben, bloß schade, dass ich sie nicht hören konnte.«

»Das kannst du jetzt nachholen. Also pass auf! So gegen Ende der Konferenz wandte sich der Direktor der Petersburger Filiale, Guljakin, direkt an Neker und Kondratow und fing an, ihnen einen Vortrag über die Entwicklungsperspektiven der Region Nord-West zu halten. Es ging um mehr Unterstützung bei der Lancierung neuer Produktlinien, die Vergrößerung des Mitarbeiterstabes und die Bewilligung zusätzlicher Budgets. Der Junge hat wirklich alle Register gezogen, hat mit Händen und Füßen geredet, bunte Dokupapierchen aus der Tasche gezaubert und verteilt, mit schönen Grafiken und Diagrammen. Zwischendurch hat er sogar französisch gequasselt. Mit einem Wort, er hatte sich wunderbar vorbereitet, der Arsch. Danach war die Hölle los. Die Provinzler haben einen Riesenradau veranstaltet, die haben natürlich Morgenluft gewittert. Da bin ich dann dazwischengegangen und hab denen die Meinung gegeigt. Bei der angespannten Wirtschaftlage wäre es ja wohl unverschämt, solche Forderungen zu stellen und so weiter. Dann hab ich an das Fiasko von Guljakins Nord-West im letzten Herbst erinnert, die Probleme mit den Großhändlern und was mir sonst noch Nettes einfiel. Das war eine verschissen gute Polemik, sag ich dir. Ich bin in die Vollen gegangen. Danach war erst mal Totenstille. Dann brachte der Franzose den Vorschlag, Kondratow solle die Lage in den Regionen von unseren Leuten prüfen lassen. Verstehst du?«

»Klar verstehe ich das. Ich verstehe nur nicht, was das mit mir zu tun hat!«

»Das frage ich mich allerdings auch. Wahrscheinlich hat Kondratow nachher irgendwas durcheinandergebracht, vielleicht auch seine Sekretärin, jedenfalls ging bei mir am Samstag die Anweisung aus dem Sekretariat ein, am Montag anzutreten und die Tickets für die Reise nach Rostow in Empfang zu nehmen. Und du sollst, wie ich erfuhr, nach Petersburg.«

»Supergeil.« Mehr fällt mir dazu nicht ein. »Wie die Kettenhunde. Können nur bellen, nicht denken. Und was soll ich jetzt machen? Wauwau?«

»Wauwau«, lacht Sergej.

In dem Moment kommt Goscha aus der Marketingabteilung an unseren Tisch.

»Mahlzeit!« Goscha ist ziemlich einfach gestrickt, aber immer guter Laune. Er ist einer der wenigen Alteingesessenen des Konzerns, der es geschafft hat, alle Säuberungen zu überleben. Dabei strengt er sich gar nicht besonders an, und er behält immer seine optimistische Einstellung, egal, was passiert. »Habt ihr den Jahresplan nicht geschafft und bellt den unerreichbaren Bonus an? Oder was ist los, Kerle?«

»Die Kerle sind in der Taiga, Bäume fällen«, gibt Uwarow zurück.

»Was denn, macht man dich endlich zum Verkaufschef für Sibirien? Bringen wir den Eichhörnchen in der Taiga jetzt bei, französischen Mais zu futtern?«

»Nein, man macht mich gleich zum Eichhörnchen. Bis dahin sitze ich hier und lerne bellen, um die Wölfe zu verjagen.«

»Apropos. Hat einer von euch einen Hund?«

»Nein«, antworten wir unisono.

»Brauchst du nicht zufällig einen?« Nun wendet sich Goscha direkt an mich. »Einen modernen?«

»Was denn für einen Hund?«, frage ich kraftlos. Mir dämmert, dass sich Goscha nicht von der Stelle rühren wird, bevor er sein Anliegen losgeworden ist.

»Einen ganz feinen! Cane Corso heißt die Rasse, kennst du die?«

»Ist das die, die in den Modezeitschriften immer als Mafiahund bezeichnet wird?«

»Genau so einer! Meine Bekannten geben ihn kostenlos ab.«

»Ach, lass mal lieber. Ich bin doch nie zu Hause, wer soll da mit ihm Gassi gehen?«

»Normalerweise kosten die anderthalb Mille. Und den hier kriegst du für lau.«

»Gutes Hundchen. Und warum wollen sie ihn weggeben?«

»Na, ja, gekostet hat er anderthalb, aber gefressen hat er bis jetzt schon für achttausend.«

»Oha. Was frisst er denn so am liebsten?«

»Hauptsächlich Markenartikel. Ein paar Taschen von Tod's, Schuhe von Prada, das Designersofa hat er auch schon komplett verputzt. Die Schuhe der Hausangestellten rührt er nicht an, aber Frauchens Handtaschen findet er immer, selbst wenn sie sie in den obersten Schrankschubladen versteckt.«

»Ein echtes Schickimicki-Hündchen.«

»Kann man so sagen. Also was ist, habt ihr nicht Freunde, die ihn nehmen würden? Das sind so nette Leute, die tun mir wirklich leid.«

»In so einem Fall fragt man nicht seine Freunde, sondern seine Feinde. Lass mich drüber nachdenken.«

»Wenn dir was einfällt, pfeif, ja?«

»Hmhm.«

»Na gut, ich verschwinde dann mal. Überbellt euch nicht, Männer.«

Wir trinken unseren Kaffee aus, und ich versuche mich zu erinnern, wo wir stehengeblieben sind. Ich spule den Gesprächsfaden zurück, finde die Stelle und frage:

»Sergej, das Wesentliche ist mir klar. Aber jetzt sag mir doch mal, was von mir überhaupt erwartet wird? Ich hab wirklich keinen Schimmer, wozu ich nach Petersburg fahren soll.«

»Dann werde ich dich mal kurz mit der Materie vertraut machen. Die Sache ist nämlich die, dass Guljakin da einige Mauscheleien mit seinen Großhändlern betreibt. Ich bin ihm zufällig mal dahintergekommen. Der eine Großhändler kassiert den Löwenanteil aus dem Werbebudget, der andere guckt in die Röhre. Und auf einmal taucht ein dritter auf, keiner weiß, was das für Leute sind und wie die arbeiten. Dafür stecken die auch gleich eine Menge Kohle ein. Alles bei stagnierendem Gesamtumsatz. Kurz, die Sache stinkt. Guljakin richtet inzwischen erheblichen Schaden an.«

»Verstehe. Und was kann ich dabei tun?«

»Eine ganze Menge. Garrideau ist in Rostow, ich werde auch da sein. Dein Besuch ist für Guljakin ein reiner Spaziergang. Du warst nicht auf der Konferenz, du kennst dich in dem Thema nicht aus, jetzt schickt man dich, den Laden zu überprüfen. Na schön, dann prüf halt. Er wird dir einen großherzigen Empfang bereiten, mit Nutten, Schampus und allem drum und dran. Er hat sicher von deinem Lebenswandel in Moskau gehört. Also geht er davon aus, dass du in Petersburg auch Tag und Nacht auf Tour sein wirst. Deshalb gebe ich dir jetzt einen schlichten Rat. Guljakin hat keine Ahnung, dass ich dich informiert habe. Folglich liegen alle Trümpfe in deiner Hand. Mach ihm irgendwie klar, dass er aufhören soll, Unruhe zu stiften. Sonst läuft hier alles aus dem Ruder. Wenn er nämlich Moskau tatsächlich ein größeres Budget für seine Region aus dem Kreuz leiert, dann gibt es einen Volksaufstand in unserem Kramladen, und zwar vom Feinsten! Dann wollen alle was haben!«

»Vielen Dank. Es ist bloß so, dass mir diese Reise gerade absolut nicht in den Kram passt. Ich stecke hier in Moskau bis zur Halskrause in Arbeit. Das ist echt stressig. Und jetzt kommst du mir noch mit deinen Problemen.«

»Im Augenblick sind es noch meine Probleme. Aber es könnten ziemlich schnell deine werden. Guljakin ist ein ausgefuchster Bursche. So ein typischer rabiater, dickschädliger Bauer. Einer von der Sorte, die normalerweise Großindustrielle werden.«

»Na gut, danke für die Information. Ich werde versuchen, ihm die Entwicklungsprobleme des Kapitalismus im Russland der Leibeigenschaft zu verklickern. Zum Glück bin ich gut in Geschichte.«

»Streng dich an.«

»Das werde ich, I swear!« Ich lege die Hand auf die Brust. »Scheiße schaufeln ist ja unser Beruf.«

Als ich wieder in mein Büro komme, finde ich auf meinem Schreibtisch einen dicken Umschlag. Ich drehe ihn um, sehe das Logo einer Zigarettenfirma und reiße ihn grinsend auf. Eine Sekunde später halte ich die Kopien der Gründungsdokumente in der Hand: »Geschlossene Aktiengesellschaft Jet Lounge«. Ich studiere die Liste der Gründungsmitglieder, finde darauf Mischa Selenow, seinen Freund Sascha, meinen Freund Vadim und mich selbst – mit einem bescheidenen Anteil von sechs Prozent. Ich lächele und wähle Vadims Nummer.

»Hallo, Partner!«

»Hallo, Partner! Hast du dir die Papiere angesehen, die ich dir geschickt habe? Ich habe die Kopien eigenhändig gezogen.«

»Du bist ein fixer Bursche.«

»Tja, fix bin ich, das stimmt. Was ist, wollen wir das heute Abend begießen?«

»Ich fahre nach Petersburg.«

»Ach! Da muss ich diese Woche auch noch hin. Wie lange bleibst du?«

»Fast drei Tage.«

»Dann sehen wir uns, wenn nichts dazwischenkommt.«

»Hmhm. Ich gebe dir heute noch das Geld. Hast du es übrigens schon überwiesen?«

»Noch am Freitag, sonst hätten sie wohl kaum die Papiere fertig gemacht.«

»Okay. Ich fahre jetzt nach Hause. Kannst du um sechs bei mir vorbeikommen?«

»Geld abholen kann ich immer, Alter. Immer.«

»Vadim, bist du zufrieden?«

»Hmhm. Ich habe die Nacht deswegen sogar schlecht geschlafen.«

»Ich habe auch schlecht geschlafen, aber aus einem anderen Grund. Und ich bin auch zufrieden.«

»Also, dann sehen wir uns.«

»Tschau.«

Ich lege auf, räkle mich in meinem Sessel und schaue aus dem Fenster auf die Stadt. Sie kommt mir jetzt gar nicht mehr so düster vor.

Um Viertel vor sechs bin ich zu Hause und packe endlich meine Sachen für die Geschäftsreise. Ich prüfe die Tickets und die Kreditkarten, dann zünde ich mir eine Zigarette an und gehe ins Schlafzimmer, um das Geld zu holen. Ich öffne den Schrank, taste hinter meinen alten Klamotten herum und denke mal wieder, dass ich mir endlich einen richtigen Tresor zulegen sollte. Obwohl, wenn diese Sache schiefgeht, kann ich mir den auch sparen, rechnet mir mein Verstand nüchtern vor. Ich beschließe, diesen Einwand störend und uncool zu finden. Und da sind sie schon: fünf dicke Packen, in jedem zehntausend amerikanische Dollar. Ich werfe sie aufs Bett, zünde mir noch eine Zigarette an und betrachte die Päckchen so stolz, als ginge es darum, einen fetten Anteil an einer Ölfirma zu kaufen. Doch der Kauf von Erdölaktien ist in unserer Zeit eine heikle Sache, sogar politisch kurzsichtig. Nein, lieber tue ich so, als wollte ich Aktien von Microsoft kaufen.

Weil ich nichts Besseres zum Verpacken finde, reiße ich ein paar Seiten aus einer alten Vogue, wickle die Bündel hinein und verschnüre das Ganze mit Gummiband. Auf einer der Seiten sind ein paar Rassehunde in einem superluxuriösen Interieur abgebildet. Ich erinnere mich an die Szene in der Kantine, grinse und sage leise »Wauwau!«

Bis zur Abfahrt des Zuges bleiben noch sechs Stunden. Es klingelt an der Tür. Sicherheitshalber gucke ich durch den Spion, dann mache ich auf. Vadim sieht das dicke Bündel in meiner Hand an und fragt:

»Willst du so nach Petersburg fahren? Ist das nicht ein bisschen viel für dich allein?«

»Wie meinst du das?«, frage ich verdutzt.

»Was ist das da in deiner Hand?«

»Das Geld, Vadim, das Geld.«

»Ahhh, und ich dachte, Schnee.«

»Nein, das hier bringt das Hirn besser zum Drehen als Schnee, Alter.«

## Zweiter Teil

# Insomnia

# Der Zug

Und jetzt bin ich am Bahnhof. Tja, so ist es, ich fahre ganz bescheiden mit der Eisenbahn und fliege nicht etwa in der Business Class. Obwohl es sich für uns Samurai der Geschäftswelt eigentlich so gehörte. Aber Flugzeuge versetzen mich immer in Panik, zumindest, wenn es Maschinen einer Inlandsfluglinie sind.

Kurz und gut, ich fahre mit dem Zug nach Petersburg, in einem Zweibettabteil des sogenannten Nikolajewski-Express. »Modernste Technik paart sich mit Luxuskomfort«, wie die Werbebroschüre verkündet. Der Zug ist das Allerletzte. Die Typen vom Verkehrsministerium halten sich wahrscheinlich für die schlauesten Brüder im Lande, weil sie glauben, wenn man ein paar lahmärschige Schaffner und Schaffnerinnen in schnieke Uniformmäntel mit Kupferknöpfen steckt und ihnen pelzbesetzte Dienstmützen überstülpt, dazu die alten sowjetischen Züge ein wenig mit Farbe anpinselt und an den Abteiltüren ein protziges »N« anbringt, dann wird daraus im Handumdrehen ein supergeiler Luxus-Express, fast schon Eurostandard. Ich halte es da lieber mit der alten Volksweisheit: Auch wenn man ununterbrochen »Honig, Honig, Honig« vor sich hin murmelt, wird es im Mund noch lange nicht süßer, und Scheiße bleibt Scheiße. Während ich einsteige, versuche ich mir vorzustellen, wie viel Kohle diese Schlitzohren im Ministerium bei der vermeintlichen Modernisierung der Züge in die eigene Tasche umgeleitet haben.

Als ich in mein Abteil komme, ist da blöderweise schon so ein alter Knacker. Fuck! Ich habe gehofft, allein zu fahren. Obwohl der Zug noch im Bahnhof steht, hat der Opa schon seine Liege für die Nacht fertig gemacht, die Laken schön akkurat ausgebreitet, das Kissen zurechtgeklopft. Und jetzt liegt er da mit einem Buch vor der Nase. Als ich eintrete, zieht er schnell die Decke bis zum Kinn hoch, aber sein frisch gebügeltes weißes Doppelrippunterhemd habe ich leider doch noch gesehen.

So einen alten Knaben trifft man sehr selten als Geschäftsreisenden. In der Regel wird er in irgendein verschnarchtes Kuhschisshausen geschickt, um da irgendwelchen trostlosen Quatsch zu veranstalten, zum Beispiel Supermarktkassiererinnen im Umgang mit modernen Kassensystemen unterrichten oder so was. Für ihn selber hat so eine Sache ungefähr den Stellenwert einer Thronbesteigung, er bereitet sich penibelst darauf vor, packt drei Tage lang seine Koffer, und legt als Krönung seinen liebsten historischen Roman obendrauf. Kurz vor der Abreise fährt ihm dann aber doch die Angst in die Glieder, er könnte einem potenziellen Reisegefährten zu schlau vorkommen – wer weiß, auf einmal gibt einem so ein Suffkopp eins über die Rübe! Also fischt er den Schmöker wieder raus und tauscht ihn gegen einen beschissenen Krimi von Marinina oder Daschkowa aus. Zehnmal am Tag fragt ihn seine Frau, ob er auch seine Pantoffeln eingepackt hat, die ganze Zeit hat er entsetzliches Reisefieber, sein Blutdruck steigt und steigt, und so weiter. Natürlich macht er sich mindestens zwei Stunden zu früh auf den Weg zum Bahnhof, wer weiß, was unterwegs alles passieren kann! Er umarmt Frau und Kinder, küsst alle nach alter russischer Art drei Mal, empfängt zum Abschied von seiner Gattin den Segen sowie die strenge Anweisung »Mach mir keine Dummheiten da oben« (wofür ihm sowieso jegliche Voraussetzungen fehlen) und geht aus dem Haus.

Dieser Typ hier hat das große Los gezogen. Er fährt nicht nach Kuhschisshausen, sondern nach Petersburg, noch dazu in einem Zweibettabteil. Wahrscheinlich geht es zu einer Schulung für Hauptkassierer. Ich wette meinen Arsch, dass dieser alte Knabe auf dem Weg zum Bahnhof davon geträumt hat, das Schicksal würde ihm vielleicht noch eine kleine Extraprämie bescheren, in Gestalt einer niedlichen, blutjungen Mitreisenden. Die würde er dann die ganze Fahrt über vollsabbeln und mit penetranten Fragen löchern. Und wenn es Zeit zum Schlafengehen ist, murmelt er irgendwas wie »Ich drehe mich um, Fräulein, Sie brauchen keine Angst haben«, damit er nicht aus dem Abteil gehen muss, wenn sie sich umzieht. Und dann delektiert er sich heimlich und verstohlen an frischem Mädchenfleisch, die Sau.

Aber dieses Mal hat ihm das Schicksal den Mittelfinger gezeigt. Sein Reisegefährte ist keine junge Tussi mit dicken Brüsten, sondern ein schon ziemlich angeheiterter Typ – nämlich ich.

Apropos, die Anheiterung fand in dem italienischen Lokal Trattoria statt, in Gesellschaft meiner bereits erwähnten Freundin Jula. Ich hatte sie unter einem mehr als fadenscheinigen Vorwand angerufen: Ich hätte da ein paar Bücher für sie – Hahaha! Da muss ich selber lachen. Die Wahrheit ist, dass ich sie einfach wiedersehen wollte. Wir saßen also zusammen in dieser Kneipe und führten kluge Gespräche, und ich dachte dabei die ganze Zeit bloß, wie super es wäre, mit ihr ins Bett zu gehen. Bis zur Abfahrt des Zuges waren es noch zwei Stunden, und wenn ich nicht so ein Vollidiot wäre, hätte ich mit Leichtigkeit ein Hotelzimmer organisieren können. Aber das Problem liegt auf einer höheren Ebene. Die Sache ist nämlich so, dass ich längst verlernt habe, wie man mit normalen Mädchen umgeht. Ich kann recht gut den großen Macker rauskehren, wenn ich besoffen vor irgendeiner dummen Pute hocke, mit smartem Grinsen ihr dummes Geplapper über Boutiquen und Spa-Weekends abnicke, und eine kleine Nummer auf dem Klo, zwischen zwei Lines Koks, schiebe ich ohne jede Anstrengung. Aber mit einem Mädchen, das mir wirklich gefällt, und die nicht zur Szene gehört, ganz normal zu flirten, ihr vielleicht Blumen zu schenken, zum Essen auszuführen und so was, sie nach allen Regel der Kunst zu verführen, wie es jeder Normalo wahrscheinlich mit links hinkriegt, das kann ich einfach nicht. Ich gerate dabei sofort unter Stress, und wenn ich gar merke, dass ich für das Objekt etwas anderes empfinde als banalen Geschlechtstrieb, dann packt mich schlagartig so eine Totallähmung, dass ich aussehe wie Wolkows Eiserner Holzfäller.

Um meine Aufregung zu kaschieren, fange ich sofort an zu bechern, quatsche wie ein Wasserfall, natürlich vor allem dummes Zeug, kichere und lache wie ein Pennäler, kurz, ich benehme mich wie der letzte Kretin. Der ich wahrscheinlich ja auch bin. Und so war's auch dieses Mal. Eigentlich hatte ich mir vorgenommen, mich ausnahmsweise mal richtig gut zu benehmen, aber dann fühlte ich mich unsicher, fing an herumzueiern und, zack – in kaum vierzig Minuten gelang es mir, mich randvoll laufen zu lassen. Sie war so liebenswürdig, mich rechtzeitig an die Abreise des Zuges zu erinnern, brachte mich zum Bahnhof und fuhr weg.

Und als ich dann besoffen in mein Abteil stolperte, mit schmerzendem Schädel, stinksauer auf mich selbst und mit dem einzigen Wunsch, mich sofort hinzuknallen und zu pennen – was passiert da?

»Guten Abend!«

Oh ja! Ein beschissen guter Abend! Da liegt dieser alte Knacker und sieht mich fragend über seinen Brillenrand hinweg an, als ob ich ihm hundert Grüne schuldete. Wohlerzogen, wie ich bin, brumme ich zur Antwort »Guten Abend« und verfrachte meine neu erstandene wunderbare Fila-for-Ferrari-Sporttasche in die Gepäckablage. Dann lasse ich mich auf den Sitz plumpsen, und prompt beginnt der Alte, mich mit allem möglichen Wortmüll zu bombardieren, völlig sinnfreien Sätzen wie »Wir fahren bald ab« oder »Sie können das Licht ruhig brennen lassen«. Klar, als würde ich dich erst fragen! Und er redet und redet, brabbelt monoton vor sich hin wie eine alte Tretnähmaschine. Das Interessanteste an seinem Gefasel sind noch die Ähs, Ahas und Nichtwahrs, die er permanent dazwischenflickt. Ich habe längst begriffen, dass ihm gar nichts daran liegt, mir etwas mitzuteilen, dieser alte Gauner will nur auf den Busch klopfen. Ich könnte mich ja verplappern, und er entlarvt mich auf einmal als ganz schlimmen Kriminellen, der sich in sein Abteil eingeschlichen hat, weil er ausgerechnet und ganz gezielt ihm seinen Reisegroschen klauen will.

Endlich setzt sich der Zug in Bewegung. Der Alte versucht immer noch, mich in ein Gespräch zu verwickeln; ob man den Tee selber abholen muss oder nicht und lauter so einen Quatsch. Widerwillig lasse ich mich darauf ein. Nach einer Weile wird er sichtlich entspannter, und plötzlich fragt er mich:

»Und fahren Sie auch nach Leningrad?«

»Nein, ich fahre nach Wladiwostok«, antworte ich ganz ernst und spüre, wie es unter meiner Schädeldecke zu kribbeln anfängt. Idiotischer geht's doch wirklich nicht mehr.

»Ach ja?« Der Typ versucht in seinem Spatzenhirn die neue Information zu koordinieren. »Aber über Leningrad, ja?«

»Ja, ja«, antworte ich wieder. Mit so einem geografischen Analphabeten, für den Petersburg und Wladiwostok an derselben Bahnlinie liegen, sollte man besser nicht streiten.

Der Alte kommt ins Grübeln. Vor Anstrengung legt er seine Stirn in Falten wie ein Dackel und packt sogar seinen Schmöker weg. Unterdessen habe ich das kleine Fläschchen Moskowskij-Weinbrand, das mir als Reisendem eines Zweibettabteils offeriert wurde, aufgeschraubt und mir den größten Teil des ekelhaft nach Fusel stinkenden Zeugs in den Hals gegossen. Mein Reisegenosse hört einfach nicht auf, mich mit seinen idiotischen Fragen zu löchern. Was der Anlass meiner Reise sei, wann ich wieder zurückführe und so weiter. Jetzt sehe ich ihn mir ein wenig gründlicher an und komme zu dem Ergebnis, dass er wahrscheinlich einer von den blöden Arschen ist, die vor kaum fünfzehn Jahren noch jeden Tag allen Klatsch und alle Gerüchte, die ihnen zu Ohren kamen, säuberlich aufgeschrieben und dann anonyme Briefe zusammengeschmiert hatten, Denunziationen ihrer Arbeitskollegen und Nachbarn. Wer alles die »Stimme Amerikas« hört, wer einen Videorecorder besitzt und wer Oralsex mit heimlichen Geliebten treibt. Unvermeidlich kommt das Gespräch auf die Zeit seiner verflossenen Jugend. Es beginnt eine ellenlange Geschichte über Studentenausflüge nach Olgina in der Nähe von Petersburg, mit Lagerfeuerchen, Liederchen zum Gitarrchen, Wodkachen, Komsomolzinnenchen, und dann – na, Sie wissen schon ... Ich versuche, diesen quatschenden Pfadfinderveteranen zu hynotisieren, indem ich im Stillen eine Art Mantra vor mich hinmurmele: »Haltendlichdieklappehaltendlichdieklappehaltendlichdieklappe ...«

Plötzlich setzt sich der Olgina-Reisende und Liebhaber singender Komsomolzinnen auf, schiebt die Decke zur Seite und kramt seinen Proviant heraus. Er schmiert sich eine Stulle, krümelt roten Kaviar drauf und trällert dabei immerzu: »Ah! Kaviar! Lecker, oooh, ist der gut!« Der Kaviar, versteht sich, ist trocken wie Mäusekökel und von unterster Qualität. Dann sieht er mich auf einmal verschmitzt an und raunt:

»Wissen Sie, Ihr Trainingsanzug erinnert mich an etwas. Wir hatten nämlich damals genau die gleichen, bloß in blau. Bei unserem Studentenbautrupp ›Arbeitsenthusiasmus‹.«

Hallo?? Wie soll ich denn das jetzt finden? Ich mag vielleicht im Augenblick gerade ziemlich besoffen sein, aber modemäßig bin ich voll auf der Höhe, und das ist kein Sowjetfummel, sondern ein knallroter Adidas-Sportanzug aus der Vintage-Serie, wie bei den Beastie Boys in den Achtzigern, und die Schuhe sind echte Fila for Ferrari! Dabei gibt mir die Reminiszenz meiner topmodischen Kluft an das Outfit der organisierten Kriminalität Anfang der Neunzigerjahre sogar noch einen gewissen Prickel. Anders gesagt, ich fühle mich wie eine Kreuzung aus einem kleinen Mafiabüttel, der von den Budenverkäufern Abgaben eintreibt, und einem Szenetypen auf Ibiza. Und da redet mir diese Nervensäge von Studentenbautrupps! Siebzig Jahre früher hätte ich ihn kurzerhand umgelegt. Vor Gericht hätte ich dann behauptet, er sei ein Feind des Volkes gewesen, unterwegs nach Petersburg, um den Genossen Kirow zu ermorden und habe mich beim Schlafen gestört. Ich atme heftig aus, brumme, ich müsse mal zur Toilette, schnappe mir meine Zigaretten und verpisse mich nach draußen.

Auf der Plattform zwischen den Zugwagen zieht es und stinkt abscheulich nach kaltem Zigarettenrauch, Spucke und Urin. Der Intensität der Gerüche nach zu urteilen, ist hier längere Zeit nicht saubergemacht worden, vermutlich seit den Zeiten des Zaren Nikolaj. Ich zünde mir eine Zigarette an und schaue aus dem Fenster: Ein paar vereinzelte Bäume fliegen vorbei, da und dort Gebäude, kahle Felder. Eine Zeile von Alexander Blok fällt mir ein: »Oh Russland, du mein Weib!« Wenn ich allerdings diese Trübnis da draußen sehe, diese heruntergekommenen Bahnhöfe, dazu all diese grässlichen Gerüche, dann fände ich es vielleicht richtiger zu sagen: »Wem die Stute Braut ...« Inzwischen hat sich mein Rausch halbwegs verflüchtigt, dafür werde ich müde.

Zwei weitere Personen erscheinen auf der Plattform. Es sind zwei Männer um die vierzig, der Erste tragt Jeans und Pullover, der Zweite einen Anzug und weiße Turnschuhe. Die beiden sehen wie gealterte Breakdance-Fans aus, die in den Achtzigern stecken geblieben sind. Sie haben bei mir sofort ihren Titel weg: die Breaker. Sie stehen da, rauchen und unterhalten sich mit schwerer Zunge. Ich qualme ebenfalls eine Zigarette nach der anderen, in meinem Kopf herrscht dichter Nebel, und ich finde es extrem ungeil, zurück in mein Abteil zu dem schlaflosen alten Knacker zu gehen. Um etwas Abwechslung in den verkorksten Abend zu bringen, lausche ich dem Gespräch der beiden Breaker. Aus den Wortfetzen, die ich aufschnappe (»Markt«, »zu teuer«, »völlig abgedreht«, »das kann man nicht bringen«), schließe ich messerscharf, dass das Gespräch, wie in Russland üblich, wenn man den ersten Liter Wodka intus hat, auf das Thema Wirtschaft gekommen ist. Danach folgt in der Regel die Außenpolitik und die nationale – oder wahlweise die jüdische Frage. Spätestens dann sollte man sich in Sicherheit bringen.

Jetzt bekomme ich folgenden Dialog zu hören:

»Weißt du, was ich interessant finde? Meine Verwandten in Nishni Nowgorod haben mir erzählt, dass bei ihnen das einheimische Bier dreizehn Rubel kostet. In Moskau zahlst du dafür schon fünfundzwanzig.«

»Na ja«, antwortet der andere. »Ist doch logisch. Da kommt der Transport drauf, noch dies und das, klar ist es da in Moskau teurer.«

»Ah!«, ruft da der Erste triumphierend. »Und warum kostet dann die Klinskaja-Wurst in Moskau fast genauso viel wie in Nowgorod? Die muss nicht transportiert werden, oder was?«

Das Gesicht seines Gesprächspartners, vom Licht der vorbeiflitzenden Laternen immer wieder aus der Dunkelheit gerissen, legt sich in tiefe Falten, wegen der hektischen Gehirnarbeit bei der Suche nach einer Lösung für dieses schwerwiegende ökonomische Problem.

»Tja«, sagt er laut. »Das ist allerdings eigenartig.«

»Eben. Ich verstehe es nämlich auch nicht. Das müssen ziemliche Blödmänner sein da in Nishni Nowgorod. Entweder können sie nicht rechnen oder sie sind überhaupt bescheuert. Die in Moskau kaufen die Wurst doch sowieso, egal, was sie kostet! Ist doch klar wie Katzenpisse, oder?«

»Tjaa«, antwortet der Zweite und verliert jetzt endgültig die Gewalt über seine Zunge. »Wahrscheinlich.«

Vox populi, sage ich nur. Eine schreckliche, eine furchteinflößende Macht. Wie die Hunnen mit ihren Reiterhorden trampeln sie all die zierlichen Schlösser sozialer, ökonomischer und philosophischer Denkmodelle nieder, die Tag für Tag von hoch qualifizierten (und gut bezahlten) Männern und Frauen errichtet werden.

In solchen Momenten spürt man ganz besonders, wie weit man sich vom gemeinen Volk entfernt hat.

Meine Laune ist im Eimer. Ich verziehe mich.

In meinem Abteil herrscht Stille. Der alte Knacker träumt anscheinend süß. Ich hoffe, er wacht vor Sonnenaufgang nicht wieder auf. Die Uhr zeigt zwei. Ich lege mich hin und versuche einzuschlafen. Für gewöhnlich kann ich im Zug nach Petersburg nicht gut schlafen; in umgekehrter Richtung dagegen wunderbar. Wahrscheinlich hält mich die unbewusste Angst vor dieser fremden Stadt wach. Oder liegt es vielleicht daran, dass mein Rausch sich langsam in einen Kater verwandelt? Egal, was immer der Grund ist, ich schlafe jedenfalls scheußlich. Wälze mich. Drehe die ganze Zeit mein Kissen hin und her. Nehme die Wolldecke. Werfe sie weg. Nehme sie wieder. Kämpfe gegen Kälte, dann gegen Hitze. Döse irgendwann ein, bin aber nach kurzer Zeit schon wieder wach und starre mit offenen Augen in die Dunkelheit. In diesem Zustand verbringe ich mehrere Stunden, bis ich so gegen sechs Uhr morgens meine bleischweren Lider endgültig aufreiße.

Mein liebster Nachbar, der frühe Vogel, sitzt schon da und macht sich einen Tee. Jetzt geht mir ein Licht auf: Man hat mir diesen Opa zielgerichtet und mit voller Absicht auf den Hals geschickt, damit er mir meine schöne Reise mit seinem blöden Gequatsche und seinen Komsomolzenjugendschwänken vermiest. Ich setze mich auf, öffne eine Packung Saft und sauge durstig den Inhalt in mich hinein. Und schon setzt der Typ seine Verbaldrehleier wieder in Betrieb. Er quasselt sich warm, der Mistkerl, schießt sich ein: »Gut geschlafen?«, »Wir sind bald da«, »Trinken wir erst mal ein Teechen«. Ich grunze bloß mürrisch und tue so, als suchte ich etwas in meiner Reisetasche. Dann nehme ich mein Jackett, um nach draußen auf die Plattform zu verschwinden. Mechanisch durchsuche ich meine Taschen, ob ich alles dabeihabe, da ertasten meine Finger einen kleinen weichen Gegenstand. Ich hole ihn ganz langsam heraus und sehe ihn verstohlen an. Eine weiße Substanz in Zellophan.

»Was ist denn das für ein Tütchen?«, fragt Opa Schlaumeier sofort.

Vielleicht Salz? Aber wozu, ich habe nichts zu salzen. Reiseproviant? Seit wann nehme ich Lebensmittel mit, wenn ich Zug fahre? Bin ich jetzt auch schon zum Rucksacktouristen geworden? Wozu die alberne Raterei? Ist doch logisch, was das ist. Pulver. Hirnbleiche. Persil für die Hirnwindungen. Koks.

Ich hebe den Zeigefinger und sage zu dem Komsomolveteranen:

»Moment, ich bin gleich wieder da.«

Dann schnappe ich mir eine Reklamebroschüre des Zugrestaurants und eine Zeitschrift und zische ab aufs Klo. Zu dieser frühen Stunde herrscht dort glücklicherweise noch kein Betrieb. Ich verrammele die Tür, falte die Zeitschrift auseinander, breite sie sorgfältig über das Waschbecken und leere den Inhalt des Plastiktütchens darauf aus. Ganz behutsam teile ich den Stoff in zwei Lines und ziehe ihn dann schnell in die Nase.

»Gute Reise!«, wünscht mir die Werbung des Verkehrsministeriums auf Seite vierundzwanzig.

»Danke«, antworte ich laut.

Ich verlasse die Toilette und trete wieder auf die Plattform. Fünf Minuten lang starre ich einfach nur dumpf aus dem Fenster. Dann werde ich endlich richtig wach. Meine Gelenke werden beweglich, sogar meine Laune steigt spürbar. Ich gehe zurück ins Abteil.

Die letzte Stunde vor der Ankunft in Petersburg verbringe ich in bester Stimmung. Ich lache herzlich über die Witzchen des alten Knackers, lasse mir noch einmal ein paar Anekdötchen aus seiner Studentenzeit erzählen, behaupte sogar kühn, ich sei ein leidenschaftlicher Gitarrenspieler. Kurz, ich amüsiere mich köstlich.

Dann fährt der Zug in Petersburg ein. Ich schnappe meine Tasche, verabschiede mich lange und herzlich von meinem

Reisegefährten, wünsche ihm Erfolg für seine Schulung, sage so was wie »Vielleicht fahren wir ja zusammen zurück, das wäre doch schön!« und klettere fröhlich winkend und lachend aus dem Zug. Ich gehe den Bahnsteig entlang, durchquere die Bahnhofshalle und trete auf den Bahnhofsvorplatz. Dort rufe ich Ljoscha an, den Mitarbeiter unserer Petersburger Filiale, der mich abholen soll. Er sagt, er sei in wenigen Minuten da. Ich zünde mir eine Zigarette an, obwohl ich eigentlich gar keine Lust habe, zu rauchen, nehme zwei Züge und schleudere sie mit einer großen Geste in die Petersburger Luft. Petersburg wirft mir postwendend eine Handvoll Regen ins Gesicht.

Ljoscha ist ein Typ so um die fünfundzwanzig, der immer, wenn ich ihn sehe, eine Sonnenbrille trägt, Tag und Nacht. Nun ist es ja so, dass das nächtliche Tragen von Sonnenbrillen das Markenzeichen von Dealern, Zuhältern, Diskogrünschnäbeln und Volljunkies ist. Daraus wiederum folgt zwingend, dass jemand, der nach Sonnenuntergang eine Sonnenbrille trägt, entweder wie eines der oben genannten Subjekte wirken will oder ein Vollidiot ist. Auch jetzt am frühen Morgen bei Regenwetter hat es wenig Sinn, sich eine schwarze Brille vor die Augen zu kleben. Aber Ljoscha begreift das irgendwie nicht. Würde er es begreifen, führe er nicht einen miesen Lada, und außerdem würde er in Moskau leben. »Wahrscheinlich ist er doch ein Junkie«, denke ich und grinse wieder.

Wir steigen ins Auto. Aus dem Radio kreischt aggressive Musik, extrem hektisch, extrem laut.

»Stört dich die Musik?«, brüllt Ljoscha mich an. »Ich höre einfach schnelle Musik gerne laut. Das macht munter.«

»Ist in Ordnung«, antworte ich. Tatsächlich kommt mir diese Musik gerade recht.

Ich lehne mich zurück und bitte ihn, mich ins Hotel zu fahren.

»Hast du schon was gespachtelt?«, fragt Ljoscha.

»Hmhm«, nicke ich und füge im Stillen hinzu: »Hauptsächlich durch die Nase.«

Wir fahren den Newski-Prospekt entlang. An einer Plakatwand lese ich eine Werbung für das Gastkonzert eines bekannten Opernsängers: »Der berühmte Interpret der Arie des Lenski aus Eugen Onegin« – und ich spreche leise die Stelle »Wohin, wohin, wohin seid ihr entschwunden?« vor mich hin.

Genau so ist es, denke ich. Fragen über Fragen. Weiß ich, was mir der kommende Tag bringt?

Oh ja, the line of coke ist ein Weg ins Unbekannte.

Ich schließe die Augen. Ich bin in Petersburg.

# Petersburg

Mein Verhältnis zu Petersburg hat Ähnlichkeit mit einer dynastischen Ehe. Die jungen Prinzen und Thronfolger, die aus Gründen der Staatsräson hässliche Weiber heiraten mussten, gewöhnten sich wahrscheinlich daran, wider ihre Neigungen zu lieben. Ob es Spaß machte oder nicht, das Leben musste schließlich weitergehen. Man musste leben, vögeln und für neue Thronfolger sorgen. Deswegen zwang man sich zu lieben, indem man irgendwelche interessanten Merkmale im Charakter, im Benehmen oder im Aussehen des Eheweibes entdeckte. Es ist verständlich, dass die Kinder, die unter solchen Umständen geboren wurden, oft Problemfälle waren. Kinder, ohne Liebe gezeugt.

So geht es mir mit Petersburg. Da ich aus geschäftlichen Gründen ziemlich oft in dieser Stadt bin, war ich gezwungen, mich an ihren grauen Himmel zu gewöhnen, an ihr unbeständiges Wetter, das feucht-muffige Klima und das gelbe Wasser aus dem Hahn. Was für Kinder aus meiner Romanze ohne Liebe entstehen, kann ich mir aber höchstens in meinen Alpträumen vorstellen.

Als ich zum ersten Mal hierherkam, war ich sofort davon überzeugt, dass es nur eine Methode gibt, die depressive Atmosphäre dieser Stadt zu ertragen: Man steht morgens auf und pafft erst mal ein Pfeifchen Crack. Wenn man dann wieder runterkommt, lässt man sich mit Wodka volllaufen und verbringt den Rest des Tages mit Weinen. Man hält sein Gesicht aus dem Fenster und mischt seine Tränen mit dem Regen, der ununterbrochen von dem schmutziggrauen Petersburger Himmel rieselt. Und vögelt. Fickt wie ein zum Tode Verurteilter, der weiß, dass jede Nummer die letzte sein kann.

Drei Jahre dauerte es, bis ich begann, mich allmählich an die Stadt zu gewöhnen. Ich war pro Jahr etwa vier oder fünf Mal da, habe mir eine gewisse Anzahl an Bekannten zugelegt, einige belanglose Affären sowie reichlich Saufereien und Raufereien in Clubs und auf diversen Privatfeten überstanden. Kurz, ich habe mein Bestes getan, mich zu arrangieren, damit mich nicht jedes Mal diese quälende Langeweile und Depression befällt, die ich so verdammt schwer wieder loswerde, selbst wenn ich zurück in Moskau bin.

Bekannte von mir, die aus Petersburg stammen, hatten mich damals schon vorgewarnt. Um mit der Stadt klarzukommen, sagten sie, muss man lernen, ihre Einwohner zu verstehen. Sie sind eine besondere Spezies. Die Petersburger sind nicht so dünkelhafte Spießer wie die Moskauer, sie sind um einiges kultivierter und weniger auf banale fleischliche Vergnügungen fixiert. Nicht umsonst gilt Petersburg als die kulturelle Hauptstadt des Landes, als eine Art Brückenkopf der Geistreichen.

Heute verstehe ich die Stadt und ihre Launen tatsächlich um vieles besser. Ich kann nicht gerade sagen, dass der Weg dahin leicht und angenehm gewesen wäre, aber irgendwann bin ich dahintergekommen.

Das Grundproblem der hochgeistigen Einwohner Petersburgs ist das Festklammern an der eigenen Bedeutsamkeit und Besonderheit. Alle Gespräche mit Moskauern laufen letztendlich auf zwei Themen hinaus: Entweder auf das Dilemma *Das europäische Petersburg versus Das große Dorf Moskau* oder auf den Satz *Pump mir mal einen Hunni bis morgen.* Über der ganzen Stadt lastet der Fluch der ehemaligen Hauptstadt. Sogar Menschen, die von weither nach Petersburg ziehen, werden schnell von diesem Virus befallen und quatschen mit im allgemeinen Chor. »Bei euch in Moskau ist mir zu viel Gedränge auf den Straßen«, »Das ganze Geld geht nach Moskau« und so weiter. Nach kürzester Zeit kennen sie die Petersburger Stadtgeschichte aus dem Effeff und können sämtliche historischen Denkmäler und bedeutenden Orte auswendig aufsagen. An sich ist das ja eine wunderbare Sache, aber manchmal geraten sie in ihrem Bemühen, echte Petersburger zu sein, in ziemlich komische Situationen.

Einmal spazierte ich mit einem Bekannten durch diese seine Stadt, und er bewies mir hingebungsvoll, wie toll es doch sei, hier zu leben. »Da bei euch in Moskau, das ist doch der pure Horror«, sagte er immer wieder und versicherte mir ein ums andere Mal, wie wohl er sich fühle und dass er mich wahrlich nicht beneide. Zwischendurch erklärte er mir einige historische Gedenkstätten, an denen wir vorbeikamen und erläuterte mir, welche Straßenseiten durch den Artilleriebeschuss während des Zweiten Weltkrieges besonders gefährdet gewesen seien. Dann hielt er mir einen Vortrag über die Schrecken der Blockade Leningrads. Ich hörte ihm die ganze Zeit aufmerksam zu und fragte am Ende höflich, ob denn auch seine Familie während der Blockade Opfer zu beklagen hatte. Da machte er bloß eine wegwerfende Handbewegung und sagte: »Ach was, ich stamme doch aus einem kleinen Dorf bei Murmansk, ich bin erst vor drei Jahren nach Petersburg gekommen.« Und erzählte ungerührt weiter.

Die Wurzeln dieser Petersburger Bedeutsamkeit liegen zweifellos in ihrer Mediokrität. Jedem Ereignis, das ein wenig aus dem allgemeinen Trott der Stadt herausragt, wird ein kolossales Gewicht beigemessen. Das kann die Präsentation der neuen Frühjahrskollektion einer popeligen Boutique sein (alle Jahre wieder), oder die Ibizareise eines Petersburger DJs. Dann titeln alle großen Petersburger Stadtmagazine (Gesamtzahl: 2) fett: »Unsere Szene erobert Ibiza« – »Petersburg gibt den Ton an!« Als wäre dieser kleine DJ das große Highlight der Ibizapartys. Dabei steht er bloß als einer unter Tausenden in einer Stranddisko herum und nuckelt einsam an seinem Whiskey-Cola.

In der Stadt selbst passiert im Grunde genommen gar nichts. Alle schmoren im eigenen Saft, saugen sich immer wieder Gründe aus den Fingern, sich mit Freunden zu verabreden, um zum achtundvierzigsten Mal ein und dieselbe Klatschgeschichte zu erzählen und auf Moskau abzukotzen. Man knallt sich bei der nächstbesten Modenschau mit geschnorrtem Whiskey die Birne zu und verkündet zum x-ten Mal großspurig, dass man jetzt endlich nach Moskau geht – für immer. Faselt von irgendwelchen großen Geschäften, die man fix und fertig im Kasten hat, und dass man irre Profite abgreifen wird. »Nächstes Jahr komm ich zurück, und dann steckt ihr immer noch in diesem Sumpf fest!« Man muss nicht extra betonen, dass keiner hier seinen Hintern tatsächlich hochkriegt und weggeht. Und eine Woche später spielt sich diese trostlose Geschichte in genau der gleichen Form wieder von neuem ab.

So ist die ganze Moskau-Verachtung der Petersburger recht einfach zu erklären. Zum einen lebt man hier in der eigenen kleinen Welt, die sich allem Andersartigen vollständig verschließt. Es fehlen dieser so europäischen Stadt gänzlich Ereignisse europäischen Maßstabs. Zum anderen ist die ganze Petersburger Szene samt Events, Clubs und Restaurants nur eine verkleinerte Ausgabe der Szene in Moskau, wie sie vor fünf oder sechs Jahren aussah. Im Grunde läuft alles auf den Konkurrenzkampf zwischen den beiden Städten hinaus. So was ist nicht neu: Wir hassen das am meisten, was uns am stärksten anzieht, das, was wir neidisch nachahmen, was wir besitzen wollen – mit einem Wort: »Das Objekt der Begierde«. Und Neid tarnt sich fast immer als herablassende Verachtung.

Ein weiteres Problem der Stadt Petersburg ist der Mangel an Geld. An städtischem Geld. Natürlich gibt es hier reiche und sehr reiche Leute. Aber die meisten Menschen sind arm. Die Löhne sind niedriger, es gibt weniger Verdienstmöglichkeiten. Das Schlimmste ist jedoch, dass die Leute gar nicht wirklich den Willen haben, zu arbeiten. Zu schuften und zu ackern oder wie immer man es auch nennen will. Und diese angeborene Faulheit und Behäbigkeit, diese Angst, sich zu überanstrengen, kann man mit keinem »bei euch in Moskau liegt das ganze Geld, ihr habt die Regierung, die Banken, ihr habt Putin« kompensieren. Die Moskauer, die geschäftlich mit Petersburg zu tun haben, werden mir, denke ich, zustimmen.

Darum ist es in Petersburg so modern, auf Pump zu leben. Du schuldest deinem Freund zweihundert, dein Freund schuldet seinem Freund zweihundert, und der seinerseits steht bei dir mit zweihundert in der Kreide. Dieser Kreislauf gegenseitiger Verschuldung ist die Grundlage vieler Beziehungen. Irgendwann werden dann alle Schulden erlassen, nur um ein paar Wochen später diesen Schulden-Status-Quo wiederherzustellen.

Wenn man den hiesigen Lebensstil mal verstanden hat, dann wird einem klar, dass sich die Leute hier überhaupt nicht von den Moskauern unterscheiden. Sie sind genau solche Spießer, Szenegänger, kleine Angestellte oder einfach Nichtstuer. Es gibt nur einfach weniger Geld in der Stadt, folglich auch mehr Probleme und dazu jenen Minderwertigkeitskomplex als ehemalige Hauptstadt, der wie ein zentnerschweres Gewicht über allen Einwohnern hängt. Alle, die hier leben, leiden nur darunter. Es ist wie mit verarmten Adligen, die noch dieselben alten Ansprüche haben wie früher, aber keine Möglichkeit mehr, sie zu erfüllen. Deshalb hassen die Menschen sich selbst, und die Stadt, in der sie wohnen, hassen sie noch mehr. Die Stadt aber zahlt ihnen ihren Hass mit gleicher Münze zurück. Sie rächt sich dafür, dass man sie auf Knochen errichtet hat, dass man sie nicht liebt, dass man sie verlassen will.

Eine Stadt, die einst von Menschen erbaut wurde, die all ihre Schönheit und Pracht achteten und pflegten; all ihre Schlösser und zauberhaften Villen, ihre Kanäle und Uferpromenaden, die Parks und Gärten. Sie unternahmen Spazierfahrten in die Umgebung, bevölkerten an den Abenden die Theater, Opern und Restaurants. Einst strahlte die Stadt im Bewusstsein ihrer eigenen Würde.

Aber diesen grob gestrickten Kreaturen, die heute aus allen möglichen Hinterverpissdichingen oder Leckmichstadt oder was weiß ich für Sumpflöchern herbeigeströmt sind, geht diese ganze Pracht am Arsch vorbei.

Diese Leute brauchen keinen Marmor, keine verzierten Holztüren und keine fünf Meter hohen Decken mit Stuck. Schweine gucken niemals zum Himmel, weil sie keinen Hals haben. Was sie brauchen, sind niedrige Decken, Dunkelheit und Nässe, damit keiner sieht, wie sie den verwesenden Leichnam der Stadt auffressen, einer Stadt, die ihnen fremd und gleichgültig ist.

Ich liege in meinem Hotelzimmer im Newski Palace auf dem Bett und versuche mich zu überreden, endlich aufzustehen, unter die Dusche zu gehen und mich umzuziehen. Ich zappe viermal hintereinander durch sämtliche Fernsehkanäle, blättere den Miniguide des Hotelrestaurants durch (»Ein Paradies für Feinschmecker«), wo man übrigens nur Dreck vorgesetzt kriegt, dann stehe ich auf und schleppe mich mit dem Gang eines Galeerensträflings ins Bad. Bevor ich mich ausziehe, wähle ich die Handynummer des Direktors der Petersburger Repräsentanz, Wolodja Guljakin, dem seine *Petersburger Pfründe* offenbar dermaßen zu Kopf gestiegen sind, dass er es nicht einmal für nötig befunden hat, mich persönlich abzuholen und mir stattdessen einen einfachen Angestellten geschickt hat. Ich bitte ihn, in etwa vier Stunden unsere Petersburger Großhändler zu einer Besprechung zusammenzurufen. Dann lege ich auf und wünsche ihm, dass er die Zeit bis zu unserem Meeting in Höllenqualen verbringt.

Die Wanne füllt sich ganz langsam mit Wasser, dessen Farbe der der typischen Petersburger Hausfassade gleicht: rostbraun. Bereitwillig liefert mir mein Gedächtnis die passenden Zeilen aus der Hotelbroschüre: »Das Newski Palace ist ein Hotel der gehobenen Kategorie, ein Ort, den man allen Gästen der Hauptstadt des Nordens uneingeschränkt empfehlen kann.« Ich räume sämtliche Fläschchen mit Shampoo, Duschgel und flüssiger Seife von der Ablage vor dem Spiegel und leere ihren Inhalt in die Wanne. Rasch bildet sich eine dicke Schaummütze und deckt die rostige Brühe gnädig zu. Ich lege die Kleidung ab und steige in die Wanne. Dieser dicke Schaum erinnert mich an die Dreihundertjahrfeierlichkeiten der Stadt. Genau wie dieses Zeug das rostige Badewasser verbergen die frisch renovierten Fassaden der Häuser am Newski-Prospekt die trostlose Dürftigkeit der Höfe, die zerfallenen Treppenhäuser und schäbigen Wohnungen mit ihren schadhaften Leitungsrohren. Dahinter steht dieselbe Logik: Die einen verpassen ein paar Häusern und Schlössern einen neuen Anstrich und kassieren dafür 700 Millionen Dollar aus dem Staatssäckel, die anderen schließen nagelneue Kloschüsseln und Badewannen an die komplett verrottete Kanalisation an und vermieten das Ganze als Unterkunft gehobener Kategorie für 500 Euro die Nacht an die Gäste des »Palmira des Nordens«.

Immerhin wirkt das warme Wasser nach der morgendlichen Beschleunigung entspannend und reinigend auf das Hirn. Ich bleibe etwa eine Stunde im Bad. Dann packe ich meine Tasche aus und ziehe einen frischen Anzug an. Meine

Laune hat sich deutlich verbessert. Eine halbe Stunde später trinke ich einen schnellen Kaffee in der Hotelhalle, rufe Ljoscha an, den dunkel bebrillten Liebhaber lauter Tanzmusik, und verlasse das Hotel.

Unser Petersburger Büro ist in einer reizenden Villa aus der Mitte des neunzehnten Jahrhunderts untergebracht. Ungeachtet des mehr als bescheidenen Mitarbeiterstabes von gerade mal acht Personen, umfasst die Gesamtnutzfläche der Räumlichkeiten gut hundert Quadratmeter, was sich aus Gründen der Sparsamkeit erklärt – oder so ähnlich. Das Gespinst der Mietkostenkalkulation war mir schon immer undurchsichtig.

Die Mannschaft der Petersburger Niederlassung besteht aus dem Direktor Wolodja Guljakin, seiner Sekretärin, dem Marketingmanager, einem Fahrer, den drei Verkaufsmanagerinnen Dascha, Mascha und Natascha und einer jungen Dame namens Polina. Letztere übt eine nicht näher erkennbare Funktion aus, bekleidet jedoch den stolzen Rang einer Office Managerin (ich hege allerdings den Verdacht, dass dieser Dame vor allem amouröse Pflichten obliegen).

Die Niederlassung hat mit dem Direktverkauf nichts zu tun, sie kontrolliert lediglich die Arbeit unserer Großhändler, die Marketingbudgets und Promotionaktivitäten. Das Kollektiv erinnert an eine Kolchose während des Krieges, als die Frauen auch die Arbeit ihrer Männer erledigen mussten, die an der Front waren. Meistens taten sie das unter der Führung eines pfiffigen Kolchosevorsitzenden, der krankheitsbedingt nicht zum Militärdienst eingezogen wurde.

Die gesamte Fläche des Büros hat man klug in kleine Kämmerchen unterteilt, in denen sich die Frauen mit ihrem umfangreichen Hab und Gut häuslich eingerichtet haben. Den lieben langen Tag trinken sie Tee oder Kaffee, nur gelegentlich unterbrochen von einem kleinen Telefonat mit der Zentrale in Moskau oder vielleicht sogar mit einem Kunden. Manchmal erinnert mich unsere Petersburger Niederlassung aber auch an ein Kreiskrankenhaus. Die weiblichen Kollegen jedenfalls haben in ihrer routinierten und uneiligen Betriebsamkeit etwas von typischen Provinz-Oberschwestern, deren Alter kein Mensch feststellen kann. Man landet mit seiner Schätzung immer irgendwo zwischen 32 oder 54. Das Kreiskrankenhaus ist eines dieser kleinen, sehr abgelegenen, mit wenigen leichten Fällen. Es riecht nach Sauberkeit, Alter, Verbandszeug und unwesentlichen Diebereien. Richtig, auch Diebereien haben ihren eigenen Geruch. Man riecht es ganz deutlich, wenn man in ein Kollektiv von kleinen Gaunern gerät. Wahrscheinlich produzieren ihre Poren ein besonderes Hormon, das nach Scham, Schwindelei und Angst riecht.

Angesichts der Pläne der Firmenzentrale, den Direktverkauf einzuführen, ist die Stimmung des Leiters dieses Petersburger Wohlfahrtsstifts verständlicherweise nicht die beste. Denn das bedeutet für ihn einerseits die Vergrößerung des Mitarbeiterstabs und des Marketingbudgets, andererseits aber die persönliche Verantwortung für die Einhaltung der Verkaufspläne, die man dann nicht mehr auf die Schlafmützigkeit der Großhändler abschieben könnte.

Tatendurstig schreite ich über die Schwelle des Büros. Diese ganz spezielle Atmosphäre von behäbigem Müßiggang weckt bei mir genau die entgegengesetzten Energien. Offenbar aus einer Art Widerspruchsgefühl heraus. Ich grüße das Personal, das heute vollzählig anwesend ist und sich in der Diele versammelt hat. Nach amerikanischer Manier gebe ich jedem weiblichen Mitarbeiter die Hand. Ich könnte sie natürlich auch küssen, wie es die impulsiven Franzosen oder die ewig lüsternen Italiener tun, aber ehrlich gesagt, diese unförmigen Kröten mit dem Mund zu berühren, lässt es mir nicht gerade warm ums Herz werden. Nein, ich bevorzuge in diesem Fall entschieden die betont sachliche anglo-amerikanische Art.

Man freut sich, mich zu sehen, jeder sagt etwas Nettes zu mir, zum Beispiel »Willkommen« oder »Gute Reise gehabt?« oder »Wie gefällt Ihnen Petersburg?«, und ich kann in ihren Gesichtern deutlich den jeweiligen Subtext lesen: »Na ja, netter Kerl«, »typischer Hauptstadttrottel«, oder »Soll ich ihn fragen, ob sie mir den Schwangerschaftsurlaub zahlen oder nicht?« Und allen steht wie mit dickem roten Textmarker auf die Stirn gemalt die eine, alle verbindende Frage: »Was will der hier eigentlich?«

Wolodja Guljakin, dem die Gastfreundschaft förmlich aus den Poren trieft, kommt auf mich zu und drückt mir lange die Hand. Dies ist ein heikler Moment. Hätte er mich mit den anderen zusammen in der Diele empfangen, hätte er damit seinen Mitarbeitern zu erkennen gegeben, dass das Erscheinen des Moskauer Gastes ihn genauso verunsichert wie sie, und dass er als Erster voraneilt, den Treueeid zu leisten. Solche Unterwürfigkeit könnte seinen Häuptlingsstatus gefährden und würde zudem auch seine Position mir gegenüber verschlechtern. Wäre er aber einfach in seinem Arbeitszimmer geblieben, hätte ich das als Respektlosigkeit deuten und entsprechend hart reagieren müssen. Indem er mir jetzt auf halbem Weg entgegenkommt, wie ein höflicher, aber souveräner Gastgeber, hält sich Wolodja perfekt im Rahmen des geschäftlichen Ehrenkodexes eines souveränen Business-Samurai.

»Herzlich willkommen in Petersburg«, sagt er und lächelt ölig.

»Danke, danke. Wie geht's denn so? Konkurrenz im Griff?«

»So ziemlich, bisher alles tipptopp!« Neben »oki-doki« eine der wenigen anglo-amerikanischen Phrasen, die bei mir unmittelbaren Brechreiz hervorrufen. »Trinken wir einen Kaffee?«

»Natürlich, gern, Wolodja. Wann hast du die Besprechung mit den Großhändlern angesetzt?«

»Für zwei Uhr. Sie haben schon alle angerufen und gefragt, was ihr euch da in Moskau ausgedacht habt.«

»Ach, vergiss es«, sage ich und stimme mich auf seinen lockeren Ton ein. »Was sollen wir uns schon groß ausdenken? Wir sitzen ein paar Stündchen zusammen, reden übers Wetter und gehen wieder nach Hause.«

»Na gut, trinken wir erst mal ein Tässchen Kaffee. Vielleicht haben wir ja auch noch Zeit, einen Happen zu essen?«

»Eher nicht, Wolodja, Essen können wir morgen. Lass mich erst mal einen Blick in die Bücher tun, Umsatzzahlen, Außenstände bei den Großhändlern, Werbekosten, den ganzen Kram. Und bitte deine Leute, noch hierzubleiben.«

»Es ist natürlich alles schon vorbereitet«, antwortet er in gekränktem Ton.

»Ich sehe, bei dir herrscht Disziplin wie bei der Armee. Dann wühle ich mich jetzt ein Stündchen durch den Papierkram, anschließend unterhalte ich mich mit deinen Mitarbeitern, und dann verhören wir die Großhändler.«

Einen solchen Bienenfleiß hat Guljakin von mir bestimmt nicht erwartet. Seinen Informationen entsprechend hatte er sich auf eine eher entspannte Visite eingestellt, schließlich habe ich den Ruf eines notorischen Nichtstuers, der sich mehr für das Nachtleben interessiert als für die Arbeit. Tja, man soll sich eben niemals auf andere verlassen. Eine knappe Stunde später bin ich mit den Geschäftsbüchern durch und rufe nacheinander die einzelnen Verkaufsmanager zu mir. Ich befrage sie nach ihren Leistungen und erkundige mich nach ihrer persönlichen Meinung über die Einführung des Direktverkaufs. Alle versichern mir unisono, dass die erforderlichen Kosten die Umstellung auf den Direktvertrieb ihrer Meinung nach unrentabel machten, dass der Markt für so große Umfänge noch lange nicht bereit sei. Sie sprechen von dem Risiko möglicher Zahlungsprobleme aufseiten des Einzelhandels, die im Moment von den Großhändlern aufgefangen würden. Ich konstatiere, dass Guljakin ausgezeichnete Vorarbeit geleistet hat. Sein Personal ist fest davon überzeugt, dass jede Veränderung nur zu ihrem Nachteil sein kann.

Zwischendurch wirft Guljakin immer mal wieder einen Blick herein, erkundigt sich, ob alles in Ordnung sei und schickt regelmäßig seine Sekretärin mit Kaffee.

Irgendwann klingelt mein Handy, mein Petersburger Internetbekannter Mischa meldet sich mit »Sieg Heil!«. Mischa interessiert sich brennend für die Geschichte des Dritten Reiches. Kürzlich wollte er mir sogar auf die Nase binden, sein Großvater sei Deutscher gewesen und während der Leningrader Blockade in Gefangenschaft geraten. Nach dem Krieg sei er dann hier sesshaft geworden, habe eine Familie gegründet und Kinder in die Welt gesetzt. Als großväterliches Erbe, verkündete Mischa das Fazit seines rührseligen Märchens, habe er dessen arische Charakterstrenge und ein rostiges Bajonett mitbekommen. Da ich keinerlei Material in den Händen habe, das seine Behauptungen widerlegen könnte, muss ich ihm wohl glauben.

Also antworte ich jetzt brav: »Und mit deinem Geiste!«

»Bist du noch in deinem Dorf oder schon in der Hauptstadt?«, grient Mischa.

»In der Hauptstadt natürlich, in Petersburg.«

»Und, was hast du für Pläne?«

»Ich dachte, wir rauchen zusammen eine Tüte, was sonst. Wie sieht's bei dir aus? Alles wie abgemacht?«

»Bei mir ist es wie bei einem U-Boot: Es gibt ein Ziel und eine Entfernung. Alles andere ist Nebensache.«

»Wann wollen wir den Torpedo loslassen?«

»Ich denke, so um neun bin ich klar zum Auftauchen, schaffst du das?«

»Jawoll!«

»Na dann, mach's gut, meine Karte ist gleich leer.«

Das heißt also, der bevorstehende Abend ist der Vergeistigung gewidmet. Das gibt mir den Optimismus zurück, den ich heute Morgen so stark vermisst habe.

Ich trinke noch einen Kaffee, verabrede mit der Verkaufsmanagerin Mascha für die zweite Tageshälfte eine Tour durch die Verkaufsstellen und erledige ein paar Telefonate. Anschließend gehe ich auf die Toilette, wo ich versuche, meine Müdigkeit mit kaltem Wasser wegzuspülen.

Dann trödele ich noch zwanzig Minuten gähnend durch's Büro.

Im Zimmer der Sekretärin steht ein Radio, in dem gerade leise »Hunting High and Low« spielt, einer meiner Lieblingssongs der Truppe A-Ha. Ich setze mich auf den Besucherstuhl, grinse dümmlich vor mich hin und fange sogar an, halblaut mitzusingen. Eine wohlige Mattigkeit überfällt mich, ich möchte gern jemandem den Kopf auf die Schulter legen und vielleicht sogar ein bisschen weinen. Für einen kurzen Augenblick wird mir ganz wohl und ruhig. Ich möchte am liebsten ganz still dasitzen und mich überhaupt nicht mehr bewegen. Alles um mich herum scheint erstarrt, wie im Märchen. Minutenlang verbleibe ich so in diesem wunderbaren Zustand, wenn der Verstand vollkommen schwerelos scheint – bis die Wirklichkeit mir mit der Stimme Guljakins mitteilt, dass die Großhändler jetzt vollzählig versammelt seien. Ich springe auf, als hätte jemand einen Knopf auf meinem Rücken gedrückt, unter dem ein Schildchen mit der Aufschrift »Hass« angebracht ist.

Die Großhändler sind die verabscheuungswürdigsten Glieder in der Kette aus Kauf und Verkauf. Sie werden nicht einen Großhändler finden, der sich wirklich darum kümmert, den Absatz Ihrer Waren in seinem Verantwortungsbereich zu fördern. In der Regel setzt sich sein Sortiment aus allen möglichen Produkten derselben Warengruppe zusammen, die nicht selten miteinander konkurrieren. Die Großhändler rechtfertigen dies mit den angeblichen Erfordernissen des Marktes, auf dem immer der Händler mit dem breitesten Sortiment am besten dasteht. Gegen diese Einstellung ist kein Kraut gewachsen. Man kann einen Großhändler nicht mit der Philosophie des Brand-Managements infizieren. Seine einzige Philosophie ist der schnelle Profit. Die Idee einer langfristigen Zusammenarbeit mit einem bestimmten Großhändler, der Aufbau einer festen, zukunftsträchtigen Partnerschaft und gemeinsamen Erschließung des Marktes ist reine Utopie. Deine Zukunft ist ganz schnell vorbei, wenn deinem Großhändler ein Produkt derselben Warengruppe unterkommt, das ihm größeren Profit verspricht, auch wenn es qualitativ schlechter ist. Möglich ist es allerdings auch, dass so ein Großhändler sich ein Häuschen in Spanien gebaut hat, Knall auf Fall seine Firma verscherbelt und sich ans Mittelmeer verzieht. Eines der wenigen probaten Mittel gegen diese Praktiken ist es, einen eigenen Vertreter in der Region einzusetzen, der direkt mit den Kunden in Kontakt tritt. Möglich ist auch, Angestellte des Großhändlers gezielt zu bestechen, um so den Verkauf der eigenen Waren zu befördern. Aber es gibt keine Garantie dafür, dass diese Angestellten nicht mit allen Produzenten das gleiche Spielchen spielen; so wie es ihre Chefs auch tun.

Da sitzen sie also im Konferenzzimmer, zehn Nasen an der Zahl, zwei von jeder Firma. Während wir unsere Visitenkarten austauschen, unterhält sich Guljakin mit einigen von ihnen über irgendwelche belanglosen Dinge. Die Atmosphäre ist ziemlich angespannt. Von mir abgesehen wirken nur zwei der Anwesenden ruhig und gelöst: der Geschäftsführer der Firma Impuls und sein Marketingchef. Die beiden sind die Vertreter unseres wichtigsten Großhändlers. Diese Typen sind immer und überall die Gleichen. Selbstzufriedene und von sich überzeugte Arschgesichter in billigen Anzügen und geschmacklosen Krawatten, die dir mit ihrem ganzen Gebaren deutlich zu verstehen geben, wie sehr du von ihnen abhängig bist.

Ganz am Ende des Tisches sitzen die Gesandten der beiden kleinsten Firmen. Sie trinken nervös Kaffee und schielen neidisch auf ihre Kollegen von der Konkurrenz. Ihnen ist klar, dass alles, was hier gesagt wird, für sie selber die geringste Rolle spielt. Sie wissen, dass sie keinen neuen Geldsegen zu erwarten haben – im Gegenteil, sie hoffen nur, dass man ihnen nichts wegnimmt. Genau genommen wurden sie nur der Höflichkeit halber eingeladen, als gnädige Geste denen gegenüber, die die Krumen vom Boden aufsammeln. Sie sitzen alle vier mit traurigen Hundeaugen nebeneinander und unterhalten sich halblaut, während die großen Fische mit sonorer Stimme durch den Raum trompeten und schallend lachen. Aber ich habe nicht das geringste Mitleid mit dieser bejammernswerten Brut. Ihre kriecherischen Blicke, mit denen sie mir zeigen wollen, wie eifrig sie sich um unsere Produkte kümmern, bestärken mich einmal mehr in meiner Überzeugung, dass sie nur darauf gieren, mit denen, die jetzt die erste Geige spielen, die Plätze zu tauschen. Und dann werden sie sich noch dreister und noch selbstgefälliger aufplustern, aus Rache für die Zeit, in der sie die Rolle der Spatzen unter den Tischen der Bessergestellten spielten. Ich wünsche ihnen einen raschen Bankrott, sonst nichts, genau wie den anderen in der Runde auch.

Dessen ungeachtet eröffne ich die Besprechung mit der Würdigung der Erfolge des vergangenen Geschäftsjahrs in der Region und schaue diese vier an, als handele es sich dabei um ihr ganz spezielles Verdienst. Am höchsten Punkt meiner Lobeshymne, als sie schon ganz aufrecht auf ihren Stühlen sitzen und sich unter den verdatterten Blicken der Übrigen fast schon bedeutsam und wichtig fühlen, beende ich den emotionalen Teil meines Vortrags und wende mich den großen Tieren in der Runde zu, von denen einige schon ungeduldig mit den Fingerspitzen auf die Tischplatte trommeln. Jetzt spreche ich von den bevorstehenden Konkurrenzschlachten, hebe besonders die Rolle unserer beiden größten Partner hervor und vergesse auch nicht die Perspektiven unseres neuen Großhändlers zu erwähnen. Dessen Vertreter nicken und schreiben rasch etwas in ihre Notizbücher.

Anschließend erläutert Guljakin das Marketingkonzept für die neuen Produktlinien, stellt auf einem Whiteboard grafisch die Entwicklung der Verbrauchernachfrage dar, erklärt die Vorzüge der neuen Produkte gegenüber den vergleichbaren der Konkurrenz, kurz, er bemüht sich nach Kräften, alle Anwesenden – mich inklusive – zum Gähnen zu bringen.

Zum Abschluss der Konferenz fordere ich die Anwesenden auf, Fragen zu stellen. Die Frage, die zweifellos alle am brennendsten interessiert, ist die nach der Bereitstellung zusätzlicher Budgets für die Lancierung besagter neuer Produktlinien. Einer der Vertreter der kleineren Firmen möchte über bestimmte logistische Probleme sprechen, wird aber sofort ausgebremst. Die Probleme von Outsidern interessieren hier so wenig wie die Eigenschaften eines neuen Produktes.

Nachdem der wichtigste Punkt geklärt ist, nämlich die Zusage weiterer Budgets, über deren Verteilung die Petersburger Niederlassung wie üblich befinden wird, scheint der Geschäftsführer von Impuls endlich zufrieden. Er lacht wohlwollend und poltert »Warum nicht gleich so?« oder »Konnte man das nicht eher sagen?«. Guljakin geht willig auf den humorigen Ton ein und kichert meckernd: »Das haben wir fürs Dessert aufgehoben!« Das Meeting der Helden des Großhandels kommt zu seinem wohlverdienten Happy End. Die Impuls-Leute verabschieden sich eilig, indem sie irgendwelche wahnsinnig wichtigen Verhandlungen vorschieben, die anderen erheben sich etwas langsamer, jetzt wieder mit den Gesichtern zu Unrecht Verurteilter, und ich trete auf den Gang hinaus. Zuvor habe ich allerdings die Vertreter des zweitwichtigsten Großhändlers, die während der Besprechung mit unzufriedenen und etwas bösen Gesichtern an ihren Plätzen saßen, gebeten, noch etwas zu bleiben.

Ich gehe zur Toilette und spritze mir wieder kaltes Wasser ins Gesicht, um endlich die penetrante Müdigkeit loszuwerden. Auf dem Rückweg durch die Diele begegne ich einem Delegierten der Kroppzeugtruppe, der mich höflich anhält, ein paar ergreifende Sätze über unsere wunderbare Zusammenarbeit absondert und mich dann zu einem sogenannten Geschäftsessen einlädt. Ich sage, ich hätte leider zu tun, lehne dankend ab und lasse ihn mit seinem Blick eines geprügelten Hundes stehen.

Danach beschäftige ich mich noch eine halbe Stunde lang mit den Vertretern der Firma Trust-M. Dabei muss ich die ganze Zeit an O. Henry's Erzählung »The Trust, That Has Burst« denken. Als wir uns voneinander verabschieden, sind alle vollauf zufrieden, zumal ich verspreche, nach meiner

Rückkehr nach Moskau die Budgetverteilung noch einmal zu überdenken. Wir schütteln uns die Hände, tauschen Telefonnummern aus und trennen uns. Einer von ihnen überreicht mir zum Abschied ein doppelt gefaltetes Blatt Papier und sagt: »Das ist für Sie, als Resümee des Gespräches.« Ich schaue das Blättchen verwundert an, dann schiebe ich es in die Innentasche meines Jacketts.

Bevor ich das Büro verlasse, wechsle ich noch ein paar Worte mit Guljakin, der sich erkundigt, welchen Eindruck ich von der Konferenz habe und vorschlägt, zusammen essen zu gehen. Da ich den heutigen Abend schon verplant habe, verschiebe ich unser Rendezvous auf den morgigen Mittag (ganz entgehen kann ich ihm leider nicht) und stürze mich an die Front des Geschäftes.

Das heißt, dass ich den Rest des Tages damit verbringe, die diversen Einzelhändler abzuklappern, all diese großen und kleinen Supermarktketten wie Lentam, Metro und wie sie alle heißen, die mich immer an orientalische Basare oder Sklavenmärkte erinnern. Hier herrscht dasselbe chaotische Gewühl und Gewimmel unzähliger Menschen, die mit teilnahmslosen Gesichtern Karren hin und her schieben, auf denen sich undefinierbarer Krempel türmt, ganze Pulks braver Familien, die in den Supermarkt fahren wie in ein Museum der schönen Künste, endlose Schlangen an den Kassen und überhaupt: nackter Wahnsinn überall.

Nachdem die Verkaufsmanagerin Mascha mir die wichtigsten dieser Götzentempel des globalen Handels gezeigt hat, bringt sie mich zurück zum Newski Palace, und endlich kann ich das feuchte Laken des heutigen Tages zusammenrollen.

# Die Vergeistigten

Wir sitzen in Mischas Junggesellenküche. Die Vorhänge sind geschlossen, ein grüner Lampenschirm gießt eine matte Lichtsäule in die Mitte der Küche, auf dem Herd summt leise der Teekessel. Im Großen und Ganzen ist es durchaus komfortabel und gemütlich. Mischa schneidet eine Limone in Scheiben, verteilt sie ungeschickt auf einem Teller und flucht dabei leise vor sich hin. Dann verschwindet er ins angrenzende Zimmer. Als er zurückkommt, hält er ein kleines Päckchen aus Zeitungspapier in der Hand. Er setzt sich mir gegenüber an den Tisch und faltet das Papier ganz langsam und vorsichtig auseinander.

»Mischa«, sage ich. »Du siehst aus wie ein Minensucher, der Schiss hat, einen Fehler zu machen.«

»Hmhm, und du siehst aus wie ein Geier, der auf Beute lauert«, antwortet er schnaufend und fügt dann hinzu: »Keine Angst, ich mache keinen Fehler.«

Er klopft eine Belomorkanal aus der Packung, die vor ihm auf dem Tisch liegt, lässt den Tabak aus der Hülse in seinen Handteller rieseln und mischt ihn dort sorgfältig mit dem Gras. Dann baut er mit ruhigen, sehr präzisen Handbewegungen den ersten Joint.

Das gemeinsame Kiffen mit Mischa hat sich für mich zu einer guten Petersburger Tradition entwickelt. Wir haben uns vor drei Jahren in den endlosen Weiten des russischen Internets kennengelernt und treffen uns seitdem ungefähr alle halben Jahre. Unser Kontakt läuft praktisch nur per E-Mail, wir telefonieren so gut wie nie miteinander. Mischa arbeitet in einer Firma, die mit Telekommunikation zu tun hat, er prüft Telefonleitungen, Server und sonstigen Metallkram, von dem ich nichts verstehe. Mischa ist wahrscheinlich der einzige meiner Bekannten, mit dem ich über etwas anderes als über Geld und Geschäft, Weiber und Partys reden kann. Ich schätze unsere seltenen Zusammenkünfte sehr, die Gespräche über die Probleme der Menschheit, über die Weltgeschichte oder die aktuelle Situation unseres Landes, überhaupt über alles das, worüber man nur mit jemandem reden kann, der nicht bereit ist, seinen letzten Blutstropfen für die Verteidigung seines materiellen Wohlstandes zu opfern. Nach solchen Abenden laufe ich noch wochenlang mit ganz klarem Kopf herum, als ob der Oberste Systemadministrator die Hardware in meiner Birne von sämtlichem Datenmüll gesäubert hätte, der sich in der Zwischenzeit angesammelt hat. Diese Metamorphose ereignet sich jedes Mal nach den Zusammenkünften mit Mischa. Wenn ich mit anderen Leuten Gras rauche, ist mein Hirn am anderen Morgen vernebelt und stumpf, sonst nichts. Vielleicht braucht es ja die Gegenwart eines seelenverwandten Menschen, damit das Gras geistige Tunnel öffnen kann. Vielleicht liegt es auch an der speziellen Petersburger Atmosphäre. Wie dem auch sei: Wenn ich bekifft bin, quatsche ich am liebsten mit Mischa.

»Also erzähl, Mischa, wie läuft das Leben in diesen Moskitosümpfen?«

»Ausgezeichnet. Wie das Wasser in der Newa. Bestimmt nicht schlechter als in deinem großen Dorf.«

Mischa setzt den Joint in Brand, und die Glut seiner Belomorkanal spiegelt sich lustig in den Gläsern seiner Brille.

»Sag mal, Mischa, warum nennst du Moskau eigentlich immer Dorf? Magst du unsere wunderschöne Hauptstadt etwa nicht?«

»Nein, ich mag sie nicht«, antwortet er und reicht mir den Joint rüber. »Und ich nenne sie so, weil sie's ist. Neunzig Prozent der Einwohner Moskaus kommen direkt aus den Kolchosen und haben sich mit den paar verbliebenen Alt-Moskauer Spießern vermischt. Daraus wurde dann ein Mega-Dorf. Statt Kuhherden gibt es Herden von Jeeps auf den Straßen, hinterm Steuer hocken die Ochsen, und die Restaurants sind voller Ziegen und Böcke. Bloß, dass ihr nicht von Gras träumt, sondern von Geld und Karriere. Ich wundere mich nur, dass ihr die Kirchen noch nicht in Clubs umfunktioniert habt, die bieten doch eine wunderbare Akustik.«

»Wieso bist du auf einmal so gereizt? Ist irgendwas nicht in Ordnung? Apropos Gras, das Zeug hier ist exzellent!«

»Das stammt ja auch aus Opas Garten. Nein, bei mir ist alles klar, ich bin einfach müde. Ich hatte den ganzen Tag in so einer komischen Firma zu tun, wo sie nicht einmal wissen, wie man ein Telefon einstöpselt. Grauenhaft!«

»Tja, du bist wirklich nicht zu beneiden, rackerst wie ein Ochse!«, lache ich, nehme einen Zug und reiche ihm den Joint.

»Na logo, nicht zu vergleichen mit deinem Job.« Mischa bringt routiniert die verrutschte Glut wieder in Position.

»Immerzu Partys und Clubs. Erstaunlich, dass man dafür in Moskau auch noch bezahlt wird.«

»Mischa, eins kannst du mir glauben: Nichts wird zurzeit in Moskau besser bezahlt!« Ich spüre, wie ich mich langsam entspanne. Das Gras fängt an zu wirken. »Und, was hast du morgen für Pläne?«

»Morgen? Nichts Besonderes. Einen kleinen Job, sonst nichts.« Mischa zieht die Hülse der Papirossa ab und knickt die Spitze ein. »Morgen soll ich zu den Matrosen.« Er nimmt einen Zug, bläst die Asche ab und gibt mir den Joint zurück. »Ich meine in die Nachimow-Marineschule. Denen soll ich den Server verklaren. Ich werde mich den ganzen Tag abrackern, fünf Kopeken kassieren, und dann verzieh ich mich wieder zu meinen Büchern.«

»Warum verplemperst du einen ganzen Tag mit so einem Kleinkram?« Ich rauche den Rest und fühle mich bestens. Sattes Behagen fließt mir durch den Körper, ich räkle mich und versacke immer tiefer in meinem Sessel. »Reparier halt ein paar Server mehr, dann verdienst du auch was. Wo ist das Problem?«

»Das Problem ist, dass ich nie anständig bezahlt werde«, sagt er und winkt resignierend ab. »Man kommt zur Arbeit und weiß von vornherein, dass die ganze Ackerei völlig sinnlos ist, weil man sowieso kaum Kohle dafür kriegt. Und die Chefs wissen, dass es ganz egal ist, wie viel sie dir zahlen, du wurstelst eh nur lahmarschig vor dich hin. Deshalb zahlen sie eben nur ein paar Kopeken.«

Mischa ist anscheinend auch langsam high, seine Brille glänzt eine Spur heller, und er beugt sich ein wenig vor. »Das Paradoxe ist nur, dass sie nicht wissen, dass ich weiß, dass sie mir nichts zahlen! Sie denken, ich sei einfach ein fauler Sack. Wenn sie wüssten, was ich über sie weiß, würden sie mich vielleicht auch anständig bezahlen!« Die Augen hinter seinen Brillengläsern funkeln. »Sie könnten mir doch zum Beispiel sagen: ›Mischa, wir verstehen Sie wunderbar, wir sind gar nicht so, wir schätzen Ihre Arbeit, hauen Sie ordentlich rein!‹ Dann würde ich anfangen nachzudenken! Capito?«

Entweder zeigt das Gras jetzt seine volle Wirkung, oder ich habe im Laufe der Zeit gelernt, aus Mischas Wortsalat die richtige Bedeutung herauszusortieren. Jedenfalls kommt mir blitzartig die Erleuchtung:

»Capito. Das übliche Dilemma, quasi das Standardproblem von euch allen hier: Du hast Pickel, weil du nicht fickst, und du fickst nicht, weil du Pickel hast. Die klassische Zwickmühle, stimmt's?«

»So was Ähnliches«, nickt Mischa zustimmend. »Was meinst du: Auf einem Bein kann man nicht stehen, oder?«

»Ich würde sogar sagen: Je mehr Beine, desto besser steht man.« Mühsam krieche ich aus meinem Sessel hervor. »Sag mal, warum ziehst du eigentlich nicht nach Moskau?«

»Seelenlose Stadt, euer Moskau«, sagt er und lässt den Tabak aus der nächsten Zigarette rieseln. »Wir haben hier die Wassili-Insel, die Newa, jede Menge Geist über den Wassern. Und was habt ihr? Boutiquen und Kneipen. Dazwischen die Christ-Erlöser-Kathedrale, die aussieht wie eine riesige Silikontitte, wie sie sich die alten Millionärsweiber einpflanzen lassen. Als würde die Stadt dann besser aussehen. So was nützt weder den Weibern noch der Stadt.«

»Versteh ich nicht. Ist das so schlimm?« Vor meinem inneren Auge sehe ich ein Weib in rotem Sarafan, die hohe Mütze auf den goldblonden Haaren und zwei Christ-Erlöser-Kathedralen statt der Brüste. Die schöne Frau Moskau steht da, sieht mich eine Weile abschätzend an, dreht sich dann vorwurfsvoll weg und betrachtet das Schaufenster einer Boutique. »Hier gibt es doch auch jede Menge Boutiquen und Kneipen, oder etwa nicht?«

»Na ja«, seufzt Mischa und lässt dicke Rauchwolken aus seinem Mund steigen, die mir seltsam grün vorkommen. »Wir haben nicht so viel Platz«, setzt er seinen Gedanken fort. »Außerdem hängt fast an jedem Haus eine Gedenktafel, und so was erzeugt eine gehobene Vergeistigung.« Er nimmt noch einen Zug, hält den Rauch zurück, reckt dann die Hand mit der Papirossa in die Luft und spricht feierlich: »Hier lebte Tschaikowski! Hier schrieb Mussorgsky *Die Fürsten Chowanski*!« Er stößt noch ein paar von den grünen Rauchwolken aus. »Wenn ich also vor einem Haus stehe, in dessen Erdgeschoss sich eine Boutique befindet, denke ich nicht darüber nach, welche Fummel dieses Jahr modern sind, sondern ich denke über den Geist nach.« Er macht eine vielsagende Pause und spricht dann weiter: »Jenen Geist, den seine ehemaligen Bewohner diesem Haus als Vermächtnis hinterlassen haben.«

»Aha! Den Trick kenne ich!«, rufe ich und greife Mischas spöttischen Ton auf. »Den haben eure Makler ziemlich gut drauf. Wenn sie einem zum Beispiel für dreihunderttausend Grüne eine Wohnung mit verrosteten Rohrleitungen und feuchten Decken andrehen wollen. Davon erwähnen diese Halsabschneider in ihren Anzeigen natürlich kein Wort.

Aber dass Alexander Blok mal in dieser Wohnung gelebt hat, dass steht drin, sogar fett gedruckt. Auch wenn es nur drei Wochen waren. Und die Moskauer Einfaltspinsel gehen ihnen auf den Leim. So was nennt man mit lebendem Köder angeln, Mischa, bloß, dass der Fisch in dem Fall eine historische Persönlichkeit ist. Meinst du so was mit Geist?«

Der Rauch kitzelt angenehm in der Kehle, und im Halbdunkel des Raumes ist alles diffus und konturlos. Ich muss aufpassen, dass sich mir der Gesprächsfaden nicht verheddert.

»Du verstehst nur Bahnhof, Brüderchen. Aber mach dir nichts draus, so ist die Welt nun mal.« Mischa zwinkert mir verschmitzt zu und resümiert: »Es ist leichter, einen Geländewagen durch ein Nadelöhr zu bringen als einen Moskauer zur Vergeistigung.«

Wir lachen beide los, und jetzt bin ich es, der die Papirossa knickt. Ich feuchte sie unterhalb der Glut an, nehme einen Zug und reiche das Ganze weiter.

»Hör mal, was soll das überhaupt sein, diese verdammte Vergeistigung? Rauch du zu Ende, ich kann schon nicht mehr geradeaus gucken ...«

Ich reiche Mischa den Joint, und er macht ihm mit zwei tiefen Zügen den Garaus. Sein Gesicht leuchtet noch ein wenig heller, er steht auf, gießt uns Tee ein, rückt sich die Brille zurecht und sieht mich mit dem Blick eines Menschen an, der einem Neandertaler erklärt, dass Bücher nicht dafür da sind, um damit Feuer anzumachen.

»Das kann man nicht erklären, das muss man fühlen! Auf der Ebene höherer Materie, verstehst du? Es ist entweder da oder es ist nicht da ...«

»Meiner Meinung nach ist es bloß das Lieblingswort der Petersburger Intellektuellen, ohne jede konkrete Bedeutung. Eine Art Füllwort. So wie die Alkies hier auf den Höfen ständig ›ej Alter‹ sagen. ›Ej Alter, ich bin zum Kiosk, ej Alter, da war 'ne Riesenschlange, ej Alter, ich sag dir.‹ Und bei euch heißt es eben anstatt ›ej Alter‹ so was wie ›Geist‹. Es klingt besser, hat aber exakt dieselbe Funktion. Eine Art Wortparasit ...«

»Heee, Bruder, man kann nicht alles in einen Topf werfen. So einfach ist das auch wieder nicht. Hast du außer deinen Werbebroschüren eigentlich schon mal irgendwas gelesen? Zum Beispiel unsere Klassiker? Oder siehst du dir ab und zu mal den Sonnenaufgang an? Wenigstens von deinem Balkon aus? Hast du in deinem Leben schon mal ein Gedicht gelesen? Probier's mal aus, vielleicht kapierst du dann ja was.«

»Was mir ganz besonders daran gefällt, sind diese ständigen Verweise auf die Klassik und die Lyrik. Nimm einen der Helden unserer Zeit, eine beliebige Figur unserer klassischen Schriftsteller, sei es Tschazki von Gribojedow, oder Puschkins Onegin, oder Lermontows Petschorin, alle suchten sie nach dem Sinn des Lebens, nach der Stätte des Geistigen und so weiter. Diese Suche dauert, vor allem, wenn man dich noch dazurechnet, inzwischen locker mal drei Jahrhunderte. Bis heute hat sich da nichts bewegt.«

»Mann, das ist wirklich schwierig mit dir. Du willst einfach nichts kapieren, weil du zu bequem bist. Aber die Wahrheit ist, dass sich die Idee der russischen Gesellschaft in der Suche nach der Vergeistigung entwickelt hat.« Mischa sieht jetzt todernst aus. »Das waren nämlich Menschen und keine

Kleiderständer! Versteh doch: Wenn die Menschen ihr Leben der Suche nach dem Sinn ihres Daseins widmen, wenn sie danach trachten, ihre Seele von materiellen Schlacken zu reinigen, dann wird ihr Leben von einem geistigen Licht erleuchtet, das der gewöhnliche Mensch nicht sieht. Aber euch könnte man unter Flutlicht setzen, ihr würdet trotzdem wie Blinde durch die Gegen tapsen und mit den Schädeln zusammenkrachen. Und dabei würdet ihr immerzu fragen: ›Oj, was ist das denn? Was hast du denn da für geile Klamotten an?‹«

Mischa sieht jetzt aus wie ein Richter bei der Urteilsverkündung. Er sitzt hoch aufgerichtet, den Rücken kerzengrade, und er durchbohrt mich über den Brillenrand hinweg mit seinem Blick.

»Uff, Mischa, das ist mir zu kompliziert, darauf hab ich jetzt echt keine Lust. Reden wir lieber über einfache Sachen, ja? Ich blicke bei deiner Hirnwichserei sowieso nicht durch. Sonst sitzen wir wieder bis morgen früh hier rum und brüllen uns die Hälse wund.«

»Du warst es doch, der mich einen bornierten europäischen Spießer genannt hat.«

»Ich? In Ordnung, vergessen wir's. Lass uns noch eine Tüte basteln und ein bisschen über Politik quatschen, ja? Scheiß auf die Vergeistigung.«

»Einverstanden.«

Während ich den dritten Joint bastele, schneidet Mischa Schwarzbrot und Wurst. Mir fällt auf, dass er jedes Mal, wenn er bekifft ist, extrem häuslich wird. Quasi der ideale Ehemann und Schwiegersohn. Ich rauche die Papirossa an und angele dabei eine Zeitung vom Fensterbrett, weil eine

Schlagzeile meine Aufmerksamkeit erregt hat: »In was für einem Land werden unsere Kinder leben?« Darunter ein Foto – Chodorkowskis Gesicht hinter Gitterstäben.

»Hör dir mal an, was hier steht«, sage ich. »›Unser Land gleicht einer ehemaligen Kommunalka. Die alten Mieter haben sie verlassen, ein neuer Besitzer ist eingezogen und versucht jetzt, sie neu einzurichten. Jedes Zimmer ist ein anderer Schweinestall. Während die neuen Bewohner in der Küche dabei sind, den Herd zu wechseln, platzen im Badezimmer die Rohre.‹ Wie gefällt dir diese Passage?«

»Völliger Blödsinn. Ich persönlich finde, unser Land gleicht eher einer Fünfzimmerwohnung im Zentrum von Moskau, die ein arbeitsscheuer und alkoholabhängiger Grünschnabel unerwartet von einer entfernten Tante geerbt hat. Die Wohnung ist riesig und bis unter die Decke vollgestopft mit kostbaren Antiquitäten, und dieser Typ fängt natürlich sofort an, alles Stück für Stück zu verscherbeln, um die Kohle ohne Umwege für Saufen und Weiber zu verplempern.«

»Und was kommt dann?«

»Was soll dann kommen?«

»Na, was ist, wenn er den ganzen Krempel endgültig verhökert hat?«

»Na, was schon? Wenn er das Inventar versilbert hat, kommt die Wohnung an die Reihe, ist doch klar.« Mischa haut das Messer in das Holzbrett, auf dem er gerade die Wurst geschnitten hat. »Oder es kommt noch schlimmer. Vielleicht stehen eines Tages ein paar Typen auf der Matte und stellen Ansprüche auf Tantchens Erbe. Auf einmal zeigt sich, dass unser Grünschnabel gar nicht das Recht hatte, in der Wohnung zu wohnen! Und bohrt man dann weiter, stellt sich heraus, dass es nie eine Erbtante gegeben hat!«

»Eine ziemlich finstere Theorie, Mischa. Da stehen einem ja die Haare zu Berge.«

»Ach was, so schlimm ist das nicht. Die Wirklichkeit ist viel schlimmer. Ich meine die Tatsache, dass wir gerade an einem Mischmodell für unsere neue Wohnung herumbasteln: ein Mix aus amerikanischer Kasernendemokratie und dem traditionellen europäischen Hang zum Linksradikalismus, multipliziert mit russischer Schlamperei. Ich sehe unseren nächsten Präsidenten schon vor mir: ein Mischwesen aus Limonow und Bush mit dem Gesicht unseres rauschebärtigen bramarbasierenden Revoluzzer-Räuberhäuptlings Batka Machno. So ein Typ, der in der Uniformjacke eines SS-Standartenführers herumläuft, komplett mit Rangabzeichen, aber in Weiberrock und Spitzenstrümpfen, und den Kapitalisten mit Raketen droht. Wenn man sieht, wie eifrig und leichtfertig wir die hundertjährigen Eichen unserer Geschichte roden und hoffen, dass auf dem umgewühlten Acker lauter liberale Kürbisse sprießen, dann wird es wohl auch so eintreten.«

»Nein, Mischa, da bin ich anderer Meinung. Bei uns wächst gar nichts, auch keine liberalen Kürbisse. Die Sache ist viel einfacher, man hat uns nämlich schlicht und ergreifend an der Nase herumgeführt.«

»Wie das?«

»Einfach so. Ich habe einen Bekannten, Edik.« Mischa ruckelt sich in seinem Sessel bequemer zurecht. »Dieser Edik hat eine Menge Kohle damit gemacht, dass er allen möglichen Deppen gefälschte Markenuhren angedreht hat. Erstklassige Kopien, sogar das Uhrwerk war gute Arbeit. Aber dann lernte Edik eines Tages einen Bullen kennen, einen Oberst bei der Miliz. Dieser Oberst war kurze Zeit vorher noch als Major durch die Gegend gelaufen und dachte, er müsste sich mit seinen neuen Schulterklappen auch ein neues Image zulegen. Und da hat ihm unser Edik eben ein neues Image besorgt.« Mischa angelt sich ein Feuerzeug, und ich fahre fort: »Mit anderen Worten, er hat ihm zwei von seinen Uhren verkauft, eine Patek Philipp und eine Franck Muller. Warum kleckern, wenn man klotzen kann! Angeblich vom Zoll konfiszierte Ware, verstehst du, exklusives Zeug, ursprünglich für den Top-Manager von Gasprom bestimmt. Das klassische Brand-Märchen, wie es heutzutage überall kolportiert wird. Der frisch dekorierte Gesetzeshüter hatte gar keine Chance, der ist mit Pauken und Trompeten auf den Schwindel reingefallen. Ist ja auch ein geiles Gefühl, man schnallt sich so ein kleines Teil ums Handgelenk, und schon verändert sich die ganze Persönlichkeit.«

»Ja, wirklich affengeil. Und was soll ich jetzt damit? Edik hat einen Bullen reingelegt, was hat das mit Politik zu tun?«

Mischa redet nicht gern über teure Uhren. In dieser Liga kann er nämlich nicht mitspielen. Er schaut mit finsterem Gesicht aus dem Fenster.

»Hör einfach weiter zu. Dieser Oberst lief also mit seinen Uhren durch die Gegend, war glücklich und ahnte nichts Böses. Aber dann kam er plötzlich auf die Schnapsidee, die Dinger schätzen zu lassen. Ich denke, er wollte wohl mehr sich selber schätzen lassen. Tja, und da hat man ihm zu verstehen gegeben, dass er ein paar famose Fälschungen an seinen Handgelenken baumeln hat.«

»Na prima. Aber was hat das mit unserer Situation zu tun?«

»So einiges. Denn die sogenannten liberalen Werte, die wir für Riesenkohle im Westen eingekauft haben, für Erdöl, Erdgas und dergleichen, sind nämlich genau solche beschissenen billigen Fälschungen. Firlefanz, Glasperlen für Indianerhäuptlinge. Demokratie, Liberalismus, Markt, Verfassung, freie Wahlen und so weiter. Wenn wir uns diese Fälschungen um den Hals hängen, dann werden uns Hinterwäldler wie Polen, Ukrainer, Georgier und so weiter bestaunen und von Herzen beneiden. Und die Amis heizen uns schön an: ›Wahnsinn, was für geile Klunker ihr da habt‹, sagen sie. ›Ihr braucht noch mehr davon! Dann werden euch alle, alle bewundern!‹ Und hinter unserem Rücken lachen sie sich über uns kaputt, diese dummen Ärsche, logisch, sie haben uns diesen Mist ja schließlich angedreht! Und wenn wir uns mit diesem Spielzeug dann auf der Bühne der Weltpolitik zeigen, wenn wir, zum Beispiel, in der UNO mit unseren falschen Cartier-Uhren mal kräftig auf den Tisch hauen, dann heißt es natürlich sofort: ›Leute, aus was für einem Dorf kommt ihr denn? Verkratzt uns mit eurem billigen Plunder bloß nicht den Lack, am Ende könnt ihr das nicht mal bezahlen.‹ Ja, dann stehen wir da wie der Ochs vorm Scheunentor und glotzen blöde. Und wenn wir dann die Amis zur Rede stellen wollen, sagen die uns bloß: ›Kinder, bleibt entspannt, take it easy, boys. Okay okay, wir haben euch reingelegt, aber Moment! Es weiß doch keiner außer uns! Wenn ihr schön brav seid und tut, was wir wollen, dann sagen wir's nicht weiter. Und später, wenn ihr euch weiterentwickelt habt, könnt ihr euch echte Klunker kaufen und euren alten Flitterkram weiterverscherbeln, an die nächsten Deppen.‹«

»Sehr lustig.« Mehr hat Mischa dazu nicht zu sagen.

Schweigen breitet sich aus. Das Gras hat uns ziemlich zugesetzt. Man sieht unseren Gesichtern deutlich an, dass die Gedanken gewaltig durch unsere Köpfe strömen, ein Strom mit vielen kleinen und großen Nebenarmen, die sich immer weiter verzweigen und wieder zusammenfließen. Oder auch nicht. Ein bisschen wie bei der Schneeschmelze im Frühjahr, wenn schmutziges Tauwasser in unzähligen Bächen über die Gehwege fließt und in den Gullis verschwindet. Manchmal wird eins unserer Gesichter von einem Geistesblitz erleuchtet, und derjenige, den es erwischt hat, macht den Mund auf, als wollte er gleich etwas Wichtiges sagen, aber dann ist der Funke schon wieder verloschen. Denn die Gedanken verschwinden in diesem Zustand so schnell, wie sie entstehen. Ich weiß nicht, wie lange wir so gesessen haben, eine halbe Stunde, eine Stunde oder länger. Mischa jedenfalls erwacht als Erster aus der Versenkung:

»Das sage ich ja. Verstehst du, was wir jetzt am dringendsten brauchen, das ist eine nationale Idee. So was wie ›Autokratie – Orthodoxie – Volkstum‹, oder wie später ›Stalin – Berija – Gulag‹. Eine einfache, ganz konkrete Idee, die jeder versteht, von den Oligarchen in eurem Moskau bis zum Rentierzüchter oben im Norden.«

Wie er es hingekriegt hat, den Faden unseres Gesprächs wieder aufzugreifen, ist mir ein völliges Rätsel. Mischa steigt in meiner Wertschätzung noch einige Stufen höher. Jetzt werde ich ebenfalls munter:

»Ich habe keine Ahnung, wo man so eine Idee hernehmen soll. Der Unterschied zwischen den sozialen Schichten ist zu groß. Wenn diese nationale Idee gut für einen Oligarchen ist, dann taugt sie auch für den Tschuktschen mit seinen Rentieren, logo. Aber es gibt auch noch andere Bevölkerungsschichten. Oder willst du wieder alles aufs Erdöl schieben?«

»Warte mal, warte mal, du bringst mich völlig durcheinander.« Mischa reißt mir die Schachtel Belomorkanal aus der Hand. »Und mach mal bisschen langsamer! Ihr zieht euch zu viel von diesem Ekelpulver in die Nase, da in eurem verpennten Dorf. Peng, immer mit dem Hammer auf den Schädel, dann braucht man nicht so viel nachzudenken, dann ist es scheißegal, wer man ist und wie man heißt – Mischa oder Mascha, spielt doch keine Rolle. Gewöhn dir das mal ab! Du bist hier in Petersburg, zu Besuch bei einem Vertreter der technischen Intelligenzija. Hier gibt es keine Schickimicki-Weiber, und Glamour kenne ich höchstens aus dem Radio. Wozu also diese Hektik?«

»Schon gut, schon gut, entschuldige. In unserer Megapolis herrscht eben ein anderes Tempo, da heißt es: Wer zuerst kommt, frisst zuerst.«

»Frisst? Mach keine Witze, Alter! Frisst du das Zeug jetzt neuerdings?«

»He, halt mal die Luft an! Das ist doch bloß so eine Redensart. Also gut, wo waren wir stehengeblieben? Ach ja, beim Erdöl. Also, Erdöl ist keine Idee. Die Idee ist, dass Menschen unterschiedlichen Einkommens ein zufriedenes Leben führen können und so die sozialen Spannungen wegfallen. Vereinfacht gesagt: Jeder lebt nach seinem Portemonnaie. Der eine geht ins Edel-Restaurant Mario, wo man nicht unter 200 Grünen pro Nase rauskommt, der andere in die Bar Marik, wo man im Höchstfall zwanzig Dollar hinblättern muss. Und keiner muss sich dabei minderwertig fühlen. Die Freiheit der Wahl stärkt das Gefühl der sozialen Gerechtigkeit. Klar?«

»Hmhm. Völlig klar. Du solltest allerdings nicht vergessen, dass das vielleicht grad mal auf euer Moskau zutrifft, da können die Leute zwischen Marik und diesem Dingsbumms wählen.«

»Mario.«

»Mario, genau. Aber in der Provinz sieht das anders aus. Da hast du die Wahl zwischen Baltika 6 und Baltika 9, und beides ist beschissenes Bier. Verstanden oder nicht verstanden?«

»Das ändert nichts an der Sache. Ich habe ja gesagt, jeder soll Zugang zu den Dingen haben, die in seinem jeweiligen Milieu oder in seiner sozialen Schicht als erstrebenswert gelten. Bei den einen ist das eine Reise nach Sotschi, bei den anderen ein Maybach. Man darf nur nicht anfangen, Werbung zu machen. Und man muss die Leute so ansiedeln, dass nur Menschen mit vergleichbaren materiellen Möglichkeiten zusammenwohnen. Dann verschwinden die sozialen Spannungen, so wie in Amerika. Es gibt weiße Bezirke und schwarze und so weiter, verstehst du? Das ist Gerechtigkeit.«

Mischa denkt nach.

»Womit du schon wieder alles auf die materiellen Werte zurückführst«, sagt er dann ernst. »Du kapierst eben nicht, dass Russland vor allem den Geist braucht. Der Mensch lebt nicht vom Brot allein, verstehst du? Ich meine, wie im Mittelalter: Das ganze Land geht in Sack und Asche, aber sonntags alle im weißen Hemd in die Kirche! Und das Volk sieht in seinem Landesherrn die einzige Instanz, die weiß, um welcher Sache willen wir uns alle bewegen. Wohin, ist unwichtig, das kann sich von Generation zu Generation unterscheiden. Hauptsache – um welcher Sache willen.«

»Und?«

»Um der höheren Gerechtigkeit willen.« Mischa raucht mit inbrünstigem Gesichtsausdruck den nächsten Joint an.

»Und das heißt?«

»Das heißt, die Gestalt des Präsidenten zum Beispiel müsste universale Güte, Barmherzigkeit und Volksnähe transportieren, also quasi eine allumfassende Figur, die ununterbrochen gegen das Böse kämpft. Wie Batman in den USA. Damit der letzte Alki darauf vertrauen kann, dass er beim Umtauschen seines Leergutes nicht beschissen wird. Batman fliegt und bestraft die Bösen. Dieser Batman müsste bloß so ein volkstümlicher Typ sein, der in die Sauna geht, mit seiner Freundin kifft, mal mit Kumpels einen hebt und so weiter. Und trotzdem wüssten alle, dass man ihn nicht mit jedem Kleinkram behelligen darf, weil er echt wichtige Sachen an der Backe hat. Wenn der nämlich wegen jedem Scheiß in Aktion treten müsste, dann hätten wir hier bald das totale Chaos. Prinzipiell aber könnte er jederzeit zuschlagen. Das muss allen klar sein! Dann würden die Menschen daran glauben, dass irgendwo eine Macht existiert, die Gutes schafft und sich um das Wohl der Allgemeinheit kümmert, und die ihnen jederzeit zu Hilfe eilen kann. Auf der Schiene muss man diese nationale Idee verkaufen. Damit man weiß, wofür man lebt und Kinder großzieht.«

»Klingt nach so einer Art Buddha.«

»Na ja, in Kalmückien könnte man vielleicht einen Buddha-Man nehmen, meinetwegen.«

»Nee, da ist Kirsan Chef, da geht so was nicht.«

»Lass Kirsan in Ruhe! Der ist in Ordnung! In Kalmückien gibt es kostenlose Ausbildung, kostenlose medizinische Versorgung und Kamele für alle. Keinem stinkt es, dass Kirsan mit seinem Rolls-Royce durch die Steppe schaukelt. Im Gegenteil, alle denken: selber schuld, bei den Straßen. Außerdem hat er für die Verbreitung des Schachspiels gesorgt. In Kalmückien gibt es keine Erdölkönige, sondern nur Schachkönige. Und das Fernsehen zeigt keine klauenden Oligarchen mehr. Es wird überhaupt nicht mehr geklaut. Im Fernsehen sieht man nur noch Schachturniere. Und warum? Weil das Volk an seinen Präsidenten glaubt. Für sie ist er ein Batman!«

»Du meinst also, wenn man keine klauenden Oligarchen mehr im Fernsehen zeigt, hören sie auf zu klauen? Glaubst du das wirklich?«

Mischa zündet den erloschenen Joint wieder an und antwortet nicht. Es entsteht eine Pause. Ich sitze da und betrachte ihn, wie er auf seinem Stuhl gleichmäßig hin und her schaukelt. Der Anblick dieses menschlichen Metronoms schläfert mich ein. Die Uhr zeigt schon halb vier. Ganz weit weg läuft »Desintegration« von The Cure. Stumpfsinnig sehe ich zu, wie Mischa versucht, den Ton leiser zu stellen und dabei mit der Hüfte die Teetasse vom Tisch schiebt. Sie fällt ganz langsam zu Boden, direkt auf die Zeitung. Das Papier saugt die Flüssigkeit auf, und der Tee verwandelt Chodorkowski in einen Neger. Er sieht jetzt aus wie Nelson Mandela. Wie ein Blitz schießt mir die Erkenntnis ins Hirn, dass er so schnell wie möglich aus dem Gefängnis entlassen werden muss, sonst machen die schlitzohrigen Oligarchen einen Märtyrer aus ihm, sammeln Unterschriften und Kohle und gründen einen Fonds zur Befreiung des Landes vom kriminellen Apartheitsregime, das die russischen Unternehmer knechtet. Mit Sicherheit haben sie die ganze Sache absichtlich so eingefädelt, damit sie bei der nächsten Wahl in Chodorkowski einen Anführer mit der Reputation eines politischen Gefangenen vorweisen können. Wenn sie dann an die Macht gekommen sind, richten sie die Wohnung komplett neu ein und kümmern sich keinen Fatz um die Interessen der alten Bewohner. Diese Erkenntnis versetzt mir den Knock-out. Ich hebe die Zeitung auf, tippe mit dem Finger auf Chodorkowski und versuche, Mischa meinen Gedanken zu erklären, aber aus meiner trockenen Kehle kommen nur unartikulierte Laute: »Blblblbl, Mandelaaaaa!«

Mischa hebt sein Gesicht, sieht mich angstvoll an und sagt: »Kommunalka ... die sind so schlau, verdammte Scheiße!« Und wir sehen uns an, erschrocken, dass wir unsere Gedanken lesen können. Woraus folgt: Wir sind bis unter die Haarwurzeln bekifft.

»Oh Mann«, krächzt Mischa. »Zum Teufel mit der Politik. Wir haben so viel gequatscht, dass wir schon Neger sehen. Ich muss pennen. Ab ins Bett.«

# Das SSSR

Am nächsten Tag, exakt um elf Uhr morgens, macht mein Handy den letzten Versuch, mich mit seinem penetranten Klingeln zu wecken, dann gibt es den Geist auf. Aber das Geplinker ist wohl doch in mein vernebeltes Hirn durchgedrungen, denn ich klappe auf einmal die Augen auf. Wenn man in einer fremden Wohnung erwacht, erfährt die gewohnte räumliche und zeitliche Orientierung zwangsläufig eine Störung. Umso mehr, wenn man am Abend zuvor einen dicken Haufen Gras weggequarzt hat. Folglich brauche ich eine gewisse Zeit, um mich zu lokalisieren.

Dann stehe ich auf und schlurfe in die Küche. Dort stinkt es ekelhaft nach kaltem Zigarettenrauch. Ich setze den Teekessel auf und begebe mich ins Bad.

Ungeachtet der gestrigen Einnahme von Tetrahydrocannabinol ist mein Befinden im Großen und Ganzen ziemlich in Ordnung, wenn man davon absieht, dass ich wieder einmal nicht richtig ausgeschlafen habe. Aber dieser Zustand ist bei mir längst chronisch. Ich gehe zurück in die Küche, gieße kochendes Wasser in einen Henkelpott, hänge einen Teebeutel rein, verdünne das Gebräu mit kaltem Wasser und nehme ein paar Schlucke. Der Gedanke, das Zeug zu trinken, ist mir zuwider, deshalb spüle ich mir nur den Mund damit aus, spucke alles ins Waschbecken und stelle den Pott dazu, um möglichst schnell aus der verwüsteten Küche zu verschwinden. Aber dann nehme ich den Pott wieder aus dem Becken, wasche ihn sorgfältig aus, trockne ihn mit Küchenkrepp ab und stelle ihn in den Schrank. Ich fühle mich jetzt wie ein Soldat eines militärischen Sonderkommandos, der inmitten eines brennenden polnischen Dorfes sorgfältig seinen Zigarettenstummel austritt, grunze zufrieden und gehe ins Zimmer, um mich anzuziehen.

Es gibt wenig auf dieser Welt, was so unangenehm ist wie das Gefühl, seine alten Klamotten von gestern auf der Haut zu spüren, zerknittert und formlos, vollgesogen mit Tabak- und Marihuanarauch und dem Schweiß nächtlicher Diskussionen. Mit großem Widerwillen ziehe ich Hemd und Hose an, falte die Krawatte zusammen und stecke sie in die Innentasche meines Jacketts. Nach einem letzten Blick in den Flurspiegel verlasse ich die Wohnung. Ich habe ein irrsinniges Verlangen nach frischer Luft. Während ich die Treppen hinunterrenne, komme ich mir vor wie Odysseus, der unter dem Bauch eines Hammels aus Polyphems Höhle floh. Was Geruch und Intensität des Ekels angeht, sind die Situationen sicher vergleichbar. Ich zwinge mich, daran zu denken, dass mich schon bald meine Badewanne in die wohlige Umarmung rostiger Schäume nehmen wird. Im Erdgeschoss werfe ich Mischas Wohnungsschlüssel (den er vorsorglich in meinem Schuh deponiert hat) in den Briefkasten und stürze auf die Straße hinaus.

Innerhalb von Sekunden habe ich ein Taxi erwischt, und kaum eine Viertelstunde später liefert mich ein melancholischer kaukasischer Chauffeur in einem schrottreifen Wolga, dessen Klappern nur von der lauten Sufi-Musik übertönt wird, vor dem Hotel ab. Ich gebe ihm einen Fünfzigrubelschein, er lässt ihn in seiner Brusttasche verschwinden, brummt, ohne die Zigarette aus dem Mund zu nehmen, einen Gruß und rauscht ab. Hinter ihm bleibt eine Schwade aus beißendem blauen Dunst zurück. Auf dem Weg zu meinem Hotelzimmer zieht ein Gedanke über den Unterschied zwischen einheimischem und europäischem Benzin durch meinen Kopf. Nicht, dass ich mich besonders für die Themen der Öko-Bewegung interessiere, aber ich merke, dass sich unter meiner Schädeldecke gerade ein übler Schmerz breitmachen will.

Von meinem Zimmer aus rufe ich Guljakin an und mache mit ihm einen Termin für drei Uhr nachmittags aus. Dann schließe ich das Telefon ans Ladegerät an und verziehe mich schleunigst in die Badewanne. Ich strecke mich im warmen Wasser aus, glotze an die Decke, inspiziere meine Fingernägel, spiele Springbrunnen, philosophiere über Hotelbademäntel. Irgendwann muss ich wohl eingepennt sein, denn um zwei Uhr reißt mich das Klingeln meines Handys in die Wirklichkeit zurück. Ich hechte aus dem kalten Wasser und rase ins Zimmer.

»Hallo?«

»Ich bin's, Alter, Vadim.«

»Grüß dich, Alter.«

»Bist du in Petersburg?«

»Hmhm.«

»Und was machst du gerade?«

»Ich bin müde.«

»Und was tust du dagegen?«

»Ich hab ein Date mit dem Direktor unserer Filiale, heute Nachmittag um drei.«

»Hör mal, Alter, das ist ja voll uncool, Alter.«

»Ist mir voll klar, Alter, aber es muss sein. Ich bin eben nur ein mickriger Befehlsempfänger, verstehst du? Von selber würde ich nie Juden die Goldzähne rausbrechen und ihre Latifundien enteignen. Ich tue nur, was man mir befiehlt, Alter.«

»Na gut, jetzt mal konkret: Ich bin auch in Petersburg.«

»Hahaha! Die Unzertrennlichen, was? Verfolgst du mich etwa? Bist du scharf auf mich, Kleiner?«

»Ich bin so heiß auf dich«, sagt er mit Teletubbistimme.

»Und was machst du in Petersburg?«

»Ich hänge auf einem beschissenen Kongress rum. Lauter ältliche Journalistenschranzen, vertrocknete Butterbrote und lauwarme Plörre, die sie hier Kaffee nennen. Ein paradiesisches Leben!«

»Und was machen wir heute Abend?«

»Keinen Schimmer. Wann macht denn die Eremitage zu? Hahaha!«

Wir lachen beide lange und herzlich, und ich fühle mich auf einmal entspannt und guter Dinge. Meine Müdigkeit verfliegt, und es scheint mir, als hätte ich Moskau überhaupt nicht verlassen.

»Sag mal, Vadim, wo wohnst du eigentlich gerade?«

»Im Newski Palace. Und du?«

»Ich auch.«

»Haben wir nicht Schwein?«

»Und wie. Hör mal, um acht im Hotel?«

»Wie wär's um neun? Ich habe noch was zu erledigen.«

»Das kannst du doch auch im Hotel machen. Hahaha!«

»Blödmann! Also um neun, okay?«

»Okay. Albuquerque!«

»Deine öden Grunge-Witzchen hast du wohl in Petersburg aufgeschnappt, kann das sein?«

»Ich bin nun mal sehr empfänglich für Einflüsse aus meiner Umgebung. Aber wieso eigentlich Grunge?«

»Frag lieber, warum öde.«

»Ich blicke zwar nicht ganz durch, aber ich vermute, du bist gerade sehr witzig. Na gut, ich verzieh mich mal. Bis später.«

»Bis später.«

Meine Laune hat sich um hundertachtzig Grad gedreht. Ich ziehe rasch frische Klamotten an und sause los.

Das SSSR auf dem Newski-Prospekt setzt die gute alte Tradition des Moskauer Restaurants Shiguli fort, nur verfremdet in Richtung Glamour. Das alte Shiguli war ursprünglich für Leute zwischen dreißig und vierzig oder älter gedacht, die sich beim Sound der Siebziger- und Achtzigerjahre der Nostalgie ergaben und vor einem Foto von Breschnjew ein paar Tränchen der Rührung abdrückten. Das SSSR hingegen hat man speziell für deren Kinder aufgezogen, also für Leute, die keine eigenen Erinnerungen an die Achtzigerjahre haben, aber genau wissen, dass dieser Stil gerade angesagt ist. Sie tragen Trainingsjacken und Turnschuhe von Adidas, hören Disco und denken: Genauso war das damals. So eine Bar würde in London oder New York so was von sowjetisch wirken; rote Neonbuchstaben, rote Comiczeichnungen an den Wänden, Smirnoff- und Absolut-Wodka, dazu ein attraktiver

Name, wie zum Beispiel USSR, KGB oder Red Army. Kurz, ein mit viel Glamour aufgepeppter realsozialistischer Mief mit optisch auf KGB getrimmten Kellnern und Kellnerinnen.

Hier im SSSR allerdings sind die Kellnerinnen ganz reizend, die Musik ist gut, die Küche weniger. Obwohl ich sagen muss, dass ich die Pelmeni irgendwie mag, und die hausgemachten Buletten sowieso. Das Einzige, was das Bild ein wenig stört, ist so eine riesige Heldentafel mit den albernen Partyfotos, die über dem Tresen hängt. Wenn man schon auf Schickimicki-Sozialismus macht, dann sollte das wenigstens ein Flachbildschirm sein.

Zur Mittagszeit herrscht in diesem Laden nur mäßiger Betrieb. Man hat das Gefühl, dass die Petersburger nicht zu Mittag essen. Oder vielleicht essen sie grundsätzlich nur zu Hause. Oder in einer von den unzähligen Klitschen, wo das Menü im Schnitt bei 150 Rubel liegt. Was mir im Prinzip am Arsch vorbeigeht, ich lebe schließlich in einer anderen Stadt.

Guljakin sitzt an einem Tisch am Fenster, vor sich eine Flasche Hennessy VSOP. Er scheint seinen spendablen Tag zu haben. Dann bemerke ich die beiden Whiskeygläser und den Teller mit den Zitronenscheiben. Was für ein Proletengeschmack.

»Hallo«, sage ich und merke, dass mir die gute Laune gar nicht schwerfällt, schließlich habe ich einen sehr angenehmen Abend vor mir.

»Mahlzeit!«

»Wartest du schon lange?«

»Seit einer Viertelstunde«, antwortet Wolodja und gibt mir dadurch zu verstehen, dass das heutige Treffen für ihn sehr wichtig ist.

»Ich habe mich im Hotel irgendwie vertrödelt, und dann bin ich wohl den Newski in die verkehrte Richtung gefahren.«

»Macht ja nichts, du bist schließlich der Gast.«

Die Speisekarte wird gebracht, ich bestelle Gemüsesalat und Pilzsuppe, dazu hausgemachte Buletten. Wolodja nimmt einen Salat mit Huhn, Borschtsch und noch irgendwas mit Fleisch. Dann sitzen wir da, sehen uns an, rauchen und wissen nicht, wie wir das Gespräch beginnen sollen. Letztlich ist das ja auch nicht meine Sache. Ich denke, Wolodja sollte versuchen, einen möglichst unverbindlichen Einstieg zu finden, um dann möglichst elegant aufs Thema zu kommen.

»Oh«, ruft er plötzlich aufgeregt. »Dieser Typ da hinten, mit dem war ich auf der Uni. Sein Vater hat in Deutschland mit Putin zusammengearbeitet.«

Das ist wieder so ein besonderes Petersburger Phänomen. Als Putin russischer Präsident wurde, erfasste die Stadt ein »Magnet-Syndrom«, wie ich das nenne. Kaum ein Petersburger kann seitdem der Versuchung widerstehen, sich selbst direkt oder indirekt mit Putin in Verbindung zu bringen. In der Praxis sieht das so aus, dass jeder Petersburger eine besondere Geschichte für Besucher aus Moskau parat hat. Diese Geschichte hat er jederzeit wie ein Schnappmesser griffbereit in der Hosentasche stecken. Nehmen wir zum Beispiel an, eine Unterhaltung dreht sich um Sport. Man beginnt beim Fußball, geht über zum Hockey und kommt dann zur Formel-1. Der Petersburger mit seiner vorbereiteten Geschichte wartet jetzt nicht mehr, bis das Gespräch etwa beim Ringkampf landet, er zückt vielmehr sein Geschichtenschnappmesser und legt los: »Ach übrigens, zum Thema Fußball. Ich hab früher in der X-Straße immer Hallenfußball gespielt, und genau da nämlich hat Putin als kleiner Junge Ringkampf trainiert ...«

Mit den Fremdsprachen ist es noch einfacher. Jeder halbwegs intelligente Petersburger hat zufälligerweise seine Englischkurse an ein und derselben Schule besucht wie Wladimir Wladimirowitsch.

Zwar gibt es auch einige vom Schicksal benachteiligte Petersburger, die nicht direkt neben Putins Kindergarten gewohnt haben, nie Ringkampf trainiert oder irgendwo in einer No-Name-Schule am Stadtrand Englisch gelernt haben. Aber auch die sind selten um eine Lösung verlegen. Wenn du mit so einem Petersburger durch die Stadt läufst, erzählt er dir beispielsweise:

»Siehst du den Hauseingang da vorne? Da haben wir damals, im Jahre 1984, immer gesessen und Portwein gesoffen. Und einer von uns, der hatte eine Schwester, und die Schwester war mit einem Typen zusammen, und dieser Typ, mit dem die zusammen war, der hatte einen Freund, dessen Klassenkamerad später auf die Uni ging, und da war er in ein und derselben Studiengruppe mit einem anderen Typen, der im Pionierlager mal mit Putin Schach gespielt hat.«

Wenn diese Petersburger genug gebechert haben, lassen sie den Mittelteil auch mal weg und sagen einfach: »In diesem Hauseingang, da hab ich früher mal mit Putin Schach gespielt.«

Spinner, Punkt, SPB, Punkt, ru, Punkt, Enter.

»Klasse«, sage ich. »Er hat wirklich mit Putin zusammengearbeitet?«

»Hmhm. Allerdings nur kurz. Zwei Monate oder so, genau weiß ich es nicht mehr.«

»Dann könntest du ihm ja mal einen Gruß von mir bestellen, oder?«

»Na ja, wahrscheinlich erinnert er sich nicht mehr an mich, so gut kannte ich ihn auch wieder nicht.«

»Aber du hast dich an ihn erinnert.«

»Ich hab nun mal ein sehr gutes Gedächtnis. Wahrscheinlich Vererbung. Von meiner Mutter, weißt du?«

»Waren deine Eltern auch beim Geheimdienst? Zusammen mit Putin, zufälligerweise?«

»Wieso Geheimdienst?«, fragt Wolodja ehrlich erstaunt.

»Na, weil alle Geheimdienstler angeblich ein gutes Gedächtnis haben. Du hast doch gesagt, du hättest es geerbt. Muss ich mehr sagen?«

»Ah, hahaha!«, lacht Wolodja. »Nein. Meine Eltern waren im sowjetischen Handel tätig. Mein Vater Möbel, meine Mutter Lebensmittel.«

»Dann setzt du ja quasi die Familientradition fort. Ein würdiges Kind deiner Eltern, könnte man sagen, oder?«

»Wie meinst du das jetzt? Hab ich eigentlich nie drüber nachgedacht. Ha! Aber wahrscheinlich hast du Recht. Ich sollte zu Hause mal ein paar Witze ablassen.«

»Bestimmt hast du von klein auf alle Tricks mit der Muttermilch aufgesogen. Wie man Kunden am besten verarztet, richtig Umsatz macht und so, bisschen was am Staat vorbei in die eigene Tasche abzweigt. Heimsparring, oder?« Ich lächle Wolodja freundlich an. »So gehört es sich. Die Alten geben ihre Erfahrung an die nachfolgende Generation weiter.«

Der Salat wird gebracht. Wolodja macht sich gierig über seinen Teller her. Ich starre verträumt vor mich hin und streue statt Salz reichlich Pfeffer über meinen Salat. Ich schaue Wolodja an, der auf beiden Backen kaut und denke an die alte Volksweisheit: »Wer gut isst, arbeitet gut.« Demnach zu urteilen, müsste Wolodja ein guter Arbeiter sein.

»Tja, ein bisschen ist schon dran«, sagt er jetzt kauend. »Mein Vater hat mir erzählt, wie ihm mal so ein Grünschnabel von der ›Abteilung für den Kampf gegen den Diebstahl am sozialistischen Eigentum und Spekulation‹ auf der Pelle gesessen hat.«

Reizende Einleitung, denke ich bei mir. Jetzt frage ich mich nur, wie weit der Weg von diesem hübschen Eröffnungszug bis zum Schachmatt wohl sein dürfte?

»Und hat er ihn einbuchten lassen?«

»Mit so was scherzt man nicht!« Wolodja schaut von seinem Salat auf und spricht mit vollem Mund, weshalb seine Bemerkung ein wenig vermanscht klingt.

»Schon gut, Wolodja. Erzähl weiter. Was hat er denn angestellt, der Grünschnabel?«

»Gar nichts. Er ging bloß allen permanent auf den Senkel und versuchte mit den miesesten Tricks, meinem Alten Stress zu machen. Und dann, nach einem Jahr, stand er plötzlich vor seinem Schreibtisch und hat die Hand aufgehalten. Danach war alles in Ordnung. Sie sind heute noch gute Freunde.«

Das ist ja wirklich hochinteressant, denke ich. Dein Papa hat also ein volles Jahr gebraucht, bis er diesen Grünschnabel so weit hatte. Und du denkst, du kriegst mich innerhalb von drei Stunden klein, was?

»Tja, früher war das Leben noch richtig spannend. Da hatte man mit lauter kultivierten Menschen zu tun«, resümiere ich und schaue mit gelangweilter Miene aus dem Fenster. Wolodja merkt offenbar, dass sein Eröffnungszug ein wenig danebengegangen ist und wechselt abrupt das Thema.

»Und, was für einen Eindruck haben unsere Großhändler auf dich gemacht?«, fragt er ein wenig steif und gießt Cognac ein. »Konntest du dir halbwegs ein Bild machen?«

»Ich würde sagen, ganz normale Großhändler. Ordinäre Ratten, die sich ein möglichst dickes Stück Speck aus der Falle stibitzen wollen, bevor die Firma einen eigenen Vertrieb aufbaut und ihnen das Rückgrat bricht. Man muss sie härter anfassen, viel härter. Damit sie begreifen, was der Speck kostet.«

»Härter anfassen. Tja, ich verstehe, härter, meinst du also. Ich werde mir Mühe geben. Ich habe natürlich nicht so viel Erfahrung wie ihr in Moskau. Deshalb begrüße ich es ja auch sehr, dass du jetzt hier bist ... ich meine, dass man dich geschickt hat, um uns zu helfen. Solche Meetings wie das von heute sind besser als jedes Management-Training. Das sollte man viel öfter machen, dann käme unser Laden hier mal richtig in Schwung.«

Red keinen Schwachsinn, Wolodja, gar nichts käme in Schwung. Ihr würdet einfach nur mehr Kohle abzocken. Du lebst doch hier wie die Made im Speck, du willst doch gar nichts verändern. Dir steht ein fettes Budget zur Verfügung, die Großhändler fressen dir aus der Hand, deine Leute kriechen dir in den Hintern, und wenn jetzt die Firma auf einmal einen eigenen Direktverkauf in der Stadt aufbauen wollte, käme das für dich einer Totalkatastrophe gleich, quasi Hiroshima und Nagasaki zusammen. Deine ganze gemütliche, sorgsam gehegte und gepflegte Kuschelwelt zwischen Sauna, Kneipe und Puff würde mit einem großen Rumms in die Luft fliegen. Eigentlich müsste man dich mit einem kräftigen Tritt in den Hintern zur Hölle schicken. Dann könnte unsere Firma hier in der Stadt wirklich etwas bestellen. Das denke ich im Stillen.

Laut aber sage ich: »Du hast vollkommen Recht, Wolodja, aber leider geht es nicht öfter. Ich stecke in Moskau selber bis zum Hals in Arbeit. Du weißt ja, wie das ist: Man schuftet wie ein alter Lastesel, aber es wird einfach nicht weniger. Ich sollte mal mit unserem Generaldirektor reden, vielleicht stellt er jemanden zur Unterstützung deiner Filiale ab. So etwas wie einen Konsultanten und Außenauditor.« Wenn ich das aus den Augenwinkeln richtig erkennen kann, hat Wolodjas kleiner Finger bei diesen Worten angefangen zu zittern. »Was kann ich dir schon nützen? Ich schreibe einen Bericht, und das war's. Ihr bräuchtet eine konstante Unterstützung.«

Beim Zauberwort »Bericht« strafft sich Wolodjas Rücken merklich. Endlich erreicht das Gespräch vertraute Gewässer.

»Ach ja, apropos Bericht ...« Wieder senkt sich die Cognacflasche, wobei mein Glas ein wenig voller wird als seins. »Hast du dir unsere Verkaufsstellen angesehen? Wie gefällt dir unsere Warenplatzierung? Ich finde, unsere Merchandiser kommen mit den großen Supermarkt-Formaten nicht so gut klar. Also bei Metro oder Lenta, meine ich. In den mittelgroßen Formaten sind wir recht ordentlich präsentiert.

Wie ist das denn bei euch in Moskau? Wahrscheinlich viel besser, was? Ich hab mal ein paar Verkaufsstellen besichtigt, da hattet ihr quasi das Monopol. Aber ihr seid ja auch echt fit, ihr Moskauer!«

»Hör schon auf, Wolodja. Wir haben in den Verkaufsstellen genauso viele Probleme wie ihr. Unsere Merchandiser arbeiten auch nur auf Sparflamme. In den Supermarktketten sieht es besser aus, aber auf die haben wir auch ein Sonderkommando angesetzt.«

»Ach ja? Wie viele Leute habt ihr denn unterwegs? Ich schreib mir hier die Finger wund, dass man mir noch ein paar Merchandiser mehr bewilligt, aber nichts tut sich. Was ist, könntest du nicht mal ein gutes Wort für mich einlegen?« Wieder fließt Cognac, diesmal schon mehr als großzügig dosiert.

Ich leere mein Glas auf ex, und auf einmal habe ich gute Laune. »Wolodja, was erzählst du mir da eigentlich für einen Blödsinn? Wozu brauchst du noch mehr Merchandiser? Du hast doch deine Großhändler! Die haben schließlich ein unmittelbares Interesse am Verkauf unserer Waren, oder nicht? Du gibst ihnen Rabatte, verteilst Prämien für die Erfüllung der Verkaufsziele, das ist doch ein ausgezeichnetes Druckmittel, oder verstehe ich das falsch? Mach ihnen Dampf!«

»Na ja, das ist schon richtig«, Wolodja rutscht nervös auf seinem Stuhl herum, »aber verstehst du, diese Großhändler sind die reinsten Schlitzohren. Die sind wie Prostituierte. Heute verkaufen sie unsere Waren, morgen die der Konkurrenz. Und die Rabatte, verstehst du, sind auch nicht in jedem Fall ein geeignetes Druckmittel. Die Großhändler leben ja vor allem von diesen Rabatten, wenn ich die streiche, weil sie schlecht arbeiten, dann verkaufen sie gar nichts mehr. Also nehmen wir, zum Beispiel …«

»Genau, Wolodja, nehmen wir zum Beispiel die Firma Trust-M. Das Werbebudget, mit dem wir diese Firma ausgestattet haben, umfasst ein Volumen von fünfzigtausend Dollar, wenn ich das richtig sehe.«

»Ja, das ist richtig. Es bemisst sich an der Größe ihres Kundenstamms.«

»Einverstanden. Die Firmen Lewko und Sonar dagegen haben im letzten Jahr keine müde Kopeke gesehen.«

»Na ja, äh, die arbeiten ja auch nur mit Drogerien und Mini-Markets zusammen. Für diese Formate werden nur spezielle Werbeaktionen durchgeführt, je nach Ermessen des Filialleiters. Und ich finde, dass sie schlechte Arbeit geleistet haben und …«

»Ja, ja, Wolodja, stimmt ja alles. Aber die Fünfundzwanzigtausend, die eigentlich für sie bestimmt waren, sind der Firma Vektra zugeflossen.«

»Als Motivationsbonus für den neuen Großhändler«, erklärt Wolodja fröhlich und lächelt zufrieden, weil er denkt, dass er damit aus dem Schneider ist.

»Siehst du, und genau an diesem Punkt stellt sich mir eine Frage. Warum hat unser Großhändler Impuls, dessen Umsatz nur zehn Prozent höher liegt als der von Trust-M, der die gleichen Formate bedient, im letzten Jahr siebzigtausend aus dem Budget eingestrichen? Dazu weitere zehntausend in diesem Jahr entsprechend dem aktuellen PROMOTIONPLAN FÜR DIE NEUEN PRODUKTLINIEN – so heißt es ja wohl in deinem Bericht, oder? Wie habe ich das jetzt zu verstehen? Macht Impuls die Promotion ganz allein? Arbeiten die anderen Großhändler nicht mit den neuen Produkten? Merkwürdig! Wie erklärst du mir diesen Schwachsinn, Wolodja?«

Jetzt schenke ich Cognac nach.

»Äh, also, erstens ist Impuls unser wichtigster Großhändler. Und dann, zweitens ...«, Wolodja sucht umständlich nach geeigneten Worten, »zweitens ...«

»Zweitens, Wolodja, ist Vektra eine Tochtergesellschaft der Impuls.« Diese Information haben mir die Vertreter der Firma Trust-M großzügigerweise bei unserem vertraulichen Gespräch zukommen lassen. »Auf diese Art und Weise landeten also noch einmal fünfzigtausend in ein und derselben Tasche. Zählt man dann noch hinzu, dass die Geier von Impuls auch noch fünf Prozent mehr Rabatt erhalten als die anderen, dann ergibt das unter dem Strich eine ziemliche Sauerei. Jetzt interessiert mich eigentlich nur noch, ob du halbe-halbe mit ihnen gemacht hast, oder ob du als ehrlicher Mensch, der du bist, dir nur einen Zehner abgezweigt hast? Trink doch, Wolodja, er wird kalt«, schließe ich mit einer Miene wie weiland Papa Lenin und sehe ihm tief in die Augen.

Wolodjas Reaktion verblüfft mich. Stoische Ruhe, nicht die Spur einer Panik. Ich war so gut wie sicher, dass er nach dieser massiven Attacke komplett einbrechen würde, schließlich war er bis vor zwei Minuten noch fest davon überzeugt, mit seiner bauernschlauen Kungelei alle in den Sack gesteckt zu haben. Aber nein, weder ringt er jammernd die Hände, noch zerknüllt er schniefend sein Taschentuch, er wechselt nicht einmal nennenswert die Gesichtsfarbe. Mag sein, dass sein gesundes Wangenrot sich ein ganz klein wenig in Richtung rosa verändert hat. Erstklassige Selbstbeherrschung, man könnte direkt neidisch werden. Die Show fängt langsam an, mir Spaß zu machen. Ich merke, wie der Jagdtrieb in mir erwacht. Es juckt mich, noch ein wenig penetranter nachzubohren, ihn mit kleinen fiesen Fragen auf den finalen Fangschuss vorzubereiten. Liegt wohl an meiner boshaften Natur. Ich beobachte Wolodja, während er affektiert seinen Cognac trinkt, hinterher ein Scheibchen Zitrone auslutscht und bedächtig eine Zigarette aus der Schachtel fummelt. Eine perfekte Darbietung! Nur bei dem Versuch, die Zigarette in Brand zu setzen, kommt er ein bisschen ins Schleudern, weil sein Einwegfeuerzeug nicht anspringen will. Eine Weile müht er sich fluchend damit ab, dann bittet er enerviert den Kellner um Streichhölzer. Als die Zigarette endlich brennt, legt er mit einem innigen Seufzer den Kopf auf die Seite und schaut mich herzergreifend an. Dann kommt Folgendes:

»Ich muss dir etwas gestehen. Um es kurz zu machen, mir ist da ein ziemlicher Scheiß passiert. Mir war ja gleich klar, dass du längst dahintergestiegen bist. Aber ehrlich gesagt, ich habe eigentlich auch gar keine Lust, die Sache zu vertuschen. Ich dachte, du kommst her, wir sitzen ein bisschen zusammen, trinken ein Gläschen, ich erkläre dir alles, und dann würde man schon weitersehen. Aber du hast ja sofort diese Konferenz mit den Großhändlern angesetzt. Dumm gelaufen, um es kurz zu sagen ...«

»Verdammt dumm, Wolodja. Ich weiß selber nicht, wie das gekommen ist«, spotte ich.

»Was ich eigentlich sagen wollte: Wir ziehen doch alle am selben Strang, wir sind ein Team, oder? Alte Kollegen müssen einander helfen, stimmt's? Heute steckt der eine in der Klemme, morgen der andere! Verstehst du, was ich meine? Jeder hat seine kleinen Fehler. Wer ohne Fehler ist, der soll das erste Glas auf mich werfen.« Wolodja kichert anzüglich. »Anders geht es nicht in unserem Geschäft, es gibt einfach zu wenige Menschen, auf die man sich verlassen kann. Habe ich nicht Recht?«

»Oh doch, du hast vollkommen Recht, Wolodja. Lauter Schwindler und Egoisten, wohin man sieht. Jeder versucht, den anderen in die Pfanne zu hauen, stimmt's, Wolodja?«

»Oh ja, genau so ist es.« Er nickt lebhaft. Offensichtlich ist er davon überzeugt, dass das Gespräch jetzt ganz nach Plan läuft. »Was ist, nehmen wir noch einen kleinen? Die Hauptsache ist doch, dass wir alle was vom Leben haben. Echte Männer müssen zusammenhalten, sage ich immer, findest du nicht?« Ich spüre, dass er jetzt endlich seine Trümpfe auf den Tisch legt. »Also, auf uns!«

Mit diesen Worten lüpft Wolodja den ledernen Einband der Speisekarte an, und darunter kommt ein sauberer weißer Umschlag mit dem Logo unserer Firma zum Vorschein. Ich frage mich, wann er den wohl dort deponiert hat. Als er von seinen Eltern erzählt hat, oder während meiner Eloge über die Großhändler? Wolodja sieht den Umschlag einige Sekunden lang an und schiebt ihn dann bis fast in die Mitte des Tisches. Wir sitzen da mit unseren Gläsern in den Händen und betrachten das kleine weiße Rechteck. Auf Wolodjas Gesicht spiegelt sich die ganze siebzigjährige Traurigkeit und Gram des beschwerlichen Arbeiteralltags in der sowjetischen Kaufmannschaft. Ich bin fast sicher, dass Wolodjas Erzeuger den strahlenden Augen des Kämpfers wider den Diebstahl am sozialistischen Eigentum haargenau den gleichen Anblick geboten haben. Tief unten im Bauch köchelt die Angst und kondensiert im linken Ei zu der bangen Erwartung eines Happy End. Dort fühlt sich jeder Pulsschlag an wie Deliladen, Rosenlew-Kühlschrank, Perserteppich, Mulinex-Küchenmaschine, Pelzmantel und so weiter. Im rechten Ei dagegen puckern die Worte Konfiszieren, Korruption, Gerichtsurteil und Straflager, hart und immer härter, bis man irgendwann deutlich das rhythmische Schlagen der Eisenbahnräder hört, die in die kalten, fernen Regionen unserer schönen Heimat rollen.

Ich schlürfe Schlückchen für Schlückchen meines Cognacs genüsslich und ohne Hast in mich ein, dann greife ich nach dem Umschlag. Guljakin kippt seinen Cognac auf ex. Ganz langsam stelle ich mein Glas auf der Tischplatte ab und mache mich daran, den Inhalt zu inspizieren. Dreitausend US-Dollar, stelle ich fest. Ich blicke auf und lese in seinem Gesicht: Zu wenig!

Behutsam lege ich den Umschlag zurück und frage:

»Ich dachte, wir gehen heute noch in die Sauna? Wodka, Mädchen und was so dazugehört! Oder nicht?«

»Willst du mich beleidigen, Chef? Alles wartet nur auf uns. Die Mädchen scharren schon mit den Hufen, wie man so sagt.« Jetzt fühlt er vertrauten Boden unter den Füßen.

»Du weißt, wie man Gäste bewirtet, Wolodja, das muss man dir lassen.«

»Na ja, darin habe ich Erfahrung.« Er reibt sich selbstzufrieden die Hände, und die gesunde Gesichtsfarbe stellt sich wieder ein.

»Jetzt habe ich nur noch eine Frage, mein Lieber. Nach welchem Schlüssel hast du eigentlich meinen Bonus umgerechnet, dass diese mickrigen drei Mille dabei rauskommen? Dir selber hast du dreißig Mille in den Arsch schieben lassen, und mich willst du mit zehn Prozent abspeisen, oder wie darf ich das verstehen?«

Guljakin kneift verdutzt die Augen zusammen. Er sieht plötzlich aus wie ein Mongole auf Rentierjagd.

»Das ist dir zu wenig oder was?«, fragt er mit rauer Stimme.

»Ich glaube, du hast vergessen, mit wem du es zu tun hast, Wolodja. Deine paar Kröten kannst du dir meinetwegen noch zusätzlich in den Arsch jagen. Du hast hier keinen korrupten Verkehrspolizisten vor dir, und auch keinen von deinen Großhändlerspießgesellen. Wie du siehst, ist der Umschlag noch auf dem Tisch und nicht in meiner Tasche. Oder ist dir der Cognac in den Kopf gestiegen, dass du nichts mehr siehst?«

Endlich flackert echte Angst in seinen Augen auf. Abwechselnd glotzt er mich und den Briefumschlag an. Jetzt versteht er wirklich nichts mehr.

»Für deine drei Mille kann ich mir nicht einmal einen neuen Anzug kaufen«, fahre ich fort. »Damit kann ich ein paarmal essen gehen, wenn's hochkommt. Hast du etwa gedacht, dass ich einmal im Monat in ein nettes Restaurant gehe und mich beim Essen in stiller Demut erinnere, wem ich mein Risotto verdanke? Was ist, wenn ich jetzt, zum Beispiel, Lust auf einen kleinen Trip nach Paris hätte? Da müsste ich ja noch was drauflegen. Tja, Wolodja, so sieht's aus.«

»Wie viel verlangst du?«, fragt er und schluckt trocken.

»Wie viel ich verlange …«, nachdenklich drehe ich eine Zigarette zwischen den Fingern und betrachte die Kellnerin, die am Tresen steht. Sie trägt einen eng anliegenden roten Rollkragenpulli, der ihre großen Brüste betont. Dieser rote Fleck ist für mich auf einmal der Mittelpunkt des ganzen Lokals. Ich überlege, dass ich es ganz reizvoll fände, sie näher kennenzulernen. Außerdem denke ich, dass ich diesem Zirkus ein Ende setzen muss. »Ich will fünfzehn Mille, Wolodja. US-Dollar, wohlgemerkt. Du hast doch insgesamt dreißig gemopst, oder sehe ich das falsch? Dann schiebst du mir also die Hälfte rüber. Fifty-fifty, das ist doch nur gerecht, oder?«

Guljakin durchbohrt mich mit seinem Schweinsäugleinblick. Dann zischt er, fast ohne die Lippen zu bewegen:

»Du kannst mir nichts beweisen.«

»Ach nein? Wirklich nicht?« Ich fange an zu lachen.

»Das Schlimmste, was mir passieren kann, ist, dass man mir den Bonus streicht. Ich hatte schließlich keine Ahnung, dass Vektra eine Tochtergesellschaft von Impuls ist. Dass die Budgets nicht gleichmäßig verteilt wurden, ist nichts weiter als eine verzeihliche Nachlässigkeit. Eine falsche Einschätzung der Marktsituation, mehr nicht.«

Alkohol und Wut haben seine Augen blutig anlaufen lassen, er sieht aus wie ein Stier in der Arena.

»Wolodja, spiel hier nicht den Rambo. Ich muss dir gar nichts beweisen. Ich brauche nur ein bisschen mit den richtigen Hebeln zu spielen, dann liefert dich die Impuls in null Komma nichts ans Messer. Es kommt eben immer auf den richtigen Impulsgeber an. Hübsches Wortspiel, findest du nicht?«

»Sehr hübsch, hmhm.« Wolodja macht immer noch auf stur, aber er ist sichtlich verunsichert, weil er nicht kapiert, worauf ich hinauswill.

»Tja, alter Knabe, das muss dir doch klar sein. Wenn es um ihren eigenen Arsch geht, werden sie dich ratzfatz verkaufen. Trotz eurer gemeinsamen Saufgelage und Vögeleien. Da kann man sich noch so oft verbrüdern, oder meinetwegen gegenseitig in den Arsch ficken. Ich weiß ja nicht, was ihr da so treibt bei euren Geschäftsmeetings. Und dann ist der Ofen aus. Wir haben einen gut funktionierenden Ermittlungsdienst, wusstest du das nicht? Die Jungs werden so viele Beweise finden, wie ich will. Und dann wird dir der Arsch gegrillt, mein Lieber, verlass dich drauf! Da kommen direkt deine alten Familienängste wieder hoch, pass mal auf. Kapierst du's jetzt langsam?«

»Ich kapiere.«

Wolodja denkt nach. Er kalkuliert seine Chancen, wägt meine Möglichkeiten ab. Man kann dabei zusehen, wie es unter seiner Schädeldecke arbeitet: Tiefe Falten furchen seine Stirn, die Kinnladen malen rhythmisch. Er hat nicht die geringste Lust, fünfzehn Riesen herauszurücken, aber noch weniger Lust, aus seinem schweinsledernen Direktorensessel katapultiert zu werden. Während er also nachdenkt, rauche ich in aller Ruhe eine Zigarette, verspeise mit Appetit meine Buletten und bestelle mir einen Kaffee.

»Ich habe momentan keine fünfzehntausend flüssig«, quetscht er endlich heraus. »Ich habe die drei hier und dann noch fünf. Zwei kann ich mir irgendwo leihen ...« Vor Anstrengung rollt er mit den Augen, endlich hat er begriffen, dass er richtig tief in der Scheiße sitzt. »Also muss ich dir einen Fünfer schuldig bleiben. Eine andere Möglichkeit habe ich nicht.« Seine Stimme klingt auf einmal hart, und ich verstehe: Das ist das Finale. Es ist nicht ganz so tragisch, wie ich erwartet habe, aber trotzdem das Finale. Aus einem versteckten Winkel meiner Seele sagt mir eine Stimme, dass ich Guljakin nicht wirklich kleingekriegt habe. Kein Heulen und Zähneknirschen, keine schwangere Frau und keine todkranke Mutter, die herhalten mussten. Er hat einfach meine Bedingungen akzeptiert und fertig. Mir ist klar, dass ich diese Farce jetzt wirklich beenden muss.

»Na gut, Wolodja, bringen wir's zum Ende.«

»Was meinst du?«

»Ich meine, dass ich einen Scheißdreck von dir haben will. Keine beschissene Kopeke. Du weißt jetzt einfach, dass es jemanden gibt, dem du etwas schuldest. Ich meine nicht Geld, sondern Loyalität, verstehst du? Und damit ist das Thema für mich erledigt.«

Wolodja schweigt und glotzt verständnislos auf einen Punkt in meinem Gesicht, wo man für gewöhnlich das dritte Auge verortet.

»Aber jetzt pass gut auf, du kleines Arschloch: Wenn du noch einmal auf der Jahresversammlung die Boni und Budgets der Moskauer Filiale mit der in Petersburg vergleichst, oder etwa hintenrum der Geschäftsführung zu verstehen gibst, wo man bei uns irgendwas abknapsen kann ...« Guljakin macht ein Schafsgesicht. »Spar dir dein Theater, Wolodja. Vor einem Jahr hat mich Natascha aus Rostow ganz genau über dich ins Bild gesetzt. Ich war nämlich vor dir mit ihr im Bett, wenn du verstehst, was ich meine. Sie hat mir erzählt, wie du bei ihr sturzbesoffen den dicken Max gespielt und damit geprahlt hast, wie ihr die Moskauer Budgets anzapft, mit freundlicher Unterstützung von Garrideau. Du sprichst doch sogar ganz gut französisch, stimmt's, Wolodja? Also, damit wir uns richtig verstehen: In Zukunft lässt du das schön bleiben, klar? Sonst sehe ich mich gezwungen, dich ganz gepflegt in die Pfanne zu hauen. Und das werde ich auch tun, und zwar mit Vergnügen!«

»Moment mal, ich stehe grad ein bisschen auf der Leitung. Soll das heißen, dass du jetzt keine Kohle von mir willst?«

»Wolodja, was soll das? Schneidest du unser Gespräch mit? Hast du ein Diktafon in der Westentasche? Das sind doch billige Bullentricks.«

»Nein, Quatsch, spinnst du? Ich meine bloß ... wir sitzen hier seit zwei Stunden, und jetzt willst du ...«

Guljakin ist komplett durcheinander. Es geht einfach nicht in seinen Kopf, dass jemand, der ihn gerade wie eine Nuss geknackt hat, der ihn ausnehmen könnte wie eine Weihnachtsgans, auf einmal nichts von dem Geld will. Er kapiert es einfach nicht, Und das macht ihm regelrecht Angst. Was habe ich vor? Will ich ihn tatsächlich ans Messer liefern? Noch größer als seine Angst ist jedoch sein Zorn. Wolodja ist ernsthaft sauer. Weil mein Verhalten so gar nicht in sein gewohntes Schema passt. Seiner Meinung nach geht man so nicht miteinander um. Das gehört sich nicht. Jemand hat ihn an den Eiern, lässt ihn ordentlich zappeln, holt den letzten Rubel aus ihm raus – und nimmt dann am Ende nichts. Das ist schlichtweg unmoralisch. Ich wiederum sitze da und denke mittlerweile, dass ich ein dämlicher Vollidiot bin. Bilde ich mir etwa ein, ich könnte diesen Typen ändern? Aus einem Stichling macht man keine Forelle, und an einem Buchsbaum wachsen keine Rosen. Da kann man sich noch so abstrampeln. Guljakin wird sowieso niemals in seinem Leben begreifen, dass Geld verdient werden muss und nicht geklaut. Die einzige Konsequenz wird sein, dass er in Zukunft besser aufpasst. Zu meiner Beruhigung sage ich mir, dass man mit solchen Leuten nun einmal nicht anders umgehen kann, dass sie keine andere Sprache verstehen. Die kennen weder Pflichtbewusstsein noch Loyalität. Das Einzige, was diese Typen in Bewegung bringt, ist Angst. Darüber hinaus muss mir klar sein, dass er mich bis ans Lebensende mit seinem Hass verfolgen wird. Solchen Leuten darf man niemals den Rücken zukehren.

»Ich schlage vor, Wolodja, wir beenden jetzt unsere Besprechung, bestellen die Rechnung und vertagen uns aufs nächste Mal, wie es so schön heißt. Trinken wir aus.«

Guljakin verteilt den restlichen Cognac, leert sein Glas, ohne auf mich zu warten und sagt mit heiserer Stimme:

»Du bist entweder ein Arschloch oder ein Halunke. Ich verstehe dich nicht. Warum kann man nicht miteinander umgehen, wie es sich für anständige Russen gehört? Du presst mir aus purem Jux den letzten Blutstropfen aus dem Leib, ja? Dir gefällt es, die Leute zu verarschen, ja? Deine Natascha ...«

»Sie ist nicht meine Natascha.«

»Egal. Weißt du, was sie über dich gesagt hat? Du bist aus Plastik, hat sie gesagt, du bist gar kein richtiger Mensch. Ein Monster, verstehst du? Was ist mit dir los? Bist du nicht ganz dicht oder wie?« Wolodja lässt den Zeigefinger an seiner

Schläfe kreisen. »Seit Generationen lebt man bei uns nach dieser Regel: Ich gebe dir, du gibst mir. Darüber braucht man nicht die Nase zu rümpfen. Das war immer so bei uns. Meine Eltern haben so gelebt und ihre Eltern auch. Nur dir geht das anscheinend nicht in die Birne. Mit dir kann man einfach nicht normal reden.«

»Normal? Was ist denn normal?«, seufze ich. Dieses Gespräch geht mir allmählich auf den Senkel.

»So wie normale vernünftige Menschen miteinander reden. Ganz einfach. So habe ich es immer gehalten, mein ganzes Leben lang. Damals schon, als ich meinen kleinen Kiosk aufgemacht habe. Ich habe mit den Schutzgeldbanden so geredet, mit dem Gesundheitsamt, mit dem Wirtschaftsamt. Nie hatte ich Probleme. Ich hab eben nie den Großkotz gespielt. Aber du willst ja unbedingt was Besseres sein, stimmt's? Dir macht es Spaß, den Leuten im Nacken zu sitzen.« Ich stelle mir vor, wie ich auf Wolodjas Nacken sitze, und mir wird kotzübel. »Aber ehrlich gesagt, ich habe auch gar nichts anderes von dir erwartet. Ich habe dich von der ersten Sekunde an durchschaut, gleich als ich dich zum ersten Mal gesehen habe. Sag mir doch mal, willst du nicht normal leben oder kannst du nicht? Du willst nicht, stimmt's? Warum eigentlich nicht?«

Jetzt platzt mir doch die Hutschnur:

»Warum ich nicht so sein will wie du? Willst du das wirklich wissen? Weil ich solche Typen wie dich einfach zum Kotzen finde, darum! Als du in deiner Klitsche Flaschenbier verkauft hast, 1995 oder so, da wusste ich schon lange, wie man ganze Lastwagen am russischen Zoll vorbeischleust. Wenn du Freitagnachmittag von der Arbeit zu deiner Datscha gehetzt bist, um dich zusammen mit deinem Alten in freier Natur zu besaufen, hab ich mir im Pljutsch Extasy eingeworfen und ›Born Slippy‹ von Underworld gehört. Du und ich, wir sind zwei sehr, sehr unterschiedliche Menschen, verstehst du? Wir leben in verschiedenen Welten. Ich mag weder billige Krimiserien noch russischen Rock, ich besitze auch keine CD von Serjoga mit Superhits vom ›Schwarzen Mercedes‹ und so weiter, die ihr euch so gerne reinzieht. Ich lese Houellebecq und Bret Easton Ellis, mag alte Filme mit Marlene Dietrich und fahre auf italienisches Design ab. Mein erstes eigenes Geld habe ich nicht für einen vier Jahre alten BMW mit abgedunkelten Scheiben verplempert wie jeder beschissene Mini-Mafioso, sondern ich hab einen Trip nach Paris gemacht. Und genau das kapierst du eben nicht. Weil du lebst wie deine Eltern gelebt haben und die Eltern deiner Eltern. Das ist alles, was du willst. Eine Frau und ein paar Kinder, sonntags bei den Nachbarn zum Essen, montags verkatert zur Arbeit, und samstags geht ihr alle zusammen ins Einkaufzentrum, wie andere Leute in den Louvre, mit der ganzen Familie und den ganzen Tag. Bei euch macht man das so, und zwar deshalb, weil alle es machen. Und das werde ich niemals verstehen und niemals akzeptieren.«

»Was willst du dann eigentlich noch hier?«, zischt Guljakin böse. »Das ganze Land ist so wie ich. Von *uns*, wie du sagst, gibt es mehr als von *euch*.«

»Was ich hier will? Ich lebe hier, ich arbeite hier, hier liebe ich die Frauen, habe Spaß. Und vor allem: Mir liegt sehr viel daran, dass sich hier etwas verändert. Ich wünsche mir, dass man die Verkehrspolizisten nicht mehr bestechen muss, dass unsere Straßen in Schuss gehalten werden, dass unsere Zollbeamten dir nicht mehr deine Koffer auseinandernehmen, wenn du aus Mailand nach Hause kommst, dass man nicht mehr jeden Beamten automatisch für einen Gauner hält, dass eine Brandschutz-Inspektion in deinem Büro nicht mehr bedeutet, dass du ein paar hundert Grüne plus eine Flasche Schnaps abdrücken musst. Und ich wünsche mir, dass das Gesicht der russischen Mode von Tom Ford bestimmt wird und nicht von Slawa Saizew; dass man unsere Musik mit Gruppen wie B-52's assoziiert und nicht mit Alla Pugatschowa; dass man über Monty Python lacht, nicht über öde Witze von Galkin und Kokljuschkin. Es würde uns allen besser gehen, glaub mir. Aber so weit ist es noch lange nicht, und deshalb verbringe ich meine Zeit mit kleinen Gaunern wie dir. Aber ich denke nicht daran abzuhauen, ich will, dass sich die Verhältnisse in Russland ändern. Verstehst du? Mir ist vollkommen klar, dass der größte Teil der Bevölkerung auf all das, was mir lieb ist, scheißt und sich bequem in dieser faden Soße eingerichtet hat. Aber sag mir nicht, das sei die einzig richtige, seit Jahrhunderten unveränderlich festgelegte Lebensweise. Ich möchte nicht so sein wie du, und ich möchte nicht, dass meine Kinder so werden wie du.«

»So scheiße findest du mich also, sieh mal an. Und was genau ist so falsch an mir? Ich finde mich selber gar nicht so übel. Es gibt genug Leute, die an Alkohol und Drogen verreckt sind, bevor sie ihr dreißigstes Lebensjahr erreicht hatten. Ich dagegen bin gesund und munter.«

»Oh ja, klar! Du führst ein solides wohlbehütetes Leben. Wohlbehütet wie in einem Kühlschrank sowjetischer Fabrikation. Du platzt ja förmlich aus den Nähten vor Selbstgefälligkeit. Worauf bist du eigentlich so stolz, verdammte Scheiße? Auf deinen Ford Focus? Auf deinen mickrigen Direktorenposten? Oder darauf, dass du dir dreißigtausend Grüne in den Arsch schieben lässt, während du gleichzeitig deine Office-Managerin vögelst? Nein, dich kann man nicht verändern, dein Bewusstsein hat exakt den Umfang dieses Kuverts hier mit den dreitausend Grünen. Man kann euch nicht ändern, euch kann man nur austauschen. Machen wir Schluss, Wolodja, unser Gespräch ist in einer Sackgasse gelandet. Ich habe keine Lust, meine Perlen vor deine Füße zu werfen.«

»Ich bin wirklich froh, dass es von deiner Sorte nicht allzu viele gibt, sehr, sehr froh«, sagt Guljakin und steht auf.

»Wo willst du hin, Wolodja? Zahl erst mal die Rechnung. Du kannst es dann ja von den Fünfzehntausend abziehen. Ach übrigens, als kleinen Bonus lasse ich dir den Bericht von der Trust-M hier. Da steht alles haargenau drin, über die Verflechtung von Vektra mit Impuls und die Verteilung der Budgets. Nimm es als Geste meines guten Willens.« Ich schiebe ihm die Kopie zu.

»Was soll das denn schon wieder heißen?«

»Das soll heißen, Wolodja, dass dieses kleine krumme Spielchen vorbei ist. In diesem Jahr wird das Budget nicht auf russische Art verteilt, wie du das nennst, sondern paritätisch. Also sechzigtausend für jeden. Und vergiss nicht, ihnen außerdem die fünftausend für die neuen Produktlinien zu überweisen.«

Guljakin setzt sich wieder hin. Mit stumpfem Blick glotzt er abwechselnd mal mich, mal den Bericht an.

»Also dann, Wolodja, solltest du gelegentlich in Moskau sein, ruf an. Und bis Freitag will ich den neuen Budgetplan auf dem Tisch liegen haben, okay? Und noch etwas. Dieser Bericht ist eine Kopie. Nur damit du Bescheid weißt.«

Damit verlasse ich das SSSR. Ich habe das Bedürfnis, mir gründlich die Hände zu waschen.

# Das Onegin

Als Vadim und ich das Onegin betreten, drehen sämtliche Mädchen in dem Club den Kopf in unsere Richtung. Nein, wir haben keine extraordinären Beulen in den Hosen. Wir sind auch keine überirdisch schönen Apollos. Wir haben einen anderen unbestreitbaren Vorzug. Wir sind Moskauer, und das ist hier gleichbedeutend mit dem Besitz von Firmen-Kreditkarten, welche uns in die Lage versetzen, die Damen unserer Wahl großzügig mit Drinks und Drogen zu versorgen. Glauben Sie mir, in Petersburg ist es vorteilhafter, ein betuchter Moskauer zu sein als ein Apollo.

Wir bestellen zwei doppelte Chivas Regal auf Eis, stecken uns Zigaretten an und positionieren uns so, dass wir den Saal überblicken können. Der Laden ist ziemlich voll, aber das Publikum eher Durchschnitt. Ein Haufen Büromenschen, die vor den Mädchen herumhampeln und sich aufplustern. Bei diesen Typen sind in der Regel die Eier praller als der Geldbeutel, und sie strampeln sich furchtbar ab, um allen zu zeigen, dass sie die großen Oligarchen sind. Daneben gibt es eine Handvoll echter Oligarchen, bei denen der Geldbeutel praller ist als die Eier, die geben hier die coolen Bohemiens in abgewetzten Klamotten. Echte Bohemiens sind auch da, ein gutes Dutzend aus der Szene, irgendwelche Modefreaks, die weder pralle Eier noch pralle Geldbeutel haben; weiterhin ein paar Vertreter der Jeunesse dorée, die mehr im Portemonnaie haben als die Modeaffen, aber weniger als die Bürotypen. Kann gut sein, dass die Oligarchen ihre Eltern sind. Schließlich gibt es noch ein paar Moskauer mit ihren Freundinnen, sehr, sehr viele Schwule und genau so viele einsame Mädchen.

»Sieht ziemlich mau aus«, konstatiert Vadim. »Die Musik ist auch scheiße.«

»Tja, Alter, was hast du denn erwartet? Es hat nun einmal nicht jeder die Gelegenheit, auf Firmenkosten nach Mailand zu schaukeln und sich dort im Schlussverkauf mit den Klamotten vom Vorjahr einzudecken.«

»Keine Anzüglichkeiten, bitte sehr! Mein Outfit stammt ausschließlich aus der Via Montenapoleone«, lacht er.

»Schön. Das kannst du ja den Mädels hier erzählen. Die fahren bestimmt darauf ab«, gebe ich zurück. »Was ist, machen wir eine Runde, du Modetunte?«

Wir sehen unbestreitbar cool aus. Vadim trägt abgewetzte Jeans und ein ausgebleichtes T-Shirt, dazu Jeans-Loafer von Patrick Cox. Ich selber trage rote Tod's, zerlöcherte Jeans und ein rotes T-Shirt von Moschino; zwei Schwule oder zwei DJs oder beides zusammen. Wir sehen uns im Saal um und lassen kleine hässliche Bemerkungen über die Leute ab:

»Guck dir mal die Mutti da an! Was für ein Provinztrampel! Die hat ihre beschissene Fluppe auf 'ne protzige Zigarettenspitze montiert und weiß nicht mal, wie sie das Ding richtig halten soll.«

»Und die beiden Vollidioten da auf dem Sofa, die schnuppern an ihrem Sowjetschaumwein, als wäre es Crystal Roederer.«

»Aber da hinten kippt einer echten Crystal Roederer. Vielleicht organisieren wir uns welchen und spielen ein bisschen den dicken Max?«

»Nanu? Hast du grad neunhundert Grüne zu viel? Dann gib sie lieber mir, ich hab dafür bessere Verwendung.«

»Okay, okay, holen wir uns eben noch einen Whiskey, ja?«

Wir gehen wieder zur Bar. Ich bin inzwischen schon ganz gut in Fahrt, knalle mein Glas auf den Tresen und rufe dem Barmann jovial zu:

»Man würde gern noch weiterzechen. War das Menü doch reichlich fett!«

»Hä?«

»Schon gut, vergiss es. Man sollte halt seine Klassiker kennen. Der Schuppen hier heißt doch Onegin, oder?«

»Ja, na und?« Bei dem Barmann fällt immer noch nicht der Groschen. »Möchten Sie noch einen Whiskey?«

»Bleib locker, Kumpel«, mischt sich Vadim ein. »Hast du schon mal was von einem gewissen Puschkin gehört? Der Typ hat mal einen Roman in Versen verzapft, weißt du, mit dem Titel *Eugen Onegin*, da drin ging es um einen anderen Typen, der ständig auf Partys war und so.«

»Und mit irgendwelchen Nutten rumgemacht hat«, kichere ich.

»Ach so, klar, den kenn ich«, sagt der Barmann. »Warum haben Sie das nicht gleich gesagt?«

Eine Weile stehen wir einfach nur da und rauchen. Ich ziehe einen Umschlag aus der Tasche und gebe ihn Vadim. Nacheinander verschwinden wir auf die Toilette. Als wir zurück sind, ist unsere Laune spürbar gestiegen. Wir stehen an der Bar, wippen mit den Füßen zur Musik und setzen unsere Sticheleien fort. Mein streunender Blick fällt auf ein in dieser Umgebung ziemlich exotisch wirkendes Pärchen, das in einer Ecke des Raumes auf einem Sofa sitzt. Der Typ trägt einen dunklen Anzug und Lackschuhe, dazu Hemd, Krawatte und Brille. Er hat eine verblüffende Ähnlichkeit mit diesem Schauspieler, der in der Verfilmung von Maxim Gorkis »Das Leben des Klim Samgin« den Titelhelden gegeben hat. Sie trägt einen Rock, billige Stiefel und obenrum irgendwas Farbloses. Ihr Gesicht ist sehr symmetrisch, die Haare dunkel. Er hat schüchtern einen Arm um sie gelegt, flüstert ihr ins Ohr und nippt an einer Kaffeetasse. Sie hört ihm zu, trinkt Weißwein und schaut dabei mit scheuen Rehaugen in die Welt.

»Oha«, sage ich. »Guck doch mal, was für Prachtexemplare! Wie kommen die denn hierher? Der Typ ist bestimmt Kassenwart an einer Hochschule und hat jetzt die Stipendien veruntreut, damit er seine Freundin einmal im Leben in einen angesagten Club ausführen kann. Was meinst du?«

»Nein, mein Lieber. Das ist die Große Liebe! Davon verstehst du nichts!«, prustet Vadim los. »Ich vermute eher, der junge Mann ist ein großer Forscher, hat gerade ein sagenhaftes Stipendium für eine weltbewegende Entdeckung auf dem Gebiet der anorganischen Chemie abgegriffen und führt zur Feier des Tages seine kleine Freundin in die Welt des Glamour ein.«

»C'est l'amour, tatatam! Doch leider nur, tamtam, ja nicht für mich, tatamtatam, entkleide dich! Apropos Entkleiden, da hätte ich nichts dagegen, was? Also ein Chemiker, sagst du? Tja, dann frage ich mich bloß, was er Tolles erfunden hat, dass er sein Mäuschen sogar ins Onegin ausführen kann.«

»Keine Ahnung. Eine neue Modedroge wird es wohl nicht sein, er trinkt Kaffee.«

Jetzt bemerkt das Mädchen, dass wir sie anstarren. Sie wird rot und sagt etwas zu ihrem Freund. Wir lachen und machen alberne Grimassen.

»Sie sagt ihm, dass sie scharf auf dich ist! Liebling, guck mal, was für ein netter Junge!«, zwitschert Vadim mit Quäkstimme.

»Das passt doch! Mit dem Typen da ist doch sowieso nichts los.«

»Komm, wir pusten ihm ein bisschen Schnee in die Nase, dann kriegt er Tempo«, kichert Vadim weiter.

Der junge Mann hat inzwischen den Kellner gerufen, und der bringt ihm eilig die Rechnung. Wahrscheinlich ist die Zeche so niedrig, dass er ihre Plätze möglichst schnell für lukrativere Gäste freimachen will. Das Paar erhebt sich und strebt Richtung Ausgang. Im Vorbeigehen wirft uns der Typ einen traurigen und verächtlichen Blick zu, das Mädchen will offensichtlich nur möglichst schnell hier raus. Ich habe plötzlich einen Kloß in der Brust. Es gibt doch nichts Mieseres, als über die Gefühle anderer Menschen zu spotten. Wir sind damit nur deshalb so eifrig, weil wir das nicht kennen und bei unserem Lebensstil wohl auch niemals kennenlernen werden. Ich bin sicher, sollten wir in unserem Leben einmal dergleichen erleben, würden wir eimerweise sentimentalen Schwulst absondern und ein prächtiges Ziel für den Spott unserer Freunde abgeben. Dieser Gedanke löst in meinem Kopf eine Assoziationskette aus, und ich gehe wieder auf die Toilette.

Nachdem ich die nächste Line eingezogen habe, fühle ich mich dermaßen schwermütig und einsam, dass ich ohne auf die Uhrzeit zu achten Julas Nummer wähle.

Das erste Rufzeichen ertönt, dann das zweite, das dritte, das vierte ... Jula, Julchen, mein Mädchen, hast du vergessen, dass du ein Handy besitzt, auf dem dich jetzt ein einsamer Psychopath anruft, der endgültig aus der Bahn geworfen wurde, der jeden Halt verloren hat und langsam an dem giftigen Gebräu aus Banalität, Zynismus und Gleichgültigkeit zugrunde geht? Drück einfach auf das grüne Knöpfchen, sag mir, dass du schläfst, dann bin ich schon zufrieden, dann kann ich wieder daran glauben, dass es auf dieser Erde noch Menschen gibt.

»Hallo ...«, klingt es endlich aus dem Hörer.

»Hallo«, sage ich mit gepresster Stimme. »Habe ich dich geweckt?«

»Nein, nein, ich bin auf einer Geburtstagsfeier bei einer Freundin. Was ist denn mit deiner Stimme los?«

»Das ist Gram, verstehst du, pure Gram. Diese Stadt hat mich endgültig plattgemacht. Obwohl es dafür wahrscheinlich gar nicht viel braucht.«

»Bist du in Petersburg? Schläfst du wieder nicht?«

»Nein. Ich wollte ein wenig entspannen und habe mich mit einem Freund aus Moskau getroffen. Wir sind in einem Club. Wahrscheinlich wäre es besser gewesen, wenn ich mich ins Bett gelegt hätte. Und morgen früh dann ab in den Zoo. Das Ergebnis wäre bestimmt das Gleiche ...«

»Mein kleiner Junge, willst du dich denn völlig zugrunde richten?«

»Reden wir nicht drüber – wie ist deine Party? Ist die Stimmung gut?«

»Ach ja, ganz gut, nichts Besonderes, wie immer halt. Was ist denn mit dir los? Was treibst du da schon wieder?«

»Schon gut. Amüsier dich für mich mit, ja? Mir geht's ziemlich beschissen, ich glaub, ich gehe schlafen.«

»Ja, tu das. Schlaf dich aus. Du solltest nicht so mit dir umgehen. Fahr nach Haus. Ich bitte dich.«

»Jula, weißt du was? Ich fühle mich gerade wie ein kleiner Junge. Ich möchte ins Hotel fahren und mit dem Telefon im Arm einschlafen. Mit deiner Stimme ... Jula, du fehlst mir.«

»Du musst einfach ausschlafen. Morgen früh rufe ich dich an, und dann sieht die Welt schon ganz anders aus, schön und voller Sonne. Möchtest du das?«

Ich höre ihre Stimme, aber ich verstehe kaum, was sie sagt. Ich fühle nur, wie mir ganz warm ums Herz wird.

»Jula, ehrlich, ich fahre ins Hotel und lege mich schlafen. Danke, dass du mit mir gesprochen hast.«

»Rede nicht so einen Unsinn!«

Dann höre ich Stimmen im Hintergrund, und für eine Sekunde glaube ich, auch männliche Stimmen zu erkennen. Es gibt mir einen Stich in die Brust. Mein einziger Gedanke ist, dass ich es nicht ertragen kann, Männerstimmen in ihrer Nähe zu hören, ich sage schnell »Gute Nacht!« und schalte ab. Anschließend versuche ich, mich zu beruhigen, aber die Zündschnur der Eifersucht glimmt bereits, und bei dem Gedanken daran, mit was für Leuten sie dort feiert, wird mir heiß und kalt. Ich begreife, dass ich mir nichts so sehr wünsche wie bei ihr zu sein. Kilometer sind das beste Aphrodisiakum, oder nicht?

Die Petersburger Nacht liegt in den letzten Zügen. Das Publikum ist auf den harten Kern der Clubszene zusammengeschmolzen. Nur noch vereinzelt schleichen graue Gestalten durch die Räume, verschwinden auf der Toilette, in der Hoffnung, dort auf Bekannte zu treffen, die etwas dabeihaben, und kommen nach kurzer Zeit mit enttäuschten Gesichtern wieder zum Vorschein. Die Musik ist leise, die Tanzfläche leert sich. Die Mädchen, die in dieser Nacht keinen Partner gefunden haben, kleben in den Ecken wie einsame Glühwürmchen in der Erwartung der ersten Sonnenstrahlen. Ihre Gesichter sind schon bedenklich blass und glanzlos. Langsam bilden sich dunkle Ringe unter ihren Augen, die Wangenknochen, am Abend mit viel Kosmetik geschickt retuschiert, treten hervor. Plötzlich muss ich grinsen:

»He, guck doch mal, all diese Schönheiten zerschmelzen vor deinen Augen wie Schnee an der Sonne. Eben waren es noch lauter Prinzessinnen, und in einer halben Stunde sitzen da nur noch Aschenputtel! Oder sie verschwinden ganz. Stell dir vor, in einer Stunde ist von ihnen vielleicht bloß noch ein zerknittertes Häufchen bunter Kleider übrig. Geile Vorstellung, was?«

»Super. Und die Mercedesse auf dem Club-Parkplatz haben sich in Kürbisse verwandelt. Echt heiß!«

»Nee, hör auf, hier fährt doch jeder zweite einen Kürbis. Die Mercedesse verwandeln sich – puff – in neue Straßen, sanierte Häuser und neue Wasserleitungen. Ich könnte mir auch vorstellen, dass einige von ihnen unterwegs als Dollarstapel liegen bleiben, mit kleinen Schildchen dran: RENTEN, SUBVENTIONEN, MEDIZINISCHE VERSORGUNG und so was.«

»Ich glaube, Alter, die Sache ist viel einfacher. Die meisten Mercedesse verwandeln sich in riesige Haufen Koks oder Waffen. Ein kleiner Teil wird zu Wäldern. Schiffsbauholz zum

Beispiel. Dann kommt endlich die Weltgerechtigkeit, die Letzten werden die Ersten sein und der ganze Mist.«

»Hör mal, während wir uns hier mit Scharfsinn abmühen, lösen sich unsere schönen Unbekannten da auf ihren Sofas in Luft auf. Komm, noch ist Zeit, sie zu retten.«

Kurz entschlossen setze ich mich in Bewegung, baue mich vor zwei Mädchen auf und sage ungefähr Folgendes:

»Hallo, Mädels. Sagt mal, wohnt ihr zufälligerweise in Petersburg?«

»Ja«, antwortet die eine von ihnen vorsichtig. »Warum?«

»Ach, es geht bloß darum, dass mein Freund, der, der da hinten sitzt – er ist nämlich sehr schüchtern, wisst ihr –, also, mein Freund und ich, wir sind fremd hier, wir kommen aus Moskau. Und jetzt wissen wir nicht mehr, wie wir zu unserem Hotel kommen.«

Bei dem Wort Moskau leben die Mädchen spürbar auf, ihre Wangen zeigen plötzlich wieder einen Hauch von Farbe, und ihre Augen beginnen zu funkeln. Aber eine fragt lieber noch einmal genauer nach, um auf Nummer sicher zu gehen.

»Wie heißt denn euer Hotel, Kleiner?«

»Na ja, das ist dieses Dingsbums, warte mal ...« Ich mache ein Schafsgesicht, krame in meiner Tasche herum und bringe schließlich meine Zimmerchipkarte zum Vorschein. »Ich glaube, hier steht es drauf, oder? Ah ja, genau! Newski Palace, wusste ich's doch! Das ist wohl auf dem Newski-Prospekt, oder?«

»Doch, das ist auf dem Newski«, plappern jetzt beide los, weil sie begriffen haben, dass sie ein paar dicke Fische an der Angel haben.

»Also, Jungs, eigentlich sind wir ja keine Stadtführer«, beginnt die pfiffigere von beiden. »Aber macht ja nichts. Wir bringen euch trotzdem hin. Unsere armen Hauptstädter sollen ja nicht verlorengehen, was, Lena?«

Lena nickt gnädig. »Habt ihr denn wenigstens was zum Aufmuntern in eurem Hotel?«

»Es gibt Kaffee«, scherzt mein Spießgeselle unpassenderweise.

»Kaffee?«, fragt sie und kneift die Augen zusammen.

»Pulverkaffee. Aus Kolumbien. Aber macht euch keine Sorgen«, versuche ich die Situation zu retten, »ich kippe so viel Pulver rein, dass ihr bestimmt nicht einschlaft.«

»Hahaha!«, lachen sie ausgelassen, was eine angenehme Lüsternheit in meinem Unterleib erzeugt. »Dann können wir ja los. Wir müssen nur noch unseren Champagner bezahlen.«

»Das lasst mal meine Sorge sein, Mädels.« Mit der Geschicklichkeit eines Taschenspielers hat Vadim seine Kreditkarte hervorgezaubert. »Geht mit diesem Herrn schon einmal vor, ich regele das inzwischen.« In diesem Augenblick hat er eine gewisse Ähnlichkeit mit David Copperfield, nur dass seine Augen einen verräterischen Glanz haben. Ich vermute mal, das war dann auch schon sein einziger Zaubertrick.

Im Taxi sitzt Vadim zwischen den beiden Mädchen, legt die Arme um ihre Schultern und quasselt von arabischen Scheichs, Harems und sonstigen Attributen des erdölreichen Orients. Ich denke, dass wir ganz bestimmt keine Scheichs sind, sondern höchstens Kalifen für eine Stunde. Vielleicht auch für ein paar mehr, je nachdem, wie lange die Wirkung anhält. Die Mädchen wissen das natürlich auch, weshalb sie sich nach Kräften bemühen, dem Bild der Scheherezade für eine Nacht zu entsprechen. Sie lachen laut über unsere Witze, lassen sich freizügig von Vadim befummeln, schieben ihre Hände unter sein T-Shirt und knutschen mit ihm herum. Kurz, sie tun ihr Bestes, nicht hinter durchschnittlichen Pornodarstellerinnen zurückzustehen.

Als wir am Newski Palace ankommen, gibt es eine kurze Verzögerung. Auf dem Bürgersteig vor dem Hotel steht ein kleines Werbeplakat mit der Fotografie eines Brautpaares. Er im Smoking, sie in einem ziemlich abgefahrenen weißen Kleid. Vadim fasst eines der beiden Mädchen (Tatjana, wie wir inzwischen wissen) unterm Arm und baut sich mit ihr vor dem Schild auf.

»He, sehen wir nicht aus wie ein Brautpaar? Na los, sagt schon! Meiner Meinung nach sind wir perfekt! ›Till Death Do Us Apart‹, so heißt das doch, oder?«, deklamiert er salbungsvoll.

Richtiger müsste es wohl »Till Morning Do Us Apart« heißen. Aber wozu dieser Zynismus, wenn man eine romantische Nacht vor sich hat?

Im Hotel lädt Vadim mit großer Geste alle zu sich ein. Wie sich herausstellt, bewohnt er ein Zweizimmerappartement, dessen Ausstattung mehr als deutlich zu erkennen gibt, wie phänomenal die Geschäfte der Tabakindustrie in Russland florieren. Wenn der Marketingdirektor sich so eine Suite leisten kann, was machen dann erst die Chefs? Mieten die die ganze Stadt?

Vadim besorgt Champagner und verteilt ihn in Gläser, und ich streue das restliche Pulver auf das Zeitungstischchen und lege einen zusammengerollten Geldschein und meine Kreditkarte daneben. Die Mädchen schnupfen affektiert, und Tatjana flüstert:

»Klasse. Das ist Moskauer Stoff, oder?«

»Hmhm.«

»Man merkt sofort, dass das nicht unser Aspirin ist.«

»Ich meine, vom Moskauer Bahnhof«, lache ich. »Aber Mädels, was spielt das für eine Rolle, ob das Moskauer oder Petersburger Stoff ist? Hauptsache, wir haben Spaß, oder?«

Alle lachen einmütig, wir stoßen an, und es nähert sich der Moment, in dem die Pause zwischen dem Präludium und dem bevorstehenden Sündenfall überbrückt werden muss. Allen ist das weitere Szenario vollkommen klar, aber wir können uns ja nicht einfach die Klamotten runterreißen und losvögeln. Wir sind schließlich intelligente Menschen, auf Tournee in der Hauptstadt der Kultur. Und deshalb werden wir die nächsten zwanzig Minuten brav mit irgendwelchen Banalitäten überbrücken.

»Vadim, du hast so interessante Mokassins an«, bemerkt Lena kokett.

»Oh ja, für die hab ich ein ganzes Jahr Frondienste auf den Baustellen des Kapitalismus geleistet«, gibt Vadim geziert zurück.

»Du meinst wohl, Hunderte von kleinen Fronarbeitern haben sich ein Jahr lang in Ausbeuterbetrieben abgerackert, damit du hier säckeweise Komplimente abgreifen kannst«, bemerke ich süffisant.

»Was für Betriebe?«, fragt Tatjana.

Da sprudelt es völlig unvermittelt aus mir heraus. Ich erkläre ihr, wie die Preise von Luxuswaren auf den Weltmärkten gemacht werden, erzähle von den unmenschlichen Arbeitsbedingungen in den Fabriken Südostasiens, in denen all dieser Wohlstandsmist hergestellt wird – so bildhaft, als wäre ich selber dort gewesen. Ich kläre sie darüber auf, wie überall in der Welt mit unserer stillschweigenden Billigung ein neues Sklavensystem entsteht. Ich rede über die Heerscharen stumpfsinniger Idioten, deren größtes Lebensziel es ist, möglichst viele Mitgliedskarten möglichst angesagter Clubs und möglichst viele Kundenkarten von möglichst teuren Boutiquen aus beiden Hauptstädten unseres Landes zu besitzen. Mit Emphase rufe ich alle Anwesenden auf, in sich zu gehen und darüber nachzudenken, dass wir unseren Kindern eine klare Linie in die Zukunft weisen müssen, wobei Vadim die nächste Line gerade von der Tischplatte putzt. Und während ich mich bemühe, die nicht besonders lebhafte Aufmerksamkeit meiner Zuhörer auf die beunruhigende Tatsache zu lenken, dass unser heutiges demokratisches System sich kaum von dem des Kommunismus unterscheidet, lenkt Vadim Tatjana schon ins Nebenzimmer. Ich befinde mich in einer Art Trancezustand, mein Denken bewegt sich schneller als meine Sprechwerkzeuge. Ich möchte über die Liebe reden, über die einfachen und doch so wichtigen menschlichen Gefühle, über Geopolitik, gnadenlose Konkurrenzkämpfe auf dem Weltmarkt ...

Ich lege alle rhetorische Raffinesse in meinen Monolog, alle Energie, zu der ich fähig bin, und schließe endlich mit den Worten:

»Versteht ihr, wohin wir alle steuern?«

Und da, nach dieser so wunderbaren ergreifenden Rede, nach diesem Erguss voller genialer Einfälle und hinreißender Sprachfiguren, in der ich alle großen Menschheitsfragen behandelt und gelöst habe, in diesem beschissenen genialen Moment hebt Lena, dieses miese behämmerte Stück Vieh, ihre leeren Kuhaugen zu mir auf und fragt ganz leise und unschuldig:

»Is eigentlich noch Kokain da?«

Ohne ein weiteres Wort reiße ich mir das T-Shirt vom Leib und werfe die Tür zum Nachbarzimmer ins Schloss.

Um sechs Uhr morgens gehe ich ins Bad. Ich drehe den kalten Wasserhahn auf und halte meinen Kopf minutenlang unter den kalten Strahl. Dann trockne ich mir das Gesicht mit einem der flauschigen Handtücher ab, die man immer noch in russischen Hotels findet. Als ich wieder ins Zimmer komme, sehe ich meine Jeans auf dem Fußboden, fische mein Telefon aus der Tasche und finde eine ungelesene SMS. Ich zünde mir eine Zigarette an und lese: »Mein kleiner Junge«, schreibt Jula. »Ich möchte jetzt deinen verrückten Kopf streicheln. Und meine Nase in dein Haar drücken. Schlaf gut. Bis morgen.«

Trotz meiner trüben Birne schäme ich mich in Grund und Boden. Dafür, dass ich ihr so scheußlich die Ohren vollgejammert habe, dafür, wie ich diese Nacht verbracht habe, und am meisten dafür, dass ich für einen kleinen Augenblick zugelassen habe, dass sie von all diesen Heucheleien und Lügen berührt wurde. Ich schicke ihr eine rührselige SMS, vergleiche sie mit einem Engel und füge noch einhundertsechzig Zeichen meiner Gefühle hinzu. Ich glaube, die Waagschalen meines Lebens kommen endlich in Bewegung, und die Schale, in der das Gute liegt, oder sagen wir, die

Bruchstücke des Guten, senkt sich ganz langsam und überwiegt all das Scheußliche in mir, das bis zur heutigen Nacht unangefochten geherrscht hat. Oder ist das eine Illusion?

Am selben Tag, wenige Stunden später, sitze ich in der Bar des Newski Palace, trinke Champagner und spiele mit meinem Handy herum. Ich lese die SMS, die Jula und ich ausgetauscht haben. Im Radio singt Dido Eminems Song »Stan«:

*My tea's gone cold, I'm wondering why I got out of bed at all. The morning rain clouds up my window and I can't see at all. And even if I could, it'd all be grey, but your picture on my wall. It reminds me that it's not so bad. It's not so bad.*

Vielleicht, überlege ich, lag sie ja heute morgen in den Armen eines anderen Mannes, als meine SMS bei ihr einging. Sie küsste ihn zärtlich aufs Kinn, er öffnete verschlafen die Augen und strich ihr über das Haar, und dann lachten sie, räkelten sich wohlig und stimmten sich auf den neuen Tag ein.

Und gestern, als sie mit mir telefoniert hat, saß er bestimmt in Partylaune im Nachbarzimmer oder lehnte am Türpfosten und sah sie an, und sie machte ihm hastig Zeichen, so in der Art »Ich komme gleich, eine Minute«, und dann versuchte sie, am Telefon diesen verdammten Psychopathen zu beruhigen – mich.

Ich habe einen Kloß im Hals und Tränen in den Augen, obwohl ich weiß, dass diese Eifersucht destruktiv ist, zumal in unserem Fall völlig unbegründet. Aber die Paranoia ist mir längst in die Adern gekrochen und lässt mein Blut schäumen wie Champagnerbläschen. Am liebsten würde ich weglaufen und mich vor allem und allen verstecken. Ich fühle mich tief gekränkt und habe so entsetzliches Mitleid mit mir selber, dass ich heulen könnte.

Als ich das vierte Glas Champagner intus habe – es ist noch nicht einmal elf Uhr morgens –, entdecke ich eine weitere grundlegende Formel unseres Daseins. Sie lautet: Ich betrüge alle, und ich werde von allen betrogen. Keiner sagt die Wahrheit. Niemandem kann man glauben. Wir sind alle Geiseln unserer eigenen Lügen. Wir leben nach dem Motto »Lügen bringt Heil«, und unser Heil liegt tatsächlich in der Lüge. Aus Angst, jemanden zu verletzen, indem wir die Wahrheit sagen, verletzen wir uns selber mit den Flaschenscherben unserer Lügen. Und alles aus reiner Bequemlichkeit.

Wir quatschen am Telefon mit unseren Ehefrauen, während unsere Freundinnen uns einen blasen. Wenn sie damit fertig sind, verschwinden sie im Bad, um ihren Freunden, die sich inzwischen vor Sehnsucht verzehren, heimlich eine SMS zu schicken. Und kaum haben diese Freunde die heiß ersehnte Botschaft erhalten, fahren sie mit quietschenden Reifen zu unseren Ehefrauen, um sie flachzulegen, zur selben Zeit, da wir unsere Freundinnen flachlegen, die wiederum die besten Freundinnen der Freunde unserer Ehefrauen sind. Die Liebe ist dabei längst auf der Strecke geblieben, alle leiden wie die Schweine, treiben einander gegenseitig vor Eifersucht fast in den Wahnsinn.

Aber es geht uns ja allen gut dabei. Mit unseren Freundinnen lachen wir herzlich über unsere betrogenen Ehefrauen, während unsere Freundinnen ihren Freunden unsere rührenden SMS zeigen. Und denen läuft es eiskalt über den Rücken vor so viel Zynismus und Abgeschmacktheit, weil sie begreifen, dass sie fast die gleichen SMS an unsere Ehefrauen schicken.

Am Ende, wenn alles ans Licht kommt, wenn wir endlich verstehen, dass wir uns alle reihum betrogen haben, bleibt nur noch ein Ausweg – sich aufzuhängen.

Dennoch wählen wir das Leben. Weil es einfacher ist. Wir versuchen bei jeder neuen Begegnung, uns einzureden, dass man uns einmal, ein einziges Mal, nicht betrügt, dass dieses eine Mal alles in Ordnung ist. Es erübrigt sich zu sagen, dass wir am Ende diejenigen sind, die am übelsten betrogen wurden.

Ich merke, dass ich komplett besoffen bin. Mühsam erhebe ich mich und gehe in Richtung Ausgang. Den Gästen, an denen ich vorbeikomme, schneide ich eine Fratze und strecke der Hostess die Zunge heraus. Am Ausgang der Bar schnappe ich mir einen leeren Sektkübel und stülpe ihn mir über den Kopf.

Dann drehe ich mich zum Gastraum um und sage laut: »Glaubt niemandem, Leute! Seid auf der Hut, man betrügt euch!«

In diesem Moment müsste ich aussehen wie der Titelheld in dem Film *Alexander Newski,* wie er sich mit einem wütenden Schlachtruf in den Zweikampf stürzt. Tatsächlich fühle ich mich aber wie ein Tunfisch in der Konservendose, eingelegt in einer Soße aus meinem eigenen sentimentalen Rotz.

Ich setze den Eimer ab und verziehe mich. Hinter mir höre ich das Klatschen eines einsamen Zynikers, den meine

Worte offenbar ins Herz getroffen haben. O Gott, warum akzeptieren wir nicht einfach die Tatsache, dass es ganz normale Menschen gibt? Warum fällt es uns so schwer, jemandem zu glauben?

Ich weiß nicht, was ich mir mehr wünschen soll: ins Bett zu fallen oder in die Newa.

Um zwölf Uhr mittags klopft es an der Tür. Ich mache auf – vor mir steht das Zimmermädchen.

»Soll ich das Zimmer fertig machen?«, fragt sie schüchtern.

»Nein …«, antworte ich und drehe mich um: ein verwüstetes Zimmer, ein Haufen zerknitterter Klamotten in einer Ecke, ein umgefallener Sessel, leere Flaschen und eine leblos von der Bettkante herabhängende Hand mit rot lackierten Fingernägeln.

»Nein, nicht nötig, hier sind schon alle fertig.«

# Zu Haus

Zwei Stunden später sitze ich fit wie ein Turnschuh im Restaurant Moskau und schaue aus dem Fenster auf die Stadt Petersburg hinunter. Der Laden liegt im fünften Stock eines großen Business-Centers, was nach Moskauer Verhältnissen eigentlich voll daneben ist. Aber hier könnte man so ein Restaurant wahrscheinlich im sechsten Stock einer Tiefgarage aufmachen, es würde trotzdem laufen. Das Moskau ist tatsächlich ziemlich moskauerisch, sowohl was das wunderbar minimalistische Design angeht als auch die Musik, den Service und die Küche. Die Reihenfolge dieser Kriterien ist dabei wichtig, denn das Moskau ist ein sehr angesagtes Restaurant, und so ein Etablissement besucht man aus den unterschiedlichsten Gründen, nur nicht, um gut zu essen.

Ich sitze an einem der Panoramafenster, schaue auf den Kreuzer Aurora, der in der Ferne auf der Newa dümpelt und trinke schon meinen zweiten Kaffee. Die bis zur Abfahrt des Zuges verbleibenden zwei Stunden vertreibe ich mir in Gesellschaft von Andrej, einem entfernten Verwandten, und seiner Freundin. Bezüglich letzterer Klassifizierung hätte ich vielleicht einige Fragen, aber der Einfachheit halber behalte ich sie lieber für mich.

Andrej ist ein junger Mann von etwa zweiundzwanzig Jahren, Student an der historischen Fakultät der Sankt Petersburger Uni. In seiner Freizeit pflegt er sehr unterschiedliche Interessen, von der PR-Arbeit für diverse Clubs bis zum Handel mit teuren Alkoholika, von der Gestaltung der Internetseite seiner Fakultät bis zur journalistischen Tätigkeit. Im Großen und Ganzen ein junger und gebildeter Bursche mit kreativem Denkpotenzial und glänzenden Zukunftsaussichten. Mit anderen Worten, die Chancen, zum begehrtesten Promoter der Stadt zu werden oder im Koks zu versacken, halten sich ungefähr die Waage.

Wir sehen uns ein paarmal im Jahr in Moskau oder in Petersburg. Dann erzählt er mir, was er in letzter Zeit alles erlebt hat, und ich höre ihm halb verärgert, halb wohlwollend zu. Verärgert, weil ich mich an mich selbst im Alter von zweiundzwanzig Jahren erinnere, an meine Begeisterung für blödsinnige Projekte, meine Vorliebe für immer die falschen Mädchen, mein Eintauchen in die Club- und Drogenszene. Wohlwollend, weil er, gemessen an den acht Jahren, die zwischen uns liegen, schon so viel begriffen hat, was mir erst sehr viel später klargeworden ist. Also kann man darauf hoffen, dass er es besser machen wird als ich. Außerdem bin ich ihm gegenüber immer ein wenig gereizt, weil ich für ihn eine unklare, mir wesensfremde und vollkommen grundlose Verantwortung empfinde, wie für einen kleinen Bruder. Ich genieße meine Rolle als Mentor, obwohl ich von vornherein weiß, dass er von meinen Belehrungen keinen Gebrauch machen wird. Irgendwie gibt mir das wohl einen morbiden greisenhaften Kick.

Andrejs Freundin ist ein sehr ulkiges Mädchen. Als sie mal für ein paar Minuten auf die Toilette verschwindet, gibt er folgendes Statement über sie ab: »Sie sieht ein bisschen dumm aus, aber eigentlich ist sie ziemlich auf Zack. Sie studiert an meiner Fakultät, hat aber schon eine Schauspielausbildung abgeschlossen, und jetzt hat sie eine eigene Tanznummer in einem Nachtclub. Außerdem ist ein Oligarch hinter ihr her. Stark, was?«

»Oha! Aber was meinst jetzt genau mit ›auf Zack‹«, erkundige ich mich. »Sie tanzt ja wohl oben ohne, hoffe ich?«

»Wieso das denn?«

»Also, Andrej, eines musst du dir merken: Das Wichtigste im Leben sind große Frauenbrüste, wie schon Beavis sagt. Es gibt definitiv nichts Größeres!«

»Ach, Mann, leck mich. Sie ist wirklich in Ordnung, was soll das Gefrozzel?«, bemerkt er und ist plötzlich gekränkt, obwohl er doch, seit wir hier im Moskau sitzen, ununterbrochen über sie herzieht.

Da kommt sie schon zurück. Ein junges Ding, das auf Femme Fatale oder blutrünstiger Vamp á la Renata Litwinowa macht.

»Andrej, hast du mir ein Dessert bestellt?«, sagt sie mit Schmollmündchen.

»Du hast ja deinen Salat noch nicht gegessen.«

»Ich möchte nicht mehr.«

»Na komm, iss brav deinen Kohl auf«, lacht er. »Der wurde schließlich von Moskau bezahlt.«

»Und wenn ich ihn nicht esse, was passiert dann?«

»Dann wachsen dir Ballonbrüste. Oder du ziehst nach Moskau um«, kichert Andrej.

»Idiot«, sie tut beleidigt. »Ich bin schon im Moskau.«

»Das ist ein fataler Irrtum«, stelle ich richtig.

Wir bestellen uns Desserts, rauchen, reden leeres Zeug. Im Stillen ärgere ich mich darüber, dass Andrej dieses Barbie-Püppchen mitgebracht hat, andererseits ist es mir auch wieder egal.

»Wie ist das Dessert?«, frage ich, um das Gespräch in Gang zu halten.

»Fabelhaft!« Sie spreizt die Fingerchen und zeigt, wie fabelhaft.

»Du bist aber noch viel fabelhafter«, antwortet Andrej ganz gentlemanlike. Dafür fällt sie ihm sofort theatralisch um den Hals und knutscht ihn ab. Aber während sie die Zunge nicht aus seinem Mund kriegt, durchbohrt sie mich gleichzeitig mit ihren Blicken.

Die ganze Szene wirkt auf mich eher komisch. Die beiden spielen mir hingebungsvoll die verliebten Jetsetter vor. Sie redet wie eine überkandidelte Quietschente aus irgendeinem Luxuskaufhaus, knautscht affektiert auf jeder Silbe herum und geizt nicht mit hohlen Modewörtern. Das Ganze könnte eins-zu-eins aus einer dieser schwachsinnigen Comedy-Sendungen stammen, in denen flaue Komiker Prominente imitieren. Genauer gesagt: Es sieht aus, als würden die beiden diese Komiker imitieren, die Prominente imitieren, und dabei bilden sie sich ein, extrem glamourmäßig rüberzukommen. Wie gesagt, die Szene ist wirklich komisch, auch wenn das nicht beabsichtigt ist.

Sie sieht meinen roten Adidas-Sportanzug an und sagt:

»Klasse Anzug hast du.«

»Hmhm. Achtzigerjahre-Stil.«

»Hör mal, Andrej«, plappert sie weiter. »Die Achtziger waren wirklich geil, schade, dass wir das nicht erlebt haben, was? Geile Mode, jede Masse Glamour und so, Partys, Synthie-Pop, elektronische Musik, Disco, Modern Talking! Oj, ich finde das so super!«

»Ja ja. Und billiger Portwein, Komsomol, KGB, und wenn man mit Dollars erwischt wurde, ging's ab in den Knast«, entgegne ich. »Das war wirklich wahnsinnig lustig.«

»Immerhin ist damals was passiert«, platzt Andrej dazwischen. »Heute ist alles einfach und klar. Damals war das Leben ein einziger Rausch, jeden Tag Fete und so weiter. So was kommt nicht mehr wieder.«

»Sag das nicht, das können wir heute vielleicht besser als 1982«, sage ich düster.

»Och, ich glaube, das war super! Stell dir vor, Andrej, ich würde einen blauen Minirock tragen, eine weiße Bluse mit Komsomolabzeichen und Netzstrümpfe. Das wäre so sexy! Das würde dir bestimmt gefallen, oder?«

Ich lasse die Rechnung kommen und starre wieder aus dem Fenster. Die beiden plappern weiter über die kommunistische Epoche. Der Kreuzer Aurora kommt mir jetzt längst nicht mehr so archaisch vor wie vorhin.

Der Kellner meldet mir, dass das Taxi da ist. Während wir mit dem Fahrstuhl nach unten fahren, danke ich meinem Schöpfer, dass ich mich für den Nachmittagszug entschieden habe. Noch einen Tag in Petersburg hätte ich nicht überlebt.

Als ich endlich im Zug sitze, habe ich nur noch den einen Wunsch – möglichst schnell ins Nirwana zu fallen. Ich lasse mir einen Cognac kommen und glotze in den Fernseher. Eben habe ich mit Jula telefoniert und sie für heute Abend zum Essen eingeladen. Zuerst wollte sie ablehnen, schob zu meinem Ärger dringende Geschäfte vor, aber dann willigte sie ein, mich um zehn Uhr abends im Schatjor an den Tschistie Prudi zu treffen. Der Cognac trägt mich wohlig in den Schlaf, ich denke an das bevorstehende Treffen. Im Fernsehen läuft ein Heimatfilm. Ich will nicht behaupten, dass mir von solchen Streifen speiübel würde, aber der Humor, die Rührseligkeit, überhaupt die ganze sowjetische Ästhetik, berühren mich nicht im Geringsten. Ich schaue mich um und sehe, dass fast alle meine Nachbarn, die Kopfhörer über die Ohren gestülpt, am Bildschirm kleben und synchron an denselben Stellen lachen.

Mir fällt auf, dass fast alle diese Leute in meinem Alter sind, und sie sind wie ich Geschäftsleute. »Business-Class«. Sie trinken sowjetischen Weinbrand und genießen die Magie der sowjetischen Filmkunst. Ich glaube, wenn man einigen von diesen Gestalten die Notebooks und Handys wegnähme und sie in andere Anzüge steckte, anschließend das Abteil noch ein wenig schäbiger machte, dann wüsste man nicht mehr, in welchem Jahr wir uns befinden, 2005 oder 1985. Es sieht genauso aus. Hätte ich mir das damals träumen lassen, als ich mir die ersten amerikanischen Action-Videos anschaute? Hätte ich das gedacht, als ich 1989 meine ersten Dollars bei ausländischen Touristen auf dem Arbat eintauschte? Hätte ich mir vorstellen können, dass diese graue Masse, die sich damals durch die Straßen wälzte, eines wunderschönen Tages wiederkehren würde? Hat sich denn überhaupt nichts verändert? Nein, anders: Haben wir wirklich nichts verandert?

Die armen Jungs und Mädchen, die in den Jahren 1970 bis 1976 geboren wurden. So viel Hoffnung hat man auf sie gesetzt! Wie niedliche Schmetterlingslarven lagen sie in ihren Kinderwagen, fest gewickelt und verknotet mit den ewig gleichen blauen oder rosa Schleifchen – produziert gemäß dem Fünfjahresplan des Ministeriums für Leichtindustrie –, und ihre Eltern beugten sich gerührt über sie: Die lieben Kinderchen, da schlafen sie und ahnen nicht, was für ein Glück sie haben! All das, was wir nicht bekommen haben, ist für sie doppelt und dreifach da.

Es waren die satten Siebzigerjahre, wo alles so routiniert und vorhersehbar war. Damals glaubten wir fest daran, dass wir trotz aller Hindernisse in die glorreiche Zukunft eines siegreichen Sozialismus schreiten würden. Sogar solche Menschheitsplagen wie das gefräßige Monster des Militärbudgets, die dumme und amorphe Wirtschaftspolitik, der allgemeine Schlendrian, all das zählte ja nicht angesichts der gigantischen Ressourcen an Erdöl, Kohle und Gas. Sie waren die Rettungsringe, die uns für ein paar hundert Jahre über Wasser halten würden, mit denen wir sogar weit hinaus in den Ozean namens »Wohlstand für alle« hinausschwimmen sollten. Und diese süßen nichtsahnenden Kinder sollten die erste glückliche Generation sein, die Generation, die die Früchte erntet, gewachsen auf einem Kompost aus Entbehrungen, Kriegen, Hunger und sonstigen Grausamkeiten, die das zwanzigste Jahrhundert zu bieten hatte.

Die Kinder der Siebzigerjahre: die erste Generation, deren Zukunft wirklich gut vorausgeplant war.

Es vergingen zwei, drei Jahrzehnte. Wir wuchsen auf, genossen eine gediegene sowjetische Bildung, lasen eine Menge nützlicher und unnützer Bücher. Wir lernten, wie man Wodka trinkt und mit Portwein nachspült, lernten die übelsten

Kater auszukurieren und Gespräche über die geistigen Quellen und den Weg der russischen Nation zu führen. Oh ja, wir haben viel gelernt und viel erfahren. Das meiste davon war, wie sich leider erst sehr viel später herausstellte, vollkommen nutzlos.

Und dann klopften die bösen Neunzigerjahre an die kunstlederbezogenen Türen unserer *Chruschtschowkas, Kooperativkas* und *Häuser mit verbesserter Planung*. Es war die Zeit der Bewegungen, Deputiertengruppen, Souveränitätsparaden, es erklang der Ruf nach dem »Recht der Nation auf Selbstbestimmung«, und so weiter und so weiter. Die Luft roch, so real wie nie zuvor, nach Freiheit. Unsere Eltern, inzwischen ein wenig älter geworden, waren aufs Neue sehr neidisch auf uns. Jetzt würden wir nicht nur in einer glücklichen, sondern auch noch in einer wirklich freien Gesellschaft leben. Die alten sozialen Statussymbole wie Rosenlew-Kühlschränke, finnische Salami und jugoslawische Möbel verblassten vor dem Recht, offen seine Meinung zu sagen, die Bücher zu lesen, die man lesen wollte, ins Bett zu gehen, mit wem man wollte.

Die Hoffnungen der Eltern wurden Wirklichkeit. Eine bis dato in Russland undenkbare Wortverbindung wurde Realität: Freiheit und Wohlstand.

Und jetzt beginnt eine neue Ära. Die alten Idole vergangener Generationen liegen am Boden und zerbrechen unter unseren Füßen, aber neue haben wir noch nicht gefunden. Wir spucken auf die alten Ideale, verlachen die moralischen Prinzipien und Lebensziele unserer Eltern. Wir zerschlagen die Ikonen, ersetzen die Religion durch die Performance und die Moral durch das Laster. Wir reißen die alten Tempel ein und schaffen Platz für neue Heiligtümer, an denen wir unseren eigenen Göttern huldigen. Und unsere Eltern sehen mit Tränen in den Augen zu, wie wir Stein für Stein zerstören, was ihnen wert und teuer war. Wie schade, denken sie, wie schade, dass ihr von allen Wegen, die vor euch lagen, den Weg der Zerstörung gewählt habt. Gebe Gott, das ihr etwas Eigenes baut. Neu in der Form und richtig im Inhalt. Wir werden nicht zu streng zu euch sein. Schließlich seid ihr unsere Kinder. Die erste Generation mit einer goldenen Zukunft ...

Ich sitze im Schatjor, einem Sommercafé, das sich auf dem Wasser der Tschistie Prudi befindet, und trinke Jameson, bereits die zweiten zweihundert Gramm. Über die Bildschirme der Fernsehgeräte, die unter der Decke angebracht sind, flimmern Clips aus den Achtzigerjahren. Schwarze in weißen Adidas-Turnschuhen, junge Frauen in grellfarbigen Leggings, junge Typen mit dunkel umrandeten Augen und geschminkten Lippen. Künstler, an deren Namen sich nur die Videoarchive erinnern. Immer wieder kreidebleiche Gesichter, groteske, mit buntem Haarlack besprühte Frisuren, Ketten, Ohrringe, riesige Klipps, grelle Neonschrift und protzige, völlig überdimensionierte, meistens rosafarbene Cabrios. Ich erinnere mich an das Gespräch mit Andrej in Petersburg und ertappe mich bei dem Gedanken, dass ich es jetzt eigentlich genauso klasse finde, der Nostalgie zu frönen und Bruchstücke eines Lebens anzuschauen, das wir nie gelebt haben.

Jula ist schon zwanzig Minuten zu spät, was meine Laune nicht verbessert. Im Gegenteil, ich spüre eine wachsende Gereiztheit. Allmählich bekomme ich Lust, Dampf abzulassen. Ich beschließe, noch zehn Minuten zu warten, dann zu zahlen und abzuhauen.

Als ich gerade die Hand heben will, um den Kellner zu rufen, betritt sie das Café. Sie setzt sich zu mir an den Tisch, sieht mich vollkommen ruhig an und sagt einfach:

»Hallo.«

»Hallo. Du hast wohl eine Sonnenuhr, was? Die funktioniert schlecht bei Dunkelheit, nehme ich an.«

»Ich war zu Besuch bei einer Freundin. Wartest du schon lange?«

»Seit zehn Uhr, nach unserer Zeitrechnung.«

»Wie war die Reise?«

»Wunderbar. Es gab Frikadellen Kiewer Art, Moskowski-Brandy und einen Heimatfilm. Wie im Café Praha 1988.«

»Ist in Petersburg alles gut gelaufen?«

»Bestens. Und bei dir? Ist bei dir gestern Nacht auch alles gut gelaufen, in Moskau?«

»Was meinst du?«

»Na, die Geburtstagsparty von deiner Freundin und so weiter«, sage ich und versuche, möglichst spöttisch zu klingen.

»Hör mal, kriegst du schon wieder deine Paranoia? Erzähl lieber, was du in Petersburg gemacht hast.«

»Ich habe meine Freizeit möglichst abwechslungsreich gestaltet. Alkohol und Drogen ohne Ende, wahlloser Geschlechtsverkehr, außerdem schlecht geschlafen und noch schlechter gegessen. Insgesamt ganz ordentlich amüsiert.«

»Merkst du eigentlich, dass du langsam durchknallst?«

»Oh, sieh mal, das Mädchen hat eine Tasche von Gucci. Kostet anderthalb. Fragt sich nur, wer für ihre wahren Werte zahlt.«

»Anderthalb Hunderter?«

»Tausender, meine Liebe, Tausender. Du bist erstaunlich unverdorben. Tja, du meinst also, ich drehe durch?«

»Sag mal, was soll das eigentlich, wozu machst du das alles? Glaubst du, dass du diesen Zustand noch lange aushältst? Irgendwann wirst du ganz böse auf die Nase fallen. Warst du schon immer so, oder was willst du damit beweisen?«

»Ich weiß nicht – war ich irgendwann anders? Mal überlegen ...«

Und während ich tatsächlich versuche, mich zu erinnern, wie ich als Zehnjähriger war, überfällt mich eine erste Welle der Aggressivität. Und schon hasse ich sie für den Versuch, an meinem Schicksal teilzunehmen, für ihre richtigen Fragen und für ihre feste, absolut ruhige Stimme. Auf den LCD-Bildschirmen läuft ein Clip von Lisa Minelli: »I'm losing my mind«. Ich erinnere mich, dass diese Version von den Pet Shop Boys stammt. Erstaunlich, wozu das Gedächtnis all diese unnützen Informationen speichert. Ich wippe mit dem Fuß und versuche mitzusingen, während Jula mir rauchend gegenübersitzt. Der Kellner bietet mir schon zum zweiten Mal ein Plaid an, an einem Tisch im Zentrum des Restaurants sitzen ein paar neunzehnjährige Mädchen, trinken Champagner und rauchen Zigaretten, verschleudern das Geld ihrer Eltern, das sie für Eis oder Kekse bekommen haben. Meine Suppe schmeckt sauer, vielleicht vom Schmand, und immer noch überlege ich, was ich jetzt sagen soll, beobachte gewissermaßen, in welche Richtung sich die Waagschale meiner inneren Befindlichkeit neigen wird. Ich strecke die Hand nach dem Feuerzeug aus, das auf Julas Tischhälfte liegt, streife dabei mit dem Ellenbogen mein Whiskeyglas und werfe es um. Die Flüssigkeit ergießt sich über den Tisch, läuft an einer Falte der Tischdecke entlang und landet auf meiner Hose. Jula reicht mir ein paar Papierservietten, wobei sie sich sichtlich Mühe gibt, ruhig zu bleiben. Ich schaue in ihre grünen Augen, und mir wird klar, dass ich mich nicht länger beherrschen kann. Jetzt trifft es mich tatsächlich: *I'm losing my mind.*

»Hör mal, warum rufst du mich überhaupt an?«, bricht es aus mir heraus. »Wozu fragst du mich, wie ich mich fühle? Was hast du davon? Das meine ich ganz ernst: Was hast du davon? Wozu hast du mich aus dieser Kloake herausgeholt, stundenlang mit mir über mein beschissenes Leben gequatscht? Wozu? Was hast du davon, mit mir durch bescheuerte Kneipen zu ziehen und dir meine trostlosen Monologe anzuhören? Mein Geld brauchst du jedenfalls nicht, und auch keine abgeschmackten Präsente von Cartier-Tiffany-Alain-Silberstein und wie sie alle heißen. Oder doch? Und als Vorzeigemann brauchst du mich auch nicht, du gehörst ja nicht zur Szene.« Ich komme jetzt richtig in Fahrt.

»Also, was willst du von mir? Vielleicht bist du nicht ganz dicht? Ein alt gewordenes kleines Mädchen, das in seiner Kindheit nicht genug Krankenschwester gespielt hat? Oder ist es Mitleid? Großes, allumfassendes Mitleid? Möchtest du gern allen Menschen helfen? Bist du eine Samariterin, die sich in diesem Heim für psychisch Kranke namens Moskau ein geeignetes Objekt für ihr Mitgefühl ausgesucht hat? Aber dann sei vorsichtig, dein Mitleid reicht nicht für alle Patienten in diesem Laden, meine Liebe, es reicht nicht einmal für mich. Du wirst bei dem Versuch zugrunde gehen, mich aus dieser Gehenna herauszuziehen, aus diesem Höllenschlund, der mein Leben sein will.

Oder ist es doch etwas ganz anderes? Vielleicht gibst du dich mit mir ab, weil du jemanden zum Ficken brauchst? Bist du vielleicht eine babylonische Hure? Eine Sklavin der Leidenschaft? Ein einfacher Junge vom Dorf reicht dir wahrscheinlich nicht zum Vögeln, was? Du möchtest einen sensiblen Ästheten, stimmt's? Meinst du wirklich, ich bin der Richtige? Ein Prinz, geradewegs dem Fernseher entstiegen, samt intellektuellem Gepäck und dicken Eiern? Meinst du, die gibt es wirklich? Supersexy wie schwedische Pornodarsteller und romantisch wie Lord Byron, das brauchst du, was? Aber die gibt es nicht, meine Liebe. Die gibt es nicht! Männer ab dreißig sind entweder das eine oder das andere. Wer das Gegenteil behauptet, zieht nur eine billige Show ab, um euch dumme Puten ins Bett zu kriegen. Oder er hat sich bis unter die Haarwurzeln mit Chemie vollgepumpt. Hahaha. Hältst du mich wirklich für einen so tollen Typen? Ein Ästhet mit hoher Stirn und aristokratischen Manieren, Dauerständer inklusive! Ja? Ist es das? Dann los, suchen wir uns ein schönes Hotel, lassen Blumen und Champagner kommen! Und du holst ein Büchlein von Swetajewa aus deinem Handtäschchen und liest mir zwischen jeder Nummer ein Gedichtchen vor! Wie wär das? Na los, ich bin bereit, ich platze förmlich vor Leidenschaft!« Und ich bin noch nicht fertig.

»Ich bin doch sowieso jedes Mal besoffen oder bekifft oder vollgekokst, wenn wir uns treffen. Meistens alles gleichzeitig. In so einem Zustand würde ich sogar ein Pferd vögeln, da brauche ich keine Dame, die mit mir kultivierte Gespräche über zeitgenössische Prosa führt. Merkst du nicht, dass ich ein Loser bin? Ich bin der letzte Arsch mit dem Gebaren eines Provinzschauspielers. Ich bin der Schwarze Peter, der alle in die Pfanne haut, einschließlich sich selber. Ich habe schon als kleines Kind nie lange mit demselben Spielzeug gespielt, ich brauche schnell etwas Neues. Ich verschwende mein Leben, verschwende es Tag für Tag bei der Jagd nach banalen Vergnügungen. Ich laufe vor mir selbst davon, ich finde mich zum Kotzen langweilig und widerwärtig. Meine einzige wahre Liebe ist die Depression. Ist es das, was du brauchst? Möchtest du dich auch gern in diesem Dreck wälzen? Anders kann ich mir deine Neigung zu mir nicht erklären. Wozu vergeudest du deine Zeit? Hast du als Teenager mit Plastikpuppen onaniert, dass es dich zu solchen Zelluloid-Typen zieht? Brauchst du die harte Linie?

In der Tat – die Linie – das ist mein Ding, meine Prärogative. Ich sitze hier, meine Nase juckt, und mein Harnleiter brennt wie Feuer, als hätte ich den Tripper. Du rümpfst die Nase, als wüsstest du nicht einmal, was das ist. Wahrscheinlich weißt du es tatsächlich nicht, du bist ja schließlich ein Engel, und Engel haben in der Regel keinen Tripper. Geschlechtskrankheiten sind das besondere Privileg der Nutten. Nur, was tust du dann hier? Warum sitzt du da und machst ein Gesicht, als hättest du Angst, dich schmutzig zu machen? Engel gehören nicht in den Schmutz. Flatter mit deinen Flügelchen und flieg weg. Hau ab! Siehst du nicht, wie ich dich in diesen Mist hineinziehe? In diese widerwärtige Welt, in der es aussieht wie auf Goyas schlimmsten Bildern? Willst du auch so sein wie ich? Nein? Dann geh. Steh auf und geh!«

Und da steht sie auf, zerknüllt mit ihren langen schlanken Fingern die Serviette und geht tatsächlich. Haben Sie mich verstanden? Sie geht tatsächlich weg! Sie macht keine Szene wie all diese banalen Weiber, die fünf Minuten nach der Trennung schon wieder mit ihrem Telefonterror beginnen, dir ein Totes Meer von Tränen vollheulen, um dir anschließend ein hübsches dickes Präsent aus dem Kreuz zu leiern. Nein, sie geht tatsächlich. Und kurz bevor sie endgültig verschwindet, dreht sie sich noch einmal zu mir um. Als ich ihre Augen sehe, wird mir klar, dass sie mich nie mehr anrufen wird. Sie wird mir keine SMS und keine E-Mail mehr schreiben. Ihr Entschluss steht fest. Und anstatt ihr nachzulaufen, ihre Hände zu greifen und zu küssen, an ihrer Schulter zu weinen, anstatt zu versuchen, die Sache noch einmal geradezubiegen, bleibe ich einfach sitzen und grinse blöde. Und dabei fühle ich mich auch noch so cool. Warum, das verstehe ich selbst nicht. Ein Typ, der die einzige Chance verpasst hat, an seinen Ohren aus dieser Müllgrube herausgezogen zu werden, sitzt da, bis zum Scheitel in der Scheiße, und nuckelt mit dummem Gesicht am Daumen. Haben Sie so was schon mal gesehen?

Es vergehen zehn Minuten. Dann beginne ich allmählich zu begreifen, was passiert ist. Ich bedecke mein Gesicht mit den Händen und fange am ganzen Körper an zu beben. Wozu habe ich bloß diese beschissene, abgeschmackte Clownerie abgezogen, ihr den eiskalten Alien vorgespielt? Den gottlosen, verrohten Nihilisten mit zerfressener Nasenscheidewand! Was bin ich denn für ein Idiot!

Ich wünschte, dieses verdammte Schatjor würde jetzt einfach im Wasser versinken und ich mit ihm. Ich bin so ein

Arschloch! Wie weit kann denn die Angst vor den eigenen Gefühlen noch gehen?

»Sind Sie in Ordnung?« Neben mir steht der Kellner. Ich schnappe in die Höhe wie ein Springteufel. »Ja, danke. Machen Sie mir die Rechnung, bitte.«

Ich zahle und gehe. Draußen regnet es. Mit hochgezogenen Schultern suche ich mir ungeschickt einen Weg zwischen den Pfützen hindurch. Ich habe keine Zigaretten mehr, und ich kann mich nicht entscheiden, ob ich zurück in das Restaurant gehen soll oder weiter zur Metrostation. Endlich beschließe ich, dass es besser ist, meinen Kopf ein wenig auszulüften, auch wenn es regnet, und gehe den Tschistoprudni-Boulevard hinunter. Ich schäme mich in Grund und Boden, fühle mich dermaßen zum Kotzen wegen der hysterischen Szene, die ich veranstaltet habe, dass ich mich am liebsten auf der Stelle im nächsten Teich ersäufen würde.

An einem der trüb erleuchteten Kioske in der Metrostation kaufe ich eine Packung Kent super light, verlange dann, nach kurzem Zögen, noch eine Flasche Gshelka. Die Verkäuferin, die meine äußere Erscheinung offenbar nicht mit der billigen Wodkamarke zusammenbringt, fragt mehrmals nach und bietet mir Russian Standard an, aber ich bestehe auf meiner Wahl.

Wieder auf der Straße, stecke ich mir eine Zigarette an und betrachte zweifelnd die Flasche. Eigentlich verstehe ich nicht, warum ich die jetzt gekauft habe. Seit fünf Jahren habe ich keinen Wodka mehr angeruhrt. Dann drehe ich kurzerhand den Verschluss auf, setze die Flasche an und trinke. Sofort krampft sich meine Kehle zusammen, ich bekomme einen Hustenanfall, aber in meinem Bauch wird mir warm und feierlich. Genau dieses Wort fällt mir ein: feierlich.

Ich setze meinen Weg über den Boulevard-Ring fort, trinke ab und zu einen Schluck Wodka, und nach und nach ergreift mich eine fast ausgelassene Stimmung. Ich bekomme Lust auf Frische, auf eine Dusche, ein sauberes Hemd und Eau-de-Cologne. Außerdem möchte ich jetzt dringend etwas Gutes tun, egal, wem, und sei es einem mir völlig unbekannten Menschen. Ich verspüre einen irren seelischen Aufwind, so ein Gefühl, das einen dazu treibt, Fabriken und Werkstätten zu errichten.

Da sehe ich ein paar Obdachlose. Sie sitzen auf einer Bank, haben auf einer Zeitung etwas zum Essen ausgebreitet und stochern darin herum. Einer von ihnen raucht. Ich stelle mich vor ihnen auf und für mich selber gänzlich unerwartet spreche ich sie an:

»Was ist, Leute, trinken wir was?«

»Ej, was bist du denn für ein Arschloch? Hast du Scheiße gefressen?«, knurrt der, der raucht, und sieht aus zusammengekniffenen Augen zu mir auf. Dann holt er plötzlich aus und verpasst mir einen Schlag auf den Solarplexus.

Ich klappe wie ein Taschenmesser zusammen, empfange einen kräftigen Tritt am Kopf und gehe zu Boden. Dicht vor meinen Augen sehe ich noch den derben Stiefel eines der Obdachlosen, höre, wie er zu seinem Kumpel sagt: »Kolja, der Wodka läuft aus, nimm mal die Flasche.« Dann bin ich weg.

Ich erwache in dem ungewohnten Interieur eines Bullenautos. Mein Kopf liegt auf der Lehne des Vordersitzes, links von mir sitzt ein uniformierter Fahrer. Auf der anderen Seite stehen zwei Bullen neben dem Auto und reden miteinander.

»Unser Kunde ist anscheinend aufgewacht«, sagt einer der beiden, und ich, noch reichlich benommen, versuche mich zu erinnern, wo und weshalb ich denn dieses Mal verhaftet wurde.

Dann halte ich meine Hände vors Gesicht und stelle fest, dass ich keine Handschellen anhabe. Verblüfft drehe ich mich um und entdecke auf dem Rücksitz die beiden Obdachlosen. Jetzt fällt mir alles wieder ein. Der Angstschweiß auf meinem Rücken trocknet.

»Alles klar?«, fragt einer der Bullen. »Kannst du aussteigen?«

»Ich glaube schon«, antworte ich und klettere erleichtert nach draußen.

»Also, was ist jetzt«, fragt der Bulle weiter. »Wollen Sie Anzeige erstatten?«

»Muss ich das?«, erkundige ich mich.

»Sehen Sie mal nach, ob Ihnen irgendetwas fehlt, und ob Sie verletzt sind. Äußerlich ist nicht viel zu erkennen. Untersuchen Sie mal Ihre Taschen.«

Als Erstes taste ich nach meiner Uhr. Nachdem ich festgestellt habe, dass die Breitling for Bentley noch an meinem Handgelenk sitzt, inspiziere ich meine Brieftasche, finde dort sämtliche Kreditkarten und das Geld, so um die zweihundert Dollar in Rubel. Ich erkläre wahrheitsgemäß, dass alles da ist. Dann taste ich mein Gesicht ab, fasse mir unter die Nase und betrachte meine Hand: kein Blut.

»Also wie jetzt? Vielleicht sparen wir uns die Anzeige?«, fragt der Bulle hoffnungsvoll.

»Leute, ich hatte noch eine fast volle Flasche Wodka«, höre ich mich sagen.

»Mann, du hast vielleicht Nerven«, fällt der andere Bulle ein.

»Ich meine ja nicht, dass ich sie wiederhaben will! Ich würde einfach gern was trinken.«

Der zweite Bulle zündet sich eine Zigarette an, und in dieser Sekunde, als die Flamme sein Gesicht erleuchtet, erkenne ich in ihm einen von den drei Typen, die mich letzte Woche mit dem Koks hochgehen ließen.

»Hoppla«, platze ich heraus. »Hat man dich versetzt? Bist du nicht mehr bei der Drogenfahndung?«

»Du musst mich verwechseln, Kollege«, sagt er ziemlich unwirsch. »Ich wüsste nicht, woher wir uns kennen sollten.«

Aber ich kann mich nicht irren. Ich habe ein zu gutes Gedächtnis für Gesichter. Und er, denke ich, erinnert sich auch. Aber dann rufe ich mich zur Vernunft und sage:

»Da muss ich mich wohl getäuscht haben, Verzeihung.«

»Also, Fall abgeschlossen oder was?«, fragt der erste Bulle. »Können wir abhauen?«

»Klar, alles okay. Ich würde mich bloß gern noch bei diesem Arsch da revanchieren«, sage ich und merke, wie die Aggressivität in mir hochkommt.

»Das ist öffentliche Ruhestörung«, entgegnet er dozierend.

»Ach ja? Schade. Sagt mal, Kollegen, könntet ihr mich nicht zu Hause absetzen?« Irgendwie sticht mich anscheinend der Hafer.

»Du verwechselst uns nicht zufällig mit einem Taxi?«, fragt der Ex-Drogenfahnder.

»Ach komm! Ich wohne hier gleich um die Ecke, am Ende vom Prospekt Mira. Ich zahle auch.«

»Guter Mann, du gehst nicht vielleicht ein wenig zu weit?«, knurrt er.

»Schon gut«, lenke ich demütig ein. »Dann verschwinde ich mal, ja?«

»Sie sind frei«, nickt der Erste.

Ich drehe mich um und gehe. Dann sagt mir eine Stimme, dass ich einen Fehler gemacht habe. Ich hole meine Brieftasche heraus, lege fünfhundert Rubel für ein Taxi zur Seite, behalte den Rest in der Hand und gehe zurück zu den Bullen.

»Was ist denn jetzt wieder los?«, fragt der Fahrer durch die offene Scheibe.

»Wer ist der Dienstälteste von euch?«

Der erste Bulle steigt aus. Ich halte ihm das Geld hin. Er sieht abwechselnd mich und das Geld an und versteht nicht, was das soll.

»Nehmen Sie, es ist für Sie«, sage ich.

Mit einer ganz sonderbaren Behutsamkeit greift er nach den Scheinen und lässt sie rasch in seiner Jackentasche verschwinden.

»Danke, Jungs«, sage ich.

Ich glaube, das ist das erste Mal, dass ich in der Bezeichnung »Jungs« nichts Abgeschmacktes sehe.

# Der Club

Ich erwache um halb neun mit dickem Schädel und einem ekligen Geschmack im Mund. Als Erstes rufe ich meine Arbeitsstelle an und melde mich krank. Dann falle ich wieder ins Bett und versuche einzuschlafen. Aber das Handy reißt mich immer wieder in die Wirklichkeit zurück. Mal sind es irgendwelche Mädchen, mal Kollegen und sogar ein paar Kunden.

So verbringe ich zwei Stunden, teils wach, teils schlafend. Um zehn vor elf ruft Vadim an.

»Hallo, Partner!«

»Grüß dich.«

»Pennst du, oder wie?«

»Ich würde gerne, aber man lässt mich ja nicht.«

»Schlaf, Alter, schlaf! Damit du bei der Eröffnungsparty fit bist.«

»Ich werde mein Bestes tun. Bist du schon wieder zurück?«

»Gerade eben. Treffen wir uns um zwei im Club? Ich habe gestern Mischa angerufen, wir sind zum Essen verabredet.«

»Okay, klar.«

»Sag mal, bist du aufgeregt?«

»Geht so. Ich bin müde. War ein ziemlich anstrengender Abend gestern.«

»Wie mein Abend war, erzähl ich dir nachher. Na gut, schlaf erst mal, wir sehen uns um zwei. Ich fahre jetzt nach Hause, mich umziehen.«

»Gut, bis dann.«

Seiner Stimme ist deutlich anzumerken, dass er es kaum erwarten kann, in *seinen* Club zu fahren. Der Club, der heute eröffnet wird und uns mit einem Schlag berühmt macht. Aus irgendeinem Grund fällt es mir schwer, ihn auch *meinen* Club zu nennen. Ich stelle das Handy ab und bleibe noch eine Dreiviertelstunde liegen. Dann gehe ich ins Bad und untersuche im Spiegel mein Gesicht, für den Fall, dass die gestrige Begegnung mit den beiden Obdachlosen doch Spuren hinterlassen hat. Aber da ist nichts zu sehen. Ich habe anscheinend ein ungewöhnlich solides Gesicht.

Um halb eins sitze ich in meiner Küche, trinke Kaffee, rauche eine Zigarette und habe überhaupt keine Lust, irgendwohin zu gehen. Ich empfinde ein Gefühl totaler Apathie der ganzen Welt gegenüber. Außerdem bin ich hundemüde, einfach wahnsinnig müde. Trotzdem trinke ich meinen Kaffee aus und zwinge mich, in meine Klamotten zu steigen.

Wir kommen fast gleichzeitig in der Mjasnizkaja-Straße an. Vadim steigt mit grauem Gesicht aus seinem Auto, drückt mir im Gehen die Hand und deutet auf etwas, das irgendwo über meinem Kopf sein muss.

»Was ist denn los, Alter?«

»Das Schild? Wo ist das Schild? Sie haben kein Schild aufgehängt. Ich weiß nicht, was hier los ist, ich versuche ständig, sie anzurufen, aber sie sind einfach nicht zu erreichen. Gibt es in den Clubräumen etwa keinen Empfang? Kannst du dich daran erinnern? Ich glaube, da unten drin gibt's kein Netz.«

Vadim ist nervös, und seine Laune überträgt sich auf mich.

»Hör mal«, sage ich. »Wozu zerbrichst du dir eigentlich den Kopf? Wir gehen jetzt rein und klären das. Wahrscheinlich stehen sie einfach unter Stress. Oder die Akkus sind leer, oder es gibt eben tatsächlich keinen Empfang.«

»Ja ja, irgendwas in der Art muss es ja sein«, murmelt Vadim zerstreut. Plötzlich bleibt er wie angewurzelt stehen. »Hör mal, das ist aber ziemlich blöd fürs Geschäft, wenn man keinen Empfang hat. Das nervt die Gäste. Wir müssen einen Verstärker installieren, was meinst du?«

»Wahrscheinlich. Schlechter Empfang ist voll out.«

»Ich verstehe nicht, warum sie das Schild noch nicht aufgehängt haben. Bis heute Abend ist nicht mehr viel Zeit. Was haben die bloß im Kopf?«

»Mann, du weißt doch, was diese Promoter für Typen sind. Die machen grundsätzlich alles auf den letzten Drücker. Der Club ist längst eröffnet, aber es sind keine Gläser da. Na schön, dann trinkt man eben aus Untertassen. Und dann heißt es, das sei besonders cool. Vielleicht wollen sie überhaupt kein Schild? Vielleicht machen sie ja auf Insider-Location oder so?«

»Kann natürlich sein«, lächelt Vadim unsicher.

Wir erreichen die Eingangstür des Clubs, die immer noch einen Plastiküberzug trägt, ruckeln an der Türklinke und stellen fest, dass sie verschlossen ist.

»Fuck!«, sagt Vadim. »Was soll der Scheiß?« Dann legt er das Ohr an die Tür und murmelt: »Man hört überhaupt nichts. Verstehst du das?«

»Die Räume liegen ziemlich tief. Mischa hat doch gesagt, die Nachbarn werden nicht gestört, weil der Club so tief liegt.«

»Was denn für Nachbarn? Das ist ein Bürogebäude, da gibt es keine Nachbarn«, brummt Vadim gereizt.

»Dann wird eben das Bürogebäude nicht gestört«, sage ich und zucke mit den Achseln.

»Hör mal, gibt es hier eigentlich eine Hintertür? Oder einen Notausgang?«

»Bestimmt. Muss es ja geben. Lass uns mal in den Hof gehen, vielleicht finden wir was.«

Während wir durch die Toreinfahrt gehen, traktiert Vadim ununterbrochen sein Handy und flucht vor sich hin:

»Ich verstehe das nicht. Ich verstehe gar nichts mehr. Ich habe sie aus Petersburg extra angerufen.«

Seine Nerven sind inzwischen am Ende, und auch ich werde langsam unruhig. Ich hoffe sehr, wir finden jetzt diesen verdammten Hintereingang, machen die Tür auf und hören irgendetwas: das Heulen von Bohrmaschinen und Schleifgeräten, Hämmern und Sägen, oder den Soundcheck der Musikanlage. Dann finden wir Sascha und Mischa und machen sie zur Schnecke. »He, ihr Blödmänner, wieso hängt denn das Schild noch nicht, und was ist mit euren Handys los? Seid ihr sicher, dass wir heute aufmachen? Was ist das überhaupt für eine Schlamperei?« Sascha und Mischa gucken uns wieder an wie ungezogene kleine Kinder, die bei der Arbeit stören und fluchen zurück: »Könnt ihr uns vielleicht mal in Ruhe unseren Job machen lassen, verdammte Scheiße!« Aber mit jedem Schritt, den wir tun, verdichtet sich das Gefühl, dass wir nichts dergleichen vorfinden werden. Alles ist viel schlimmer, als wir denken. Aber wie könnte es schlimmer sein?

Im Hof gibt es drei Türen, die an der Seite des Clubs gelegen sind. Eine davon führt ins Treppenhaus. Hinter der zweiten, einer schweren Eisentür, sind offensichtlich die elektrischen Anlagen untergebracht. »Betreten verboten. Lebensgefahr« steht darauf. Die dritte Tür erscheint vielversprechend. Vadim ruckelt an der Klinke, zuerst mit einer Hand, dann mit beiden Händen, dann donnert er mit den Fäusten dagegen und schließlich bearbeitet er sie mit den Füßen. Ohne Ergebnis. Nach einem letzten vergeblichen Ruckeln gibt er auf. Im Hof hantieren zwei Arbeiter in orangefarbenen Westen mit Kabelrollen herum. Vadim geht zu ihnen und fragt:

»Mahlzeit! Sind Sie schon lange hier? Können Sie mir sagen, ob in diesem Keller da gearbeitet wird? Haben Sie etwas gehört oder gesehen?«

Die beiden Arbeiter wechseln Blicke, dann sagt einer von ihnen gedehnt:

»Wir haben nichts gesehen.«

»Sie haben nichts gesehen«, wiederholt Vadim flüsternd. »Bauern, verdammte! Blindfüchse!«

In dem Moment biegt eine Oma mit einer schweren Einkaufstasche in der Hand aus dem Torbogen in den Hof. Sie hat offenbar Vadims Frage gehört und spricht ihn an.

»Junger Mann, haben Sie nach dem Keller gefragt?«

Vadim stürzt sich mit irrem Blick auf sie:

»Ja! Genau! Den Keller da meine ich!«

»Tja, die haben bis frühmorgens furchtbaren Radau gemacht, das ganze Haus konnte nicht schlafen. Sie haben lauter Sachen rausgeschleppt, Sofas, Sessel, lange Holzbretter. Aber heute war dann alles still. Die sind bestimmt ausgezogen.«

»Vielen Dank«, sagt Vadim tonlos.

Ich rüttel noch einmal an der Klinke, überzeuge mich, dass die Tür wirklich abgeschlossen ist. Dann hole ich eine Dose Coca-Cola aus der Tasche, reiße sie auf, nehme ein paar Schluck, zünde mir eine Zigarette an. Was das Clubgeschäft angeht, habe ich keine weiteren Fragen. Betreten verboten. Lebensgefahr.

Wieder auf der Straße, rückt Vadim der Eingangstür erneut mit Händen und Füßen zu Leibe, unterbrochen nur von weiteren vergeblichen Versuchen, Sascha und Mischa telefonisch zu erreichen. Dann gibt er endgültig auf. Er zündet sich eine Zigarette an und hockt sich neben der Tür auf die Erde. Da höre ich, wie eine Autotür zugeschlagen wird. Ich schaue auf und bemerke einen Lieferwagen mit dem Logo eines Bierverlages, der in der Nähe des Eingangs parkt. Der Fahrer kommt auf uns zu, in den Händen eine nicht angezündete Zigarette. Er grüßt und erkundigt sich höflich:

»Leute, wollt ihr in den Club?«

»Hmhm.«

»Habt ihr eine Ahnung, wann die aufmachen?«

»Das wüssten wir selbst gern.«

»Aha. Ich wollte eigentlich ein paar Werbeartikel vorbeibringen und die Zapfanlage anschließen. Seit einer Stunde stehe ich hier rum und weiß nicht, was ich machen soll. Heut ist doch Freitag, ich will zu meiner Datscha. Wenn ich bis heute Abend hier warten muss, dann krieg ich auf der

Jaroslawsker Chaussee so einen Stau, dass ich erst morgen früh ankomme.«

»Junge, fahr bloß los zu deiner Datscha. Hier kommt heute keiner mehr.«

»Meinst du?«

»Verlass dich drauf. Hundert Pro!«

»Ja dann ... also danke, dass ihr mir Bescheid gesagt habt.«

Der Fahrer schiebt sorgfältig seine Zigarette in die Packung zurück und holt sein Handy aus der Tasche. Wahrscheinlich will er seine Firma informieren. Ich höre ein paar Satzfetzen:

»Ihr seid doch ein paar Blödmänner, verdammt, keine Ahnung von Organisation und Planung!«

Wie Recht du hast, Junge, denke ich. Wenn du wüsstest, was wir alles für Pläne hatten!

Vadim befindet sich inzwischen im Zustand ungehemmter Frustration. Er steht auf, lehnt sich an die Wand und starrt ins Leere. Die Zigarette in seiner herabhängenden linken Hand ist fast bis zum Filter heruntergebrannt und droht ihm die Finger zu versengen. Als der Fahrer weg ist, bewegt sich sein Gesicht für einen Moment, und er fragt leise:

»Wer war das?«

»Ein Vertreter anderer Minderheitsaktionäre.«

»Wer?«

»Irgendein Bierkutscher. Wenn ich das richtig verstehe, sind wir nicht die Einzigen, die geschäftliche Interessen an diesem Projekt haben. Also vergiss es.«

»Diese Arschlöcher ...« Vadim sinkt wieder in die Hocke und stützt sein Kinn auf die Ellenbogen. Die Zigarette fällt auf den Asphalt.

»Hör auf, Alter. Wir müssen herausfinden, wo sie sind. Die Sache muss sich doch klären lassen. Vielleicht ist ja wirklich was dazwischengekommen, bürokratische Schwierigkeiten oder so was. Obwohl ich nicht daran glaube. Ich bin eigentlich sicher, dass diese Pfeifen uns reingelegt haben.«

»Wenn ich bloß wüsste, was wir jetzt machen sollen ...«

»Komm, Alter, lass dich jetzt nicht hängen! Deswegen ist das Leben noch nicht zu Ende, oder? Ich lasse mir was einfallen, auf jeden Fall. Und wenn mir nichts einfällt, dann gießen wir uns einfach einen auf die Lampe, oder wir reißen ein paar Mädchen auf. Wie neulich in Petersburg, okay? Oder wir besorgen uns gleich ein paar Nutten, das ist noch besser. Los, wir ordern ein paar First-Class-Callgirls und lassen es mal richtig knallen. Echt, sag mal, wann hast du dir das letzte Mal eine Nutte geleistet?«

Ich hocke mich neben ihn, lege den Arm um seine Schulter und versuche, ihn in die Wirklichkeit zurückzuholen. Ich quatsche allen möglichen Blödsinn, mache, so gut es geht, auf locker, obwohl mir selber ganz und gar nicht zum Lachen zumute ist. Eigentlich habe ich nämlich einen dicken Kloß im Hals und würde vor Wut und Gekränktheit am liebsten losheulen. Aber einer von uns muss ja die Fahne hochhalten, damit wir nicht beide in das große tiefe Loch fallen.

»Gar nichts wird dir einfallen«, sagt Vadim, schiebt meinen Arm von seiner Schulter und steht auf. »Nichts, verstehst du?«

»Wieso denn nicht?« Das sollte optimistisch klingen. »Wir setzen uns jetzt in Ruhe zusammen, denken ein bisschen nach, und dann kriegen wir das irgendwie geregelt.«

»Wir beide werden uns ganz bestimmt nicht zusammensetzen«, schreit Vadim mich auf einmal an. »Man hat uns reingelegt, verarscht, über den Tisch gezogen wie die letzten Penner, verstehst du das endlich? Da gibt es nichts mehr zu regeln! Deine wunderbaren Freunde haben längst alles geregelt!«

»Das sind so gut deine Freunde wie meine, Vadim. Du hast dir doch die Baustelle angesehen und die Entwürfe begutachtet, genauso wie ich. Oder warst du etwa nicht dabei?«

»Doch, ich war dabei. Leider. Ich kann dir gar nicht sagen, wie sehr ich das bedaure. Und jetzt sitzen wir zusammen in der Scheiße und können überhaupt nichts tun.«

»Woher willst du das wissen, Vadim? Wir können es wenigstens versuchen. Lass uns irgendwohin gehen und erst mal runterkommen. Wir trinken ein Gläschen Mineralwasser, essen einen Happen, und dann lassen wir unsere Hirne rotieren.«

»Ich lasse gar nichts rotieren. Ich weiß doch genau, wie das ausgeht. Dir geht das alles am Arsch vorbei, hab ich Recht? Dich kratzt das nicht die Bohne. Klar, wir suchen uns ein nettes Plätzchen, du lässt dich in null Komma nichts volllaufen, und spätestens nach einer Stunde ist dir sowieso alles scheißegal. Dann ziehst du los und denkst nur noch daran, wo du ein paar Weiber aufgabeln kannst. Weil dir das alles einfach am Arsch vorbeigeht! Dir ist doch sowieso alles scheißegal! Das ganze Leben ist für dich eine einzige Diskothek, du hast nicht das geringste Verantwortungsgefühl. Geld brauchst du nur, um dir ›niveauvolle Unterhaltung zu kaufen‹, wie du das selber das immer nennst. Ob du fünfzig Dollar oder fünfzigtausend Dollar zum Fenster rausschmeißt, ist dir völlig schnuppe. Was morgen kommt, interessiert dich nicht. Du hast ja auch keine Familie, keine Kinder. Aber ich weiß, was Verantwortung ist. Ich habe Verantwortungsgefühl. Mir ist nicht egal, was aus mir wird, mir ist nicht egal, was aus meiner Frau und meinen Kindern wird.«

»Wolltest du deine Frau hier unterbringen oder was?« Mit unschuldigem Gesicht nehme ich einen Schluck aus der Dose und mache einen letzten Versuch, die Sache ins Komische zu ziehen. »Oder vielleicht dein Kind?«

»Wie?« Vadim beißt die Zähne zusammen. »Was hast du gerade gesagt? Mann, leck mich bloß am Arsch, du Idiot! Du bist so ein blöder Volltrottel, kapierst du das überhaupt? Du bist debil, verdammte Scheiße! Ich finde diese Sache keine Spur komisch, du verschissener Loser!« Vadim schreit jetzt dermaßen, dass man es wahrscheinlich noch drei Straßen weiter hört.

Endlich halten es meine armen, von Drogenmissbrauch, Schlaflosigkeit und hirnlosen Quatschereien strapazierten Nerven nicht mehr aus. Dabei wäre ich gestern noch bereit gewesen, sie mit Drahtseilen zu vergleichen. Jetzt platzt mir der Kragen, und zwar mit einem Riesenknall. Ich bin kurz davor, ihm eins auf die Fresse zu geben, und nur mein inneres Schutzprogramm hält mich in der letzten Sekunde davon ab, indem es mir meldet, dass Vadim ja eigentlich mein Freund ist. Ich stelle mich ganz dicht vor ihn hin, so dass nur Zentimeter zwischen unseren Nasenspitzen sind, genau so, wie es die Gangster im Kino machen. Und dann brülle ich ihn an:

»Ach, du findest das nicht komisch? Tatsächlich? Weißt du was? *Du* kannst *mich* am Arsch lecken, du blödes Stück Scheiße! Das Einzige, wofür du dich interessierst, ist doch die Kohle. Und das finde ich dermaßen zum Kotzen! Mach doch die Augen auf, du Hirni! Was ist schon passiert? Es geht bloß um Geld, um verdammtes, beschissenes Geld! Raff das doch endlich mal! Du bist selber der Loser, du bist ein spießiger Geizkragen, weiter nichts, und solche Typen werden grundsätzlich verarscht, wusstest du das nicht? Und jetzt verfällst du in Paranoia statt zu handeln. Du reißt dir die Haare aus dem Kopf statt damit zu denken. Ja, ich lache! Ich finde das alles saukomisch: Hahaha! Wie gefällt dir das? Immer noch besser, als mir dein weibisches Gejammer anzuhören. Ich lache mich tot, hörst du? Ist doch super, oder?« Ich schreie und schreie, sein Gesicht wird nass von meinem sprühenden Speichel. Er wischt ihn mit dem Ärmel ab, stößt mich mit beiden Händen zurück und rennt zu seinem Auto. Er startet den Motor, legt den Rückwärtsgang ein, kommt neben mir zum Stehen und schreit durch das offene Fenster:

»Du bist doch krank in der Birne!« Er schlägt sich an den Kopf. »Du gehörst in Behandlung!«

Dann saust er mit quietschenden Reifen davon.

»He, wo willst du hin?«, rufe ich ihm nach. »Fährst du zum Psychiater? Warte, ich komme mit!« Wütend schmeiße ich ihm die halbleere Coladose hinterher. Sie trifft seine Heckscheibe, Cola spritzt schäumend über das Glas, der Wagen schlingert kurz und verschwindet dann aus meinem Blickfeld. Ich fuchtele melodramatisch mit den Armen, wie eine Figur aus einem Fellini-Film, und brülle durch die zusammengelegten Hände:

»Schönen Gruß an Frau und Kind, du Blödmann! Erzähl ihnen, das du aus lauter Geldgier eure gesamten Ersparnisse verzockt hast! Küsschen!«

Dann drehe ich mich um, renne zu dieser verdammten Eingangstür und trete mit voller Wucht dagegen. Dann noch einmal. Irgendetwas knirscht, entweder die Tür oder mein Schuh. Danach bin ich etwas ruhiger und zünde mir erst einmal eine Zigarette an. In der Ferne taucht ein Polizeiauto auf, und eine Stimme sagt mir: Sieh zu, dass du Land gewinnst, Kollege. Das ist besser für dich.

Gegen zwölf Uhr nachts parke ich vor dem Fabrique. Ich sehe mir die Menge an, die sich vor dem Eingang herumdrückt. Die Hälfte davon besteht aus jungen Mädchen, die sich die größte Mühe geben, auf dem schnellsten Weg alte Omas zu werden, die andere Hälfte aus jungen Typen, von denen die meisten wahrscheinlich nichts dagegen hätten, Mädchen zu sein. Die Mädchen versuchen, den schweigsamen Türsteher in ein Gespräch zu verwickeln, sie reden ihn mit Namen an und umgarnen ihn mit allen erdenklichen Tricks. Die Jungs wiederum stehen mit finsteren Gesichtern da, quatschen ab und zu in ihre Handys und versuchen dann, den Türsteher mit vermeintlich wichtigen Namen zu beeindrucken. Aber der steht fest wie die Kremlwache, zeigt ein winziges unverbindliches Lächeln und bleibt absolut unnahbar; was ihn in den Augen der Mädchen nur attraktiver macht. Eine geheimnisvolle Aura umgibt ihn, ein Leuchten, das geradezu überirdisch wirkt, obwohl man weiß, dass dieser Effekt von dem Neonschild über dem Eingang erzeugt wird.

Manchmal lässt er ein paar Mädchen, die ihm gefallen, passieren, was bei den anderen jedes Mal ein kollektives Aufstöhnen auslöst und sie dazu veranlasst, ihm nur noch glühendere Blicke zuzuwerfen. Jetzt entfernt sich eines der Mädchen ein paar Schritte von der Menge und spricht mit schriller Stimme in ihr Handy. Anscheinend ist es ihrer Freundin gelungen, in den Club eingelassen zu werden, aber sie steht noch draußen auf der Straße. Wütend kreischt sie ins Telefon:

»Ach ja? Prima! Und ich stehe jetzt hier rum wie eine Vollidiotin, oder was? Wann kommt er denn? Bist du sicher, dass er eine Clubkarte hat? Und was ist, wenn er nicht kommt? Hast du eigentlich einen Vogel, Oksana? Was soll das heißen, du weißt es nicht? Ist da keiner, den du anquatschen kannst? Hör zu, ich warte hier noch genau zwanzig Minuten, dann haue ich ab, klar? Nein, ich hab seine Nummer nicht, er hat sie mir nicht gegeben. Also tschau!«

Dann zerdrückt sie noch einmal das Wort »Scheiße« zwischen den Zähnen, holt eine dünne Zigarette hervor und zündet sie an. Ich schätze sie auf höchstens zweiundzwanzig, und wie es aussieht, droht der Abend für sie zur schlimmsten Katastrophe dieses Sommers zu werden.

Ich sehe diesem schlichten Sommernachtsdramolett eine Weile amüsiert zu, dann gehe ich dicht an dem Mädchen vorbei, wende mich wie zufällig um und sage:

»Hallo, gibt es Probleme?«

Sie dreht den Kopf schroff in meine Richtung und schneidet eine verächtliche Grimasse. Wahrscheinlich dachte sie, einer ihrer Altersgenossen will ihr den Night-Cowboy vorspielen. Als sie bemerkt, dass sie sich getäuscht hat, klimpert sie ganz schnell mit den Wimpern, setzt den Gesichtsausdruck einer schüchternen Debütantin der Pornoindustrie auf und sagt:

»Ach, meine Freundin und ich haben uns verpasst. Sie ist schon drinnen und hat blöderweise meine Clubkarte in ihrer Tasche.«

Diese allzu gewöhnliche Lüge macht mich nur noch schwermütiger. Aber weil mir klar ist, dass ich mir das selber eingebrockt habe, sage ich bloß:

»Dann gehen wir doch rein, Schätzchen. Ich denke, du bist alles, was diesem Club noch fehlt.«

Einen Augenblick lang ist sie unentschlossen, dann hakt sie sich resolut bei mir unter, und wir schieben uns durch die Menge zum Eingang. Ich begrüße den Türsteher, und er fragt, während er mir die Tür aufhält:

»Die Dame gehört zu Ihnen?«

»Hmhm. Das ist meine Schwester.«

»Ein hübsches Schwesterchen!«, kichert er grinsend.

»Oh ja. Ein braves russisches Mädchen«, grinse ich zurück, und wir betreten den Club.

»Haben Sie – hast du einen Tisch reserviert?«, fragt das Mädchen und sieht mir herzig in die Augen.

»Sag mal, wie heißt du eigentlich?«

»Anja, wieso?«

»Du bist ziemlich dreist, Anja. Aber du hast ganz Recht. Anders kommt man in deinem Alter nicht weiter. Geh und such deine Freundin, und pass in Zukunft besser auf deine Clubkarte auf«, antworte ich müde.

»Was habe ich denn Schlimmes gesagt?«, fragt sie und macht Kulleraugen.

»Nichts, Anja, gar nichts. Geh und amüsier dich. Und bleib nicht zu lange auf dem Klo, davon altert die Haut.«

»Ach, gibt es da was umsonst?«, kichert sie.

»Anja«, sage ich und versuche dabei auszusehen wie der Dekan ihrer Fakultät, oder wie ihr früherer Klassenlehrer. »Rauchst du etwa? Oder nimmst du sogar Drogen?«

»Woher wissen Sie das, mein Herr?«, lacht sie und schneidet alberne Grimassen.

Ich drohe ihr mit dem Finger und sage lautlos:

»Tschüss.«

Sie antwortet:

»Bis später! Wir sehen uns!« Sie überlegt einen Moment und ergänzt: »Danke, dass Sie mich mit reingenommen haben.«

Dann verschwindet sie auf Nimmerwiedersehen. Zumindest hoffe ich das.

Ich gehe in den Raum, in dem sich die Tanzfläche befindet. Dort stoße ich auf Jewgeni, einen Bekannten von mir, der als Creative Director bei einer großen Werbeagentur arbeitet. Wir umarmen uns, er sagt so was wie »lange nicht gesehen«, obwohl wir uns erst vor ein paar Wochen über den Weg gelaufen sind. Als ich gerade etwas antworten will, fragt er:

»Hör mal, Alter, was ist eigentlich mit dem neuen Club? Dem von Sascha und Mischa? Wie man hört, hast du deine Finger da mit drin. Sollte nicht heute Eröffnung sein?«

Diese Frage gibt mir den Rest. Ich würde ihm gern eine sarkastische Antwort geben, aber ich reiße mich zusammen und sage nur:

»Die wurde eine Woche verschoben.«

»Alles klar. Dann komme ich bei dir vorbei.«

»Okay. Ich schicke dir nächste Woche die Clubkarte.«

»Hör mal, du siehst ziemlich fertig aus. Viel Arbeit? Stress wegen der Eröffnung, was?«

»Klar«, nicke ich. »Sag mal, ich brauch ein bisschen Schnee. Weißt du hier jemanden?«

»Da an der Bar, das sind meine Leute, bei denen findest du Koks, mehr als ein Pferd fressen kann. Setz dich doch zu uns, was ist?«

»Jewgeni, entschuldige, ich bin ziemlich durch den Wind. Ich möchte einfach bloß ein bisschen Stoff kaufen und abhauen. Entschuldige, Alter.«

Jewgeni kratzt sich den Hinterkopf. »Na gut, warte hier, ich organisiere dir was.«

»Danke. Wie viel schulde ich dir?«

»Komm, lass stecken, Alter. Ich brauche zwei Minuten.«

Kurz darauf ist er wieder da. Wir gehen nach unten zu den Toiletten und zwängen uns zusammen in eine der Kabinen wie ein ungeduldiges Männerpärchen.

Eigentlich bin ich ja prinzipiell dagegen, Drogen und Alkohol zu mischen. Aber in meiner jetzigen Situation scheint es mir schlichtweg unumgänglich.

Während Jewgeni den Umschlag aus der Tasche holt, fahre ich mit der Fingerspitze über das Glasregal neben der Kloschüssel und bemerke süffisant, dass sich mindestens vier minderjährige Partyhüpfer allein von den Überresten komplett zudröhnen könnten. Lachend entblößt Jewgeni zwei Reihen gerader weißer Zähne und legte den Umschlag auf das Regal. Mir fällt auf, dass er schon ziemlich high ist. Der Umschlag trägt den Stempel des Gesundheitsministeriums, was wir beide irre komisch finden. Ich hacke den Stoff mit meiner Kreditkarte, ziehe gerade Lines und suche dann in meiner Brieftasche nach einem grünen Hunderter. Dummerweise finde ich nur Rubel. Grinsend frage ich Jewgeni, ob er es auch mit einem 500-Rubel-Schein macht. Er prustet los und antwortet, in unserer Lage müsste notfalls sogar ein Zehner reichen. Wir schnupfen. Jewgeni will den Umschlag wieder in die Tasche stecken, aber ich halte ihn zurück und bitte ihn um einen zweiten Durchgang.

»He, Alter, du bist ja echt hart drauf. Vielleicht legen wir erst mal eine Pause ein?«

»Alles okay, Kumpel, alles okay. Ich muss heute einfach mal abtauchen. Ich stehe dermaßen unter Stress. Komm, nehmen wir noch eine Line.«

»Lass mal, mir reicht es vorläufig. Aber du kannst natürlich machen, was du willst, du bist schließlich ein freier Mensch.«

Ich ziehe noch zwei dünne Lines und räume sie nacheinander ab, erst mit dem linken, dann mit dem rechten Nasenloch. Es fühlt sich an, als streiche jemand vorsichtig mit dem Finger über meine Hirnrinde und wische dabei den Staub von der Oberfläche. Jewgeni verlässt die Kabine, ich folge ihm. Bei den Waschbecken bleibe ich stehen, betrachte mein Gesicht im Spiegel und sehe, dass meine Lippen zittern. Bin ich etwa plötzlich sentimental geworden, oder sollte ich doch langsam mit den Drogen aufhören? Als ich die Toilette verlasse, spüre ich, wie mein Nasen-Rachen-Raum allmählich taub wird. Ich stelle mich an die Tanzfläche, betrachte die Menge und ziehe die Nase hoch. Tja, ich sehe tatsächlich ziemlich horrormäßig aus. Jetzt bloß nicht anquatschen lassen, denke ich. Sonst hab ich hier das Image eines abgewrackten Szeneopas weg, der sich sein letztes bisschen Verstand weggeblasen hat. Wenn ich Pech habe, werde ich postwendend in die Klapse eingeliefert.

Auch wenn der Unterschied zu meiner derzeitigen Umgebung nicht so groß sein dürfte.

Plötzlich wird mir kalt, als stünde ich am offenen Fenster. Es zieht mir am Hals. Am liebsten würde ich meinen Jackenkragen aufstellen. In Wirklichkeit ist es irre warm in diesem Club, es kann hier gar nicht ziehen. Doch obwohl ich das weiß, wird das unangenehme Gefühl immer stärker, und die Tatsache, dass ich nicht feststellen kann, wo es herkommt, macht es nur umso schlimmer.

Der DJ hat ein Stück von diesem beschissenen Benny Benassi aufgelegt, und ein Mädchen, das sich sehr sexy zu der Musik bewegt, singt den Text mit und kommt dabei langsam auf mich zu. Schließlich ist sie so nahe, dass sie sich an mir reiben könnte. Anscheinend ist sie auch ziemlich high.

»Are you gonna hit my heart?«, singt sie mir ins Ohr. »Are you gonna leave me once again?«

»Wer, ich?«, schreie ich ihr zu. »Ich soll dir das Herz brechen?«

Und da setzt in meinem Gehirn eine irreversible chemische Reaktion ein. Ich taumele ein paar Schritte zurück, mit einem Gefühl, als würden Horror, Ekel und Hoffnungslosigkeit mich im nächsten Moment zerquetschen wie eine Müllpresse.

»Leute, mir ist schlecht!«, rufe ich. »Ich fühle mich beschissen! Seht ihr das nicht? Ich bin am Verrecken! Ich verrecke an eurer Gleichgültigkeit und Leere! He, spricht vielleicht irgendeiner mal mit mir? Hört ihr mich?« Beide Arme zur Decke gestreckt, brülle ich aus vollem Hals in den Saal.

Aber die Musik ist so laut, dass man kein Wort versteht, es sei denn, man schreit seinem Gesprächspartner direkt ins Ohr.

»Ja, wir verstehen dich! Es ist super hier!«, kreischen zwei aufgedonnerte Mädchen. »Du bist ein cooler Typ! Bist du öfter hier?«

Ohne zu bemerken, dass ich vor Wut fast ersticke, legt mir die eine ihren Arm um die Taille und fasst mir an den Hintern.

»Was für ein niedlicher Knackarsch! Ein süßer Junge, was?«, schreit sie ihrer Freundin zu.

»Kapiert ihr eigentlich gar nichts?«, brülle ich sie an. »Haben hier alle nur Scheiße im Kopf, oder was?«

»Neeee!«, quietschen sie. »Wir haben gar nichts im Kopf, hahaha! Hast du vielleicht was dabei?«

»Oh Scheiße, was für eine verdammte, beschissene Scheiße!« Mir kommen jetzt fast die Tränen, verzweifelt balle ich die Fäuste.

Die beiden dummen Schnepfen kreischen wieder los und werfen ihre solariumgebräunten Fäustchen ebenfalls in die Höhe. Es schüttelt mich vor Wut. Ich schlage ihnen auf die Hände, damit sie endlich aufhören, sich wie Idiotinnen zu benehmen.

»He, spinnst du, bist du verrückt geworden?«, schreit die eine. »Olga, ich glaube, der ist voll drauf!«

Dabei hören sie beide nicht auf, wie hysterische Gänse zu kichern und zu kreischen. Ich versuche immer noch, ihre Arme herunterzureißen und schreie:

»Hört doch zu! Hört mir endlich mal zu! Es geht mir richtig dreckig. Ich bin fertig, ich bin am Ende, von dieser ganzen Scheiße, die ich selber Tag und Nacht produziere! Redet mit mir! Seht euch doch um, versteht ihr denn nicht, was hier abgeht? Wir sind alle verrückt! Wir gehören in Behandlung! Wenn wir so weitermachen, werden wir alle zur Hölle fahren!«

Der Strahl des Stroboskops tastet mal unsere Körper, mal unsere Hände ab und erzeugt einen irrwitzigen Lichteffekt. Von weitem müssen wir aussehen wie ein Götze aus finsterer Vorzeit, mit drei Köpfen und sechs Händen, die blitzschnell durch den Raum zucken. Entweder liegt es am Koks oder am Effekt des Stroboskops, jedenfalls bin ich mir sicher, mit den beiden Mädchen zu einem einzigen wabernden Kloß zu verschmelzen. Ich fühle es ganz deutlich: Ich habe sechs Hände! Ich bin ein zugekokster Gott Shiva. Und um mich herum kreisen die Köpfe der beiden Mädchen, mit vorquellenden Augen und riesigen, breit grinsenden Lippen, wie Sputniks um einen Planeten. Im Licht der farbigen Scheinwerfer leuchten ihre Gesichter sekundenlang auf und verschwinden wieder im dichten Schatten.

Und plötzlich begreife ich, warum ich die ganze Zeit so ein unangenehmes Gefühl im Nacken hatte, ein Gefühl, als würden mir riesige Kakerlaken über den Rücken kriechen: Ich spüre einen Blick auf meiner Haut. Ich drehe mich um und fange an, langsam und systematisch den Saal abzuscannen. Endlich reißt mein Blick in einer entfernten Ecke, in der Lounge-Zone, eine Gestalt aus dem Halbdunkel: ein Typ in einem blauen Anzug und leuchtend weißem Hemd, das fast bis zum Gürtel offensteht. Er liegt in einen Sessel ausgestreckt, die Beine übereinandergeschlagen, hält in der einen Hand ein Glas mit einer dunklen Flüssigkeit, das im

Takt der Musik schaukelt, während er sich mit der anderen das Haar aus der Stirn streicht. Im Schwarzlicht leuchtet seine Kleidung wie Neon. Kurz, er sieht echt cool aus. Und dagegen wäre auch gar nichts einzuwenden, solche gelangweilten Typen, die das Publikum nach verfügbarem Fickmaterial abchecken, gibt es in jedem Nachtclub zur Genüge. Das Problem ist bloß, dass er gar keine Frauen im Visier hat. Dieser Typ glotzt mich an, und zwar ziemlich penetrant. Das wiederum gefällt mir ganz und gar nicht, genauer gesagt, es macht mich echt sauer. Für einen Moment sehe ich in diesem Glotzer sogar die eigentliche Quelle für meinen beschissenen Zustand, ach was, für meine ganze Depression. Ich gehe sehr schnell auf ihn zu, renne fast, setze mich in den Sessel ihm gegenüber und schreie ihn an:

»He, du Arschloch, sind wir hier vielleicht im Zirkus?« Womit ich ihm zu verstehen geben will, dass ich kein Pausenclown bin, den er blöde anglotzen kann.

Aber der Typ nippt ganz ruhig an seinem Glas und sagt lässig:

»Ach, etwa nicht? Was ist, nimmst du einen Whiskey?«

Und seltsamerweise lässt sein unaufgeregter Ton meine angestaute Aggressivität mit einem Schlag in sich zusammenbrechen. Ich fühle mich auf einmal sehr matt und gleichgültig. Als wäre ich gerade wahnsinnig gerannt, um einen Bus noch zu erreichen, und hätte ihn im letzten Moment doch noch verpasst. Ist mir jetzt einfach nur noch egal, dass ich immer und überall zu spät komme. Ich hebe die Hand, um den Kellner zu rufen, aber der Typ nimmt von dem Tischchen neben seinem Sessel ein zweites Glas und hält es mir hin. Wir stoßen an, ich nehme einen großen

Schluck und spüre, wie der Alkohol mein drogenverseuchtes Hirn wie eine warme Welle überflutet. Wir lächeln uns an, als wären wir alte Freunde und streichen uns beinahe synchron die Haare zurück. Leise sage ich:

»O Gott, wann brennt dieser beschissene Zirkus endlich ab?«

»Wenn der letzte traurige Clown ihn verlassen hat. Clowns wie du und ich. Diese Stadt ist wie ein gutes Restaurant, es bleibt geöffnet, bis der letzte Gast gegangen ist«, antwortet mein neuer Bekannter und lächelt melancholisch.

»Und was bringt uns das?«

»Gibt es noch etwas anderes? Im Grunde spielt es doch gar keine Rolle, wo und wie man seine Dauerdepression pflegt, oder? Bei seiner Arbeit oder in der Familie, bei der Liebe, beim Wodkasaufen oder beim Koksen. Eines Tages ist die Party sowieso vorbei, dann verschwinden wir sang- und klanglos von der Bildoberfläche und wissen im selben Moment schon nicht mehr, ob wir das alles nicht nur geträumt haben.«

»Warte mal«, entgegne ich, und obwohl ich versuche, das Gespräch kontrovers zu halten, stimme ich innerlich jedem seiner Worte zu. »Bist du wirklich sicher, dass wir nicht mehr erreichen können? Sind wir wirklich so festgefahren, so hohl?«

»Und ob wir das sind. Wir treten auf der Stelle, wir können nichts erreichen. Die ganze Menschheit nicht. Seit dreihundert Jahren ein und dieselbe Scheiße. Es gibt keine Ziele mehr. Die meisten denken sich irgendeinen Firlefanz aus, den sie dann LEBENSZIEL oder SINN DES LEBENS betiteln. Also keine Angst, du kannst gar nichts verlieren!« Bei diesen

Worten legt er mir die Hand auf den Oberschenkel, wahrscheinlich, weil es ihn so ergreift, mit einer verwandten Seele zu sprechen. Ich sehe ihn an, er nimmt die Hand weg und fummelt sich eine Zigarette aus der Schachtel.

»Und wozu dann das alles?« Ich mache eine weite Geste durch den Saal. »Ich meine alles, nicht nur diesen Club oder diese Stadt. Wozu lebt man überhaupt, wenn von Anfang an alles feststeht?«

»Um zu leben. Für die alltägliche Existenz. Es geht um den Prozess als Prozess. Um die alltäglichen Gefühle oder ihr Fehlen, um grundlose Freunde oder permanente Depression. Ich glaube daran, dass der Planet Erde diese ganze positive oder negative Energie braucht, die seine Bewohner absondern. Wahrscheinlich ist es diese Energie, die ihn antreibt und versorgt. Sonst würde er nicht Millionen missratener Kreaturen auf seiner Oberfläche dulden. Aber komm, lass uns lieber was zusammen trinken!«

»Warte mal, warte mal! Und was ist mit der Liebe? Ist das auch nur Fake?«

»Die traditionellen Formen des Verhältnisses zwischen den Geschlechtern, all diese geschmacklosen und unappetitlichen Beziehungen zwischen Männern und Frauen, sind doch restlos abgegessen. Nur hier in unserem patriarchalischen, unzivilisierten, engstirnigen Russland hängt man noch an diesen alten Zöpfen. Deshalb ist es für wirklich kosmopolitische – vor allem in intellektueller Hinsicht kosmopolitische – Menschen sehr schwer ...«

Wieder legt er mir die Hand auf den Schenkel, und obwohl ich schon halb unzurechnungsfähig bin, begreife ich doch irgendwo in einem finsteren, nüchternen Winkel der

Rumpelkammer meines Bewusstseins, dass er das nicht aus der Emphase geistiger Verbrüderung heraus tut, sondern aus einem ganz anderen Grund. Und dieses Mal nimmt er sie auch nicht weg, als ich ihn ansehe. Nein, dieser Schlingel lässt seine Hand einfach liegen! Was halte ich denn davon? Ich schiebe die Hand zur Seite und sage laut in sein silberberingtes Ohr:

»Hör mal, Typ! Ich möchte dich doch sehr darum bitten, deine verdammten Pfoten von meinem Bein zu lassen!«

Aber er legt seine Hand einfach wieder zurück, so als hätte er mich gar nicht gehört, schaut mich mit einem schmachtenden Nuttenblick an und beginnt mich zu streicheln. Und dann flüstert er mir zu:

»Hör zu, mein Freund, dies ist ein ganz, ganz besonderer Moment. So etwas kann man nicht kaufen wie eine Nutte, auch nicht für dreihundert Dollar. Er kommt, oder er kommt nicht. Und ich weiß, dass du das brauchst, genau das und genau jetzt. Es gibt nur dich und deine Gefühle, alles andere ist unwichtig. Glaub mir, mein Freund.«

Sein Flüstern scheint mir viel zu heiß und irgendwie klebrig, und er redet immer weiter, wie besonders dieser Moment sei, und dass ich bereit sein müsse dafür, dass nicht jedem das Glück zuteilwerde, diese Erfüllung zu erleben. Für einen kleinen Augenblick verliere ich den Bezug zur Wirklichkeit, und er streichelt und flüstert immer weiter. Er wisse etwas, was ich nicht wisse, und ob ich bereit sei, ganz neue, nie gekannte Gefühle zu erleben. Dann sagt er: »Glaub mir, morgen schon wird es dir ganz normal vorkommen!« Dieser Satz trifft mich wie ein Schlag in die Magengrube. Ich stehe auf, fokussiere den Typen, dann sein beringtes Ohr, in das ich vor wenigen Minuten noch hineingebrüllt habe, und bemerke, dass es das rechte Ohr ist. Alles klar? Er trägt diesen beschissenen Ring im rechten Ohr! Da kapiere ich endlich, dass er nicht ein einfühlsamer Weggenosse ist, den ein guter Wind auf meine Insel geweht hat. Dieser ganze wunderbare seelische Einklang, der mir wie ein Geschenk des Himmels erschien, gerade als ich es am nötigsten hatte, ist ein einziger Schwindel. Und dieser Scheißkerl ist ein ganz gewöhnlicher Homo, der in den Clubs auf Fischzug geht. Nur ein Idiot wie ich, vollgedröhnt und vollgesoffen, kann darauf reinfallen. Ich Hornochse habe ihm sein ganzes schleimiges Gesülze abgenommen, Wort für Wort. Dieser Typ hat skrupellos mein Bedürfnis ausgenutzt, mit einem Menschen zu reden, dem es nicht gleichgültig ist, was ich sage.

All das rast mir durch den Kopf, während ich jetzt vor ihm stehe, und er versucht dabei die ganze Zeit, mich wieder in den Sessel zu ziehen. Das bringt mich noch mehr in Rage, bis ich vor Wut schäume und ihm plötzlich mit einer für meinen Zustand erstaunlichen Präzision die rechte Faust auf den Unterkiefer knalle. Der Typ wird gegen die Sessellehne geschleudert, sofort setze ich nach und schlage ihm noch einmal ins Gesicht, prügele mit der Kraft eines Besessenen auf ihn ein, bis er samt Sessel hintenüber fällt. Ich mache zwei schnelle Schritte vorwärts, überzeugt davon, ihn ausgeknockt auf dem Fußboden zu finden, aber stattdessen hockt er da mit blutender Nase auf den Knien und lacht. Es reißt mir fast den Kopf weg vor Wut, und dieser Scheißkerl hockt da, lacht mir ins Gesicht und schreit:

»Du schlägst doch gar nicht mich, du Idiot, du schlägst dich selber! Merkst du das nicht? Na los, komm schon, Cowboy, verprügel diese blöde Schwuchtel, zerschlag deinen Spiegel, Bruder! Du wirst dir schon nicht die Pulsadern aufschneiden, keine Angst! Du hast ja nichts außer diesem Spiegel! Niemand braucht dich, nicht einmal du selbst! Du bist im Arsch, verstehst du das nicht, du Idiot?«

Ohne zu überlegen, wohin ich schlagen soll, prügele ich weiter auf ihn ein: auf den Körper, den Kopf, die Hände. Und er wälzt sich am Boden, lacht aus vollem Hals und brüllt:

»Mach weiter! Mach weiter! Los doch! Für jedes Jahr, für jede verschissene Minute! Komm schon, Junge! Wenn du schlappmachst, kann ich dir meine Telefonnummer geben!«

Allmählich lassen meine Kräfte nach. Mit jedem Schlag, mit jedem Lacher, mit jedem Wort von ihm wird mir klarer, dass meine Schläge ihm keinen Schaden zufügen. Im Gegenteil, ich fühle, dass er mir die letzte Energie aus dem Leib saugt. Als meine Kraft schon am Ende ist, bekomme ich plötzlich selbst mehrere schnelle Schläge in den Leib, dann einen wuchtigen Hieb auf den Hinterkopf, der mich zu Boden schickt. Ich falle in die Arme der Club-Wachleute.

Jemand spritzt mir Wasser ins Gesicht. Jemand anderes, ich glaube Slawa, der Promoter des Clubs, wischt mir mit einem Tuch die Nase ab. Ich stehe in der Halle vor dem Ausgang, zwei Security-Leute halten mich fest an den Armen. Vor dem Eingang zum Saal steht der schwule Typ, ein Angestellter des Clubs redet beruhigend auf ihn ein und klopft ihm das Jackett ab. Anscheinend ist dieser Typ hier ein ziemlich angesehener Gast, dem Brimborium nach zu urteilen, das man seinetwegen treibt. Er steht da, streicht seine Haare zurück und glotzt mich an. Slawa schiebt mich zum Ausgang, der schwule Typ macht sich von dem anderen Club-Angestellten los und kommt mir hinterher. Beim Gehen wischt er sich das Blut, das ihm aus der Nase läuft, mit zwei Fingern ab und fährt sich damit unter den Augen entlang, wie ein Indianer, der seine Kriegsbemalung anlegt. Ich erstarre zur Salzsäule, bin außerstande, den Blick von seinem Gesicht abzuwenden. Ich komme mir vor wie in einem Film, in dem rationale, aufgeklärte Menschen des einundzwanzigsten Jahrhunderts auf die dunklen Kräfte des Voodoo-Kultes treffen, der seit Urzeiten nur seinen eigenen Gesetzen folgt; dem der Fortschritt des Menschengeschlechtes nichts anhaben kann. Mir wird eiskalt. Der Typ lächelt und meint: »Na, mein Junge? Jetzt führst du Krieg gegen dich selbst, stimmt's?«

Die Security-Leute schieben mich aus dem Club auf die Straße, und als Letztes höre ich noch, wie er irgendetwas von einem verlorenen Bundesgenossen sagt. Oder habe ich mich verhört? Ich wüsste wirklich sehr gern, was er damit meinte. Ich habe das Gefühl, dass es etwas für mich ganz persönlich sehr, sehr Wichtiges war. Doch ich werde es wohl nie erfahren. Dieser üble Vorfall kommt mir wie die Begegnung mit einem unheimlichen Orakel vor. Auch wenn dieser Typ bestimmt kein Orakel ist, sondern einfach ein Schwuler mit blutiger Nase. Bei diesem Gedanken steigt meine Laune, und als ich meinen Weg fortsetze, ist mein Schritt schon erheblich sicherer. Kurz darauf erreiche ich den Tschistoprudni-Boulevard, nun auf der der Metrostation zugewandten Seite.

# Die Ouverture

Schon das vierte Mal in dieser Nacht wache ich auf. Ich habe wieder irgendwelchen Blödsinn geträumt. Das Laken und die Decken sind so feucht, als stünde mein Bett irgendwo in den Subtropen. Ich schwitze, wälze mich, zerknautsche die Kissen, zähle bis hundert, kurz, ich tue alles, um endlich den Schlaf des Gerechten zu finden. Aber es gelingt mir nicht mehr. Ich stehe auf und gehe in die Küche, um Zigaretten zu holen. Ich nehme den ersten Zug, trete ans Fenster und erinnere mich, dass es mir in der vergangenen Nacht schon genauso gegangen ist. Eigentlich habe ich in den letzten drei Tagen insgesamt höchstens neun Stunden geschlafen, sofern man das überhaupt Schlaf nennen kann. Ich bin hundemüde, so müde, dass ich schon beim Aufwachen nichts als Apathie empfinde, vollständige Gleichgültigkeit gegenüber der ganzen Welt. Ich beruhige mich, indem ich mir immer wieder sage, dass schon alles wieder in Ordnung kommen wird, dass ich einfach eine schlechte Phase habe. Ich rede mir ein, dass ich nur ein wenig Urlaub brauche, dann wird alles wieder gut. Dann verschwinden die Müdigkeit, die schlechte Laune, meine Empfindlichkeit gegen Menschen, all diese Anzeichen starker nervlicher Überreiztheit.

Die Uhr zeigt sieben. Ich muss mich mit irgendetwas beschäftigen, wenigstens bis zehn Uhr. Dann kann ich irgendwohin fahren, mich mit jemandem treffen, vielleicht sogar frühstücken. Mein Kopf fühlt sich trübe an, meine Augen schmerzen, in meinen Schläfen puckert es dumpf. Ich gehe unter die Dusche in der Hoffnung, mein Befinden ein wenig positiv zu stimulieren. Lange stehe ich unter dem heißen Wasserstrahl, lasse ihn über Gesicht und Nacken laufen. Die Ereignisse der letzten Tage gehen mir durch den Kopf. Mir ist, als wäre ich in einem richtig beschissenen Film gewesen, mit einem haarsträubend schlechten Drehbuch, einer völlig sinnlosen Handlung. Mein einziger Wunsch ist, diese DVD in die Videothek zurückzubringen und allen Leuten dringend zu empfehlen, sich den Streifen niemals anzusehen. Es gibt dabei nur ein Problem: Der Held dieser bescheuerten Saga bin ich selber. Das ist ekelhaft, widerwärtig und grauenhaft, aber leider Tatsache.

Ich rasiere mich, kämme mich, betrachte mich im Spiegel. Mein Äußeres hat allerdings ziemlich gelitten. Ein wenig dunkles Make-up dazu, und ich könnte als Gothic-Star durchgehen. Wäre es nicht so traurig, man könnte darüber lachen.

Draußen wird es heller, zaghaft beginnt der Tag, und auf der Straße zeigen sich die ersten Frühaufsteher, die mit ihren Hunden Gassi gehen. Irgendwo brummt der Motor eines Autos. Ich schalte die Kaffeemaschine ein und gehe in mein Schlafzimmer, inspiziere lange den Inhalt meines Kleiderschrankes. Ich habe Lust, mich warm anzuziehen. Schließlich wähle ich eine braune Hose, ein Hemd und ein braunes Tweed-Jackett. Ich schaue noch einmal in den Spiegel und versuche mir zu einzureden, dass ich total ruhig bin. Dann fange ich an, meine Runden durch das Zimmer zu drehen. Ein nervöses inneres Beben befällt mich, eine dumpfe Ahnung von Gefahr. Auf den ersten Blick scheint alles wie immer, aber es sind ja auch nicht die Gegenstände, die sich verändert haben, es ist die Atmosphäre. Ich setze mich aufs Sofa, in meinen Ohren tönt ein schrilles Läuten. Ich presse meinen Kopf zwischen beide Hände, bleibe fast fünf Minuten so sitzen. Dann lasse ich die Hände ganz langsam sinken, wie in Erwartung von etwas Ungeheuerlichem. Ich sehe mich um. Es scheint nichts passiert zu sein, aber das Gefühl der Veränderung wird deutlicher. Da begreife ich auf einmal, dass ich keine Geräusche von außen mehr wahrnehme. Um mich herum herrscht absolute zähklebrige Stille. Ich gehe wieder in die Küche und schaue aus dem Fenster. Die Straße ist wie ausgestorben. Sogar die Leute mit den Hunden sind verschwunden. Die Stille betäubt mich, sie rückt mir von allen Seiten auf den Leib, drängt mich in eine Ecke der Küche. Dicht an die Wand gepresst schiebe ich mich wieder ins Zimmer. Mir ist scheußlich zumute. Ich finde die Fernbedienung und schalte das Fernsehgerät ein, zappe durch die Kanäle ... nichts passiert. In der rechten oberen Ecke des Bildschirms wechseln die Logos der Sender, aber man sieht nichts als eine leere weiße Fläche. Ich schalte den Apparat aus und wieder ein. Immer noch nichts. Der Flimmerkasten präsentiert mir hartnäckig dieselbe Leere. Einen milchweißen Bildschirm.

Ohne den Fernseher auszuschalten, lege ich die Fernbedienung vorsichtig auf das Zeitungstischchen, als hinge etwas Wichtiges davon ab. Ich gehe ins Nebenzimmer, öffne die Bar und greife nach dem Jameson. Ich gieße mir reichlich Whiskey ein, setze mich in einen Sessel und versuche mich zu beruhigen: Das ist einfach eine technische Störung. Ich brauche nur ein Weilchen zu warten, dann ist alles wieder in Ordnung.

Ich nehme ein paar Glamourmagazine aus dem Zeitungsständer, stecke mir eine Zigarette an und nehme mir vor, ein wenig darin herumzublättern, um mich abzulenken. Ich schlage ein Magazin auf und sehe, dass die Seiten weiß sind. Leer. Verstehen Sie, was ich sage? Auf diesen verdammten Seiten ist nichts zu sehen. Ich nehme ein anderes Magazin: das Gleiche; dann ein drittes: nichts anderes. Zweihundert weiße Seiten. Zweihundert Seiten Leere.

Ich lege die Magazine weg. Ich bin tatsächlich extrem nervös. Ich muss mich dringend beschäftigen. Ich brauche etwas, woran ich mich festhalten kann. Mein Blick fällt auf ein Fotoalbum. Ein stinknormales kitschiges Fotoalbum, wie es sie in jedem Haushalt gibt. In dem einen sind Hochzeitsfotos, Geburtstagsfotos von der Frau, den Kindern, der Oma. Ergreifende Momente des Lebens, von gierigen Kameraobjektiven festgehalten. Genau so ein Ding besitze ich auch. Fotos von Partys, Shootings mit Szene-Fotografen, Kopien von Aufnahmen, die in allen möglichen Magazinen veröffentlicht wurden. All that Jazz, mit einem Wort.

Ich schlage das Album auf. Ganz bestimmt wird es beruhigend auf mich wirken. Mich in Erinnerungen zu versenken, wie man sagt. Und wissen Sie, was ich sehe? Richtig: Gar nichts sehe ich. Auf jeder Seite des Albums kleben genau drei leere, weiße Kartonrechtecke. Ich nehme ein paar davon heraus, in der schwachen Hoffnung, dass ich die Fotos vielleicht falsch herum eingelegt habe. Aber nichts dergleichen, lauter weiße, leere Kärtchen. Fast muss ich lachen. Es stimmt ja: Was will man denn Bemerkenswertes sehen, wenn man die totale Leere fotografiert hat?

Ich gehe wieder in die Küche. Die Stille ist jetzt nicht mehr so dramatisch. Ich verstehe, dass die Leere um mich herum ihren Höhepunkt erreicht hat. Sie ist vollkommen. Ich finde diesen Zustand gar nicht so unkomfortabel.

Ich gieße mir einen Kaffee ein, stelle einen Stuhl in die Mitte der Küche und setze mich hin, mit dem Gesicht zur Lehne, lege mein Kinn auf die Arme und schaue aus dem Fenster.

Ich überlege, wo ich frühstücken möchte und wen ich anrufen und bitten könnte, mir Gesellschaft zu leisten. Das Problem ist, dass alle meine Bekannten den Sonntagmorgen nur vom Hörensagen kennen. Um diese Zeit liegen sie alle fest schlafend in ihren Betten, die Handys in weiser Voraussicht ausgeschaltet, damit sie den Anrufen von Stadtneurotikern wie mir entgehen. Melancholisch denke ich, dass ich mich jetzt gern mit einem meiner alten Kommilitonen treffen würde, oder mit einem Schulkameraden, einfach ein, zwei Stündchen sitzen und plaudern, ohne Platzhirschgehabe und sonstigen Blödsinn. Plötzlich klingelt im anderen Zimmer mein Handy. Gibt es tatsächlich in dieser Stadt noch jemanden außer mir, der nicht schläft? Ich klappe das Handy auf und höre Julas Stimme: »Hallo.«

»Hallo. Habe ich etwa geheime Videokameras in meiner Wohnung?«

»Wie meinst du das?«

»Woher wusstest du, dass ich nicht schlafe?«

»Ich wusste es nicht. Ich wollte einfach mit dir reden. Wie geht es dir?«

»Ehrlich gesagt, beschissen. Ich fühle mich komplett leer.«

»Hast du getrunken?«

»Keinen Tropfen. Gehst du mit mir frühstücken? Ich denke schon seit zwei Stunden darüber nach, frühstücken zu gehen.«

»Ich kann nicht. Ich bin nicht in der Stadt.«

»Ach schade. Oder nein ... ich meine, wann bist du denn zurück?«

»Ich komme Dienstag früh mit dem Zug. Holst du mich ab?«

»Bestimmt. Ich meine, ich möchte dich sehr gern abholen. Sagst du mir die Zugnummer, den Bahnhof und so weiter?«

»Ich schicke dir eine SMS.«

»Prima. Hör mal ...«

»Ja?«

»Ich wollte nur sagen ... ich will dir sagen, dass ich es sehr schade finde, dass wir heute nicht zusammen frühstücken können. Ich habe damals so viel dummes Zeug geredet. Weißt du, ich habe an etwas ganz anderes gedacht, und ...«

»Ich weiß schon. Wir reden später darüber. Es wird alles gut.«

»Na schön, dann also tschau, ja?«

»Tschau. Ich schicke dir gleich die SMS.«

»Ist gut. Jula, ich wollte dir noch sagen, dass ich ...«

»Was?«

»Ach, das sage ich dir, wenn wir uns treffen.«

»Na gut.«

Bevor sie ausschaltet, lacht sie kurz auf, und ich fühle mich so dumm, weil ich kein vernünftiges Wort herausbekommen habe. Dabei scheint mir das in meinem heutigen Zustand ganz besonders wichtig. Ihre SMS trifft ein, ich schreibe mir sorgfältig alle Angaben auf ein gelbes Zettelchen und hefte es an den Spiegel. Eigentlich kann ich diese Zettelchen nicht leiden. Alle Leute benutzen diese Dinger, um sich alberne Liebesbotschaften damit zu schreiben, kleistern sie hin, wo sie gehen und stehen, und am Ende sieht die Wohnung aus wie eine einzige Pin-Wand. Aber jetzt habe ich auf einmal Lust, diese SMS auf Tausende dieser blöden Zettel zu schreiben und alle an den Spiegel zu pappen.

Im Glas des Spiegels sehe ich einen Teil des Zimmers und des Flurs. Zum x-ten Mal fällt mir auf, dass ich den Fernseher umstellen sollte und dass ich neue Küchenvorhänge bräuchte. Dabei habe ich plötzlich die Eingebung, es stünde mir eine sehr lange Reise bevor, nach Kemerowo oder Irkutsk, obwohl ich noch nie in einer dieser Städte war. Ich verspüre eine leichte Trauer, einen Widerwillen wegzufahren, und einen Geschmack von Kupfer im Mund. Ich schüttel mich und rede mir ein, dass das alles nur Unsinn ist, weil ich doch gar nicht vorhabe, zu verreisen. Ich lächel meinem Spiegelbild zu, dann verlasse ich die Wohnung.

Draußen ist es ziemlich warm, und es herrscht eine sonderbar melancholische Stimmung. Ich gehe die Straße entlang und fühle mich, als bewegte ich mich in einer gallertartigen Masse. Mit jedem Schritt muss ich gegen den Widerstand der kompakten abgestandenen Luft ankämpfen, die mich umgibt. Als ich die nächste Hauptverkehrsstraße erreiche, merke ich, dass ich sehr müde bin. Ich habe keine Lust mehr, irgendwohin zu fahren, keine Lust, jemanden zu sehen. Das Einzige, was mich davon abhält, umzudrehen und wieder nach Hause zu gehen, ist die Tatsache, dass es in meiner Wohnung so gnadenlos leer ist.

Widerwillig hebe ich die Hand, und wie durch Zauberei halten fast in derselben Sekunde zwei Autos vor mir. Ich steige in das erste ein, nenne die Anschrift des Café Vogue, wo man um diese Zeit Frühstück bekommt, und stecke mir eine Zigarette an. Ich habe keine Lust, mich mit dem Fahrer zu unterhalten. Erstens, weil er zu laut über die blöden Witze im Radio lacht, und zweitens, weil er auf seiner Heckscheibe einen McDonald's-Aufkleber hat.

Nur um etwas zu tun, fange ich an, meine Jackentaschen zu untersuchen. Aus der rechten Innentasche krame ich meine Brieftasche und meinen Pass hervor, aus der linken einen Stoß rechteckiger Glanzpapierkarten. Ich drehe sie in den Händen und verstehe nicht, was das für Dinger sind. Es ist einfach nichts darauf zu sehen, kein Bild, keine Schrift. Sie sind vollkommen leer.

»Sie sollten sich ein Notizbuch zulegen«, bemerkt der Fahrer und wendet mir halb den Kopf zu. »Am besten ein elektronisches. Ein Freund von mir hat so ein Ding.«

»Wie bitte?«, frage ich verwirrt.

»Na ja, dann hat man nicht lauter lose Notizzettel in der Tasche. So was verliert man doch ständig.«

»Ach so ... jaja, das stimmt«, antworte ich, komplett durcheinander.

»Hej, schwer verkatert, was?«, lacht der Fahrer.

»Hmhm, ziemlich beschissen«, bestätige ich und begreife, dass ein Kater der einzige Zustand ist, der bei einem russischen Mann ernsthaftes Mitgefühl für einen Fremden hervorrufen kann. Ich hoffe sehr, dass der Fahrer jetzt die Klappe hält, weil er genau weiß, wie man sich damit fühlt.

»Wenn man einen Kater hat, fährt man am besten raus in die freie Natur«, redet er zu meinem Bedauern weiter. »Die Vögel zwitschern, man trinkt lauwarme Milch direkt von der Kuh, alles ist in bester Ordnung. Zum Mittag kippt man zweihundert Gramm Wodka und geht anschließend gleich wieder in die Kiste. Nachmittags um vier ist man frisch wie eine grüne Gurke. Dann kann man locker weitertrinken. Abends ist man glücklich und zufrieden und hat so eine angenehme Leere im Kopf. Trinken muss man mit Verstand, sonst hat's keinen Sinn!«

Ein raues Lachen beendet seinen kurzen Vortrag in praktischer Lebensweisheit. Leider folgt sogleich eine Parade fernsehreifer Kalauer, und in meinem Kopf verdichtet sich der Wunsch, nach der Fernbedienung zu greifen und den Ton auszuschalten. In diesem Moment klingelt mein Handy, und ich drücke mit dem Daumen einen Knopf, als wäre es tatsächlich eine Fernbedienung. Aber dann reiße ich mich zusammen, halte das Gerät an mein Ohr und sage:

»Hallo!«

»Hallo! Hast du mich erkannt?«

»Natürlich hab ich dich erkannt, Vadim.«

»Bist du schon wach?«

»Ja, ich kann nicht schlafen.«

»Wir müssen uns treffen.«

»Kein Problem. Ich will gerade zum Frühstücken ins Vogue. Du kannst ja dazukommen.«

»Ich bin in zwanzig Minuten dort.«

»Okay. Bis gleich.«

Im Vogue nehme ich von der Ablage am Eingang ein Exemplar des *Sport Express* und gehe in den ersten Raum. Dort sind nur wenige Tische besetzt – offenbar von genau solchen Frühaufstehern wie mir. Ich wähle einen Fensterplatz, bestelle Kaffee und schlage die Zeitung auf. Ich überfliege die Seiten und stoße auf einen Artikel, in dem über das bevorstehende Ende der Karriere Michael Schumachers spekuliert wird. Vielleicht wäre es ja interessant, einmal im Leben ein Formel-1-Rennen live zu erleben, denke ich. In dem Moment, als ich den Blick von der Zeitung hebe, um noch einen Kaffee zu bestellen, betritt Vadim das Restaurant.

Er sieht aus, als hätte er mindestens drei Tage und drei Nächte nicht geschlafen. Die Haare stehen ihm wirr vom Kopf, unter den Augen hängen dunkle Ringe, und sein Gesicht ist so bleich, dass es sich kaum von dem mattgrauen Interieur des Restaurants unterscheidet. Seine Kleidung ist übel zerknittert, woraus ich schließe, dass er nicht in seinem Bett geschlafen hat. Mit fahrigen Bewegungen versucht er, seine Haare in Ordnung zu bringen und reißt immer wieder nervös am Revers seines Jacketts. Er wirkt derart verstört, dass ich fürchte, er wird mich übersehen, obwohl ich direkt neben dem Eingang sitze. Seine Augen huschen nervös durch den Saal, bis er mich endlich entdeckt. Schnell kommt er an meinen Tisch, setzt sich und zündet sich sofort eine Zigarette an.

»Grüß dich! Was ist denn mit dir los? Trägst du jetzt deine Büroklamotten auch am Sonntag? Der typische Workaholic, was?« Ich grinse und versuche, auf locker zu machen. »Du siehst übrigens aus wie direkt aus einem Steckbrief entschlüpft, Osama bin Laden zwei. Egal, wie geht's? Hast du dich ein bisschen eingekriegt? Entschuldige übrigens, Alter, ich habe gestern wohl überreagiert. Wir haben wohl beide ziemlich überreagiert. Lass uns die Sache möglichst schnell vergessen. Wahrscheinlich lachen wir uns in ein paar Wochen nur noch tot darüber, was?«

»Mir ist kein bisschen nach Lachen zumute, absolut nicht. Hast du eine Ahnung, was wir jetzt machen sollen?« Vadim klingt gehetzt.

»Gar nichts machen wir. Die Jungs haben uns nach Strich und Faden eingeseift. Wir sind ihnen mit unserer Eitelkeit und unserer Geilheit auf das mondäne Leben auf den Leim gegangen. So was kommt vor. Deshalb geht das Leben trotzdem weiter.«

»Das heißt also, wir sollen es dabei belassen? Meinst du das? Es muss doch einen Ausweg geben, eine Möglichkeit, Druck auf diese Typen auszuüben.« Er steckt sich die nächste Zigarette an.

»Vadim, das sind keine seriösen Geschäftspartner. Da kann man keinen Druck ausüben. Es handelt sich hier um einen echten Betrug. Ich denke, die Burschen sind längst nicht mehr in der Stadt, wahrscheinlich sogar schon außer Landes. Wir könnten sie natürlich anzeigen oder uns an das Kameradschaftsgericht wenden.«

»Kameradschaftsgericht? Was soll das denn sein?«

»Na ja, ich meine, wir könnten uns ein paar nette Jungs mit breiten Schultern und dunklen Brillen suchen und sie bitten, die Sache für uns zu regeln.«

»Meinst du? Vielleicht sollten wir das wirklich tun. Ich kenne da jemanden, den könnten wir vielleicht anrufen.«

»Natürlich könnte man das versuchen, aber ich fürchte, am Ende würde die Sache für uns zu teuer werden.«

Vadim bedeckt sein Gesicht mit den Händen. Sein ganzer Schliff, sein mondäner Charme und seine maskuline Ausstrahlung haben sich verflüchtigt wie der Rauch seiner Zigarette. Langsam tut er mir leid, obwohl ich mich selber beschissen genug fühle. Zwar versuche ich, die Situation ins Witzige zu ziehen, aber ich verstehe durchaus, dass er ein echtes Drama durchleidet.

Ich bestelle uns frisch gepressten Orangensaft mit Eis und Mineralwasser. Vadim schweigt, starrt aus dem Fenster und kaut auf seinen Fingernägeln. Ich befürchte, dass er jeden Moment durchdreht. Als der Saft kommt, schiebe ich ihm das Glas zu und sage:

»Komm, trink erst mal was Gesundes, das baut dich auf!«

»Ich will nicht, verstehst du? Ich will nicht!« Er macht eine ungeschickte Bewegung und stößt mit dem Ellenbogen das Glas um. Der Saft läuft über den Tisch.

Das kleine Unglück reißt ihn für einen kurzen Moment aus seiner Lethargie. Hastig wirft er einige Servietten in die Pfütze und ruft mit Kommandostimme nach der Kellnerin. Die Gelegenheit erscheint mir günstig, das Gespräch in die komische Richtung zurückzuleiten.

»Vadim, warum warst du heute Nacht nicht zu Hause?«, frage ich mit schrägem Grinsen. »Du hast doch nicht etwa eine neue Freundin, dass du so nervös bist?«

»Sag mal, hast du sie eigentlich noch alle? Uns sind gerade hundertfünfzigtausend Dollar flöten gegangen, und du hast noch Zeit für blöde Witze!« Vadim schaukelt sich langsam hoch. »Ich habe seitdem kein Auge zugetan, verstehst du? Mir platzt fast der Schädel. Mir ist absolut nicht komisch zumute. Ich bin am Ende.«

»Vadim, nimmst du eigentlich Drogen?« Ich mache ein todernstes Gesicht.

»Und ob ich Drogen nehme! Gestern hab ich mich schweinisch zugekokst, und heute bin ich schon hackebreit. Zu Hause habe ich mich gar nicht mehr blicken lassen, weil ich jeden Moment damit rechne, dass mich unser betrieblicher Ermittlungsdienst in die Zange nimmt. Und du sitzt hier und machst mir den Clown! Vielleicht steckst du ja mit denen unter einer Decke? Hm? Vielleicht hast du mich absichtlich da mit reingezogen, und jetzt versuchst du nicht einmal mehr, den unglücklichen Geschäftspartner zu spielen.«

»He, bist du jetzt völlig durchgeknallt? Vielleicht solltest du dich lieber an den Rat von Kurt Cobain halten: Mische niemals Alk und Drogen! Außerdem, was hat denn euer Ermittlungsdienst mit der Sache zu tun?«

»Eine ganze Menge, verdammte Scheiße!« Vadim beugt sich zu mir herüber. »Und wie der damit zu tun hat!«

»Was meinst du damit? Hast du dir etwa bei einem Arbeitskollegen Geld gepumpt und hast jetzt Schiss, dass er dich anschwärzt?«

»Nein«, sagt Vadim und senkt seine Stimme zu einem Flüstern. »Ich habe die ganze Kohle, verstehst du, die ganze Kohle aus meiner Firma genommen.«

»Was? Welcher Idiot hat dir denn hunderttausend Dollar geliehen?«

»Niemand hat mir was geliehen. Ich habe die komplette Summe als Brand-Budget für das Listing in diesem verdammten Club verbucht, für die Eröffnungsparty und alle folgenden Events. Die ganzen beschissenen hunderttausend Dollar! Verstehst du jetzt endlich?«

»Tja …«, murmele ich.

Ich hatte schon immer den Verdacht, dass Vadim außer mit Eitelkeit auch noch mit einer extremen Geldgier gesegnet ist. Er hätte es ja bei den fünfzigtausend Dollar belassen können – aber nein! Er wollte unbedingt einen größeren Anteil als ich haben. Einfach mal eben hunderttausend Dollar Firmengeld abzuzweigen, um in so ein Projekt einzusteigen. So ein Idiot.

»Sag mal, Vadim, musste das denn wirklich unbedingt sein? Wozu diese ganzen Mauscheleien?«

»Ich weiß es nicht. Diese Typen sind doch in der Szene bekannt wie bunte Hunde. Das war eine ideale Chance, es war schon immer mein Traum, einen Club oder eine Bar zu besitzen. Ich konnte doch nicht ahnen, dass es so enden würde. Außerdem kam die Idee ja von dir oder nicht? Du hast das alles eingefädelt.« Seine Augen schießen Blitze auf mich ab, und allmählich dämmert es mir, warum er mich unbedingt treffen wollte.

»Und die Kohle aus eurer Firmenkasse zu nehmen, diese Idee stammt wohl auch von mir, ja? Habe ich dir auch den Business-Plan dazu geschrieben oder was?«

»Hör mal, so meine ich das nicht. Ich stecke einfach in der Scheiße und habe keine Ahnung, was ich jetzt machen soll. Spätestens am Montag wird der Ermittlungsdienst die Sache aufwickeln, und das war's dann für mich. Verstehst du: Dann ist es aus und vorbei! Wenn ich Glück habe, schmeißen sie mich einfach nur raus, aber wahrscheinlich muss ich mit einer Anklage wegen Veruntreuung rechnen. Das ist eine Riesenscheiße. Du kannst das nicht verstehen, weil du auf solche Dinge keinen Wert legst. Drei Jahre lang hab ich das alles ertragen, drei beschissene Jahre lang habe ich mir von diesen perversen Amerikanern in den Arsch treten lassen, mit Zähnen und Klauen habe ich mir meinen Job als Brand-Manager erkämpft. Und jetzt verliere ich alles, absolut alles. Ich weiß nicht, was ich machen soll, ich stecke in einer verdammten Sackgasse.«

Ich bemerke, dass ihm schon das Wasser in den Augen steht. Gleich wird er losschluchzen. Ich zünde mir eine Zigarette an, schaue ratlos durch den Saal und fühle, wie sehr ich ihn hasse. Er faselt immer weiter seinen beschissenen Blödsinn, von seiner Karriere und den Entbehrungen und wie sehr er sich selbst verleugnet und verraten hat. Mir ist das alles so widerwärtig, dass ich nur noch den Wunsch habe, von hier weg zu kommen, ihn einsam und allein an diesem Tisch hocken zu lassen, wo er meinetwegen weiter in dem Rotz seiner eigenen Gier herumrühren kann. Mein Gott, wer hat bloß das Geld erfunden? Vor allem, wer hat diesen Idioten erlaubt, mit dem Geld zu spielen? Da berührt Vadim mich am Ellenbogen, schaut mir in die Augen und sagt eindringlich:

»Hör mal, könntest du nicht mit meinem Chef sprechen, ich meine, als einer der Geschäftsgründer, und ihm erklären, dass die Eröffnung des Clubs wegen irgendwelcher Schwierigkeiten mit den Brandschutzbestimmungen für eine gewisse Zeit verschoben wurde? Es muss nur glaubwürdig genug klingen, ich bin sicher, dass sie uns das abnehmen. Damit gewinnen wir ein, zwei Monate, inzwischen treibe ich das Geld auf, und dann kann ich ihnen schon klarmachen, dass das Geschäft geplatzt ist. Das Wichtigste ist jetzt erst einmal, Zeit zu gewinnen, vielleicht kriegen wir diese Arschlöcher doch noch am Wickel. Und wenn nicht, treibe ich das Geld anderswo auf, ganz bestimmt. Das kostet dich doch nichts. Wir sitzen schließlich im selben Boot, oder? Du hast ja nichts verbrochen. Unser Ermittlungsdienst wird das brav schlucken. Sie müssen einfach das Gefühl haben, die Situation unter Kontrolle zu halten, dann kann meinetwegen eine Sintflut kommen. Das ist doch ein guter Plan, oder?«

»Nein, mein Lieber, das ist ein beschissener Plan.«

Ich hätte große Lust, ihm richtig eins in die Fresse zu geben. Aber ich bin sicher, er würde sofort zum nächsten Polizeirevier rennen und behaupten, ich hätte ihn überfallen und ihm hunderttausend Dollar geraubt. Ich drücke meine Zigarette aus und bestelle die Rechnung.

»He, warte mal! Was gefällt dir daran nicht? Das könntest du doch für uns tun!«

»Erstens: Dein Plan ist komplette Scheiße. Zweitens: Hör auf, immer *wir* und *uns* zu sagen. Du bist hier nicht bei einem Kundengespräch. Und mit deinen Mauscheleien will ich nichts zu tun haben, aber auch wirklich gar nichts. Das zum Dritten.«

Vadim erstarrt. Er krallt sich an den Stuhllehnen fest, dass die Fingerknöchel weiß hervortreten.

»He, warte mal, warte«, sagt er mit gepresster Stimme. »Ich glaube, ich fange an zu verstehen. Du Saukerl hast mich mit voller Absicht reingelegt. Ihr habt mich in die Falle gelockt. Du hast mir den großen Investor bloß vorgespielt, und ich Idiot habe dir geglaubt, weil ich dachte, wir wären Freunde. Ich habe dir geglaubt, verstehst du? Und jetzt stecke ich alleine in der Scheiße, und ihr seid fein raus. Nein, mein Freund, meinst du wirklich, du kommst so einfach davon? Du hast ja keine Ahnung, mit wem du dich da eingelassen hast. Meine Firma ist kein Tabakkiosk, das ist ein multinationaler Konzern. Unser Sicherheitsdienst wird dich in die Mangel nehmen, die werden dich pulverisieren, verstehst du, du Arschloch? Die lassen dich nicht eher aus den Fingern, bis du den letzten Dollar zurückgezahlt hast, die werden dir die Kohle aus dem Leib prügeln. Dir und deinen beschissenen Freunden. Hast du verstanden? Ich bin kein Penner, mich könnt ihr nicht so einfach abservieren wie eine billige Straßennutte. Ich werde dir Feuer unterm Arsch machen!« Seine Stimme überdreht und wird zu einem schrillen Kreischen.

Ich stehe auf. Diese billige Posse hat mich ermüdet. Es tut weh, Geld zu verlieren, aber es tut noch viel mehr weh, einen Menschen zu verlieren, den man lange für seinen Freund gehalten hat, und zuzusehen, wie er sich vor deinen Augen in ein Stück Aas verwandelt.

»Warte!«, schreit Vadim hysterisch. »Bleib hier! Ich hab's dir gesagt, ich rufe jetzt meinen Sicherheitsdienst an! Dann reden wir mal anders miteinander!«

Er holt sein Handy aus der Tasche und drückt hektisch auf die Tasten. Ich nehme ein Glas mit Wasser vom Tisch und schütte es ihm über den Kopf.

»Ruf lieber deinen Arzt an, Alter.«

Ich drehe mich um und gehe weg. Diese Situation ist so abgeschmackt, dass sie mir fast surreal erscheint. In der

Nähe des Ausgangs riecht es nach nicht mehr ganz frischem Fisch. Der Geruch kommt bestimmt aus der Küche, aber ich bilde mir ein, dass es Vadim ist, der zu faulen anfängt.

Auf der Straße halte ich ein Taxi an und nenne die Adresse meiner Wohnung. Während der Fahrt starre ich stumpfsinnig aus dem Fenster und singe dabei halblaut »Friends will be Friends« von Queen. Es geht mir beschissen. Als wir am Leningrader Bahnhof vorbeifahren, fällt mir ein Leuchtschild ins Auge: »Fahrkarten«. Ich bitte den Fahrer, anzuhalten.

»Aber wir sind doch noch gar nicht da«, wendet er ein.

»Macht nichts, ich steige hier aus. Was bin ich schuldig?«

Ich zahle, springe aus dem Wagen und gehe schnell auf den Haupteingang zu. Als ich fast dort angekommen bin, drehe ich mich um und sehe, dass das Taxi immer noch dort steht, wo ich ausgestiegen bin. Der Fahrer hat das Fenster heruntergelassen und schaut mir nach. Aus irgendeinem Grund hebe ich die Hand und winke ihm zu. In dem Moment lässt er den Motor an und fährt weg.

Beim Eingang hocken ungefähr zehn junge Leute herum. Dem Aussehen nach sind sie die ganze Nacht durch die Clubs gezogen und warten jetzt auf ihren Regionalzug, der sie nach Hause in ihre Betten bringen soll. Sie sehen aus wie Sittiche auf der Stange, alle so farbenfroh in ihren grellbunten Jacken und Turnschuhen. Nur ihre Gesichter sind ziemlich finster. Offenbar handelt es sich um verkaterte Sittiche.

Ich nehme einen Stoß von den nach wie vor absolut leeren Karten, die ich immer noch in meiner Jackentasche habe, und spreche sie an:

»Hört mal, Leute, ich bin ein wenig verkatert, ich kapiere irgendwie nicht, ob diese Einladung hier für heute gilt oder für morgen. Könnt ihr mal nachsehen?«

Es kommt wie vermutet. Die Küken lesen. Und sie geraten in helle Aufregung.

»Das ist heute«, plappert einer von ihnen. »Um neun.«

»Wahnsinn, das ist für die Eröffnungsfete von einem Club oder was?«, ruft ein anderer Typ und nimmt dem ersten die Karte aus der Hand. »Haben Sie zufällig so ein Ding über?«

»Bist du sicher, dass du so was brauchst?«

»Und wie. Da würde ich irre gern hingehen.«

»Dann nehmt alle. Bevor ich es mir anders überlege«, grinse ich.

»Cool! Vielen Dank! Wir sehen uns bestimmt!« Der Junge quetscht mir die Hand.

»Wahrscheinlich.«

Ich gehe zum Fahrkartenschalter, drehe mich im Gehen noch einmal um und sehe, wie die jungen Leute ihren Kram zusammenraffen und sich eilig aus dem Staub machen. Wahrscheinlich haben sie Angst, dass ich es mir tatsächlich anders überlege und die leeren Kärtchen zurückverlange.

An den Schaltern herrscht ungewöhnlich wenig Betrieb. Ich trete an eines der Fenster, schiebe einen Tausendrubelschein hindurch und sage: »Eine Fahrkarte für den nächsten Zug, bitte.«

Die Angestellte fragt etwas. Ich verstehe es nicht, nicke aber. Sie gibt mir die Fahrkarte und das restliche Geld.

»Gleis Nummer sechs, Abfahrt in zehn Minuten.«

Ich kaufe mir am Bahnhofskiosk noch eine Schachtel Zigaretten und mache mich auf die Suche nach meinem Gleis ...

In dem Regionalzug sitzt mir ein Opa gegenüber. Er trinkt Bier aus einer Eineinhalbliter-Plastikflasche. Gemächlich schraubt er den Verschluss auf, trinkt, schaut aus dem Fenster, schraubt den Verschluss wieder zu. Dann dreht er ihn wieder auf, nimmt einen großen Schluck und sieht durch mich hindurch. Ich glaube, er studiert den Fahrplan hinter mir an der Wand, und mein Körper stört ihn dabei nicht im Geringsten. Nachdem er das lange genug gemacht hat, sagt er:

»Das dauert.«

Im Gang erscheint ein Zeitungsverkäufer. Ich überlege, ob ich mir etwas zu lesen kaufen sollte, aber ich sehe keine einzige Überschrift. Weil ich sonst nichts zu tun habe, betrachte ich meine Mitreisenden. Die meisten sind Wochenendausflügler oder Jugendliche, die aus der Stadt nach Hause fahren, außerdem ein paar Büroangestellte in Business-Anzügen und Krawatten, die Augen gerötet von den Partys am vergangenen Abend. Am Fenster schräg gegenüber sitzt ein Mädchen und blättert mit verständnislosem Gesicht leere Seiten um.

Der Zug hält an einer Station. Wieder steigen Leute ein. Ich habe das Gefühl, dass sie mich alle erwartungsvoll anschauen und hoffen, dass ich ihnen irgendeine Heilsbotschaft verkünde, die ihr Leben von Grund auf verändert. Auf dem Bahnsteig dudelt ein populärer Schlager aus dem Gefängnismilieu. Ich spüre, wie meine Augenlider ganz schnell zu flattern beginnen. Soviel ich weiß, wird dieses erste Stadium des Schlafes »Rapid Eye Movement« genannt, abgekürzt REM, und mir fällt ein, dass es eine amerikanische Rockband dieses Namens gibt. Ich stelle mir vor, dass die Schwuchtel Michael Stipe da draußen gerade diesen Gefängnisschlager singt und muss grinsen. Dann schlafe ich ein.

Im Traum bin ich in der Metrostation Teatralnaja, wo sich alle Frauen versammelt haben, mit denen ich je eine halbwegs ernsthafte Beziehung geführt habe. Sie sind alle gleichzeitig gekommen, weil ich mich so super mit jeder von ihnen verabredet habe. Jetzt finde ich das gar nicht mehr lustig, aber ich sehe, dass sie alle mich genau in diesem Augenblick bemerkt haben. Der Spaß ist mir restlos vergangen, das Einzige, was ich will, ist in den nächsten Zug zu springen und abzuhauen. Aber unglücklicherweise fahren sämtliche Züge an der Station vorbei, ohne anzuhalten. So geht es fünf oder zehn Minuten, und meine Frauen kommen lächelnd auf mich zu, immer näher und näher. Endlich drehe ich mich um und fahre mit der einzigen funktionierenden Rolltreppe nach oben. Ich passiere einen Übergang, lande wieder auf einer Rolltreppe, fahre abwärts und bin wieder in der Station, wo ich wieder die Frauen sehe. Mehrere Male nehme ich diesen Weg über die Rolltreppen und komme immer wieder auf demselben Bahnsteig an. Meine Frauen stehen noch genauso da wie vorher, und in ihren Gesichtern sehe ich die Erwartung von etwas Großem. Jetzt erscheinen auf der Rolltreppe zwei Polizisten und starren mich an. In diesem Moment habe ich das intensive Gefühl, mich in einem geschlossenen Kreislauf zu bewegen, und als hätte ich ein sehr dummes und gleichzeitig sehr furchtbares Verbrechen begangen. Im Traum begreife ich, dass ich das alles nur träume, aber es erschreckt mich, dass man so einen Blödsinn träumen kann. Unterdessen kommen die Polizisten näher, einer von ihnen streckt mir ein Eis am Stiel entgegen. Ich verstehe, dass ich es auf keinen Fall annehmen darf, ich verstehe aber auch, dass ich nicht weglaufen kann. Sie werden mir dieses Eis auf jeden Fall in die Tasche schieben. Ein Gefühl von totaler Ausweglosigkeit ergreift mich, und ich kapiere nicht so ganz, wie mir die Tatsache entgehen konnte, dass Eis auf einmal etwas Verbotenes ist. Es macht mir Angst, dass ich überhaupt nichts mehr checke und dass ich keine Ahnung habe, was ich jetzt tun und was ich diesen Bullen sagen soll. Das Gefühl wird stärker und stärker, und als es seinen Höhepunkt erreicht, wache ich auf. Im Gang bietet eine Verkäuferin Waffeleis an. Ich warte ab, bis sie den Waggon verlassen hat, dann schließe ich wieder die Augen. Diesmal schlafe ich vollkommen traumlos. In völliger Dunkelheit.

Als ich aufwache, steht der Zug. Seltsamerweise habe ich das Gefühl, dass er von dem Moment an, in dem ich abgetaucht bin, sich nicht mehr von der Stelle bewegt hat. Ich sehe auf die Uhr meines Nachbarn – es ist neun Uhr abends. Ich habe neun Stunden geschlafen. Ich stehe auf und steige aus dem Zug. Vor meinen Augen erscheint ein typischer kleiner Landbahnhof. Ein gedrungenes rechteckiges Bahnhofsgebäude in einem Meer von Grün. Ich versuche den Namen der Station herauszufinden, aber ich kann nirgendwo ein Schild entdecken. Doch was spielt das schon für eine Rolle?

Der Zug, der mich hierher gebracht hat, ist inzwischen abgefahren. Ich trete vor das Bahnhofsgebäude und sehe mich um. Gleich gegenüber befindet sich eine Bushaltestelle mit einigen späten Fahrgästen, ein Stück weiter sind mehrere Kioske und ein Pavillon mit einem Lebensmittelgeschäft und einem Café. Über dem Dach des Pavillons steht eine Wolke aus Grilldunst. Ein Junge und ein Mädchen sitzen auf Plastikstühlen, essen Schaschlik und trinken Wein dazu. Während ich noch überlege, ob ich Hunger habe, dreht der Junge seinen Kopf in meine Richtung. Sein Gesicht ist sehr rot, entweder aus Leidenschaft zum Alkohol oder aus Leidenschaft zu dem Mädchen. Jedenfalls wird mir klar, dass dies nicht mein Ort ist.

Auf der anderen Seite des Bahnsteigs erstreckt sich ein Feldweg, an dessen Rand vereinzelte spärliche Büsche stehen. Kurz entschlossen überquere ich die Gleise und folge dem Weg. Er führt immer an der Bahnlinie entlang, mal drückt er sich an die Gleise, mal entfernt er sich in sanften Bögen. Dann und wann komme ich an einem einsamen Haus vorbei und erreiche schließlich einen schmalen Waldstreifen. Auf der Böschung am Bahndamm wachsen kleine gelbe Blumen, die aussehen wie die, die ich einmal als kleiner Junge mit meiner Mutter gepflückt habe. Ich gehe an den Gleisen entlang und pflücke Blumen. Nach einiger Zeit hat sich ein ansehnlicher Strauß angesammelt. Jetzt erinnere ich mich. Als Kinder glaubten wir, wer unter diesen Blumen eine mit sieben Blüten findet, habe einen Wunsch frei. Während ich noch darüber nachdenke, sehe ich in dem Waldstück eine Lichtung, auf der drei gefällte Bäume liegen. Mit meinem gelben Blumenstrauß in der Hand biege ich von dem Weg ab und steuere auf die Lichtung zu, wobei ich plötzlich das Gefühl habe, einen vollkommen albernen

Anblick zu bieten. Auf der Lichtung angekommen, setze ich mich auf einen der Baumstämme, zünde mir eine Zigarette an und inspiziere meine Umgebung. Das Plätzchen weist alle wesentlichen Merkmale jener hingebungsvollen Liebe des russischen Menschen zu seiner Heimat auf – leere Bierflaschen, Zigarettenstummel, ein paar Konservendosen, dazu die dunklen Stellen alter Lagerfeuer, eben alles das, was wir an der unberührten Natur so schätzen. Dieses Stillleben krönt eine tote Ratte, die unter einem Busch in meiner Nähe liegt. Sie liegt in einer sonderbaren, unnatürlichen Haltung da, ähnlich einem Tiger, der sich zum Sprung duckt. Ihr Maul ist aufgerissen, die Augen halb geschlossen. Ich vermute, dass sie noch nicht lange so liegen kann, denn ihr Körper ist vollkommen unversehrt, weder streunende Hunde noch hungrige Waldtiere haben daran genagt. Aber vielleicht verschmähen sie ja so ein niederes Aas?

Ich frage mich, warum diese Ratte wohl ihren natürlichen Lebensraum in der nahrhaften Nachbarschaft menschlicher Behausungen verlassen hat. In einer Tierserie im Fernsehen habe ich mal eine Sendung über Ratten gesehen. Darin wurde auch beschrieben, dass sie bisweilen in unmittelbarer Nähe ihres Lebensraumes gelegene Walddickichte aufsuchen, vielleicht um zu gebären, vielleicht um zu sterben. Genau weiß ich es leider nicht mehr. Also werde ich wohl nie erfahren, was diese Ratte hierher verschlagen hat.

Ratten sind sehr aggressive Wesen, getrieben von permanenter, skrupelloser Fressgier. Schon damals dachte ich, dass wir, die jungen und aggressiven Vertreter des Moskauer Mikrokosmos, große Ähnlichkeit mit diesen Tieren haben. Hemmungslos fressen wir die Welt, in der wir leben, auf, bis wir uns am Ende gegenseitig verschlingen und auf diese Art irgendwann selber ausrotten. Und wer weiß, ob an unsere Stelle vernünftigere Wesen treten.

Ich bleibe noch eine Weile auf dem Baumstamm sitzen, rauche und suche in meinem Strauß nach der Zauberblume mit den sieben Blütenblättern. Ich finde keine. Ich werfe die Zigarette weg und zertrete sie sorgfältig. Als ich aufstehe, um weiterzugehen, kommen aus dem Schatten der Bäume zwei Hunde auf die Lichtung. »Guten Appetit«, rufe ich ihnen zu.

Ich gehe weiter am Bahndamm entlang. Inzwischen ist die Abenddämmerung schon ziemlich fortgeschritten, und ich habe das Gefühl, dass die nahende Dunkelheit sehr gut meiner inneren Verfassung entspricht. Sie versetzt mich in eine melancholisch-philosophische Stimmung. Plötzlich endet der Wald, und vor meinen Augen erstreckt sich das Ufer eines Flusses. Über mir sehe ich eine riesige Eisenbahnbrücke, die mich an diese grauenhaften Kriegsfilme denken lässt, in denen man solche Dinger permanent gesprengt hat. In jeder anderen Nacht hätte diese Brücke mit ihrer Monumentalität eine deprimierende Wirkung auf mich gehabt, heute jedoch hat sie etwas seltsam Anziehendes. Erst zögernd, dann immer sicherer, klettere ich die Brücke hinauf und strebe geradewegs auf ihre Mitte zu. Die Konstruktion ist wirklich überwältigend. Wenn ich den Kopf hebe und zu den riesigen Stahlbögen aufsehe, fühle ich mich sehr klein und unbedeutend. Ich wüsste gern, wie spät es ist. Weil ich keine Uhr dabeihabe, durchsuche ich meine Taschen nach dem Handy, aber ich finde es nicht.

Ich muss es wohl auf der Lichtung verloren haben. Ich stelle mir vor, wie es jetzt dort im Gras liegt und die beiden Hunde daran schnuppern. Vielleicht fängt es manchmal an zu fiepen, dann nehmen die Hunde Reißaus und beobachten es ängstlich aus sicherem Abstand. Bestimmt halten sie es für eine besonders gefährliche Ratte, die zwar nicht mehr laufen kann, aber noch am Leben ist und wütend nach ihnen schnappt. Die Hunde freuen sich auf das Festmahl und danken ihrem Hundegott für die üppige Beute, die ihnen nicht entgehen kann. Irgendwann wird sich der mutigere der beiden vorwagen, mit seinem Maul danach schnappen und den Titankörper zwischen seinen Zähnen zerknacken.

Ganz deutlich sehe ich das Hundemaul mit den gefletschten Zähnen vor mir. Es ist ein Bild, an das ich mich aus meiner Kindheit erinnere, ein Bild, das ich bis heute mit dem Tod assoziiere.

Man weiß, dass Kinder, die in der Geborgenheit einer liebenden Familie aufwachsen, keine realistische Vorstellung vom Tod haben. Und gerade in unserer Generation war es üblich, von uns Kindern die Ahnung von der Existenz des Todes fernzuhalten. Als ich klein war, hatten wir zu Hause zwei Wellensittiche. Mehrere Male geschah es, dass einer der beiden Vögel plötzlich verschwand. Wenn ich abends ins Bett ging, waren noch zwei da, aber morgens, nach dem Aufstehen, war es nur noch einer. Jedoch konnte ich mich fest darauf verlassen, dass noch am selben Abend der andere wieder da war. Manchmal hatte sich die Färbung seines Gefieders ein wenig verändert, aber immerhin, er war wohlbehalten zurückgekehrt. Meine Mutter erklärte mir dann, er sei krank gewesen, und sie habe ihn in die Poliklinik gebracht, wo man ihn schnell wieder gesund gemacht habe. Dass er dabei eine andere Farbe bekommen habe, sei ganz normal.

Damals kam mir nicht in den Sinn, dass meine Mutter im Bestreben, meine kindliche Psyche nicht zu verletzen, mir jedes Mal einen neuen Wellensittich kaufte, wenn einer der alten gestorben war. Und ich glaubte alle diese Geschichten von wundersamen Heilungen, denn auch in den Märchen, die ich kannte, starben die Helden ja niemals wirklich, sondern fielen höchstens in einen langen Todesschlaf, aus dem sie bald wieder erweckt wurden. Der Tod existierte für mich nicht.

Aber eines Tages ging ich mit meiner Großmutter spazieren und sah auf der Straße einen toten Hund, der von einem Auto überfahren worden war. Sein Körper war halb zerfetzt, das Maul stand weit offen und entblößte sein Gebiss, so dass es aussah, als fletschte er die Zähne. Ich verstand sofort, dass dieser Hund nicht schlief. Bis heute erinnere ich mich deutlich an das Entsetzen, das ich bei dem Anblick empfand. Mit bebender Stimme fragte ich meine Großmutter, was mit dem armen Hund passiert sei. Sie sah mich traurig an und erklärte mir, er sei gestorben. In Tränen aufgelöst bestürmte ich sie während des ganzen Heimwegs mit Fragen: Wacht er denn gar nicht mehr auf? Kann ihm denn niemand mehr helfen?

Diese Fragen riefen in meinem Kinderhirn eine lange Kette weiterer schrecklicher Fragen hervor. Wenn ein Hund sterben konnte, hieß das, auch wir würden alle irgendwann sterben? Die Wellensittiche und Mama und Oma und schließlich ich?

Es war meine erste Erfahrung mit einer existenziellen, alles verzehrenden Angst, der Angst vor dem Verlust geliebter Menschen. Und alle Versuche, mich zu trösten, zum Beispiel mit dem Versprechen, das alles würde ja noch lange, lange dauern, trugen nur dazu bei, sie noch zu verstärken. In mir entstand die Angst vor dem Ungewissen, samt dem Bewusstsein, dass all die fröhlichen, sorglosen Tage, Sommer und Winter, Regen und Schnee nur ein kleiner Aufschub des unvermeidlichen Endes waren.

Als ich älter wurde, vertrieb die Intensität der schönen Lebensmomente den Tod aus meinem Gedächtnis. Aber die Erinnerung an die im Tode gefletschten Zähne jenes Hundes ist mir bis heute geblieben. Natürlich ist mir in meinem späteren Leben der Tod noch viele Male begegnet. Freunde und Schulkameraden sind gestorben, die Eltern, Verwandte. Aber diese erste kindliche Begegnung mit dem Tod war für mich das Schlüsselerlebnis, das ich in meinem Leben nicht mehr losgeworden bin.

Was wäre wohl, wenn ich jetzt gerade die Wunschblume gefunden hätte? Mir fällt tatsächlich nichts ein, was ich mir gewünscht hätte. Alles, was ich mir vorstellen kann, scheint mir öde. Jeder Ort auf der Welt scheint mir so langweilig wie jeder andere. Alle Menschen, die mir in den Sinn kommen, sind sich zum Verwechseln ähnlich. Was immer ich erleben könnte, habe ich schon tausendmal erlebt. Mir war niemals so klar wie jetzt, dass es weder den idealen Ort gibt, an den ich mich jetzt wünschen könnte, noch den idealen Menschen, deren Gesellschaft ich ersehne.

Interessant, was? Ich bin vermutlich der einzige Mensch auf der Welt, der, wenn ihm ein Wunsch gewährt würde, die magische Blume einfach jemand anderem weiterreichte. Welch grenzenlose Großzügigkeit, geboren aus grenzenloser Leere und vollständiger Verkümmerung der Fantasie. Reich an Möglichkeiten und arm an Geist.

Halt, jetzt fällt mir doch etwas ein. Ich würde mir wünschen, in meine Kindheit zurückzukehren. Aber wahrscheinlich hieße es dann doch nur: Dieser Service steht leider nicht zur Verfügung ...

Ich sehe von der Brücke auf den Fluss hinunter. Bis zur Wasseroberfläche sind es ungefähr vierzig Meter. Ich überlege, ob man im Fallen das Gefühl des Fliegens bekommt. Bestimmt. Wie sonst wäre diese große Zahl von Selbstmördern zu erklären, die von Brücken oder Dächern springen. Sie suchen das Gefühl zu fliegen, wie viele von uns.

Ich hebe den Kopf und betrachte die wunderbare Landschaft, die sich jenseits des Flusses erstreckt. Die Nacht ist fast zu Ende, aber der Tag hat noch nicht begonnen. Es ist genau jene Zeit zwischen den Tagen, für die es in der russischen Sprache keinen Begriff gibt. Das Englische hat dafür einen ganz präzisen Ausdruck: »in between days«.

Ich stehe auf der Schwelle zwischen den Tagen. In der Dämmerung schimmern vereinzelt die Lichter von Fenstern, sie verlieren sich in der Ferne und vermischen sich am Horizont mit den morgendlichen Sternen. Die Luft wird frischer. Ich hole meine Zigarettenschachtel aus der Tasche, nehme die letzte Zigarette heraus und schleudere die leere Schachtel hoch in die Luft. Als heller weißer Fleck beschreibt sie einen Bogen vor dem dunklen Himmel und fällt Richtung Wasser. Vor meinen Augen durchquert sie den blassen Lichtschein einer Laterne, und ich erkenne die letzten Buchstaben der Zigarettenmarke – ENT. Dann klatscht sie auf die Oberfläche. Ich schaue der schwimmenden Schachtel nach, bis sie aus meinem Sichtfeld verschwindet.

Ich lege mich auf die Brücke, schiebe mir mein zusammengerolltes Jackett unter den Kopf und zünde die Zigarette an. Ich hebe die Hand mit dem brennenden Feuerzeug, schaue eine Weile in die Flamme, dann schließe ich die Augen. Wie bunte Glassplitter in einem Kaleidoskop erscheinen vor meinem inneren Auge alle möglichen Begebenheiten und Personen aus meinem Leben. Ich sehe meinen Freund Timur und mich als zehnjährige Jungen, wie wir in gelben T-Shirts auf dem Schulhof Fußball spielen und so tun, als wären wir Brasilianer. Wir spielen leidenschaftlich und mit allen Tricks, wie es sich für echte Ballkünstler gehört. Dann stehe ich auf dem alten Arbat, an einem Verkaufsstand voller Matrjoschkas und Einzelteilen sowjetischer Armeeuniformen. In meiner Faust spüre ich zerknitterte Dollarbanknoten, die ich in einer Stuhllehne verstecken will, aber ich kann mein gewohntes Geheimfach nicht mehr finden. Dann bin ich auf dem gemeinsamen Abschlussball aller Moskauer Schulen in dem Konzertsaal namens »Russland« und trinke Sowjetischen Champagner aus der Flasche. Im nächsten Bild bin ich in einer fremden Wohnung im Südwesten von Moskau. Halbnackte Männer- und Frauenkörper liegen zwischen Zigarettenstummeln und leeren Flaschen. Ich stehe auf, sehr dünn und ausgezehrt, binde mir ein Handtuch um die Hüften und trete vor einen großen Spiegel, der mitten im Zimmer hängt. Der Spiegel zeigt mein aschgraues Gesicht und dahinter ein Bett, auf dem zwei Mädchen aus einer Parallelklasse liegen. Wir sind im zweiten Studienjahr, und wir sind auf einmal sehr erwachsen geworden.

Als Nächstes ziehe ich ein Jackett an und greife nach einem Koffer. Ich bin im Begriff, zu meiner ersten Geschäftsreise nach Paris aufzubrechen. Meine Mutter verabschiedet sich an der Tür von mir, sagt, ich müsse sie unbedingt anrufen, sobald das Flugzeug gelandet ist. Ich nicke und verspreche es ihr, obwohl ich es bestimmt vergesse. Es folgen rasch hintereinander Gesichter, Orte, Landschaften, Gesprächsfetzen, die Bilder werden immer schneller und schneller, bis sie mit irrsinniger Geschwindigkeit an mir vorbeirasen. Ich liege schlafend in einem leeren Metro-Waggon, hocke auf der Erde und kühle meine blutende Nase mit Schnee, liege besoffen auf dem Rücksitz eines Mercedes und schaue in die Neonlichter der nächtlichen Stadt, kaufe Haschisch bei Schwarzen in Paris, stehe vor dem Badezimmerspiegel und betrachte meine zerkratzte Schulter. Ich sehe die rothaarige Lena, die mich weinend ein mieses Schwein nennt, dann die Beerdigung eines Kommilitonen, die fließend in die Hochzeit meines besten Freundes übergeht. Ich stehe auf einem Fußballplatz in der Nähe der Metrostation Retschnoj Woksal und reiße die Banderole eines Geldscheinbündels auf, dann schnupfe ich Koks auf der Toilette eines Restaurants, dann umarme ich den Club-Promoter Sascha, dessen Gesicht sich abrupt in das der Tatarin Elwira verwandelt, die ich gerade auf der Toilette bumse, während ich mit dem linken Fuß die Tür hinter mir zuhalte, die ständig jemand einzudrücken versucht, bis ich ziemlich genervt bin, weil mein Bein eingeschlafen ist und mir die Arme wehtun, aber ich kann weder die Tür noch Elwira loslassen. Jetzt blendet die

Toilettenszenerie in eine Gucci-Boutique in der Luxus-Einkaufspassage Tretjakowski-Projesd in Moskau über, ich spreche per Handy mit Jula und gestikuliere verzweifelt, weil ich ihr irgendetwas ganz Wichtiges beweisen will. Ich verlasse die Boutique und gerate auf den Newski-Prospekt in Petersburg, in der Nähe des Gostini-Dwor. Auf der anderen Straßenseite, vor dem Café SSSR, steht Vadim und winkt mir zu. Dann erscheinen alle gleichzeitig. Meine Oma, die mich fragt, ob ich die Telefonrechnung bezahlt habe; der kleine Bulle, der mich in der Toilette erwischt hat und sich von mir die Telefonrechnung geben lässt; Jula, die mir im Schatjor gegenübersitzt und mich traurig ansieht; Kondratow, der staunend ein Kinoplakat betrachtet, auf dem James Bond aus einer Pistole mit Schalldämpfer Maiskörner verballert; der kleine Mischa aus Petersburg in Kellnerkluft, der eine silberne Haube von einem Tablett hebt, auf dem ein Buch von Dostojewski liegt. Da sind die Promoter Sascha und Mischa, die einen Berg Geld zählen, und wieder ich, wie ich Jula auf einem Bahnhof treffe. Ich rauche nervös und sehe sie mit vom Wind tränenden Augen an, sie kommt mir entgegen, in irgendetwas Rotem, und lächelt. Jetzt erscheint der Flughafen Scheremetjewo-2, ich sitze auf einem roten Koffer, zwölf Jahre früher. Als hätte ich das Flugzeug verpasst und flöge nicht zum ersten Mal in meinem Leben nach Paris, sondern wollte einfach nur zu Hause anrufen.

Schließlich und endlich verschmilzt alles zu einem einzigen großen roten Fleck, der sich langsam auflöst, bis er sich in ein graues körniges Flimmern verwandelt hat, vergleichbar dem Rauschen auf einem Fernsehbildschirm, wenn der Empfang ausfällt.

Nach einiger Zeit schimmert es zart orangefarben durch meine Lider, als wenn man die geschlossenen Augen in die Sonne hält.

Vielleicht ist das mein Feuerzeug, vielleicht tatsächlich die Sonne, die weit weg, irgendwo hinter dem Wald, allmählich aufgeht. Jedenfalls möchte ich aus irgendeinem Grund daran glauben, dass dieses Feuer niemals erlöscht …